Cornelia Engel
Im Schatten der Vanille

Das Buch

Sansibar, 1880: Voller Hoffnung, ihr altes Leben für immer hinter sich zu lassen, verlässt Elisabeth den Überseedampfer, der sie aus Lübeck hierhergebracht hat. Die Gewürzinsel, ein quirliger Marktplatz für den Handel mit Nelken, Zimt, Orangen, Elfenbein und Vanille, scheint ihr wie ein Märchen aus Tausendundeiner Nacht. Aber die Realität auf der Insel ist hart. Zwar erregt die junge Frau Aufsehen bei den Männern, aber in der Handelswelt ist sie nicht willkommen. Und nicht jeder, der ihr Avancen macht, meint es ehrlich mit ihr. Wenn sie in die Augen des Pflanzers Jacob blickt, schlägt ihr Herz schneller, doch darf sie ihren Gefühlen trauen, wenn sie selbstbestimmt ihren Weg gehen will?

Die Autorin

Cornelia Engel wurde in Bamberg geboren und wuchs in einer literaturbegeisterten Familie auf. Sie lebte längere Zeit im Ausland und übte danach verschiedene selbstständige Tätigkeiten aus, bevor sie Kommunikationswissenschaft studierte. Mittlerweile arbeitet Cornelia Engel hauptberuflich als Autorin.

Unter dem Pseudonym Isabel Morland hat sie bereits mehrere erfolgreiche Romane bei namhaften Publikumsverlagen veröffentlicht. Zuletzt veröffentlichte sie unter dem Namen Cornelia Engel die Bestseller-Romantik-Serie »Verliebt auf Borkum«.

Mit ihren vier Kindern lebt Cornelia Engel in der fränkischen Heimat.

CORNELIA ENGEL

Im Schatten DER Vanille

Die Sansibar-Saga

ROMAN

Deutsche Erstveröffentlichung bei
Tinte & Feder, Amazon Media EU S.à r.l.
38, avenue John F. Kennedy, L-1855 Luxembourg
Dezember 2021
Copyright © der deutschsprachigen Ausgabe 2021
By Cornelia Engel

Umschlaggestaltung: zero-media.net, München
Umschlagmotiv: © mentatdgt © cowboy54 © VadiCo © Tim UR
© Wise Dog Studio © diy13 © Chansom Pantip/Shutterstock;
© Shelley Richmond/ArcAngel; © Oleksandr Rupe/Alamy
1. Lektorat: Angela Kuepper
2. Lektorat und Korrektorat: VLG Verlag & Agentur, Haar bei München,
www.vlg.de
Gedruckt durch:
Amazon Distribution GmbH, Amazonstraße 1, 04347 Leipzig /
Canon Deutschland Business Services GmbH, Ferdinand-Jühlke-Straße 7,
99095 Erfurt /
CPI books GmbH, Birkstraße 10, 25917 Leck

ISBN: 978-2-49670-913-1

www.tinte-feder.de

Für dich, liebe Leserin, lieber Leser –
und für
Monika Verena Böck, Soulsister und Mastermind

KAPITEL 1

In dieser Nacht schien kein Mond über den Zuckerrohrfeldern. Jacob Preston konnte nicht sagen, was ihn dazu gebracht hatte, sich in den verborgenen Bereich ganz am Rande seiner Plantage zu begeben. Kaum roch er den samtig-warmen Duft der Vanille, spürte er, wie die schmerzlichen Erinnerungen an seine verlorene Liebe ihn einholten. Im Grunde wusste er nicht, weshalb er seinem ehemaligen Schützling und jetzigem Kameraden Ashok nach allem, was passiert war, überhaupt gestattete, Vanille zu züchten, auf dieser Lichtung im Dschungel, die der Größe eines Shinty-Spielfelds entsprach. Ein Sport, nebenbei bemerkt, dem er nicht mehr nachgegangen war, seitdem er vor neun Jahren Schottland verlassen hatte.

In Gedanken versunken, lauschte Jacob in die Nacht und tat einen tiefen Atemzug. Für gewöhnlich war die Dunkelheit im Dschungel mit Tiergeräuschen erfüllt, doch heute drangen die Klänge von Fiedeln an sein Ohr. Ein Stück entfernt, in den Hütten, feierten seine Landsleute zusammen mit den afrikanischen Arbeitern seiner Farm ein Ceilidh, ein schottisches Tanzfest, bei dem es munter zuging. Es wurde gestampft und geklatscht, der Whisky floss in Strömen, bis das letzte Fünkchen Heimweh nach Schottland oder dem afrikanischen Festland ertränkt war.

Ungewohnt schwerfällig für seine zweiunddreißig Jahre ließ Jacob sich auf einen umgefallenen Baumstamm nieder. Als sein Blick in den Sternenhimmel glitt, kam ihm ein Gespräch mit Ashok in den Sinn. Ashok gehörte der indischen Kaste der Banyan an, die seit jeher nicht nur Kaufleute, sondern auch Sterndeuter waren. Wenn man seiner Philosophie Glauben schenkte, waren sowohl die Vergangenheit als auch die Gegenwart und die Zukunft mit flimmernden Lichtpunkten am Firmament festgeschrieben. Auch nach all den Jahren, die er mit Ashok verbracht hatte, wusste Jacob nicht recht, was er davon halten sollte.

Sehnsuchtsvolle Töne hallten durch die Dämmerung und rissen Jacob einen Atemzug lang aus der Betrachtung der Sterne. Er wandte den Kopf. Drüben im Lager wurde »My Heart Belongs to Scotland« gespielt. Die Melodie erweckte den Eindruck, als würden selbst die Fiedeln vor Traurigkeit weinen. Jacob spürte ein Brennen in der Kehle, als er daran dachte, welches Unheil durch seine Schuld über Ashoks Leben gekommen war. Fast die gesamte Familie des Inders war ausgelöscht worden durch sein blindes Streben nach Besitz und Liebe. Und dennoch war Ashok seither nicht von seiner Seite gewichen. Im Gegenteil, anstatt den Tag zu verfluchen, an dem Jacob in sein Leben getreten war, behauptete Ashok, dass alles sich genauso ereignete, wie vom Schicksal vorherbestimmt. Den angeblichen Beweis für das Band zwischen ihnen hielt Jacob in den Händen. Ein getrocknetes Palmblatt, eng beschrieben mit tamilischen Silben. Ashoks Glauben zufolge hatten Maharishis, indische Weise, vor dreitausend Jahren die Lebensläufe bestimmter Menschen vorhersehen können und diese niederschreiben lassen. Nun lagerten diese Manuskripte über ganz Indien verteilt an geheimen Orten. Jacobs Blick wanderte zwischen den Sternen und dem Palmblatt hin und her, das wie eine Sternkarte Orientierung versprach. Jacob jedoch hatte diese bislang nicht finden können.

Behutsam strich er mit den Fingern über das länglich zugeschnittene Blatt. Im Grunde glaubte er nicht an Prophezeiungen. Damals, als er nach der Tragödie auf der Vanille-Plantage von Ashoks Familie keinen Weg mehr für sich gesehen hatte, hatte er dem Inder erlaubt, nach Jacobs persönlichem Palmblatt zu suchen, sofern es denn existierte. In einer Bibliothek in Madras in Südindien war Ashok tatsächlich fündig geworden – ein Bündel handbeschriebener Blätter hatte das Manuskript enthalten, nach dem er gesucht hatte. Und da Ashok von dessen Wichtigkeit für Jacobs weiteren Lebensweg überzeugt gewesen war, hatte er eine Abschrift anfertigen lassen.

Jacob legte den Kopf in den Nacken. Am Himmel zog eine Sternschnuppe ihre Bahn und verlosch sogleich wieder – ein flüchtiges Streiflicht, das für einen Moment auf seine Erinnerungen gefallen war und sie hell aufblitzen lassen hatte. Er dachte an Jessica, seine Liebe in Schottland, die Frau, die ihn verraten hatte und derentwegen sein Leben aus der Bahn geraten war. Einen Herzschlag lang erlaubte er sich, den Schmerz in seiner Brust zu fühlen, bevor er ihn wieder fest in sich verschloss. Es kostete zu viel Kraft, zurückzudenken.

Seufzend legte er das Palmblatt beiseite. Dann griff er zum Whisky, hob die Flasche gegen den funkelnden Sternenhimmel und prostete seinem Schicksal zu. Kurz schwebte die Flasche in der Luft, während Jacob im Stillen den Schwur erneuerte, den er sich gegeben hatte, nämlich nie wieder sein Herz zu riskieren oder sich in fremde Angelegenheiten verstricken zu lassen. Mit halb geschlossenen Lidern setzte er die Flasche an den Mund und hoffte darauf, dass ihm der Alkohol auch diesmal die Gnade des Vergessens bescheren würde.

KAPITEL 2

Indischer Ozean, im Juni 1880

Von Unruhe erfasst, legte Elisabeth den silbernen Taschenspiegel beiseite. Sorgsam zupfte sie die hochgeschlossene weiße Bluse mit den Puffärmeln zurecht, die sie zu dem schlichten, langen schwarzen Rock trug. Während der letzten Tage hatte starker Seegang geherrscht. Das Heben und Senken der Wellen hatte sich berauschend angefühlt. Ihr Körper hatte sich den schlingernden Bewegungen des Postdampfers rückhaltlos hingegeben. Mit jeder Seemeile, die er sich weiter von Europa entfernte, war die Welt, in der sie die fünfundzwanzig Jahre ihres Lebens verbracht hatte, mehr in den Hintergrund getreten. Nun, kurz vor der Küste Sansibars, dem Ziel ihrer Reise, war das Wogen des Meeres abgeflaut und einer Gleichförmigkeit gewichen, in der die Minuten zäh flossen und sich die Stunden kaum voneinander unterschieden. Die Eintönigkeit auf See weckte in Elisabeth das Gefühl, in einem Warteraum der Zeit gefangen zu sein, durch dessen milchige Scheiben das Vergangene verblasste und das Zukünftige nur schemenhaft in Erscheinung trat. Unversehens gewann jener Teil in ihr die Oberhand, der sich vor dem Ungewissen ängstigte und sich nach der Unschuld und der Geborgenheit auf dem Gut ihres Vaters zurücksehnte. Bilder stiegen in ihr auf. Von ihrer Heimat in der Lübecker Bucht, von den Dingen, die sie zurückgelassen hatte, von Gewohnheiten, die ihren Alltag geformt hatten, und von Menschen, die sie geliebt hatte. Doch es gab kein Zurück. Entschlossen verdrängte sie die Erinnerungen und erhob sich von dem schmalen Bett, auf dem sie gesessen hatte. Gewohnheitsmäßig zupfte sie sich eine Locke ihres feuerroten Haars ins Gesicht, um die Narbe an ihrer Schläfe zu verdecken. Wenn sich doch alle Verletzungen so leicht hätten verbergen lassen …

Auf der Suche nach Ablenkung trat sie ans Bullauge und spähte hinaus. Funkelnd brachen sich die Strahlen der Mittagssonne auf den Wellen. Getrieben von ihrer Rastlosigkeit, warf sie sich ein Tuch über, verließ die Kabine und stieg die Treppen zum Promenadendeck empor. Die Absätze ihrer Stiefeletten machten hämmernde Geräusche auf dem Holz.

Die Tür zum großen Salon, in dem das Essen serviert wurde, war verschlossen. Elisabeth hielt inne und warf einen Blick durch die Scheibe. Licht flutete den mit Holz getäfelten Raum. Verschwommen blickte ihr die Spiegelung ihres Gesichts entgegen. Sie hob die Hand und strich eine Strähne zurück, die sich aus dem tief im Nacken sitzenden Knoten gelöst hatte. In dem feuchten tropischen Klima widersetzten sich ihre knapp bis zur Taille reichenden Locken jeder Bändigung. Sosehr sie sich auch bemühte, aufgrund ihrer Haarfarbe, der Blässe ihrer Haut und der hochgewachsenen Statur war es ihr unmöglich, nicht aufzufallen. Umso mehr Anstrengung verwendete sie darauf, durch ihre Kleidung der gängigen Vorstellung einer ordentlichen deutschen Auswandererfrau zu entsprechen. Sorgsam zog sie den Stoff des ungewohnt gerade fallenden Rocks zurecht. Vielleicht wirkte sie nicht sonderlich bieder, aber man sah ihr an, dass sie durchaus zupacken konnte.

Entschlossen, sich nicht länger den Kopf über Dinge zu zerbrechen, die sich ohnehin nicht ändern ließen, schob sie sich an anderen Passagieren vorbei bis an die Reling. Trotz des Fahrtwinds spürte Elisabeth, wie belastend die Schwüle der Tropen für ihren Körper war. Kalter Schweiß stand auf ihrer Stirn, und ein leichter Drehschwindel erfasste sie, doch in der nach Salz, Weite und Abenteuer riechenden Luft verflog zumindest ihre Anspannung. Zuerst konnte sie die verwaschenen Streifen weit draußen im strahlenden Türkisblau des Indischen Ozeans nur erahnen. Nach und nach aber nahmen sie Kontur an und gewannen an Form und Farbe.

Mit der Hand schirmte Elisabeth die Augen gegen das blendende Licht ab, während der Dampfer an winzigen, üppig bewachsenen Inseln vorbeiglitt, die wie in die Wellen gestreute Smaragde wirkten, eingefasst von einem Ring aus Silber. Vor Erstaunen öffnete sich ihr Mund. Die Schönheit der Koralleninseln berauschte sie. Ein flatterndes Gefühl machte sich in ihrer Bauchgegend breit, stieg hoch und ließ sie vor Erleichterung beinahe laut auflachen. Im letzten Moment hielt sie sich zurück, um keine unnötige Aufmerksamkeit zu verursachen. Plötzlich ertönte das Schiffshorn. Jemand hob den Arm und deutete nach rechts, auf eine von schneeweißen Stränden gesäumte, lang gezogene Küste, die so überraschend in Sicht gekommen war, als wäre ein Vorhang aufgezogen worden.

Sansibar. Unaufhaltsam schien die Gewürzinsel auf sie zuzukommen.

Elisabeth griff nach dem Reisefernglas, das sie mit einer Glasperlenschnur kokett an ihrem Handgelenk befestigt hatte, und lehnte sich über die Reling. Während sie damit beschäftigt war, es scharf zu stellen, drang ein dicht gewebter Teppich von Geräuschen an ihr Ohr. Mit gleichmäßigem Rauschen brandeten die Wellen gegen das Ufer, dazu erklangen fremdartige Vogellaute. Vor Aufregung begannen ihre Wangen zu glühen. Ein unverhoffter Windhauch blies ihr die verschwitzten Strähnen, die sich erneut aus dem Knoten gelöst hatten, von den Schultern. Erlösend frisch strich er über ihren Nacken. Emsig drehte sie an dem Rädchen ihres Fernglases, bis aus den verschwommenen weißen Flecken vor den Linsen Seevögel wurden. Weißes Gefieder, stahlblaue Augen in gelben Gesichtern, dazu Schwingen mit schwarzen Spitzen. Zu Hunderten umkreisten sie das Schiff, stürzten sich mit eng angelegten Flügeln wie Pfeile in den Ozean, um kurz darauf an anderer Stelle wieder aufzutauchen. Schillernd perlte Wasser von ihrem Federkleid ab, während sie sich mit zwei, drei Flügelschlägen zurück in die Luft erhoben, einen zuckenden Fischleib im Schnabel. Elisabeths Augen folgten ihrem Flug zu den Nistplätzen an der ebenfalls üppig bewachsenen Küste.

Das Kribbeln in ihrer Brust wurde stärker. Mit jeder Sekunde erschlossen sich ihr neue Eindrücke. Sie erblickte Mangrovenwälder, die wie auf Stelzen die Lagunen säumten, Kokospalmenhaine und Bäume mit ausladenden Kronen, in deren Blättern sich das Licht spiegelte. Vom Land wehten jetzt sogar Düfte heran, eine exotische Mischung aus Zimt, Gewürznelken, Muskatnuss, Jasmin und Orange. Unbändige Freude, gepaart mit Hoffnung, stieg jäh in ihr auf. Sie wünschte sich, es gäbe ein Gefäß, in welches sie diesen Moment packen könnte, um ihn zu konservieren. Während der gesamten Reise hatte die Stimme in ihrem Kopf geschwiegen, die sie in Deutschland zur Abreise gedrängt hatte. Jetzt aber flüsterte sie ihr wieder zu, dass alles gut werden würde.

Ein Aufblitzen am Ufer riss sie aus den Gedanken. Verwundert reckte sie den Kopf und spähte durch den Feldstecher. Auf einem Felsbrocken oberhalb einer Lagune, scharf abgegrenzt vor dem wolkenlosen Himmel, machte sie eine Gestalt in einem wehenden weißen Hemd aus. Der Mann hatte dunkles, kurz geschorenes Haar, einen kräftigen Oberkörper und einen breitbeinigen

Stand, der ihm etwas Herausforderndes verlieh, so als wäre er bereit, sich Gott und der Welt auf Gedeih und Verderb zu stellen. Sie stutzte, als sie bemerkte, dass das Gesicht des Mannes wie das ihre von einem Fernglas verdeckt war. Er schien das Schiff zu beobachten. Ein Prickeln lief über Elisabeths Haut, für das sie keine Erklärung hatte. Einen unwirklichen Moment lang kam es ihr so vor, als würden sich ihre Blicke durch die Ferngläser hindurch begegnen, obwohl das schlicht unmöglich war. Wer war dieser Fremde, der unvermutet in ihrem Blickfeld aufgetaucht war und sie auf rätselhafte Weise in den Bann zog? Verwirrt ließ sie das Glas sinken und blinzelte flüchtig in den Nachmittag. Als sie den Feldstecher erneut an die Augen hob, um die Person genauer zu betrachten, schoben sich Palmwedel vor den Mann auf dem Kliff, und er geriet außer Sicht. Irritiert ließ sie die angestaute Luft aus ihren Lungen weichen. Sie konnte sich nicht erklären, woran es lag, aber mit einem Mal hatte sie das Gefühl, dass ihre Bestimmung sie auf Sansibar erwartete.

Bevor Elisabeth ihren verwirrenden Gedanken weiter nachhängen konnte, brach neben ihr ein Krawall aus. Sie fuhr herum. Es war nicht der erste Streit, den sie an Bord beobachtete. Der überwiegende Teil der Passagiere bestand aus Männern. Die qualvolle Enge auf dem Schiff und die erzwungene Untätigkeit schürten Jähzorn und Hitzköpfigkeit. Unversehens wurden die Stimmen lauter. Wie Kampfhähne, die sich umkreisten, bewegten sich zwei Männer auf Elisabeth zu. Instinktiv wich sie zurück. Bevor sie wusste, wie ihr geschah, flogen Fäuste. In einer jähen Bewegung riss sie die Arme vor den Kopf. Ihr Herz raste, sie bekam kaum Luft. Der Schatten einer dunklen Erinnerung umfing sie.

Weyhoff ...

Einen bangen Atemzug lang hatte sie das Gefühl, aus ihrem Körper zu gleiten, dann fing sie sich, und sein Bild verschwamm. Benommen löste sie die Hände vom Gesicht.

Geblendet vom hellen Licht der Sonne, sah sie den Stoß nicht kommen. Er traf sie seitlich in die Rippen. Mit einem heiseren Aufschrei stolperte sie vorwärts. Dabei prallte ihr Kopf gegen hartes Metall. Im nächsten Moment wurde ihr schwarz vor Augen.

* * *

Elisabeth kämpfte sich durch einen flimmernden Schleier aus Blitzen zurück ins Bewusstsein. Langsam schlug sie die Augen auf. Ein Mann hatte sich über sie gebeugt, seine walnussbraunen Augen blickten besorgt auf sie herab. Benebelt starrte sie in das Gesicht des Fremden.

»Geht es Ihnen gut, Gnädigste?«, erkundigte er sich auf Englisch, mit ausgeprägt breitem österreichischem Akzent. Seine Stimme klang beherrscht.

Elisabeth versuchte zu antworten, aber zunächst gelang ihr nur ein Krächzen. Sie räusperte sich.

»Es geht schon«, flüsterte sie.

»Eine Deutsche.« Mit erfreutem Blick wechselte er in ihre Muttersprache. »Sie waren bewusstlos. Verzeihen Sie mir, ich musste Ihnen eine Watschen geben, damit Sie aufwachten.«

Elisabeth verstand nicht, was der Mann ihr sagen wollte. Als sie unwillkürlich den Kopf schüttelte, durchzuckte ein stechender Schmerz ihre Stirn.

»Ach so …« Ein feines Lächeln, durchzogen von einem Hauch Ironie, spielte um seine Mundwinkel. »Eine Ohrfeige, in Ihrem Sprachgebrauch. Ich hatte kein Riechsalz zur Verfügung, leider. Versuchen Sie, sich aufzusetzen. Ich helfe Ihnen.«

Erst jetzt bemerkte Elisabeth, dass er ihre Hand festhielt. Seine Finger waren schlank und kräftig, die Haut angenehm kühl, sein Griff fest und entschlossen.

Vorsichtig richtete sie sich auf. Mehrere Dutzend Augenpaare waren auf sie gerichtet. Peinlich berührt nahm sie wahr, dass die Menschen an Deck sich in einem dichten Kreis um sie drängten. Sie spürte, wie ihre Ohren zu glühen anfingen. Ihre Gedanken rasten umher, während ihr Verstand zu fassen versuchte, was ihr zugestoßen war. Etwas Warmes rieselte über ihre Stirn.

»Sie bluten«, stellte der Fremde fest. »Ich bin Arzt. Wessels mein Name. Kommen Sie.« Bevor sie protestieren konnte, zog er sie auf die Füße und hakte sie unter. Die Menge wich zur Seite und öffnete eine schmale Gasse für die beiden. »Ich bringe Sie in meine Kabine. Die Wunde muss versorgt werden.«

Da war etwas in seiner Art zu sprechen. Was es war, konnte sie nicht sagen, aber auf einmal überkam sie Schwindel. Sie senkte den Blick. Die Planken des Promenadendecks verschwammen vor ihren Augen. Ihr Puls beschleunigte sich, wie in einem Nebel wich die Gegenwart zurück.

Sie fand sich in einem Raum mit dunkel getäfelten Wänden wieder, umschlossen von hohen Regalen. Das braune Glas der Arzneiflaschen glänzte matt im Halbdunkel. Es roch nach Heilkräutern, Vitriol und Schwefel. Plötzlich stand Weyhoff neben ihr, hob eine Haarsträhne an und schob sie ihr hinter das Ohr. Seine breiten Finger mit den sorgfältig geschnittenen Nägeln fuhren fast zärtlich über die noch frischen Wundränder. Sie erstarrte unter der Berührung. Er beugte sich tiefer, sein Atem strich heiß über ihre Wange. »Du solltest aufhören, dich in Schwierigkeiten zu bringen ...«

Wessels' Stimme riss sie aus ihrem Dämmerzustand. Taumelnd kehrte sie zurück in die Gegenwart, unterdessen hielt Wessels sie weiter fest untergehakt.

»Setzen Sie sich, bevor Sie wieder ohnmächtig werden. Hier drüben.« Er deutete auf eine Holzkiste.

Elisabeth schluckte, um ihre Kehle freizubekommen. »Mir ist nicht schwindlig.«

»Wie Sie meinen. Aber ich bestehe darauf, dass Sie mich die Wunde versorgen lassen.«

»Nein … bitte nicht … Das ist nicht nötig …«, stammelte sie. Mitten unter der afrikanischen Sonne fröstelte sie. »Außerdem muss ich packen. Wir gehen bald vor Anker.«

»Seien Sie nicht töricht. Es ist keine große Sache. Bis zum Anlegen bleiben noch zwei Stunden.«

Einen unbehaglichen Moment lang standen sie sich schweigend gegenüber. Elisabeth spürte das Stampfen der Maschinen unter ihren Füßen. Sie ließ das Vibrieren in sich aufsteigen, während sie ihn abschätzend musterte. Wessels wirkte ungeniert. Sein Aussehen entsprach dem, was ihre österreichisch-ungarische Großmutter als schneidig bezeichnet hätte. Sein Gesicht war freundlich und offen, mit einem markanten Kinn und einer schmalen, geraden Nase, nur die Augen wirkten etwas klein im Verhältnis zu den hohen Wangenknochen. Feine Fältchen spielten um Mund und Nase. Er hatte blondes Haar, das dicht in seinen Nacken fiel, wohingegen sich der Haaransatz über der Stirn lichtete. Ihrer Einschätzung nach musste er Mitte vierzig sein.

Wessels ließ ihren Arm los. »Sie scheinen mir eine äußerst emanzipierte junge Dame zu sein. Ein Charakterzug, den ich persönlich schätze. Allerdings muss ich auf einer Behandlung bestehen. Wir sind hier in den Tropen. Schon die kleinste Infektion stellt eine Gefahr dar.«

»Ich bin mir der geografischen Gegebenheiten und ihrer Besonderheiten bewusst …«

Wessels unterbrach sie. »Hervorragend. Dann werden Sie einsehen, dass die Wunde mit Wasserstoffperoxid gereinigt werden muss.« Er schob die Hände in die Taschen seines hellen Tropenanzugs.

Elisabeth fühlte Unwillen und Verärgerung in sich aufsteigen. Wessels schien sich von seiner Meinung nicht abbringen zu lassen. Auch wenn die Sorge um ihr Wohl im Vordergrund stand, drängte er ihr seinen Willen auf. Die Adern an ihren Schläfen begannen zu pochen. Sie hatte ihn nicht um Einmischung gebeten. Warum ließ er sie nicht in Ruhe? Sie zwang sich zu einem Lächeln, das jedoch nicht bis zu ihren Augen reichte.

»Verbindlichsten Dank für Ihr Angebot. Persönlich ziehe ich allerdings eine Salbe aus Spitzwegerich, Johanniskraut und Schafgarbe zur Wundbehandlung vor. Wenn Sie mich jetzt entschuldigen.«

»Ausgezeichnet. Sie verfügen über Kenntnisse in Heilkunde.« Die Ironie in Wessels' Stimme stand im Widerspruch zu dem anerkennenden Lob. »Wenn Sie mir jetzt noch verraten, wie wir vor der Küste Ostafrikas an europäische Heilkräuter kommen, bin ich tief beeindruckt.«

Unter dem Druck der Blicke in ihrem Rücken biss sich Elisabeth auf die Lippe. Schweigend wog sie die Möglichkeiten ab. Wessels war nicht gewillt, nachzugeben, so viel stand fest. Ihr blieb keine Wahl. Eine öffentliche Weigerung, die Dienste des Arztes in Anspruch zu nehmen, hätte Fragen aufgeworfen, die sich nur mit einem fragilen Geflecht aus Halbwahrheiten beantworten ließen. Sie drehte sich zu ihm um.

»Also, was ist?« Wessels hob eine Augenbraue. »Kommen Sie?«

* * *

Wessels' Kabine war geringfügig größer als die von Elisabeth, aber ebenso spartanisch eingerichtet. Ein schmales Bett, eine Waschgelegenheit, ein Wandtisch und ein metallener Spind in der Ecke neben der Tür. Es roch nach Zigarettenrauch und abgestandener Luft. Elisabeth hatte auf dem einzigen Stuhl im

Raum Platz genommen und ließ Wessels' Behandlung über sich ergehen. Als die mit Flüssigkeit getränkte Watte die Wunde berührte, durchfuhr ein scharfer, brennender Schmerz ihre Stirn. Reflexhaft zuckte sie zurück, aber Wessels hielt weiter mit einer Hand ihren Nacken umfasst, während er mit routinierten Bewegungen die Verletzung versorgte. Elisabeth kämpfte mit den Tränen und hoffte, dass das Brennen bald nachlassen würde.

Ein Zögern in seinen Bewegungen verriet, dass er die Narbe an ihrer Schläfe entdeckt hatte. Wessels sog die Luft ein. »Eine hübsche Narbe haben Sie da. Darf ich aus rein medizinischem Interesse fragen, woher die Verletzung stammt?«

»Ach das …« Sie tat seine Frage mit einer lässig wirkenden Handbewegung ab, in der Hoffnung, dass er ihre Beklemmung nicht bemerkte. »Ein Unfall auf unserem heimischen Gut. Ich hätte besser auf meinen Vater gehört. Er hatte mich gewarnt, dem Hengst näher zu kommen, solange er nicht eingeritten war.«

»Ein Huftritt also?«

Sie nickte.

»Interessant. Bei einem Tritt gegen die Schläfe sollte man vermuten, dass Sie längst tot wären.« Offenbar glaubte er ihr kein Wort. Seine Lippen kräuselten sich.

»Das ist richtig.« Sie nahm einen tiefen Atemzug, um das Zittern in ihrer Brust zu beruhigen. »Alle sagen, ich hatte großes Glück.«

»Ah ja?« Wessels legte die blutverschmierte Watte beiseite, goss Wasser in die Schüssel auf dem Waschtisch und säuberte sich die Hände. »Es wird ein wenig dauern, bis die Wunde verheilt ist, aber Sie werden ohne eine weitere Narbe davonkommen. Da Frauenmantel in diesen Breiten nicht vorkommt, empfehle ich den Saft der Aloe vera zur Weiterbehandlung.«

Elisabeth nickte höflich.

»Hier.« Er reichte ihr ein Glas Wasser mit einigen Tropfen einer nach Gewürznelken duftenden Flüssigkeit darin. »Trinken Sie.«

»Danke.« Sie hob das Glas an die Lippen und nippte daran. Wessels beugte sich über die Schüssel und spritzte sich Wasser ins Gesicht. »Reisen Sie allein?« Es klang beiläufig.

»Ja.« Versuchsweise zog sie die Augenbrauen zusammen, was sie erneut schmerzhaft aufstöhnen ließ.

»Haben Sie vor, auf Sansibar zu bleiben?«

»Wenn es sich ergibt.«

»Entschuldigen Sie meine Neugier, aber allein reisende Frauen sind in diesen Breiten nicht eben alltäglich. Darf ich fragen, was Sie hierherführt?« Er richtete sich auf und trocknete sich mit einem Handtuch das Gesicht. »Die Liebe?«

»Eine etwas indiskrete Frage.« Sie stellte das Glas ab. Wie von selbst betastete der Daumen ihrer rechten Hand die Stelle, an der der Ring gesessen hatte.

»Finden Sie?« Er warf das Handtuch nachlässig auf den Tisch und nickte. In seiner Miene spiegelte sich Interesse. »Leider bin ich von Haus aus ein neugieriger Mensch. Hm … Dann gibt es sie also tatsächlich: ledige Frauen, die nach Übersee reisen, mit dem Bestreben, die Ehe mit einem Mann einzugehen, zu dem nur Briefwechsel besteht und dem sie noch nie persönlich begegnet sind. Erstaunlich. Bisher hatte ich die Verfasser von Heiratsgesuchen in den Zeitschriften aus Übersee für romantische Spinner gehalten, aber anscheinend muss ich meine Meinung korrigieren.«

»Sie irren sich, was mich betrifft.« Nervös führte sie das Glas erneut an die Lippen und trank einen weiteren Schluck, dann stellte sie es beiseite. Vielleicht lag es an der Wirkung des Nelkenöls, jedenfalls begann der pochende Schmerz der Wunde abzuklingen. Sie reckte das Kinn. »Ich gehöre nicht zu den Frauen, die meinen, ihr Lebenssinn bestünde darin, einen Ehegatten zu finden und …«

»Verstehe«, unterbrach er sie mit einem schelmischen Zwinkern. »Dann haben Sie auf ein Stellengesuch geantwortet?« Er legte den Kopf in den Nacken und starrte auf eine unbestimmte Stelle an der Decke, als versuchte er, aus dem Gedächtnis zu rezitieren. »Oder selbst eine Anzeige aufgegeben: Junge, gebildete Dame aus guter Familie sucht Stellung als Gesellschafterin, Erzieherin oder Lehrerin in den Kolonien. In Fremdsprachen, Bureautätigkeiten, Kindererziehung, Haus- und Gartenarbeit bewandert. Familienanschluss erwünscht. Sie wäre auch willens, auf eine Plantage zu gehen …« Er hielt inne und wandte sich ihr zu. »So in etwa?«

»Sie machen sich lustig über mich«, erwiderte sie gereizt.

»Das tue ich keineswegs. Im Gegenteil, ich begrüße Ihre Entscheidung. In Übersee herrscht ein eklatanter Mangel an Frauen. Dass allerdings Sansibar der richtige Ort für Sie ist, wage ich zu bezweifeln.«

»Hören Sie auf, über mich zu urteilen. Sie kennen mich nicht.« Elisabeth spürte, wie sich etwas in ihr verspannte.

»Dafür kenne ich die Insel. Schließlich lebe ich seit sechzehn Jahren dort.« Er zuckte die Schultern. »Und Sie? Was wissen Sie über Sansibar?«

Spröde schürzte sie die Lippen. »Nun, mir ist sehr wohl bekannt, dass Sansibar ein Schmelztiegel für Menschen aus aller Herren Länder ist. Die Insel ist der Hauptumschlagplatz zwischen Afrika, Indien und Arabien. Ihren Reichtum erzielten die Gewürzinseln unter anderem durch den Handel mit Syzygium aromaticum.« Genüsslich ließ sie den lateinischen Namen der Gewürznelke über ihre Zunge gleiten, doch Wessels gab sich unbeeindruckt. »Kokosnüsse, Zimt, Vanille, Orangen und Elfenbein spielen ebenso eine Rolle. Der Handel mit Sklaven ist glücklicherweise seit einigen Jahren verboten.«

»Schön.« Er hob eine Augenbraue. »Was wissen Sie über die europäische Gemeinde dort?«

Zufrieden mit sich selbst, lehnte sie sich zurück. Bisher schlug sie sich wacker. Außer belanglosen Phrasen hatte sie kaum etwas über sich verraten. Sie strich sich eine weitere widerspenstige Strähne hinter das Ohr und lächelte. »Was sollte ich Ihrer Meinung nach wissen?«

»Nun, vor allem, dass die Gemeinde klein ist, circa sechzig Köpfe nur. Der Einfluss der *Msungu,* wie man uns auf Swahili nennt, ist relativ unbedeutend. Chalid bin Said, Sultan von Oman und Sansibar, hat das alleinige Sagen, seitdem der Hof von Oman nach Sansibar verlegt wurde. Bin Said ist eine beeindruckende Erscheinung. Ich kenne ihn gut, ein ausgesprochen höflicher und großzügiger Mensch, Deutschen gegenüber wohlgesonnen. Wenn Sie nach seinen Regeln spielen, werden Sie keine Schwierigkeiten haben. Sie werden jedoch lernen müssen, sich den Gepflogenheiten anzupassen. Anders funktioniert es nicht.«

»Gewiss.«

Wessels richtete einen eindringlichen Blick auf sie. Elisabeth kam es vor, als fasste er gerade den Entschluss, ihr eine Frage zu stellen, die er bereits eine geraume Zeit in seinem Kopf zu wälzen schien. Einen Atemzug später löste er den Blick, holte eine Zigarette hervor und zündete sie an. »Was also sind Ihre Pläne auf Sansibar?«

Elisabeth presste die Lippen aufeinander. Während der ganzen Fahrt hatte Wessels sie nicht bemerkt, jetzt fragte er sie regelrecht aus. Weshalb ließ sie sich das überhaupt gefallen? Vor Ärger über sich selbst prickelte ihr Nacken. Andererseits schmeichelte es ihr fast, von einem gut aussehenden Mann wahrgenommen zu werden. Sie lockerte die Schultern. War es nicht so, dass man neugierige Menschen am besten von sich ablenkte, indem man ihnen gezielte Informationen lieferte? Entschlossen überging sie das nervöse Ziehen in ihrer Magengegend und machte sich darauf gefasst, ein Gespräch zu führen, wie sie es seit Beginn ihrer Reise mehrfach im Kopf durchgegangen war. Dabei hatte sie sich sorgfältig zurechtgelegt, welche Informationen sie über sich preisgeben wollte, welche Details sie unter den Tisch fallen lassen würde und welche Punkte sie so verändern musste, dass sie nah genug an der Wahrheit blieben, um glaubwürdig zu wirken, ohne sich in Widersprüchen zu verheddern oder den wahren Grund ihrer Reise zu verraten. Ihre Hände zupften verräterisch an den Rockfalten, sie verschlang die Finger. Äußerlich die Ruhe selbst, hob sie den Kopf. »Ich bin auf dem Weg zu Heinrich Dieckman, meinem Onkel. Er hat um Hilfe gebeten. Die Buchführung wird ihm lästig.«

»Hm. Der alte Dieckman. Ein Fuchs, wie er im Buche steht.« Wessels strich sich nachdenklich über das Kinn. »Wir kennen uns gut. Hin und wieder trinken wir ein Glas Port zusammen.« Er warf ihr einen eindringlichen Blick zu. »Respekt. Da haben Sie sich keine leichte Aufgabe ausgesucht. Sie werden Nerven brauchen. Dieckman kann launisch sein.«

»Mit Verlaub.« Elisabeth spürte, wie sich ihre Miene verkniff. »Ihre Offenheit in Ehren, aber Sie reden von meinem Onkel!«

Wessels schien zu sehr in seinen eigenen Gedanken gefangen zu sein, um auf den Einwurf zu reagieren. Kopfschüttelnd überging er ihren Einwand.

»Ehrlich gesagt wundert es mich, dass Dieckman um Assistenz bittet. Einmischung in seine Angelegenheiten scheut er wie der Teufel das Weihwasser. Er ist ein Geheimniskrämer sondergleichen. Und überzeugter Einzelgänger.«

»Wir werden schon miteinander auskommen«, erwiderte Elisabeth, jetzt deutlich nervöser. Der Puls dröhnte in ihren Ohren. Sie meinte, Misstrauen aus Wessels' Worten herauszuhören. Die Sorge, nicht ausreichend überzeugend gewesen zu sein, trieb ihr die Hitze in die Wangen. Wie konnte sie ihrer Geschichte mehr Tiefe verleihen? Ihre Gedanken rasten umher, auf der Suche nach einem Detail, das einer Überprüfung standhielt. Unwillkürlich strich sie sich über das Haar. Dabei verhakten sich ihre Finger in einem Knötchen. Je hektischer sie daran zog, desto mehr schien es sich ihrer Gewalt zu widersetzen. Als sie Wessels' forschenden Blick bemerkte, ließ sie von dem Haarknötchen ab und beschloss, zur Wahrheit zurückzukehren.

»Ich werde nicht meine gesamte Arbeitskraft auf meinen Onkel verwenden. Mein Bruder beabsichtigt, größere Mengen an Gewürznelken einzukaufen. Er hat mich beauftragt, vor Ort nach vertrauenswürdigen Geschäftspartnern Ausschau zu halten.« Sie biss sich auf die Lippe. Ihre Gedanken wanderten zu der ledernen Börse in ihrer Reisetasche. Otto hatte sie mit ausreichend Barvermögen ausgestattet, sodass sie auch einen längeren Aufenthalt auf Sansibar überbrücken konnte, sollte sich dies als notwendig erweisen.

»Warum ist Ihr Bruder nicht selbst gefahren?« Wessels legte den Kopf in den Nacken und ließ Zigarettenrauch durch seine Nasenflügel entweichen. »Als Frau mit den Arabern zu verhandeln ist ein Ding der Unmöglichkeit. Und dann ist da noch der indische Zoll.«

»Ich werde schon einen Weg finden.« Mit einer beiläufig wirkenden Bewegung nahm sie den Kampf mit dem Haarknoten wieder auf. Was wusste Wessels schon von ihr und von dem, was sie alles durchgestanden hatte? Sansibar machte ihr keine Angst. Und was die arabische Welt betraf, konnte sie ihren Onkel bitten, eine Tür für sie zu öffnen. Sie war nicht so vermessen zu glauben, dass sie in einer fremden Kultur ohne seine Hilfe auskäme. Mit einem Ruck durchtrennte sie den Knoten. »Was bin ich Ihnen für die Behandlung schuldig?«

»Nichts.« Mit einer beiläufigen Bewegung schnippte Wessels die Asche von der Zigarette und lächelte ihr zu. Für einen Moment blitzte eine andere, nicht von ärztlichem Interesse getriebene und sehr gewinnende Seite an ihm auf. Elisabeth legte verwundert den Kopf schräg. Das charmante Grinsen stand ihm gut zu Gesicht. Unter anderen Umständen wäre sie ausgesprochen erfreut über die Begegnung gewesen, ging es ihr durch den Kopf.

»Es war sehr angenehm, Ihre Bekanntschaft zu machen.« Wessels zwinkerte ihr zu. »Ich würde mich freuen, wenn Sie mir bei Gelegenheit erzählen würden, was Sie wirklich dazu bewegt, Ihr Glück auf Sansibar zu suchen.«

Elisabeth schluckte. Einen bangen Moment lang sagte sie nichts. »Wie ich sagte, ich reise im Auftrag meines Bruders. Wenn Sie mich jetzt entschuldigen … Mein Dienstmädchen wartet. Wir müssen für den Landgang packen«, behauptete sie, froh um die Ausrede. Mit einem höflichen Nicken verließ sie die Kabine. Die Tür fiel hinter ihr ins Schloss. Doch Wessels' Blick schien sie durch die Wände hindurch zu verfolgen.

KAPITEL 3

Als Elisabeth kurz darauf ihre Kabine betrat, warf Anna, ihr Dienstmädchen, ihr einen entsetzten Blick zu. »Heilige Maria und Josef!« Sie schlug sich die Hand vor den Mund. »Was ist passiert?«

»Ein Unfall an Deck. Belanglos.« Elisabeth machte eine wegwerfende Bewegung mit der Hand, um ihr lädiertes Äußeres herunterzuspielen. »Ich habe nicht aufgepasst.«

»Großer Gott. Ich dachte schon …« Der Rest des Satzes hing in der Luft.

»Nein.« Elisabeth lächelte schmal. »Du denkst falsch. Weyhoff ist uns nicht gefolgt.«

»Mir wird kalt, wenn ich an ihn denke.«

Elisabeth quittierte Annas Bemerkung mit einem knappen Nicken. Mit einem hohlen Gefühl im Magen trat sie an die Waschschüssel, tauchte den Schwamm ins Wasser und benetzte Unterarme und Dekolleté damit. … *würde mich freuen, wenn Sie mir bei Gelegenheit erzählen würden, was Sie wirklich dazu bewegt, Ihr Glück auf Sansibar zu suchen* … Wessels' Worte echoten durch ihren Geist. Tief sog sie die Luft ein und bemühte sich, zur Ruhe zu kommen. Von Wessels ging keine Bedrohung aus. Er hatte ihr seine Hilfe angeboten – wenn auch nicht wörtlich, so unterstellte sie ihm das zumindest. Dennoch konnte sie nicht sicher sein, ob er nicht irgendwelche Hintergedanken hegte. Hin- und hergerissen zwischen ihren widersprüchlichen Gefühlen, trocknete sie sich die Hände ab. Vielleicht reagierte sie ja überempfindlich, doch auch wenn ärztliche Fürsorge ihn antrieb, trat Wessels für ihren Geschmack eine Spur zu forsch auf, als dass sie ihm ohne Weiteres vertraut hätte.

Sie legte das Handtuch beiseite. Mit einem Hauch von Resignation beobachtete sie, wie Anna, deren Weltbild überwiegend von Aberglauben geprägt war, das Ledersäckchen an ihrem Gürtel öffnete, etwas Salz zwischen die Finger nahm und es über die Schulter warf, sodass die Körnchen an der Türschwelle landeten. Ein Ritual, das, wie Elisabeth wusste, dazu dienen sollte, das Böse zu verbannen. Gereizt seufzte sie auf, doch Anna zuckte nur die Schultern.

»Sicher ist sicher, auch wenn zwischen Ihrem Ehemann und Ihnen ein ganzer Ozean liegt.«

»Ich glaube nicht an diesen Unfug, und du solltest es auch nicht tun. Schließlich leben wir nicht im Mittelalter.« Elisabeth schüttelte den Kopf. »Hast du alles ordentlich gepackt und auch nichts übersehen? Wir gehen in Kürze von Bord.«

»Ojemine!« Annas Blick wurde flehentlich. »Müssen wir überhaupt auf diese Insel? Dort soll es ganz fürchterlich sein.«

»Wer sagt denn so etwas?« Elisabeth wedelte mit der Hand vor der Nase, um den unangenehmen Geruch zu vertreiben, der von ihrem Dienstmädchen ausging.

»Die Seeleute.« Annas Unterlippe bebte. »Sansibar ist eine Insel von Wilden, voller Dreck, Geister und schwarzer Magie.«

»Unsinn. Es gibt weder Geister noch schwarze Magie, das versuche ich dir die ganze Zeit zu erklären.« Elisabeth trommelte mit den Fingern. Einmal mehr mahnte sie sich zur Nachsicht. Anna war naiv, unerfahren und zum ersten Mal im Leben länger als eine Tagesreise von zu Hause fort. Zweifelnd betrachtete Elisabeth sie. War es richtig gewesen, ein siebzehnjähriges

Mädchen zu ihrer Begleitung zu machen? Außer grenzenloser Loyalität sprach nur die Tatsache für Anna, dass Elisabeth sie von ihrer Geburt an kannte, denn Anna war als Tochter eines Küchenmädchens und eines Stallburschen auf dem Gutshof der von Baahrens geboren worden. Später hatte Anna ganz natürlich ihren Platz auf dem Hof eingenommen. Das Leben auf dem Gut passte zu ihr wie eine Hand in den Handschuh. Kleinere Aufgaben, die man ihr zuwies, erledigte sie ordentlich und pflichtbewusst, sodass Elisabeth sie vor zwei Jahren zu sich nach Lübeck geholt und als ihr Dienstmädchen eingestellt hatte.

Annas aufgebrachte Stimme riss sie aus ihren Gedanken. »Aber auf dem Dampfer wären wir sicher. Sansibar ist gefährlich. Die Seeleute erzählen, dass man nachts die Schreie gefolterter Sklaven hört und bei Tag am Gestank des Unrats erstickt. Und es gibt tödliche Krankheiten. Wir werden verrecken und an der Scheißerei sterben.«

»Was ist denn das für eine Ausdrucksweise?« Ärgerlich stemmte Elisabeth die Hände in die Taille. »Schluss mit dem Getratsche. Ich will kein Wort mehr davon hören, hast du verstanden?«, entgegnete sie schroffer als beabsichtigt. Im nächsten Moment holte sie das schlechte Gewissen ein. Sie ertappte sich dabei, gegen eines ihrer Prinzipien verstoßen zu haben, nämlich allen Menschen ungeachtet ihrer Stellung mit dem gleichen Respekt zu begegnen. Betreten biss sie sich auf die Lippe. Was war nur los mit ihr? An den meisten Tagen perlte Annas Schwarzmalerei an ihr ab wie Regen an einer Scheibe. Heute aber schien schon ein winziger Wassertropfen die Kraft zu besitzen, Elisabeths Schutzmembran mit der Wucht von Nitroglyzerin zu zerstören. Fieberhaft suchte sie nach einer Idee, dem Gespräch eine neue Wendung zu geben.

»Vorhin habe ich aus Zufall eine interessante Bekanntschaft gemacht«, erklärte sie, betont versöhnlich. »Ein österreichischer Arzt, der seit Jahren auf Sansibar lebt. Er hat mir versichert, dass der Sultan von Sansibar ein sehr zivilisierter Mensch ist. Du siehst, an dem Gerede der Matrosen ist nichts dran. Oder glaubst du im Ernst, dass ein gebildeter Mensch wie der Imam solche Zustände, wie du sie schilderst, dulden würde?«

Mit einem Anflug von Bockigkeit warf Anna die Lippen auf. »Himmelherrgott, was weiß denn ich? Die einen reden so, die anderen anders. Wem soll man denn da glauben?«

»Glaube deiner Vernunft.« Sanft legte Elisabeth Anna eine Hand auf die Schulter. »Komm jetzt. Hilf mir packen«, sagte sie und zog die Reisetasche hervor.

Widerspruchlos nahm Anna Unterwäsche und Nachthemden aus dem Schrank und stapelte sie auf dem Bett. Die Duftwolke, die von ihr ausging, ließ Elisabeth abermals nach Luft schnappen. Sie warf dem Mädchen einen Blick von der Seite zu. »Wonach riechst du? Ist das Männerparfüm?«

Die Antwort kam verdächtig schnell. Elisabeth ahnte, dass Anna sie sich im Vorfeld zur Verteidigung zurechtgelegt haben musste.

»Ich habe nichts Verbotenes getan«, behauptete Anna und brach dann ab. Ihre Hände fuhren auf der Bettdecke umher.

Elisabeth musterte sie prüfend. Dass Annas aschblondes, gewöhnlich straff zurückgebundenes Haar ein wenig aufgelöst aussah, war nicht ungewöhnlich. Und dass die Wangen in ihrem herzförmigen Gesicht gerötet waren, mochte an der Hitze liegen. Verdächtig aber war das verrutschte Mieder, aus dem der Busen ungeziemend hervorquoll. Elisabeth schüttelte ärgerlich den Kopf.

»Hast du dich wieder bei den Mannschaftsräumen herumgetrieben? Sagte ich nicht, dass du dich vom Unterdeck fernhalten sollst?«

»Ich habe mir nur die Füße vertreten.«

»Du siehst fürchterlich aus«, stellte Elisabeth fest und verschränkte die Arme vor der Brust.

Anna schob die Unterlippe vor. Eine Weile standen sie sich stumm gegenüber. Tief im Bauch des Schiffes stampften die Motoren. Schließlich hob Anna den Blick.

»Sie waren nicht da. Zuerst habe ich in der Kabine auf Sie gewartet, aber dann … Da war Musik auf dem Zwischendeck. Es wurde gesungen und getanzt. Alle waren fröhlich. Ein Matrose hatte Geburtstag, ein hübscher Kerl mit Schultern so breit wie ein Schrank und pechschwarzen Augen. Er hat mich auf ein Gläschen eingeladen, da konnte ich doch schlecht Nein sagen«, gestand sie nun bereitwillig, und ihre Augen leuchteten.

Elisabeth zögerte und betrachtete das Mädchen mit gemischten Gefühlen. Wirklich böse konnte sie Anna nicht sein, dafür erinnerte sie sich allzu lebhaft an die Zeit, als sie selbst in ihrem Alter gewesen war. Jung, unerfahren und leicht zu beeindrucken. Vor allem aber wusste sie noch genau, wie es sich anfühlte, nicht mehr im Körper eines Mädchens zu stecken, sondern in dem einer Frau, runde, feste Brüste zu haben und sich begehrenswert zu fühlen. Damals hatte sie dem Reiz des Abenteuers auch nur schwer widerstehen können, doch im Gegensatz zu Anna hätte sie einem Fremden nie erlaubt, mit den Händen unter ihrem Mieder zu forschen. Zum wiederholten Mal hatte Anna eine Linie übertreten, die Elisabeth bewusst gezogen hatte. Sie furchte die Stirn.

»Bei einem Tanz ist es wohl nicht geblieben. Woher stammt der Fleck an deinem Hals?«

Annas Eigenwille erwachte erneut. »Man wird doch wohl ein wenig Spaß haben dürfen.«

»Darum geht es nicht.« Elisabeth schüttelte langsam den Kopf. »Du sollst nur im Vorhinein darüber nachdenken, wie sich ein bisschen Spaß anfühlt, wenn du allein und mit dickem Bauch dastehst. Jetzt dreh dich um. So kannst du nicht unter die Menschen gehen.« Mit ungehaltenem Seufzen trat Elisabeth hinter sie und zog ihr das Mieder gerade. Als sie fertig war, strich sie ihr begütigend über die Schultern. »Ist dir denn jegliches Gefühl für Anstand verloren gegangen? Es hat schon seinen Sinn, wenn ich dir eine Anweisung gebe.«

»Tut mir leid.« Annas Brustkorb hob und senkte sich vor schlechtem Gewissen. »Ich wollte Sie nicht wütend machen.«

»Das will ich hoffen.« Elisabeth wandte sich wieder dem Stapel Wäsche zu. Hatte sie sich zuvor beim Anblick der Küste beschwingt gefühlt, machte sich jetzt Erschöpfung in ihr breit. Eine lange, strapaziöse Reise lag hinter ihnen. Ihr Körper sehnte sich nach festem Boden unter den Füßen und einem bequemen Bett. Hoffentlich hatte ihr Onkel den Brief erhalten, den sie ihm vor ihrer Abreise aus Lübeck geschrieben hatte. Nachdenklich strich sie über den groben Stoff der Bettdecke. Was Wessels über ihren Onkel erzählt hatte, klang nicht eben ermunternd. Möglicherweise war sie weniger willkommen als erhofft. Mitten in ihre Überlegungen hinein wurden Rufe laut.

»Kommen Sie! Der Hafen ist in Sicht.« Annas Augen leuchteten vor kindlicher Aufregung. Im Überschwang der Gefühle packte sie Elisabeth bei der Hand und zog sie mit sich.

Ein Strom aus Mitreisenden ergoss sich auf das Deck. Inmitten des Gedränges entdeckte Elisabeth Wessels' Gesicht. Angesteckt von der ausgelassenen Stimmung um sie herum, hob sie die Hand und winkte ihm über die Köpfe hinweg zu.

Mit einem freundlichen Lächeln schob sich der Arzt durch die Menschen auf sie zu. »Da sind Sie ja, meine Liebe. Wie es aussieht, werden wir uns bald wieder die Füße vertreten können, ohne gleich an Grenzen zu stoßen. Nach achtzehn Tagen auf See ein unbeschreibliches Gefühl.«

»Ich kann es kaum erwarten«, gab Elisabeth zurück. Aus einem Impuls heraus ließ sie ihre gewohnte Zurückhaltung fallen. »Darf ich Ihnen eine Frage stellen?«, setzte sie an, den Blick auf den nahenden Hafen gerichtet.

»Sicher.«

»Sie sagten, Sie kennen sich aus auf Sansibar. Könnten Sie mir sagen, wie ich zum Haus meines Onkels finde? Nur für den Fall, dass er geschäftlich verhindert ist und keine Zeit findet, mich am Hafen zu begrüßen.«

»Bei Dieckman kann man sich nie sicher sein, aber Sie finden den Weg ganz leicht.« Seine Stimme nahm einen bedauernden Tonfall an. »Zu schade, dass mein Zeitplan es nicht zulässt, es wäre mir natürlich eine Freude gewesen, Sie persönlich zum Handelskontor Ihres Onkels zu begleiten. Schauen Sie, dort hinten.« Er hob den Arm und deutete auf eine lange Reihe weiß getünchter Gebäude. »Wir befinden uns hier auf Unguja, der Hauptinsel. Das da ist die Steinerne Stadt, auf einer Landspitze gelegen. Dahinter befindet sich eine Lagune, die die Steinerne Stadt von den übrigen Vierteln trennt. Bei Flut gelangt man über eine Brücke hinüber. Bei Ebbe allerdings sollten sie das Sumpfland meiden. Das Brackwasser stinkt fürchterlich.«

Elisabeths Augen blickten in die von ihm gewiesene Richtung. Bisher hatte sie sich die Stadt selbst als eine graue, steinerne Festung vorgestellt, umgeben von uneinnehmbaren Mauern. Zu ihrer Überraschung bot sich ihr ein Bild wie aus einem Märchen aus Tausendundeiner Nacht. Sansibar schien voller Kontraste zu sein. Moscheen mit blitzenden Minaretten standen Schulter an Schulter mit großen, palastähnlichen Häusern. Entlang der Kaimauer wimmelte es nur so von Menschen, manche von ihnen in edle, farbenprächtige Gewänder gekleidet, andere in lange, schlichte Hemden. Schwarze Männer mit Turban auf dem Kopf standen in Gruppen zusammen und unterhielten sich angeregt. Ihre Hände bewegten sich durch die Luft, als führten sie ihr eigenes Leben. Über das Wasser hallte lautes Stimmengewirr zu ihr herüber. Wie ohrenbetäubend musste der Lärm erst von Nahem sein? Elisabeth schüttelte verwundert den Kopf. Wieder andere Männer, deren Haut so schwarz war, wie sie es noch nie gesehen hatte, mit nichts als einem nachlässig gewundenen Lendentuch bekleidet, luden Säcke von den Dhaus. Das Hafenwasser spritzte ihnen bis an die knochigen Hüften, als sie ihre Last mit schweren Schritten zum Ufer trugen. Elisabeths Augen folgten ihnen zum Kai hinauf, wo bereits Säcke in langen Reihen aneinanderstanden. Ein Haufen merkwürdig aussehender, gebogener Gebilde erregte ihre Aufmerksamkeit. Sie reckte den Hals. Ein Schauer lief über ihre Unterarme, als sie erkannte, dass es sich um Stoßzähne von unvorstellbarer Größe und Menge handelte. Im Vergleich zu den Elefanten, die sie zusammen mit ihrer italienischen Schwägerin Luigina in einer Menagerie in der Nähe von Florenz bestaunt hatte, mussten diese Tiere gewaltig gewesen sein. Vor Kummer zog sich Elisabeths Brust zusammen, als sie zu ahnen begann, wie viele der mächtigen Tiere Tag für Tag sterben mussten, um den Hunger nach elfenbeinernen Billardkugeln und Klaviertasten in Europa zu stillen. Gedankenschwer fuhr sie sich mit der Hand über die schwitzige Stirn. War dies das Paradies, wie sie es sich erträumt hatte?

Sie folgte Wessels' Blick zu dem nahen Leuchtturm und weiter zur Festung mit ihren Zinnen und den hohen, glatten Mauern, deren Schießscharten wie leere Augen in den Nachmittag starrten. Zur Linken des Forts befanden sich ein hölzerner Pavillon und ein von Palmen gesäumter Platz. Stirnrunzelnd betrachtete sie den Fahnenmast in seiner Mitte. Einen traumgleichen Augenblick lang erweckte er in ihr die Illusion, als hätte jemand das Ziel ihrer Reise mit einer Nadel markiert. Beinahe musste sie über sich selbst lachen. Hatte sie Anna nicht erst vorhin dafür gerügt, an Vorsehung und Zeichen zu glauben? Es musste an der Übermüdung liegen, schloss sie und schob den Gedanken beiseite. Neugierig reckte sie den Hals, um das Muster auf der wehenden Flagge zu erkennen. Ihre Augen machten schmale goldene Mondsicheln auf einem gestreiften Untergrund aus. Es brauchte nicht viel Fantasie, um sich auszudenken, wofür die Farben auf Sansibars Flagge stehen konnten: gelb für die Strände, grün für die Urwälder, weiß für die Korallenriffe, die sie passiert hatten. Was das satte Rot bedeuten mochte, konnte sie sich allerdings nicht erklären. Es erinnerte sie an Blut.

»Sehen Sie das große, rechteckige Haus mit den Kanonen und dem steinernen Boot davor?«, hörte sie Wessels fragen. »Das ist Bet il Sahel, der Sultanspalast.«

Elisabeth nickte. Bet il Sahel stand ein Stück weit links des Platzes und wies zwei Obergeschosse auf. Die weiß getünchte Fassade wirkte an manchen Stellen verwittert. Vor den Fenstern befanden sich weit geöffnete hölzerne Läden. Fragend wandte sie sich an Wessels.

»Was hat es mit dem steinernen Boot auf sich? Es sieht aus wie ein Lastkahn aus Stein und ist sicher an die drei Meter hoch.«

»Es dient als Behälter für die Wasserversorgung von Bet il Sahel. In der Steinernen Stadt selbst gibt es keinen Fluss, stattdessen transportieren Träger das Wasser in Krügen von den Brunnen in die Häuser«, erklärte Wessels. »Vorne, das flache Gebäude direkt am Kai, ist das Zollhaus, gleich daneben befinden sich die Konsulate. Wenn Sie der Straße neben dem Fort folgen, gelangen Sie zu den Handelshäusern. Halten Sie Ausschau nach einem Platz, auf dem eine Palme mit verdorrten Fächern steht. Sie ist von einer Schlingpflanze umwuchert. Direkt dahinter liegt das Handelskontor Ihres Onkels. Es ist leicht zu erkennen, über dem Eingang hängt ein Schild.«

»Ich danke Ihnen für Ihre Hilfe.« Elisabeth nickte knapp. Dass Wessels sie nicht dorthin begleitete, machte ihr nichts aus. Immerhin hatte sie halb Europa und den Suezkanal durchfahren und einen Ozean überquert. Weshalb sollte sie nicht in der Lage sein, sich auf eigene Faust bis zum Haus ihres Onkels durchzuschlagen? Mit einem höflichen Lächeln verabschiedete sie sich und machte sich auf die Suche nach Anna.

Kapitel 4

Sansibar, im Juni 1880

Erleichtert, der Enge des Schiffs zu entkommen, ging Elisabeth als eine der Ersten von Bord. Sie konnte es kaum erwarten, die Insel zu betreten. Geschickt hangelte sie sich das Fallreep hinunter und setzte erst den einen, dann den anderen Fuß in das Beiboot. Die Schaluppe, die sie ans Ufer bringen sollte, ächzte und schwankte unter der Last, obwohl Elisabeth zwar groß, aber sehr schlank war. Eine Männerhand streckte sich ihr entgegen. Elisabeth ergriff sie, sie fühlte sich warm und rau an. Mit einer fließenden Bewegung ließ sie sich auf der schmalen Sitzbank nieder. Ihr Blick wanderte zum Ufer. Ratlos starrte sie auf den breiten braunen Streifen, der sich in einiger Entfernung vor dem Hafenbecken ausbreitete. Wo vor dem Anlegen die Träger im hüfttiefen Wasser gestanden hatten, war jetzt Land. Mit einem Mal erinnerte sie sich daran, dass Wessels von dem Wechsel der Gezeiten gesprochen hatte. Bang betrachtete sie ihre Stiefeletten. Der Schlick vor dem Hafenbecken schimmerte dunkel. Grundgütiger, wie um alles in der Welt sollte sie trockenen Fußes an Land kommen?

Weiter gediehen ihre Überlegungen nicht, denn ein schrilles Kreischen ließ sie zusammenzucken. Elisabeth hob den Kopf und erblickte über sich den Saum von Annas Rock. Mit viel Strampeln, noch mehr Gekreische und einem ordentlichen Plumps landete ihr Dienstmädchen neben ihr im Boot, sodass die Schaluppe wild schwankte. Für so ein Persönchen hatte Anna ein ziemliches Gewicht. Mit beiden Händen krallte sie sich an der Sitzbank fest, sodass ihre Knöchel weiß hervortraten. Das Gesicht angstverzerrt, schielte sie zu Elisabeth hinüber.

»Mir ist das nicht geheuer. Bitte, können wir nicht umkehren?«

Elisabeth schüttelte den Kopf. »Was redest du da?«

»O mein Gott! Ich ertrage das nicht«, rief Anna und presste sich die Hand vor das Gesicht. »Was ist das für ein Gestank?«

Elisabeth räusperte sich. »So schlimm ist es auch wieder nicht«, meinte sie, doch je mehr das Boot sich dem Morast näherte, umso widerlicher wurde der Geruch nach Fäulnis, Fisch und Fäkalien.

Störrisch stemmte Anna die Füße auf die Planken. »Ich gehe nicht an Land. Ganz sicher nicht. Wir werden sterben. Ich weiß es. Am Dreck. Oder an einer schlimmen Krankheit. Gott sei uns gnädig.«

So gelassen wie möglich nahm Elisabeth zwei fein bestickte Taschentücher aus der Reisetasche und tröpfelte Kölnisch Wasser darauf.

»Hier. Nimm das und halte es dir vor die Nase. Der Pferdemist zu Hause riecht auch nicht besser.«

Anna nahm ein Tuch entgegen und presste es sich unter vorwurfsvollem Schweigen vor die Nase. Gleichmäßig schnitten unterdessen die Ruder durch das Wasser, während die Wellen dumpf gegen die Bootswand schlugen. Eine Woge spritzte auf und durchnässte Elisabeths Bluse, sodass sie feucht und schwer an ihrem Busen klebte. Vorsichtig blickte Elisabeth sich um und stellte dabei fest, dass die Augen des Matrosen, der sie an Land brachte, lüstern auf ihr ruhten. Betont kühl wandte sie sich ab und starrte in das trübe Wasser.

Schreie hallten zu ihnen herüber. Als Elisabeth den Kopf hob, fand sie das Boot von denselben halb nackten Männern umzingelt, die sie zuvor beim Schleppen der Säcke beobachtet hatte. Der größte von ihnen überragte die anderen um gut einen Kopf. Mit dunklen, rot unterlaufenen Augen starrte er in Elisabeths Richtung, als wollte er eine Abmachung mit ihr treffen, deren Sinn sie nicht verstand. Kurzerhand schob er die anderen Träger beiseite und hielt geradewegs auf sie zu. Große, schwielige Hände packten ihre Taille, dann lud er sie wie einen Sack auf seine Schulter. Mit der freien Hand nahm er ihre Reisetasche. Elisabeth schrie vor Schreck auf. In ihrer Panik schlug sie mit den Fäusten wild um sich, während der Mann in einer dunklen, fremden Sprache auf sie einredete. Ungeachtet ihres Protestes watete er mit ihr davon. Wütend warf sie den Kopf in den Nacken und bemerkte dabei, dass die Passagiere, die nach ihr von Bord gegangen waren, die gleiche Prozedur erlitten. Endlich begriff sie. Der Mann erwies ihr einen Dienst, der hier offensichtlich üblich war. Beschämt ließ sie die Fäuste sinken. Auch wenn sie die Vorgehensweise für beide Seiten als entwürdigend empfand, schien es die einzige Möglichkeit zu sein, in trockener, sauberer Kleidung an Land zu gelangen.

Durch die Last auf seiner Schulter nicht im Geringsten beeinträchtigt, trug der Mann sie behände die Stufen des Kais hinauf. Dort angekommen, ließ er sie neben den gestapelten Säcken zu Boden und stellte die Tasche ab. Elisabeth atmete auf und steckte ihre Bluse zurück in den Rockbund, aus dem sie sich gelöst hatte. Leicht benommen drehte sie sich um und blickte in ein Gesicht mit einer tief angesetzten Nase und dunklen, vollen Lippen. Ihr Gegenüber streckte die Hand aus und lächelte breit. Bebend vor Aufregung kramte sie eine Banknote hervor und reichte sie ihm. Ohne Zustimmung oder Missfallen über die Höhe der Bezahlung zu äußern, verstaute er sie in den Falten seines Lendentuchs und tauchte in der Menge unter.

»O Gott! Das ist das Schrecklichste, was mir je passiert ist«, hörte sie Anna hinter sich jammern. Elisabeth wandte sich um. Annas Augen blickten starr. »Ich schwöre, dass ich nichts dafürkann, aber als er mich packte und über die Schulter warf, stießen meine Hände gegen seinen nackten Hintern. Und als er mich absetzte, sah ich etwas zwischen seinen Beinen, das ich lieber nicht gesehen hätte …« Kopfschüttelnd brach sie ab. »Ich dachte, er wollte mir Gewalt antun.«

»Sei nicht albern«, sagte Elisabeth. »Du siehst doch, wie arm die Männer sind. Sie verdienen sich so ein wenig Geld. Jetzt komm. Hilf mir mit dem Gepäck.« Von Ungeduld getrieben, griff Elisabeth nach den Henkeln ihrer Reisetasche. Dann passierte das Undenkbare. Mit einem Ruck schnappte der metallene Verschluss auf. Unterhemden, Blusen und Strümpfe ergossen sich auf die staubige Straße, die Geldbörse und die Reisepapiere zuoberst. Wie aus dem Nichts tauchten Halbwüchsige in langen, schmutzig weißen Hemden, mit nackten Beinen und Füßen auf. Johlend stürzten sie sich auf Elisabeths Habseligkeiten. Einer von ihnen, ein langer, dürrer Junge mit kahl geschorenem Kopf und rötlich verfärbten Zähnen, schnappte sich Elisabeths silbernen Handspiegel und rannte damit davon.

»Aufhören! Hört auf damit!«, rief Elisabeth und schrieb den Spiegel in Gedanken ab. Geistesgegenwärtig stürzte sie sich auf den Jungen, der gerade nach der Geldbörse und den Papieren greifen wollte, und packte ihn am Hemd. »Lass das! Das gehört mir.«

Ein Schlag traf sie ins Kreuz. Im nächsten Augenblick fand sie sich auf dem Bauch liegend im Staub wieder. Sie rollte sich auf den Rücken und betastete die schmerzenden Rippen.

Bevor ihr bewusst wurde, was geschah, ertönte ein Schuss. Elisabeth erstarrte mitten in der Bewegung. Annas erschüttertes Schluchzen drang an ihr Ohr.

»Genug! Verschwindet!«, rief eine männliche Stimme. Ein zweiter Schuss dröhnte über die Köpfe hinweg. »Los jetzt. Oder muss ich deutlicher werden?« Das Englisch hatte einen ausgeprägt schottischen Akzent.

Aus den Augenwinkeln bemerkte Elisabeth, wie die Halbwüchsigen in sämtliche Richtungen davonstoben. Sie rappelte sich auf und stützte sich vorsichtig auf die Ellbogen, um den Schaden zu begutachten. Ihre Wäsche lag rings um sie herum im Dreck verstreut, das Geld und die wichtigen Papiere waren zum Glück noch da, soweit sie es überblicken konnte. Benommen hob sie den Blick. Direkt vor ihr ragte die Silhouette eines Mannes auf, ein schwarzer Schatten vor der untergehenden Sonne. Breitbeinig und ohne sich zu regen, stand er da.

»Stehen Sie auf, Mylady.« Er ließ die Pistole zurück in das Halfter gleiten, dann streckte er ihr die Hand entgegen.

Elisabeth ergriff sie wortlos und ließ sich auf die Füße helfen. Irritiert betrachtete sie den Fremden, der sie um etwa eine Haupteslänge überragte, obwohl sie selbst schon recht groß war. Für einen Moment verhakten sich ihre Blicke ineinander. Fast hätte sie schwören können, dass es sich um den Mann handelte, den sie durch das Fernrohr auf dem Felsen hatte stehen sehen: kurz geschorene Haare, weißes Hemd, stolze, unnachgiebige Haltung. Er war äußerst attraktiv, und zwar auf eine ungewöhnliche Weise. Was es war, konnte Elisabeth auf die Schnelle nicht einordnen, so wie der Mann selbst sich jeglicher Kategorisierung zu widersetzen schien. Er war nicht dunkelhäutig, aber auch nicht hellhäutig, nicht afrikanisch und nicht europäisch, nicht indisch, aber auch nicht arabisch. Seine Miene war nicht fröhlich, aber auch nicht ernst, seine Haltung stolz, aber nicht überheblich. Seine Stimme samtig, mit einer gewissen Rauigkeit. Sein Gesicht war schön geschnitten, mit hohen Wangenknochen, einer tief angesetzten, breiten Nase, weichen, vollen Lippen, die von einem Dreitagebart umrandet wurden, und einem spitz zulaufenden Kinn. An seiner Nasenwurzel hatte sich eine Falte eingegraben, so als zöge er die dunklen, leicht geschwungenen Augenbrauen aus Gewohnheit zusammen. Am ungewöhnlichsten aber waren die strahlend blauen Augen, die nicht so recht zu seinem kurzen krausen Haar und dem milchkaffeebraunen Teint passen wollten.

»Alles in Ordnung?«, erkundigte er sich.

»Sie …«, krächzte sie heiser auf Englisch. »Sie sind es …«

»Wie bitte?« Kaum merklich hob er eine Augenbraue. In seinem ungewöhnlich intensiven Blick spiegelte sich ein Hauch Verständnislosigkeit. »Ich glaube nicht, dass wir bereits das Vergnügen hatten, einander vorgestellt zu werden.«

»Oh. Ich …« Verunsichert strich sich Elisabeth eine lose Strähne hinter das Ohr. »Ich meinte, Sie schon einmal gesehen zu haben.« *Auf einem Felsen am Strand, als unser Dampfer die Küste umfuhr,* lag es ihr auf der Zunge. Noch rechtzeitig biss sie sich auf die Lippe. Das wäre unziemlich gewesen, ihm zu gestehen, dass sie ihn durch den Feldstecher genauestens beäugt hatte.

»Ah ja?« Er lehnte den Oberkörper leicht zurück und musterte sie eingehend. Dabei verschränkte er die Arme vor der Brust. »Wie auch immer. Sie sollten so kurz vor Einbruch der Dämmerung nicht hier sein. Um diese Uhrzeit ist der Hafen kein sicherer Ort für eine Lady.«

»Ich bin eben erst von Bord gegangen«, verteidigte sich Elisabeth aus einem irrationalen Impuls heraus. Der Blick des Fremden verunsicherte sie. Die Luft um sie herum begann zu flirren. Sie schluckte trocken. »Außerdem beabsichtige ich nicht, mich von ein paar Halbwüchsigen einschüchtern zu lassen.«

»Lobenswert.« Mit dem Daumen strich er langsam über das unrasierte Kinn, während seine Augen weiter auf ihr ruhten. »Legen Sie sich eine Pistole zu, und lernen Sie, auf sich aufzupassen.«

»Über diese Fähigkeit verfüge ich bereits«, erwiderte Elisabeth, ernüchtert von seinem belehrenden Tonfall.

»Wie Sie meinen.« Er maß sie mit einem langen Blick. »Ich wünsche einen angenehmen Abend.« Mit zwei Fingern tippte er zum Gruß gegen seine Stirn. Dann drehte er sich um und ließ sie stehen. Verwundert darüber, dass er es plötzlich so eilig hatte, blickte Elisabeth ihm hinterher.

»Was war das denn?« Anna hob die Wäsche auf, klopfte den Staub aus und faltete sie zusammen.

»Hilfe im passenden Augenblick.« Elisabeth bückte sich nach den Papieren. »Beeil dich, es wird gleich dunkel«, sagte sie und blickte sich besorgt um. Erschreckend schnell versank die Sonne hinter den Mauern. Unweit des Leuchtturms, ein Stück die Straße hinunter, malten die Feuer der Garküchen unregelmäßige Schatten in den Abend, Afrikanerinnen hantierten an gusseisernen Töpfen. Neugierig reckte Elisabeth den Hals. Sie hatte in Reiseberichten gelesen, dass es in diesen Breiten die übliche Art war, Essen zuzubereiten. Es roch so appetitlich nach Fisch und gebratenem Lamm, nach Kokosnuss, Zimt, Feigen und einer Vielzahl exotischer Gewürze, dass ihr das Wasser im Mund zusammenlief. Ihr Blick glitt weiter. Auf dem Markt neben dem Fort herrschte noch buntes Treiben. Durchsetzt von schrillem Stimmengewirr dröhnten Gesänge, Trommelklänge und gebetsartige Rufe an Elisabeths Ohren. Dicht an dicht saßen die Händler im Staub und boten mit lautstarken Stimmen die unterschiedlichsten Früchte zum Verkauf an. Orangen, Bananen, Datteln, Feigen, Granatäpfel und Mangos lagen in Körben aus Bananenblättern auf dem Boden und leuchteten Elisabeth verlockend entgegen. An den Mauern des Forts lehnten Bündel aus langem Zuckerrohr. Staunend sog Elisabeth die Eindrücke in sich auf. Obwohl Armut herrschte, lag Schönheit in der Szenerie. Auf eine Art und Weise, die sie nicht hätte benennen können, wirkten die Menschen mit sich und ihrem Dasein im Reinen. Elisabeth fühlte Zuversicht in sich aufsteigen. Sosehr sich der Markt vor dem Fort mit seinem ohrenbetäubenden Lärm und Gewimmel von dem Markt neben dem altehrwürdigen Rathaus in Lübeck unterschied, ähnelten sich in gewisser Hinsicht beide Orte. Wie in Lübeck gab es auch auf Sansibar ganz gewöhnliche Menschen, von denen manche gut waren und andere vermutlich nicht. Menschen, die ihrer Arbeit nachgingen, ihre Familien ernährten, sich liebten oder mitunter hassten. Der Unterschied lag nur darin, dass Elisabeth noch nicht gelernt hatte, die neue Realität mit ihrem Durcheinander aus verschiedenen Völkern und Kulturen zu verstehen und lieben zu lernen. Dass sie dazu fähig war, bezweifelte sie nicht.

Annas Stimme holte sie zurück in die Gegenwart. »Hier. Fertig.« Sie hielt Elisabeth die geöffnete Tasche entgegen. Sorgsam faltete Elisabeth die mit dem neuesten Stand der Schreibmaschinentechnik beschriebenen Papiere und verstaute sie zusammen mit der Geldbörse sicher zwischen der Wäsche. Mit einem Klicken schnappte der Verschluss zu.

»Das wäre mal ein Mann zum Heiraten gewesen«, sagte Anna. Schwärmerisch blickte sie in die Richtung, in die der Fremde verschwunden war. »Was meinen Sie, ist er Araber oder Inder?«

»Abgesehen davon, dass ich anderes zu tun habe, als mir darüber Gedanken zu machen – woher soll ich das wissen? Ich weiß nur, dass man sich die Sache mit der Heirat gut überlegen sollte. Oft ist es ein entsetzlicher Irrtum. Die Freiheit ist viel mehr wert. Liebe oder das, was man dafür hält, ist vergänglich. Komm, pack mit an«, sagte Elisabeth bestimmt und zugleich gedankenverloren und reichte Anna einen der Henkel. Die Tasche war zu schwer, um sie allein zu tragen, außerdem war sie zwischen ihnen besser geschützt. Zum Glück hatte sie mithilfe ihres Bruders arrangieren können, dass das restliche Gepäck zum Handelskontor ihres Onkels geliefert wurde.

»Ausgerechnet Sie sagen das?« Anna packte ihre Seite der Tasche. Mit langsamen Schritten bewegten sie sich auf den Markt neben dem Fort zu. »Eine verheiratete Frau? Warum haben Sie den Apotheker überhaupt geheiratet, wenn die Ehe so ein Irrtum ist?«

»Ich hatte meine Gründe«, erklärte Elisabeth düster, auch wenn ihr diese im Nachhinein falsch erschienen. Plötzlich meinte sie zu spüren, wie die Stelle an ihrem Finger brannte, an dem der Ehering gesteckt hatte. Was hätte sie Anna antworten sollen? Sie erinnerte sich nur zu genau an das Gespräch mit ihrem Vater. Fast meinte sie, in seinem mit dunklen Möbeln ausgestatteten Herrenzimmer des heimischen Gutshofs zu sitzen. Der Geruch von Pfeifentabak erfüllte den Raum. Bruchstücke des Gesprächs blitzten in ihrer Erinnerung auf, spärliche Worte, die ihr Leben für immer verändern sollten. *Weyhoff hat um deine Hand angehalten … Es ist deine Pflicht als Tochter … Ohne die Heirat ist das Gut verloren … Du wirst dich schon an ihn gewöhnen … Er ist kein schlechter Mensch … Deine Mutter hätte es so gewollt …*

Annas Stimme holte sie in die Gegenwart zurück. »… und was nützt mir meine Freiheit, wenn ich nachts allein liege? Da ist mir ein hübscher Kerl lieber, an den ich mich in der Dunkelheit kuscheln kann.« Anna schob den Henkel der Tasche höher auf ihren kräftigen Unterarm. »Außerdem kann man auch an den Richtigen geraten.«

»Mag sein.« Seite an Seite schoben sie sich durch das Gedränge. Hinter dem Fort wurde es ruhiger. Ein Kontor reihte sich ans andere, hier waren sie richtig. Jetzt mussten sie nur den Platz mit der Palme finden. Elisabeth nahm die Diskussion wieder auf. Anna sollte verstehen, wie wichtig das Thema war.

»Eine Ehe ist nur dann eine gute Einrichtung, wenn die Beteiligten einander ebenbürtig sind, und nicht, wenn der Mann der Frau keinen eigenen Willen zugesteht. Begreifst du, dass wir uns nicht länger einengen lassen dürfen? Irgendwann wird es keinen Unterschied mehr zwischen den Geschlechtern geben. Die Frau gehört auf eine Stufe mit dem Mann. Sie hat ein Recht auf die gleiche Erziehung und Bildung.«

Anna schnaubte durch die Nase. »Aber das verstößt gegen die Natur. Wo bleibt denn da der Reiz, wenn alles gleich ist?«

»*Gewisse* Unterschiede wird es natürlich immer geben«, antwortete Elisabeth trocken.

»Aber ich verstehe es trotzdem nicht«, beharrte Anna, stur wie ein Eselchen. »Wenn die Frauen alles selbst können, wozu sind dann die Männer nütze? Was sollen sie denn den ganzen Tag tun?«

»Das Gleiche wie zuvor, nur dass die Frauen ihnen in nichts nachstehen.«

Annas verständnisloser Blick traf sie. Langsam schüttelte das Mädchen den Kopf. »Davon wird auch nichts besser. Im Gegenteil. Haben Sie mal die Männer gefragt, wie die sich bei der Sache fühlen, wenn sie nicht mehr gebraucht werden? Der von eben, der Große, Gutgebaute mit dem Revolver, wäre bestimmt nicht glücklich darüber. Darauf verwette ich meinen Arm«, sagte Anna. Elisabeth verzichtete auf eine Antwort.

Gute zehn Minuten später erreichten sie den von Wessels beschriebenen Platz. Mit offenem Mund blickte Elisabeth auf das Gebäude mit dem Schild ihres Onkels über der Front. Das Portal war aus schwerem Holz und mit kunstvollem Schnitzwerk versehen. Zu verblüfft, um zu begreifen, starrte sie auf die mit dicken Brettern vernagelte Tür und die verriegelten Fenster.

44

Alles in ihr zog sich zusammen. Der Boden unter ihren Füßen begann sich zu drehen.

»Was, in Gottes Namen …«, keuchte sie und brach mittendrin ab.

Anna, die ihrem Blick gefolgt war, zuckte unbeeindruckt die Schultern. »Ihr Onkel ist wohl verreist. Was soll's. Suchen wir uns eben eine Unterkunft, bis er zurück ist.«

Elisabeth brauchte eine ganze Weile, bis sie die Sprache wiederfand. Um Beherrschung bemüht, reckte sie den Hals. »Gut … Aber wo, um alles in der Welt, finden wir ein Hotel?«

»Fragen wir ihn«, erwiderte Anna und wies mit dem Finger auf einen Mann, der, an den Stamm der verdorrten Palme gelehnt, im Staub saß und schlief. Elisabeth war zu verstört gewesen, um ihn zu bemerken. Jetzt stellte sie fest, dass er wie eine der Wachen gekleidet war, die sie vorher ihm Vorbeigehen vor dem Sultanspalast hatte stehen sehen: bärtige, finster blickende Männer in langen senffarbenen Mänteln, roten Hosen und roten, runden Kopfbedeckungen mit einer Quaste daran. Die Aufmachung des unter der Palme dösenden Offiziers war die gleiche. Quer über seiner Brust hing ein Krummschwert, über den Knien hielt er einen Mehrlader. Elisabeth nahm einen tiefen Atemzug. Als sich das Zittern ihrer Knie beruhigt hatte, näherte sie sich ihm zögernd. Zwei Schritte vor ihm blieb sie stehen und räusperte sich. »Entschuldigung?«

Er rührte sich nicht.

Elisabeth seufzte. Zaghaft beugte sie sich vor und tippte ihm mit dem Zeigefinger auf die Schulter. »Entschuldigung«, wiederholte sie etwas kräftiger und auf Englisch.

Benommen rappelte er sich auf und blickte sie aus schlaftrunkenen Augen an. »Was …? Was wollen Sie?«

»Ich möchte zu meinem Onkel. Sein Name ist Heinrich Dieckman. Und das hier …« Sie deutete über ihre Schulter und versuchte, das Beben in ihrer Stimme zu unterdrücken, »… ist sein Haus.«

Blitzartig schoss der Offizier hoch. Seine kräftige Hand umfasste Elisabeths Handgelenk. Dunkle Augen funkelten sie aus einem pockennarbigen Gesicht an.

»Wer, bei Allah, sind Sie?« Beim Sprechen entblößte der Mann schlechte, rötlich gefärbte Zähne. Der Geruch von Schweiß ging von ihm aus.

»Ich bin die Nichte von Heinrich Dieckman. Mein Name ist Elisabeth von Baahren«, gab sie zurück und versuchte mit verbissener Miene, ihren Arm freizubekommen.

Er hielt sie umso fester, je mehr sie zerrte. »Ich habe Befehl, Sie zum Sultan zu bringen.« Er stand auf und zog sie mit sich. Elisabeth spannte die Muskeln an und wandte alle ihr zur Verfügung stehende Kraft auf, um sich zu wehren, aber für den Bewaffneten schien sie kein ernst zu nehmender Gegner zu sein. Erst ging er voraus, aber dann zog er sie enger an sich. Elisabeth spürte seinen Atem an ihrem Hals.

»Lassen Sie mich los. Sie haben kein Recht, mich mitzunehmen.« Außer sich vor Wut trat sie um sich, in der Hoffnung, ihn an seinen empfindlichsten Körperteilen zu treffen.

»Befehl des Sultans«, gab er schnaubend zurück.

»Wenn mein Onkel erfährt, was hier passiert …«

Mit einem ironischen Grinsen drehte er ihr den Arm auf den Rücken und hielt sie auf Abstand. »Ich glaube nicht, dass es ihn viel kümmert.« Schmerzhaft erhöhte er den Druck auf ihren Arm. »Ihr Onkel ist tot.«

KAPITEL 5

Die Eingangstür des Palasts schloss sich hinter Elisabeth. Verärgert rieb sie sich den schmerzenden Arm. Der Offizier, der sie hierhergebracht hatte, war verschwunden. Statt seiner standen Palastwachen mit blitzenden Krummsäbeln am unteren Ende der frei schwebenden Treppe, den Blick streng geradeaus gerichtet. Als Elisabeth einen Fuß auf die unterste Stufe setzen wollte, versperrten sie ihr den Weg.

»Heilige Maria und Josef …«, entfuhr es Anna. Mit einem Plumps landete die Reisetasche auf dem Boden. Anna hatte sie den ganzen Weg vom Kontor hierher allein geschleppt. Staunend und mit großen Augen stand sie neben Elisabeth.

Elisabeth selbst war zu aufgebracht, um die Pracht und Weitläufigkeit der Eingangshalle würdigen zu können. Nur allmählich fing sie sich wieder. Ihr Blick schweifte über den mit Teppichen ausgelegten Marmorboden und die mächtigen Säulen. Die weiß gekalkten Wände besaßen Rundungen und waren mit Nischen versehen, in denen feinstes Porzellan, geschliffene Gläser und aufwendig verzierte silberne Kannen standen. Anstelle von Gemälden hatte man eine große Anzahl unterschiedlichster Spiegel in edlen Rahmen aus Rosenholz aufgehängt, dazwischen erlesene Uhren. Von der Decke baumelte eine große Zahl riesiger Leuchter, die durch bunte Scheiben hindurch ein magisches Leuchten verströmten. Trotz des Reichtums wirkte das Gebäude in seiner Pracht nicht erschlagend, sondern leicht und erhaben. Unter anderen Umständen hätte Elisabeth die Atmosphäre darin als freundlich und einladend empfunden.

Ähnlich wie auf dem Markt neben dem Fort herrschte im Palast Gedränge. Frauen und Männer verschiedenster Hautfarben, die in farbenprächtige Gewänder gehüllt waren, rannten treppauf, treppab und zu den Türen, die auf einen Innenhof führten. Elisabeth reckte den Hals und erhaschte einen Blick nach draußen. Pfauen, Hühner, Enten und anderes Getier liefen frei umher, in einer Ecke unterhalb der Säulen röstete ein Hammel über einem Feuer. Es roch nach verbranntem Fett, frisch gebackenem Brot und scharfen Gewürzen. Das Geschrei und Gedränge im Bereich der Küche war ohrenbetäubend. Oberköche, Köche und Gehilfen beiderlei Geschlechts schienen im endlosen Streit zu liegen, fremdartige, bedrohlich klingende Worte hallten durch die Luft, ab und an klatschte eine Ohrfeige. Trotz der vorgerückten Stunde wurden unvorstellbare Mengen an Fleisch, Reis, Mehl und Obst verarbeitet. Zwei kräftige Männer in lumpiger Kleidung schleppten einen gewaltigen Fisch über den Hof. Elisabeth runzelte die Stirn. Angesichts des Bedarfs an Nahrung mussten mehrere Hundert Menschen im Palast leben. Ihr Blick glitt weiter. In einem anderen Bereich saßen verschleierte, in schwarze Tücher gehüllte Frauen, daneben spielten Kinder. Ein Stück davon entfernt wurden schwarzen Menschen die Köpfe rasiert. Rund um die Säulen standen streng blickende Männer mit weißen Vollbärten, Turbanen und bunten Schärpen. Als einer von ihnen die Stimme erhob, um einen Wasserträger zu rügen, klang es, als spräche ein Junge, kein Mann. Unfähig, den Blick abzuwenden, starrte Elisabeth ihn an, dann schüttelte sie befremdet den Kopf. Von Kastraten oder Eunuchen hatte sie zwar in den Märchen von Tausendundeiner

Nacht gelesen, aber nun waren sie plötzlich echt. Hatte Wessels nicht davon gesprochen, dass der Sultan ein zivilisierter Mann sei? Stirnrunzelnd richtete Elisabeth den Blick wieder auf die oberen Stockwerke. Musik und Stimmengewirr drangen an ihr Ohr, hin und wieder durchbrochen von etwas, das sie für Händeklatschen hielt. Was ging dort oben vor? Dicht neben ihrem Kopf zählte eine Uhr tickend die Zeit weiter. Elisabeth fragte sich, wie lange man sie warten lassen wollte.

Allmählich schwand ihre Zuversicht, dass sie am selben Abend den Palast wieder verlassen würden. Ernüchterung machte sich in ihr breit. Lähmend wie Gift fraß sich der Schock über den Tod ihres Onkels durch ihre Eingeweide. Ein Teil von ihr weigerte sich, daran zu glauben, dass er so plötzlich verstorben war. Immerhin war er nicht sehr alt gewesen, und der mütterliche Part ihrer Familie zeichnete sich durch exzellente Gesundheit aus. Was sie selbst betraf, waren die Erinnerungen an ihren Patenonkel spärlich. Sein letzter Besuch in Deutschland lag weit zurück, und auch da hatte er nur einen verschwommenen Eindruck bei ihr hinterlassen. Kurz darauf hatte er sich mit Elisabeths Vater überworfen. In den folgenden Jahren war nur hin und wieder ein an Elisabeth adressierter Brief eingetroffen, und obwohl Elisabeth immer prompt zurückgeschrieben hatte, hatte die Antwort stets lange auf sich warten lassen. Auch hatte sie den Eindruck gehabt, dass die Sätze nicht von Herzen gekommen waren. Mehr als ein paar absichtslos hingeworfene Floskeln waren in den Briefen nicht zu finden gewesen. Mit einem hörbaren Geräusch atmete sie aus. Eigentlich war ihr Patenonkel ein Fremder für sie geblieben. Es war allein ihrer ausweglosen Situation mit Weyhoff geschuldet, dass sie sich auf den Weg nach Sansibar gemacht hatte, mehr oder weniger auf gut Glück.

Ihr Blick glitt zurück zu den Palastwachen, die ihr bedrohlich schweigend gegenüberstanden. Ein leiser Vorbehalt, was den Tod ihres Onkels betraf, schwang in ihr nach, doch wenn sie Gewissheit erlangen wollte, so war dies vermutlich nur über den Sultan möglich. Ebenso musste geklärt werden, was mit dem Familienbesitz geschah. In Elisabeths Magengegend machte sich ein hohles Gefühl breit. Zu dem erdrückenden Gefühl von Einsamkeit gesellte sich Machtlosigkeit. Und mit der Machtlosigkeit kam auch die Verzweiflung.

So wenig ihr die Vorstellung gefiel, musste sie sich eingestehen, dass ihr persönliches Schicksal in der Steinernen Stadt vermutlich kaum zählte. Nach dem Tod ihres Onkels gab es niemanden, der sich auf Sansibar für sie verwenden würde. Ein bitterer Geschmack breitete sich in ihrem Mund aus. Wäre sie ein Mann gewesen, hätte es sicherlich anders um ihr Wohl gestanden, dachte sie, erzürnt über die Ungerechtigkeit des Daseins. Zähneknirschend ermahnte sie sich, ihr Gemüt zu zügeln. Es wäre unvernünftig gewesen, dem Sultan, dessen Wort Gesetz war, mit Feindseligkeit und Beschimpfungen zu begegnen. Gleichwohl drängte es sie danach, ihm ihre Meinung ins Gesicht zu sagen, nachdem er sie so einfach hatte abführen lassen. Doch wenn sie trotz ihrer Stellung als Frau unbeschadet aus der Sache herauskommen und ihre Pläne weiterverfolgen wollte, musste sie behutsam vorgehen.

Mitten in ihre Überlegungen hinein bemerkte sie, dass eine schwarze Frau auf sie zugeschritten kam, in einem bis zu den Knien reichenden Hemd und einem seidenen Beinkleid, welches die gleichen kunstvollen Stickereien aufwies wie das Hemd. Mit höflicher Verbeugung blieb sie vor Elisabeth stehen und redete in einer fremden Sprache auf sie ein. Als Elisabeth verständnislos den Kopf schüttelte, hielt die Frau ihr hölzerne Sandalen entgegen, etwa zehn Zentimeter hoch und mit Gold verziert.

»*Kabakib*«, sagte sie, den fragenden Ausdruck in Elisabeths Gesicht bemerkend.

»Schuhe?«, erwiderte Elisabeth auf Englisch. Was war denn an ihrem Schuhwerk falsch, brauste sie innerlich auf, und ihre Augenbrauen zogen sich zusammen. Sanft und gelassen ruhte der Blick der Fremden auf ihr. Elisabeth holte Luft. Es dauerte einen weiteren Atemzug, dann hatte sie sich wieder gefangen. Die Frau, von der Elisabeth inzwischen vermutete, dass es sich um eine Hausdienerin handelte, nickte gleichbleibend freundlich. Zu Elisabeths Überraschung wechselte sie ebenfalls ins Englische. »Sandalen. Sie sind im Palast üblich. Ich muss Sie ersuchen, Ihr Schuhwerk zu wechseln.«

»*Kabakib*«, murmelte Elisabeth versuchsweise. Ein Lächeln zog sich um ihre Mundwinkel, als ihr bewusst wurde, dass sie gerade das erste Wort in der ihr fremden Sprache gelernt hatte. Rasch tauschte sie ihre Stiefeletten gegen die hohen Holzsandalen. Anna tat es ihr gleich.

Mit einem breiten Grinsen bedeutete ihr die Frau, ihr hinauf in die oberen Stockwerke zu folgen. Elisabeth fragte sich, was wohl passieren würde, wenn sie sich widersetzte. Allerdings hatte sie nicht die Kraft, den Gedanken umzusetzen. Schweigend machte sie sich daran, hinter der Dienerin die breiten Stufen emporzusteigen, Anna im Schlepptau. Dabei hatte sie Mühe, nicht zu stolpern. Es war schwieriger als gedacht, in den hölzernen Sandalen zu gehen. Die Kabakib hielten nur durch einen Zehensteg, bestehend aus einem silbernen Nagel mit breitem Kopf, an den Füßen. Elisabeth fehlten das Geschick und die Kraft, sich in ihnen zu bewegen. Es fühlte sich an, als hätte man ihr Klötze unter die Füße gebunden, die klappernde Geräusche machten. *Kaba ... kib ... kaba ... kib ...*

Vom oberen Treppenabsatz zweigten zwei weitere Treppen ab. Elisabeth blickte neugierig nach oben. Die Sicht zu der umlaufenden Galerie war durch fein geschnitzte, weiß lackierte Gitter versperrt. Als Elisabeth bemerkte, dass sie hinter der Frau zurückfiel, stolperte sie hastig weiter. Oben angelangt sah sie, dass sich vor ihnen eine Tür öffnete.

Auf der langen, breiten Galerie ging es zu wie in einem Bienenstock. Frauen mit unterschiedlichsten Hautfarben, in farbenprächtige, gold- und silberdurchwebte Gewänder gehüllt, eilten über den Gang, sodass Elisabeth die Dienerin, die sie abgeholt hatte, fast aus den Augen verlor. Mit Demut stellte sie fest, dass sie individuelle Merkmale auf den fremden Gesichtern kaum ausmachen konnte, so wie es ihr bei Europäerinnen möglich gewesen wäre. Alle schienen die gleichen dunklen Augen und ausgeprägte Wangenknochen zu haben, einzig die unterschiedliche Tönung der Haut ließ vermuten, dass sie aus verschiedenen arabischen Ländern stammten. Staunend blickte sie sich um.

Ringsum flogen Türen auf und wurden wieder geschlossen. In den Ecken hockten spielende Kinder, hier und da wurde gerangelt. Schwere Holzstühle standen in Gruppen zusammen, jedoch gab es keine Tische. Ein paar Frauen saßen über eine Handarbeit gebeugt, bestickten Masken oder klöppelten. Andere wieder lasen ein Buch, unterhielten sich oder spielten Karten. Trotz der späten Stunde herrschte kein Müßiggang. Das bunte Treiben erinnerte Elisabeth an einen venezianischen Maskenball oder eine schrille Opernaufführung, wie sie es von den Italienreisen mit ihrer Schwägerin in Erinnerung hatte.

Eine jähe Erkenntnis durchzuckte sie. Schlagartig wurde ihr klar, wo sie sich befand: Sie war im Harem des Sultans gelandet! Einer Einrichtung, die in ihr stets starke Missbilligung hervorgerufen hatte, schon länger sympathisierte sie mit den fortschrittlichen Ideen des Allgemeinen Deutschen Frauenvereins. Überwältigt von den Eindrücken und den vielen Gedanken, die ihr durch den Kopf schwirrten, schritt sie weiter. Zu ihrem Erstaunen besaß das Hier und Jetzt keine Ähnlichkeit mit dem Harem in ihrer Vorstellung. Sie hatte sich eine bedrückende, unfreie Atmosphäre ausgemalt, in der die Haremsdamen, eingesperrt wie Vögel im Käfig, hinter vergitterten Fenstern saßen und vor sich hin dämmerten. Um sie herum aber sah sie sich von Frauen umgeben, die ein mit einer Vielfalt an Tätigkeiten erfülltes Leben führten. Allem Anschein nach war das Leben hier weitaus unterhaltsamer als so manche Abendgesellschaft, an der Elisabeth teilgenommen hatte.

Der Lärm und das Gedränge schienen an der edel gekleideten Frau, die sie heraufgeleitet hatte, abzuperlen. Sie störte sich so wenig daran wie am ständigen Rauschen des Meeres, das durch die geöffneten Fenster entfernt zu hören war. Eleganten Schrittes ging sie auf eine schwere Holztür am hinteren Ende der Galerie zu und klopfte. Eine andere, noch edler gekleidete Frau öffnete, um sich gleich darauf wieder zu entfernen und in ein dahinterliegendes Zimmer zu eilen.

»Ich glaube, ich bin gestorben und träume«, hörte Elisabeth Anna neben sich flüstern. »Wer hätte gedacht, dass wir in so einem Reichtum landen? Und wie es hier duftet … Bitte, können nen wir hierbleiben? Das Haus Ihres Onkels sieht trostlos aus. Ich wette, die Betten hier …«

»Still jetzt«, zischte Elisabeth. Ihr fehlte momentan die Energie, sich mit Annas Unbedarftheit auseinanderzusetzen. Trotz der heiteren Atmosphäre um sie herum wuchs in ihr das mulmige Gefühl. Vielleicht hätte sie anders empfunden, wenn sie einer Einladung gefolgt wären und aus freien Stücken den Harem aufgesucht hätten. Das war aber nicht der Fall. Die Höflichkeit innerhalb der Palastmauern täuschte nur vage darüber hinweg, dass sie eigentlich hierher verschleppt worden waren. Wie von selbst tastete ihre Hand zu der Stelle, an der sie der Offizier gepackt hatte. Sie schmerzte noch immer, vor allem seelisch. In Elisabeths Kehle bildete sich ein Kloß, ihr kam es so vor, als würde sich eine Schlingpflanze mit üppigen, nach Lotus und Jasmin duftenden Blüten immer fester um ihren

Leib wickeln. So wohl sich die anwesenden Damen zu fühlen schienen, für einen Außenstehenden waren die Gesetze des Harems undurchschaubar, und das war es, was Elisabeth so beunruhigte. Würde man sie ihrer Wege gehen lassen? Mit einem Seufzen wandte sie sich an Anna.

»Lass mich herausfinden, weshalb man uns hergebracht hat und wie wir wieder hinauskommen. Bis dahin benimm dich möglichst unauffällig. Und fass bitte nichts an!«

Beleidigt verzog Anna das Gesicht, stellte dann aber ohne Widerworte die aufgenommene Schale aus feinstem geschliffenem Glas zurück in eine der Nischen.

Kurz darauf kehrte die in das Zimmer entschwundene Frau zurück. »Ihre Hoheit, die hochwohlgeborene Prinzessin Farida, erwartet Sie«, sagte sie und gab ihnen den Weg ins Innere der Gemächer frei.

Die Prinzessin saß auf einem niedrigen Polster aus goldenem Stoff, den Rücken an ein Kissen gelehnt. Der Fußboden selbst war mit persischen Teppichen bedeckt. Als Elisabeth eintrat und ein paar Schritte in ihre Richtung tat, machte sie keinerlei Anstalten, sich zu erheben.

»Gehen Sie und küssen Sie den Saum ihres Kleides«, flüsterte Elisabeths Begleitdame ihr zu.

Einen unguten Moment lang passierte nichts. Elisabeth presste die Lippen zu einem schmalen Strich zusammen, dann zwang sie sich, ihren Unwillen zusammen mit dem schalen Geschmack auf ihrer Zunge hinunterzuschlucken und der Aufforderung nachzukommen. Anna tat es ihr gleich, wenn auch mit deutlich weniger Widerwillen.

»Sie dürfen nun Platz nehmen.« Die Dienerin deutete auf ein Kissen in einiger Entfernung von der Prinzessin. Es war flacher und nicht so prachtvoll wie das, worauf Farida saß. Diskret zog sich die Dienerin zurück.

Wieder herrschte Schweigen.

»Ich freue mich, Sie im Palast meines Bruders willkommen zu heißen«, sagte Farida schließlich. Ihre Stimme war hell und angenehm, wenngleich ihr Englisch durch ihren arabischen Akzent hart und kehlig klang. Elisabeth legte den Kopf schief. Sie fand es mühevoll, die Worte der Prinzessin zu verstehen. »Ich hoffe, Sie erfreuen sich besten Wohlbefindens.«

»Die Freude ist unsererseits. Das Wohlbefinden wäre größer, wenn unser Erscheinen nicht erzwungen worden wäre«, sagte Elisabeth nach einer kurzen Pause.

Farida lächelte ausdruckslos. Elisabeth musterte sie eingehend. Die Prinzessin war ausgesprochen hübsch. Ihre Haut hatte die Farbe von Milchkaffee und schimmerte seidig. Ihr Gesicht war schmal, und die schwarzbraunen Augen, in denen Geheimnisse zu schlummern schienen, waren dick mit Kajal umrandet. Goldene Ringe zierten die Ohrläppchen, sechs Stück an jeder Seite. Um die Stirn trug die Prinzessin eine Kopfbinde, deren Bänder zu beiden Seiten herabhingen, um den Hals goldenes Geschmeide. In dem schwarzen Haar, das zu Zöpfen geflochten unter dem seidenen Kopftuch herauslugte, war ebenfalls Goldschmuck befestigt. Ohne Neid stellte Elisabeth fest, dass Farida zu den schönsten Frauen gehörte, die ihr je begegnet waren.

»Ich versichere Ihnen, dass Sie zu Ihrem eigenen Wohl hier sind. Wie man Ihnen bestimmt mitgeteilt hat, ist Ihr Onkel verstorben«, erwiderte Farida schließlich, noch immer ohne erkennbare Emotion.

Elisabeth nickte zögernd. »Ich wurde vom Tod meines Onkels unterrichtet.«

Erneutes Schweigen.

»Ihre Hoheit«, hob Elisabeth an, unsicher, ob sie die geeignete Anrede gewählt hatte. »Ihre Fürsorge in Ehren, dennoch bitte ich Sie von Frau zu Frau um Ihre Unterstützung. Legen Sie ein gutes Wort für mich bei Ihrem Bruder ein, damit ich so schnell wie möglich zum Haus meines Onkels zurückkehren kann.«

Farida verzog überrascht das Gesicht, unterbrach sie jedoch nicht.

»Der unvermutete Tod meines Onkels betrübt mich zutiefst«, sagte Elisabeth aus dem Stegreif. Ihr Bauchgefühl mahnte sie zur Vorsicht, obgleich sie eine Verbündete mehr als alles andere gebrauchen konnte. Doch das Zusammenspiel der Kräfte im Palast war für sie undurchschaubar. Obendrein kursierten Informationen auf fragwürdigen Wegen, wie ihr an den Onkel gerichtetes Schreiben bewies. Es war in fremde Hände geraten und gelesen worden. Wie sonst hätte man sie vor dem Handelskontor erwarten und abfangen können? Alles in allem erschien es ihr ratsam, so wenig wie möglich über sich preiszugeben. Sie unterdrückte den Impuls, nervös durch ihr Haar zu streichen. »Ich möchte angemessen um meinen Onkel trauern, und zwar in seinem Haus«, erklärte sie und deutete höflichkeitshalber eine Verneigung an.

»Ich fühle mit Ihnen, doch die Entscheidung liegt nicht bei mir.« Ein Ausdruck von Bedauern lag auf Faridas Gesicht, dann gewann ihre bisherige Zurückhaltung Oberhand. »Ich werde Ihnen einen besseren Dienst erweisen.« Sie unterbrach sich und klatschte in die Hände.

Zu Elisabeths Verwunderung öffnete sich augenblicklich eine Tür, und eine weitere Dienerin erschien. In Erwartung eines Befehls verneigte sie sich in geziemendem Abstand vor der Prinzessin. Farida beachtete sie nicht, sondern hielt den Blick auf Elisabeth gerichtet.

»Ich werde dafür sorgen, dass Sie dem Sultan angemessen unter die Augen treten. In Ihrem jetzigen Zustand bieten Sie keinen sonderlich würdevollen Anblick. Ich hoffe, Ihrer Bitte um Unterstützung somit nachgekommen zu sein.« Ihre Hand fuhr mit einer anmutigen Geste durch die Luft. »Sie dürfen nun gehen. *As-salamu aleikum.*«

»*Wa Aleikum as-salam*«, zitierte Elisabeth aus dem Gedächtnis. Auf dem Postdampfer hatte sie aufmerksam die Ohren gespitzt, wenn Arabisch gesprochen worden war. Sie erhob sich und gab Anna, die die ganze Zeit über brav geschwiegen hatte, das Zeichen, es ihr gleichzutun.

Beim Hinausgehen zupfte Anna sie vorsichtig am Rock. »Was geschieht jetzt?«

»Ich bin mir nicht sicher«, gab Elisabeth zurück. »Aber wie es aussieht, werden wir neu eingekleidet.«

»Tatsächlich?« Ein ehrfürchtiger Ausdruck breitete sich auf Annas Gesicht aus. »Haben Sie gesehen, wie prächtig hier alle angezogen sind? Auch die Diener.«

»Das mag sein«, entgegnete Elisabeth. Dass Anna sich so leicht beeindrucken ließ, war sie ja von ihr gewohnt, doch im Moment bereitete es ihr Kopfzerbrechen. Annas Unbedachtheit konnte ihnen zusätzliche Schwierigkeiten bescheren. Sie zwang sich zu einem neutralen Gesichtsausdruck. »Trotzdem dürfen wir uns davon nicht blenden lassen.«

»Sie können ja gern davon halten, was Sie wollen«, begehrte Anna auf und seufzte verzückt. »Jedenfalls fängt es an, mir hier zu gefallen.«

Kapitel 6

Als Elisabeth erfahren hatte, dass die Audienz beim Sultan noch am selben Abend stattfinden sollte, war sie zunächst erleichtert gewesen, doch inzwischen machte sich erneut Unwille in ihr breit. Nachdem sie eilig umgekleidet worden war, hatte man sie in einem Gemach des Harems warten lassen. Entnervt massierte sie sich mit den Fingerspitzen die Schläfen. Das Spiel mit der Macht war zermürbend. Vor einigen Minuten war sie in den Audienzsaal vorgelassen worden, nur um wieder zu warten. Sie blickte sich um. Die Barze, wie die Dienerinnen den Raum im unteren Geschoss nannten, übertraf ihrer Einschätzung nach an Größe den Rathaussaal in Lübeck. Mit seinem schwarz und weiß glänzenden Marmorboden wirkte der Raum leer, denn abgesehen von den mannshohen Spiegeln, den Uhren und den vielen, entlang der Wände verteilten Rohrstühlen war er nur spärlich möbliert. Kunstvoll verzierte Türen führten hinaus in den Garten. Ein leiser Wind wehte durch die weit geöffneten Flügel, Elisabeth fühlte die Luft über ihre nackten Füße streifen. Man hatte sie aufgefordert, die hölzernen Sandalen vor der Tür abzulegen, was sie als Erleichterung empfand. Die Stelle zwischen den Zehen, an der sich der Silbernagel in das Fleisch drückte, war bereits wund und schmerzte.

Von irgendwoher erklang das Pfeifen eines Pfaus. Sein Schrei gellte gespenstisch durch die mondhelle Nacht. Elisabeth spürte das Herz in ihrer Brust schneller schlagen. Dass Anna im Harem hatte bleiben müssen, nahm sie mit gemischten Gefühlen hin. Einerseits wusste sie, dass das Mädchen ihr bei dem Gespräch mit dem Sultan nur wenig dienlich gewesen wäre, andererseits hätte sie sich sicherer gefühlt, wenn sie Chalid bin Said zu zweit gegenübergestellt worden wären.

Nervös zupfte sie an den goldbestickten Ärmeln ihres Hemdes. In der neuen Kleidung fühlte sie sich fremd in ihrer Haut, und das verunsicherte sie. Man hatte sie ausstaffiert, wie es sich am Hof geziemte: Sie trug ein knöchellanges, golddurchwirktes Hemd aus dünner Seide, die sich auf ihrem Körper weich und schmeichelnd anfühlte, ein Beinkleid aus Musselin mit viel Stickerei, darüber wiederum einen locker fallenden, offenen Umhang, der über der Brust mit einer goldenen Klammer zusammengehalten wurde. An den Fußgelenken glitzerten silberne, fein ziselierte Ringe. Bei jedem ihrer Schritte erklangen die daran befestigten Glöckchen. Elisabeth empfand das Geklingel als irritierend. Ihr Haar hatte eine Dienerin zu Zöpfen geflochten. Wie Farida trug auch Elisabeth eine Kopfbinde um die Stirn, das dazu gehörige Kopftuch reichte bis an die Knöchel. Fein geschmiedete Goldketten zierten ihren Hals. In einem Punkt allerdings hatte Elisabeth sich widersetzen können. Als die Dienerin versucht hatte, ihr eine Maske umzulegen, hatte sie sich strikt geweigert. Die sogenannte Barakoa bestand aus schwerem schwarzem Atlas in der Form eines Rechtecks und war mit Gold bestickt, mit je einem Ausschnitt für die Augen und den oberen Teil der Nase. Man trug sie wie eine Art Visier, durch Goldketten am Kopf befestigt; nur die Partie um Mund und Kinn blieb frei. Bereits der Anblick hatte bei Elisabeth das Gefühl ausgelöst, nicht atmen zu können. Warum sollte eine Frau nicht ihr Gesicht zeigen dürfen?

Überraschend erklang Trommelwirbel. Die Tür am hinteren Ende des weitläufigen Raumes öffnete sich. Ein feierlicher Zug betrat den Saal. Voran schritt eine Abteilung schwarzer Palastwachen, gefolgt von jüngeren Eunuchen und den Obereunuchen. Von Farida hatte sie auf ihre Nachfrage hin bestätigt bekommen, dass es sich tatsächlich um Kastraten handelte, wie die hohen, dünnen Stimmen hatten vermuten lassen. Elisabeth war entsetzt gewesen; nach und nach aber hatte sie die Tatsache notgedrungen als Bestandteil der fremden Kultur akzeptiert. Inzwischen konnte sie die Kastraten anhand der Kleidung sicher von den anderen Bediensteten unterscheiden. Mit erneutem Trommelwirbel hielt der Tross an und bildete unter der Tür ein Spalier.

Als Elisabeth die Gestalt erblickte, die würdevoll die Reihe abschritt, spürte sie ein Flattern in der Magengegend. Chalid bin Said war eine beeindruckende Erscheinung. Er war hochgewachsen, außergewöhnlich attraktiv und besaß ähnlich harmonische Gesichtszüge wie Farida. Eine schmale, edle Nase, eine erhabene Stirn und dazu volle Lippen, mit dunklen Augen, die unter dem Turban fast schwarz wirkten. Im Unterschied zu seiner Schwester hatte er ein kräftiges Kinn, das mit seinem Vollbart prominent hervortrat. Bin Saids Gang war selbstbewusst, aber ohne übertriebene Arroganz. Passend zu den mächtigen Säbeln an seiner Schärpe trug er unverhohlenen Stolz in der Brust. Seinen Kopf hielt er hoch erhoben, wie es seiner Stellung entsprach, der Blick war intensiv. Er strahlte eine Energie aus, die den großen, leeren Saal komplett zu durchdringen schien. Zu ihrem Erstaunen stellte Elisabeth fest, dass sie die von ihm ausgehende Exotik als durchaus reizvoll empfand. Erschrocken über die Richtung, die ihre Gedanken nahmen, schob sie sie beiseite und konzentrierte sich auf das bevorstehende Gespräch mit bin Said. Hoheitsvoll ließ er sich auf einem aus Rosenholz

geschnitzten Stuhl nieder und bedeutete Elisabeth anschließend, sich ihm zu nähern.

Schicklich setzte Elisabeth einen Fuß vor den anderen,
begleitet von den unergründlichen Blicken der Männer aus dem
Gefolge. Es kam ihr so vor, als hätte sie eine ähnliche Situation
bereits durchlebt. Eine sorgsam verdrängte Erinnerung schien
sich über den gegenwärtigen Augenblick zu schieben und damit
zu verschmelzen. Elisabeth fühlte ihr Brautkleid und seine lange
Schleppe, während sie sich langsam auf den Sultan zubewegte.
Genau wie damals, vor dem Altar, fühlte sie sich ausgeliefert
und bekam keine Luft.

»*As-salamu aleikum*«, grüßte der Sultan sie mit volltönen-
der Stimme. Elisabeth fing sich wieder.

»*Wa aleikum as-salam*«, entgegnete sie höflich.

Als sich ihre Blicke kreuzten, meinte Elisabeth, einen tief-
traurigen Ausdruck in bin Saids Augen zu entdecken, der im
Widerspruch zu allem stand, was der Herrscher ausstrahlte.
Irritiert presste sie die Lippen aufeinander und löste sich von
der Melancholie seines Blicks.

»Ich hoffe, Sie haben die Strapazen der Reise mit der
Glasgow der Peninsula Oriental Steam Navigation Company
gut überwunden und es steht mit Ihrem Wohlbefinden zum
Besten«, erkundigte sich der Sultan mit einem Ausdruck förm-
licher Zurückhaltung auf Englisch.

»Danke. Ich hoffe ebenso, dass Sie sich bester Gesundheit
erfreuen«, erwiderte Elisabeth, beeindruckt davon, wie gut der
Sultan informiert war. Wenn ihr jemand Antworten liefern
konnte, dann bin Said. »Die Reise verlief angenehm. Allerdings
betrübt mich die Mitteilung über meinen Onkel. Man sagte
mir, er sei verstorben.«

»So ist es. Äußerst bedauerlich. Wir pflegten einen angenehmen Umgang miteinander.«

Elisabeth starrte einen auffallend langen Moment ins Leere. Es lag ihr auf den Lippen zu fragen, woher bin Said von ihrer Ankunft wusste. Dann aber wurde sie sich der Untiefen bewusst, die unter der Oberfläche ihrer Frage lauerten. Ihre Situation war schon heikel genug. Also unterdrückte sie ihre Wissbegier und biss sich auf die Zunge.

Von draußen drang das Plätschern von Wasserspielen an ihr Ohr, ansonsten war es still. Auch der Sultan sprach kein Wort. Als das Schweigen unbehaglich wurde, trat Elisabeth nervös von einem Fuß auf den anderen. Die Glöckchen an ihren Fußgelenken klirrten. Plötzlich brach es aus ihr hervor:

»Ihre Hoheit, darf ich fragen, weshalb ich gegen meinen ausdrücklichen Wunsch nach Bet il Sahel gebracht wurde?«

»Sie scheinen eine sehr neugierige Frau zu sein.« Mit einem unverhohlenen Lächeln sah bin Said sie an. Er ließ sich Zeit, bevor er weitersprach. »Nun, die Antwort lautet, es geschah zu Ihrem Schutz. Wie Sie feststellen konnten, ist das Haus Ihres Onkels derzeit verriegelt, auf Anweisung der indischen Zollbehörde. Es soll gewisse Unregelmäßigkeiten bei Dieckmans Geschäften gegeben haben. Bevor die Untersuchungen abgeschlossen sind, kann ich Ihnen keinen Zugang zum Haus Ihres Onkels gewähren. Betrachten Sie sich bis dahin als mein Gast.«

»Ich fühle mich geehrt.« Elisabeth lächelte schmal. »Dennoch würde ich es vorziehen, zwischenzeitlich in einem Hotel unterzukommen. Der Aufenthalt in einem Harem ist für eine Deutsche doch recht ungewohnt, auch wenn die Prinzessin sich auf das Beste um unser Wohlergehen bemüht. Ferner würde ich mir gern schnellstmöglich einen Überblick verschaffen, was im Haushalt meines Onkels nach seinem Ableben zu erledigen ansteht. Dazu benötige ich Zutritt zum Kontor.«

Bin Said wirkte überrumpelt. Seine Miene nahm einen starren Ausdruck an. Elisabeth bemerkte, wie sich seine Hände fester um die Rosenholzlehnen des Stuhls klammerten. »*Bi'idhn allah*«, murmelte er. »Allahs Wille, der im Kleinen wie im Großen unser Leben bestimmt, hat Ihnen Geduld auferlegt. Wenn der Allmächtige es will, wird Ihr Warten in absehbarer Zeit enden. Bis dahin genießen Sie die Annehmlichkeiten des Harems. Meine Schwester, die liebreizende Sejjide Farida, wird sich in aller Gastfreundschaft um Sie kümmern.«

Elisabeth spürte, wie ihr Gesicht heiß wurde. Ihre Hände vergruben sich in den Falten des Umhangtuchs. »Verzeihen Sie meine Unwissenheit«, presste sie zwischen den Zähnen hervor, »aber in Europa bedingt das Wort ›Gast‹ einen freiwilligen Aufenthalt. Ich aber wurde unter Zwang von einem Offizier hierhergeleitet. Dabei kam es zur Anwendung von körperlicher Gewalt.« Demonstrativ hob sie ihren Arm, sodass der Stoff zurückfiel und Druckstellen sichtbar wurden.

Überrascht öffnete der Sultan den Mund, seine Augenbrauen schossen in die Höhe. »Es betrübt mich zutiefst, davon erfahren zu müssen«, erklärte er mit fester Stimme. »Ich werde umgehend dafür sorgen, dass Ihnen Gerechtigkeit widerfährt. Der betreffende Offizier wird Schimpfworte über sich ergehen lassen müssen.«

»Nicht nötig«, erwiderte Elisabeth grimmig. »Was geschehen ist, ist geschehen. Viel wichtiger ist die Zukunft. Ich möchte Sie in aller Deutlichkeit ersuchen, mich gehen zu lassen, auch wenn Ihre Schwester, Sejjide Farida, bezaubernd ist.«

»Unmöglich.« Bin Said schüttelte das Haupt. »Unter den auf Unguja herrschenden Gepflogenheiten entspräche das einem Skandal. Auch wenn Sie Europäerin sind, wäre Ihr Ruf beschädigt. Aus diesem Grund und um den Unruhen mit dem indischen Zoll nicht weiteren Auftrieb zu geben, muss ich Sie bitten, hierzubleiben.«

»Aber …«

Mit einer gebieterischen Handbewegung schnitt er ihr das Wort ab. »Ich bedaure, dass Sie sich in Bet il Sahel unwohl fühlen. Gern veranlasse ich den Umzug nach Bet il Mtoni für Sie.« Er lehnte sich zurück und ließ den Blick auf einen unbestimmten Punkt an der Wand gleiten. »Bet il Mtoni liegt am Meer, außerhalb der Steinernen Stadt, in lieblicher Umgebung, umgeben von Mangobäumen und einem Kokoshain. Begünstigt durch den Fluss Mtoni verfügt der Palast über eine weitläufige Beckenanlage. Die erquickenden Bäder dort stehen bei den Besuchern in hoher Gunst. Meine Horme und die Surien halten sich derzeit dort auf. Sie werden sich mit Entzücken Ihrer annehmen.«

Irritiert lauschte Elisabeth auf. Mit den Begriffen Horme und Surien konnte sie nichts anfangen. Im Orient war die Vielehe üblich. Sprach der Sultan etwa von seinen Frauen? Mit einem Hüsteln überdeckte sie ihre Unsicherheit.

»Ich bedauere die Unannehmlichkeiten mit dem indischen Zoll«, erklärte sie steif. »Dennoch muss ich auf der Unterbringung in einem Hotel bestehen, so wie es meiner europäischen Auffassung von Anstand entspricht. Und was mein Wohlergehen betrifft, seien Sie unbesorgt. Ich bin durchaus in der Lage, auf mich aufzupassen.«

»Das wurde mir anders berichtet«, entgegnete der Sultan. Eindringlich ruhte sein Blick auf ihr. »Wie ich hörte, wurden Sie kurz nachdem Sie den Fuß auf die Insel setzten, Opfer eines Überfalls. Nur dem beherzten Eingreifen von Mister Jacob Preston ist es zu verdanken, dass Sie der Situation unbeschadet entkommen sind.«

»Was?«, keuchte Elisabeth. Gereizt dachte sie an den fremden Schotten zurück, dessen Intervention ihre Lage im Nachhinein allenfalls verschlimmert hatte, wenn er sie nicht sogar obendrein selbst beim Sultan in Misskredit gebracht hatte. Wer außer ihm hätte von dem Überfall wissen können? Plötzlich bekam Prestons Einspringen einen schalen Beigeschmack. Statt ihr als Gentleman uneigennützig zu Hilfe zu eilen, hatte er als

Informant des Sultans Vorteil aus ihrer Situation geschlagen. Frustriert rollte sie die Augen. Sie konnte dieses Hintenherum nicht ausstehen. Schließlich hatte sie mit ihrer miserablen Situation in Deutschland auch ohne die Einmischung Dritter klarkommen müssen, um kein Gerede zu verursachen. Mühsam zwang sie sich zu einem Lächeln.

»Wer auch immer Ihnen davon berichtete, hat maßlos übertrieben. Die Wahrheit ist, es gab einen kleinen Zwischenfall mit meiner Tasche. Der Verschluss hatte sich gelöst, woraufhin einige Habseligkeiten im Staub landeten. Ein schottischer Gentleman kam mir zu Hilfe. Unnötigerweise, wie ich anmerken muss, da ich gerade dabei war, das Problem eigenständig zu lösen.« Mit einer unwilligen Bewegung warf sie das störende Kopftuch zurück. »Es ehrt mich, dass Sie sich zu meinem Schutz berufen fühlen, Hoheit, aber ich möchte Ihre Gastfreundschaft nicht länger strapazieren. Ein Zimmer in einer Unterkunft erscheint mir eine gute Lösung für beide Seiten.«

Schweigen. Aus dem Garten drang das Gezwitscher der Nachtvögel. Elisabeth bemerkte wieder den kühlen Hauch, der um ihre Füße strich.

Die Finger des Sultans trommelten auf der Armlehne. »Wie ich bereits erklärte, lassen es die Umstände derzeit nicht zu, dass ich Ihrem Wunsch nachkomme …« Er unterbrach sich und lächelte müde. »Es steht Ihnen jedoch jederzeit frei, die Rückreise in Ihre deutsche Heimat anzutreten. Meines Wissens liegt die *Glasgow* noch bis übermorgen im Hafen vor Anker.«

»Aber …«, hob Elisabeth an. Als Trommelwirbel erklang und Gewehrschüsse fielen, zog sich vor Schreck ihre Brust zusammen. »Was passiert da draußen?«, fragte sie mit herumirrendem Blick.

»Die indische Garde erinnert uns an die fortgeschrittene Zeit.« Bin Said erhob sich würdevoll. »Wenn Sie mich nun entschuldigen. Unser Glaube verlangt, dass wir uns zum fünften

Gebet zurückziehen. Ich werde dafür sorgen, dass man Sie sicher und unbeschadet in den Harem zurückgeleitet.«

Auf sein Zeichen hin wiederholte sich die Zeremonie bei seinem Erscheinen. In geordneter Reihenfolge verließen der Sultan und sein Gefolge den Audienzsaal.

Elisabeth war allein. Sie atmete durch. Als sich das Pochen ihres Herzens wieder beruhigt hatte, machte sie einen Schritt auf eine der Türen zu, vor der sich der leicht fallende Stoff des Vorhangs im Wind bauschte. Langsam schob sie das Tuch zur Seite und wagte einen Schritt hinaus in den nächtlichen Garten. Unter der Schwelle drehte sie sich um, um sicherzugehen, dass niemand sie bemerkte. Um ein Haar wäre sie mit der dunklen Gestalt zusammengestoßen, die ihr entgegentrat.

»Sie?« Abrupt wich sie einen Schritt zurück. »Was um alles in der Welt …?«

»Das Gleiche könnte ich Sie fragen«, unterbrach Preston sie mit einem spöttischen Blick.

»Sie haben mich nicht ausreden lassen«, fauchte sie zurück. Mit funkelnden Augen stemmte sie die Hände in die Taille. »Für einen Gentleman gehört es sich nicht …«

Wieder fiel er ihr ins Wort. »Zügeln Sie Ihr Temperament. Sie erregen das Aufsehen der Garde«, bemerkte er trocken. »Lassen Sie uns nach drinnen gehen. Dort sind wir vor neugierigen Blicken geschützt.« Seine kräftige Hand packte sie an der Schulter und schob sie wie ein Fliegengewicht vor sich her. »Im Grunde wundert es mich nicht, Sie hier anzutreffen. Als wir uns zum ersten Mal begegneten, war mir klar, dass Sie es schaffen würden, sich erneut in Schwierigkeiten zu bringen.«

»Nehmen Sie Ihre Hand weg!« Erzürnt versuchte sie, ihn abzuschütteln.

Er lachte, folgte aber ihrer Aufforderung. Dabei spielten um seine Augenwinkel Fältchen, die im Kontrast zu dem ansonsten so düsteren Ausdruck standen, den Elisabeth bisher von ihm gewohnt gewesen war. Verärgert musste sie sich eingestehen, dass er bei näherer Betrachtung noch attraktiver war. Bestürzt ertappte sie sich bei dem Gedanken, wie es sich anfühlen mochte, mit den Fingern durch sein kurz geschorenes schwarzes Haar zu streichen. Über seinen blendend weißen Zähnen wölbten sich schön geschwungene, volle Lippen, darunter ein entschlossenes Kinn. Kurz, seine Gesichtszüge waren so energisch und gleichzeitig so harmonisch, wie sie es bei einem Mann selten erlebt hatte. Nur die Zornesfalte grub sich eigensinnig zwischen seine Augenbrauen. Er streckte ihr die Hand entgegen.

»Jacob Preston. Schotte.«

Sie erwiderte seinen Händedruck. »Elisabeth von Baahren«, erklärte sie knapp. Mit einer ungehaltenen Geste schob sie sich den wehenden Schleier aus der Stirn. »Woher wollen Sie wissen, dass es Ärger gibt?«

Schweigen. Als er sie ansah, lag eine irritierende Intensität in seinem Blick. »Hätte man Sie sonst hierhergebracht?«

»Gute Frage«, konterte sie und zog dann gespielt nachdenklich eine Augenbraue in die Höhe. »Wobei … mir kommt gerade eine noch viel bessere Frage in den Sinn.« Ihre Augen verengten sich. »Wie kommt es, dass der Sultan so gut über mein kleines Missgeschick im Hafen informiert war?«

Er zuckte gelangweilt die Schultern. »Ich muss Sie enttäuschen. Wenn Sie damit andeuten wollen, dass ich Sie verpfiffen habe, liegen Sie falsch.«

»Ach ja?«

»Falls Sie es noch nicht bemerkt haben sollten, der Sultan ist über alles, was hier passiert, bestens informiert«, klärte er sie auf. Die Vorhänge hinter ihm bewegten sich leise im Wind. »Sansibar ist voller Spitzel. Mord, falsche Anschuldigungen, Intrigen, für Geld ist hier alles zu haben.«

Elisabeth zuckte zusammen. Das erklärte, woher der Sultan sein Wissen bezog. Verunsichert machte sie einen Schritt weg von der Tür. Ob man sie auch jetzt beobachtete? Der Marmor fühlte sich plötzlich eisig unter ihren Füßen an. War ihr Geheimnis hier überhaupt in Sicherheit?

Betont langsam wandte sie sich zu Preston um und schenkte ihm einen vernichtenden Blick. »Wollen Sie mir Angst machen?«

»Die Einschätzung bleibt Ihnen überlassen«, erwiderte er gleichmütig. »Ich weise nur auf die herrschenden Umstände hin.«

»Danke, nicht nötig.« Ein gezwungenes Lächeln spielte um ihre Mundwinkel. Sie hatte selten jemanden getroffen, der sie so zur Weißglut getrieben hatte wie dieser Preston. »Ich bevorzuge, mir selbst ein Bild zu machen.«

»Tun Sie das ruhig.« Gelassen zog er ein Streichholz aus der Tasche und klemmte es sich zwischen die Zähne. »Aber legen Sie dabei den Fokus auf die Ecken und Winkel am Bildrand, besonders, was den Tod Ihres Onkels betrifft.«

»Was wollen Sie damit sagen?«

Er taxierte sie, als wäre er sich nicht sicher, ob sie die Wahrheit verkraften würde. Sein Brustkorb hob und senkte sich schwer.

»Dieckman starb keines natürlichen Todes. Er wurde mit aufgeschlitzter Kehle im Hafenbecken gefunden.«

Prestons Worte detonierten wie eine Bombe in Elisabeths Ohren. Verängstigt schnappte sie nach Luft.

»Es ist riskant, Geschäfte hinter dem Rücken des Zolls zu betreiben«, schob er hinterher.

Elisabeth versuchte, ihre Fassung zurückzugewinnen. Mit einem Mord hatte sie nicht gerechnet. Ihr Onkel, der für sie wie ein sicherer Hafen gewesen war, schien ein weitaus weniger seriöser Kaufmann gewesen zu sein, als sie geglaubt hatte. Welche Auswirkungen das für sie haben mochte, konnte sie nicht absehen. Mühsam versuchte sie, sich zu sammeln. Hoffentlich hatte

Preston ihr den Schreck nicht angemerkt. Sie wollte ihm keinen Einblick in ihre Gefühle geben, dazu war ihr viel zu unklar, welches Machtgefüge die Beziehung zwischen dem Sultan und Preston bestimmte. Äußerlich gelassen bohrte sie nach: »Demzufolge war mein Onkel in unlautere Machenschaften verwickelt?«

»Wer weiß das schon?« Er machte einen Schritt auf sie zu. »Und um ehrlich zu sein, interessiert es mich auch nicht. Es müsste mit dem Teufel zugehen, wenn ich meine Nase in fremde Angelegenheiten stecke.«

»Aber das haben Sie bereits getan«, konstatierte Elisabeth. »Sie haben mich vor der Horde Halbwüchsiger gerettet.«

Er nahm das Zündholz aus dem Mund, betrachtete es und warf es dann durch einen Spalt des Vorhangs hinaus in den Garten. Einen Moment lang ließ er seinen intensiven Blick auf ihr ruhen, dann riss er sich los und gab sich gewohnt gleichgültig.

»Betrachten wir es so: Der Gentleman in mir hat sich zu einer voreiligen Handlung hinreißen lassen. Ich verspreche Ihnen, dass es nicht wieder vorkommen wird. Sie waren ja gerade selbst im Begriff, den Pöbel erfolgreich eigenhändig in die Flucht zu schlagen. Das sagten Sie doch, nicht wahr?« Er grinste anzüglich.

Ihre Augen verengten sich zu Schlitzen. »Sie haben mein Gespräch mit dem Sultan belauscht?«

»Ich war auf dem Weg in das Gebäude, als ich unfreiwillig Zeuge der Unterhaltung wurde. Die Höflichkeit verbot es mir, einzutreten.«

»Die Höflichkeit hätte geboten, dass Sie sich diskret entfernen«, zischte Elisabeth zurück.

»Mit Vergnügen.« Grinsend verneigte er sich vor ihr. »Wenn Sie mich entschuldigen wollen, ich ziehe mich zurück.« Ohne ihre Antwort abzuwarten, verschwand er durch den Vorhang.

Benommen schnappte Elisabeth nach Luft. In nächsten Moment eilte sie hinter ihm her in den Garten. »Halt! Wohin gehen Sie?«

Er blieb stehen. Der Stoff seines weißen Hemdes blähte sich sanft im Wind. »Ich komme Ihrem Wunsch nach und verschwinde«, erwiderte er gelassen. »Diskret natürlich.« Die helle Mondnacht spiegelte sich in seinen Augen. Irritiert überlegte Elisabeth, ob sie sich das Funkeln in seinem Blick nur einbildete.

Ihre Brust zog sich zusammen. »So war das nicht gemeint ...«, erklärte sie mit matter Stimme. Zu ihrem Entsetzen standen ihr Tränen in den Augen. Preston verhielt sich ihr gegenüber nicht sonderlich entgegenkommend, aber als Europäer war er als Einziger in der Lage, sich gedanklich in ihre Lage zu versetzen. Nur machte es leider nicht den Anschein, als hätte er die Absicht, dies zu tun.

»Ich werde in Bet il Watoro, dem Palast von Chalids Bruder, erwartet«, meinte er und zuckte die Schultern. »Falls Sie mit der Lage der Gebäude noch nicht vertraut sind, es liegt gleich nebenan. Bet il Watoro erreichen Sie entweder ebenerdig über das ehemalige persische Bad, wozu ich Ihnen allerdings nicht raten würde. In letzter Zeit hat sich ein Haufen Unrat dort angesammelt.« Er hob den Blick und deutete auf einen dunklen Umriss über ihren Köpfen. »Oder über die Hängebrücke. Ich empfehle Letzteres. Wenn Sie mich jetzt entschuldigen ...«

»Lassen Sie mich nicht einfach allein.« Zornig stampfte Elisabeth mit dem Fuß auf. Wie konnte er sich über die Dringlichkeit ihrer Sache mit nichtigem Geplauder hinwegsetzen? Schließlich war er derjenige, der sie über die Todesursache ihres Onkels in Kenntnis gesetzt hatte. Demzufolge musste er zumindest ahnen, wie erschüttert und gleichzeitig ohnmächtig sie sich fühlte. »Sie müssen ein gutes Wort für mich beim Sultan einlegen!«

Er schnaubte unwillig. »Wie bereits gesagt, mische ich mich nicht in fremde Angelegenheiten.«

»Bitte.« Sie machte einen Schritt auf ihn zu. »Sie werden verstehen, dass in diesem besonderen Fall Hilfe vonnöten ist.«

Er machte einen Schritt auf sie zu. Sein männlich-herber Geruch drang in ihre Nase.

»Ach ja?« Er hielt inne und blickte ihr kühl in die Augen. »Sie widersprechen sich schon wieder. Eben erst haben Sie sowohl dem Sultan als auch mir versichert, dass Sie sehr wohl imstande sind, Ihre Angelegenheiten selbst zu regeln.« Entschlossen drehte er sich um und ließ Elisabeth allein im Licht des Silbermondes stehen.

* * *

Bei Tag hatte Elisabeth den Aufenthalt in den Räumen als angenehm empfunden. Nun aber, in der Nacht, schien die Hitze durch die Mauerwände zu sickern und sich in den Innenräumen zu stauen, während draußen auf dem Dach ein belebend milder Wind wehte. Selbst Anna, die normalerweise einen beneidenswert tiefen Schlaf hatte, wälzte sich neben ihr hin und her. Unruhig und verschwitzt setzte Elisabeth sich in dem großen Bett auf. War sie tagsüber in der Lage gewesen, ihre Ängste zu beherrschen, so krochen sie nun wie Schatten über die Bettdecke und füllten ihren Kopf mit düsteren Bildern. Vor Hitze glühend, schlug sie den Tüll beiseite und ließ die nackten Füße von dem hohen Bett in die Tiefe gleiten.

Es hatte sich erwiesen, dass die Schlafgewohnheiten des Orients sich von denen in Europa deutlich unterschieden. An Abend zog man kein schlichtes Nachthemd an, sondern begab sich in voller Kleidung zu Bett, nur den Goldschmuck legte man ab. Das Rosenholzbett selbst war viel höher gebaut, als es die Betten zu Hause waren. Zu Elisabeths Widerstreben hatte sie sich von einem Eunuchen, der die Hände zu einer Trittleiter gefaltet hatte, hineinhelfen lassen müssen. Der Raum unter dem Bett war Anna zugewiesen worden. Elisabeth hatte erfahren, dass Bedienstete nach sansibarischer Sitte die Nacht auf einer schlichten Matte unter dem Bett der Herrschaften oder vor dem Fußende auf dem Boden verbrachten. Natürlich hatte ihr ausgeprägter Sinn für Gleichbehandlung dagegen rebelliert, jedoch war sie vernünftig genug gewesen, zu warten, bis sie mit Anna allein war, bevor sie das Mädchen zu sich ins Bett geholt hatte.

»Was ist los?«, hörte sie Anna schlaftrunken hinter sich murmeln.

»Nichts«, raunte Elisabeth zurück. »Ich bin gleich wieder da. Schlaf weiter.«

»Das würde ich ja gern, aber mir gehen alle möglichen Dinge durch den Kopf, Frau Weyhoff«, erklärte Anna, nun in voller Lautstärke.

»Wirst du wohl leise sein!«, fauchte Elisabeth sie an und spürte, wie ihr das Blut aus dem Gesicht wich. Instinktiv blickte sie über die Schulter, obwohl niemand anderes im Zimmer war. Dass Anna sie mit ihrem Ehenamen ansprach, jagte ihr richtig Angst ein. Nach Prestons Aussage steckte der Palast voller Spitzel, man konnte nie sicher sein, wer gerade hinter der Tür stand und lauschte. Mit einem betonten Räuspern wandte sie sich zu dem Mädchen um und warf ihr durch den Tüll hindurch einen eindringlichen Blick zu. Doch Anna schien nicht zu verstehen, was sie verkehrt gemacht hatte, und zuckte hilflos die Schultern.

Elisabeth wandte sich kopfschüttelnd ab, schlang die Arme um den Oberkörper und wandte den Blick nach draußen. Durch das offene Fenster schien ein voller Mond, ein Anblick, den sie auch zu Hause in Deutschland als tröstlich empfunden hatte. Atemzug für Atemzug lockerte sich die Enge in ihrer Brust, und sie erholte sich von ihrem Schrecken.

Immer noch in Sorge, belauscht zu werden, sagte sie im Flüsterton: »Hatten wir nicht vereinbart, dass du mich Fräulein von Baahren nennst?«

»Entschuldigung.« Anna senkte den Kopf und schniefte vernehmlich. Scheinbar verlegen kratzte sie sich den Rücken. »Was wird denn jetzt aus uns? Fahren wir zurück oder bleiben wir im Palast?«

»Nach Hause können wir nicht. Das ist ganz und gar ausgeschlossen«, raunte Elisabeth und knetete ihre verschwitzten Hände. Kaum hatte sie die Angst überwunden, belauscht zu werden, mischte sich eine ganz andere Sorge unter ihre Gedanken. Bislang hielt ihr Bruder zu Hause in Lübeck aus geschwisterlicher Loyalität zu ihr. Dennoch konnte sie es sich nicht leisten, unbeschwert zu sein, denn im Kern handelte Otto stets mit Kalkül, was ihn zu einem harten, aber erfolgreichen Geschäftsmann machte. Wie würde er reagieren, wenn sie es nicht schaffte, seinen Auftrag zu erfüllen? Nervös fuhr sie sich durch das Haar. Otto hatte ihr eine beachtliche Menge Geld anvertraut. Was würde passieren, wenn sie versagte? Würde er sie fallenlassen oder, schlimmer noch, sich hinreißen lassen, sein Schweigen zu brechen und Weyhoff wissen zu lassen, wo sie sich aufhielt? Ihre Kehle wurde eng.

Anna öffnete den Mund und setzte an, etwas zu erwidern. Elisabeth kniff mahnend die Augen zusammen. Bevor Anna eine Silbe äußern konnte, bedeutete Elisabeth ihr mit vorgehaltenem Zeigefinger, leise zu sprechen.

»Dann bleiben wir im Palast?« Ein Hoffnungsschimmer leuchtete in Annas Augen auf.

»Nein. Wir haben die Gastfreundschaft des Sultans schon genügend in Anspruch genommen«, gab Elisabeth halblaut zurück.

»Hm … Vielleicht findet ja der Sultan Gefallen an Ihnen und nimmt Sie zu seiner Nebenfrau. Dann wären wir unsere Probleme mit einem Schlag los.«

Elisabeth glaubte, sich verhört zu haben, entsetzt darüber, dass Anna so viele Jahre mit ihr verbracht hatte und sie dennoch so wenig kannte.

»Was redest du da!«, zischte sie verärgert. »Schließlich habe ich die weite Reise nicht unternommen, um das eine Übel gegen ein anderes zu tauschen. Abgesehen davon«, unbewusst wanderte ihre Hand wieder zu der Stelle, an der der Ring gesessen hatte, »bin ich bereits verheiratet. Die Vielehe ist zwar im Orient üblich, aber nur Männer dürfen mehrere Frauen haben, nicht umgekehrt. Du siehst, wie ungerecht die Zustände für Frauen überall auf der Welt sind.«

Anna schien davon unbeeindruckt. In aller Selbstverständlichkeit hob sie einen Arm und tupfte mit der Bettdecke den Schweiß von ihrer Achsel. Unterdessen redete sie munter weiter, wobei sie sich zumindest bemühte, die Stimme zu dämpfen. »Also ich hätte nichts dagegen, im Palast zu bleiben. Haben Sie gesehen, dass die Dienerinnen Orangen- und Jasminblüten zwischen unsere Garderobe gelegt und sie mit Ambra und Moschus parfümiert haben? Ich komme mir vor wie eine Prinzessin. Meine Sachen haben noch nie so geduftet.«

Elisabeth runzelte die Stirn. »Du kannst selbst Blüten pflücken und zwischen deine Kleider legen, wenn es dir so gefällt. Der Garten ist voll von Sträuchern«, erklärte sie, nun wieder in normaler Lautstärke.

Schwärmerisch fuhr Anna fort: »Und dann das schöne, kühle Bad mit dem Rosenöl! Und wie gut Sie es erst hatten.« Anna seufzte tief. »Ich wäre auch gern vor dem Schlafen von einer Dienerin durchgeknetet worden, während die andere mir mit einem Palmwedel frische Luft zugefächelt und eine weitere meine Füße mit Kölnisch Wasser eingerieben hätte. Das war bestimmt zum Sterben schön …«

»Das Kölnisch Wasser war angenehm«, gab Elisabeth zu. »Aber ich hätte es mir auch selbst auf die Füße reiben können. Und auf eine Massage und Palmwedel kann ich gut verzichten. Für meinen Geschmack gibt es viel zu viele Bedienstete im Haus.«

Entgeistert riss Anna den Mund auf, als wäre ihr der Gedanke erst jetzt gekommen.

»Sind das alles Sklaven?«

»Nein, das halte ich für unmöglich«, sagte Elisabeth tonlos. Bei der Vorstellung, dass noch unlängst Menschen in Afrika aus ihren Dörfern entführt und ihrer Freiheit beraubt worden waren, zog sich ihr Magen zusammen. Dass Sklaverei noch immer existierte, konnte nicht sein. Es *durfte* nicht sein. Zwar beschränkte sich ihr Wissen auf das Wenige, das sie in Büchern darüber gelesen hatte, aber warum sollte dort falsch berichtet worden sein? Sie schüttelte den Kopf. »Auf Druck des Vereinigten Königreichs wurde vor ein paar Jahren ein Gesetz erlassen, das Sklavenhandel verbietet. Der Sultan macht auf mich einen strengen, aber gerechten Eindruck. Ich kann mir nicht vorstellen, dass er sich über das Verbot hinwegsetzt«, schob sie mehr zu ihrer eigenen Beruhigung hinterher.

»Woher kommen dann die ganzen schwarzen Menschen im Palast des Sultans? Ich dachte, wir wären hier unter Arabern.«

Elisabeth zögerte. Sie fuhr sich mit der Hand in den Nacken, das Gewand klebte feucht an ihrem Rücken. »Die Ärmsten sind sicherlich vor einigen Jahren unter schrecklichen Umständen vom Festland verschleppt und hierhergebracht worden«, erklärte sie fest. »Inzwischen werden sie ähnlich gestellt sein wie Bedienstete bei uns.«

»Also sind sie unfrei?«

Elisabeth entfuhr ein entrüsteter Laut. Beinahe niemand war frei davon, sich seinen Lebensunterhalt durch Arbeit verdienen zu müssen, und Anna konnte sich über die Bezahlung wahrhaftig nicht beklagen.

»Unfrei, was die Arbeit betrifft, da hast du natürlich recht. Aber frei in Privatdingen, so wie du.« Elisabeth hob den Stoff ihres Hemdes ein wenig von der Haut und fächelte sich Luft zu, aber es half nichts. »Jetzt schlaf, wir reden morgen weiter«, erklärte sie und schlüpfte durch die geöffnete Balkontür.

Das silberne Licht der Mondnacht und die milde Luft waren verlockend. Unsicher, ob ihr der Zutritt erlaubt war, stieg Elisabeth die Treppe zum Dach hinauf. Zu ihrer Erleichterung schien sie allein zu sein, jedenfalls war nichts zu hören. Elisabeth atmete durch. Um sie herum duftete es nach Rosen, Jasmin und Orangen. Nach und nach gewöhnten sich ihre Augen an das spärliche Licht. Die Schatten nahmen Form an. Sie fand sich auf einem flachen, von einer Balustrade umgebenen Dach wieder, auf dem Pflanzkübel unterschiedlichster Größe und eine Anzahl Rohrstühle standen. Sie blinzelte. Der Anblick war magisch. Es kam ihr vor, als hätten Paradiesvögel einen wunderschönen Garten auf ihren Schwingen wie auf einem fliegenden Teppich in die Lüfte gehoben und hier oben fallen gelassen. Mit nackten Füßen schlich sie an die Balustrade und atmete durch. Die milde Luft kühlte ihre Wangen. Zwischen zwei Pflanzkübeln vor eventuellen Blicken geschützt, machte sie es sich auf dem Boden bequem. Hier würde man sie nicht bemerken.

Tatsächlich dauerte es nicht lange, bis sich Schritte näherten. Eine Frau betrat das Dach, der Kleidung und dem Verhalten nach eine Bedienstete – gefolgt von Farida. Anstelle der Barakoa hielt sich die Prinzessin nur den Zipfel eines locker fallenden Kopftuchs vor das Gesicht. Elisabeth dämpfte ihren Atem, aus Furcht, dass die Frauen sie hörten. Es wäre ihr unangenehm gewesen, Farida erklären zu müssen, was sie zu so später Stunde auf dem Dach zu suchen hatte.

Gespannt beobachtete sie, wie die Bedienstete sich näherte und wenige Schritte von ihr entfernt an die Balustrade trat, während Farida nahe der Wand stehen blieb, als wartete sie auf etwas.

Eine ganze Weile passierte nichts, doch dann ging ein Ruck durch die Bedienstete, sie lehnte den Oberkörper weit nach vorne. Interessiert spähte Elisabeth durch die steinerne Balustrade. Was gab es wohl im Hof zu sehen? Als sie kurz darauf eine bekannte Gestalt bemerkte, hätte sie vor Überraschung beinahe aufgeschrien.

Dort unten stand in weißem, wehendem Hemd und mit schwarzen Hosen Jacob Preston.

Elisabeth bemerkte, wie die Bedienstete von der Balustrade zurücktrat und dreimal hintereinander vernehmlich nieste. Dann machte sie auf dem Absatz kehrt und stieg schweigend die Treppe hinunter.

Was dann geschah, erschien Elisabeth zu merkwürdig, als dass es sich um Zufall handeln konnte.

Farida trat an die Balustrade. Ein paar Atemzüge lang stand sie still da, der Nachtwind spielte mit dem weich fallenden Stoff ihrer Gewänder.

Plötzlich war ein Laut zu hören, der weniger überrascht klang, als es zu vermuten gewesen wäre.

Der Wind hatte Faridas Kopftuch erfasst und ihr aus den Händen gerissen. Wie ein loses Blatt segelte es über die Balustrade und in den Hof hinunter.

Die Prinzessin stand unverschleiert im Schein des Mondes da.

Gespannt, wie Preston reagieren würde, richtete Elisabeth den Blick in den Hof.

Prestons Augen ruhten auf Farida.

Als das Tuch neben ihm zu Boden fiel, hob er es auf. Mit einer höflichen Verbeugung in Faridas Richtung führte er es an seine Lippen, bevor er es in die Tasche seiner Hose schob. Obwohl es aller Vernunft widersprach, verspürte Elisabeth eine leichte Enttäuschung.

Mit einem zufriedenen Ausdruck im Gesicht wandte Farida sich um und verließ das Dach.

Elisabeth wartete einen Moment, dann machte auch sie sich auf den Weg zurück in ihr Gemach. Ein ironisches Lächeln spielte um ihre Lippen. Sosehr sich Sansibar von Deutschland unterschied, eine Regel schien in beiden Ländern gleich zu sein: Im Krieg und in der Liebe waren alle Mittel erlaubt.

KAPITEL 7

Die Morgentoilette gestaltete sich ebenso aufwendig wie schon das Ritual beim Zubettgehen. Elisabeth war von zwei Dienerinnen durch sanfte, knetende Berührungen geweckt worden. Nach der Schwüle der Nacht wusste sie das kühle parfümierte Bad zu schätzen, das man ihr eingelassen hatte. Über dem Frisieren und dem Ankleiden war der halbe Vormittag vergangen. Die Sonne brannte bereits kräftig auf die Dächer herab, als sie, in duftende Gewänder gekleidet, bei einem späten Frühstück saß. Noch immer dachte sie über das Geschehen auf dem Dach nach, dessen Zeuge sie in der Nacht zuvor geworden war. Von allem, was sie über Romanzen wusste, ähnelten diese meist einem Balztanz, bei dem der eine zu beeindrucken versuchte, während der andere sich bezirzen ließ. Nachdenklich nippte sie an dem Mokka, den der Kaffeeschenk ihr gereicht hatte. Wie verhielt es sich in diesem pikanten Fall? Balzte Preston um die hochwohlgeborene Prinzessin oder die Prinzessin um ihn?

Eine Stimme an der Tür durchbrach ihre Gedanken. »Besuch für Miss von Baahren.« Elisabeth wandte den Kopf. Imani, die schwarze Bedienstete, die man ihr zugeteilt hatte, nickte würdevoll.

»Wer ist es?«

»Doktor Wessels macht Ihnen seine Aufwartung«, erwiderte Imani mit dem ihr eigenen breiten Lächeln.

Elisabeths Augen weiteten sich überrascht. Insgeheim atmete sie auf. Anscheinend hatte Wessels gehört, was passiert war, und war gekommen, um ihr beizustehen – zumindest hoffte sie, dass er vorhatte, es zu tun. Wessels' promptes Auftreten war wiederum ein Indiz dafür, wie leicht sich Informationen auf Sansibar herumsprachen.

Rasch griff Elisabeth zu einem Spiegel und überprüfte ihr Aussehen. Ordnend strich sie sich über das Haar, dann kniff sie sich in beide Wangen, um einen weniger erschöpften Eindruck zu erwecken. Ein leises Lächeln spielte um ihre Lippen. Zwar mochte Wessels bei ihrer ersten Begegnung sehr forsch aufgetreten sein, anderseits schmeichelte es ihr, dass der schneidige Arzt ihr einen Besuch abstattete. Natürlich war auch ihm gegenüber Vorsicht geboten, selbst wenn er ehrlich und verlässlich zu sein schien. Sie legte den Spiegel beiseite. Mit vor Aufregung pochendem Herzen und den Kopf voller Fragen, schritt sie hinter Imani die Treppe hinunter. Glücklicherweise hatte sie inzwischen durchsetzen können, statt der klobigen hölzernen Sandalen lederne Pantoffeln tragen zu dürfen.

Imani geleitete sie durch eine Tür ins Freie. Zu Elisabeths Freude war der Palast zum Meer hin von einer hohen Mauer umgeben, an welcher die schönsten Granatapfelbäume wuchsen. Elisabeth hatte Abbildungen dieser Gewächse in Büchern gesehen, nun erinnerte sie sich wieder daran. An den roten Früchten und den vielen kleinen, grün glänzenden Blättern waren sie leicht zu erkennen.

Sie fand Wessels an einem der Bäume stehend. »Ich habe erfahren, dass Ihr Onkel tot ist«, erklärte er mit aufrichtigem Mitgefühl in der Stimme. Betreten rieb er sich den Nacken, seine Mundwinkel deuteten nach unten. »Mein Beileid. Es muss ein fürchterlicher Schlag für Sie sein.«

80

»Danke«, erwiderte Elisabeth verhalten. Bei dem Gedanken an den unerwarteten gewaltsamen Tod ihres Onkels schnürte sich ihre Brust zusammen.

Einen Moment lang herrschte Schweigen.

»Ich werde die Skatabende mit Ihrem Onkel vermissen. Bereuen Sie es, hierher gereist zu sein?«, erkundigte sich Wessels. Er maß sie mit einem langen Blick.

»Nein« sagte Elisabeth mit einem kaum merklichen Zögern. »Wie Sie wissen, führen mich die Geschäfte meines Bruders nach Sansibar. Natürlich habe ich mich auf ein Wiedersehen mit meinem Onkel gefreut, aber nun ist es eben anders gekommen.«

»Es freut mich, Sie so gefasst zu erleben.« Anerkennend nickte er ihr zu. »Sie sind eine tapfere Frau. Und Sie leben sich ein, wie ich sehe«, meinte er. Mit einem charmanten Lächeln ließ er den Blick über die orientalischen Kleider wandern. »Sie sehen fesch aus.«

Elisabeth schwieg, plötzlich befangen. Da sie nicht wusste, wie sie sein Kompliment nehmen sollte, lächelte sie nur stumm.

Er runzelte die Stirn und betrachtete sie nachdenklich. »Wenn ich mich richtig entsinne, interessieren Sie sich für Pflanzenkunde«, bemerkte er schließlich in Anspielung auf ihre Diskussion über Heilkräuter und riss eine Frucht vom Baum. Als wollte er durch das Aroma den Reifegrad überprüfen, hielt er sie vor sein Gesicht und atmete den Geruch ein. Den Blick noch immer auf Elisabeth gerichtet, zog er ein Messer aus der Tasche. »Es gibt auf Sansibar für Sie viel Neues zu entdecken. Sicher ist Ihnen der Geschmack von Granatäpfeln bislang unbekannt.« Mit einem Taschenmesser schnitt er die Frucht in zwei Hälften. Augenzwinkernd reichte er ihr eine davon. »Hier. Versuchen Sie. Es schmeckt.«

Erstaunt warf sie einen Blick auf die rubinroten Kerne inmitten ihrer glasigen, durchscheinenden Hülle. Bisher kannte sie nur Abbildungen, welche das Äußere der Frucht zeigten. Umso verblüffter war sie nun zu sehen, was sich im Inneren verbarg.

»Essen Sie.« Er rieb das Messer sauber und ließ es zurück in die Tasche gleiten. »Wussten Sie, dass dem Granatapfel eine gesundheitliche Wirkung zugeschrieben wird? In der Antike war er ein Symbol der Fruchtbarkeit. Im griechischen Mythos hingegen hatte er eher eine verhängnisvolle Symbolik. Interessanterweise soll Aphrodite auf Zypern einen Granatapfel als Lebensbaum gepflanzt haben …«

Mit Interesse studierte Elisabeth die aufgeschnittene Frucht. Sie fühlte sich seltsam an Abbildungen anatomischer Querschnitte durch die weibliche Brust erinnert, wie sie sie aus medizinischen Büchern kannte. Zögernd nahm sie die Hälfte entgegen und biss hinein. Roter, klebriger Saft tropfte von ihrem Kinn.

»Süß und herb. Beides zugleich«, stellte sie fest. Wie daheim auf dem Gut ließ sie die Schale zwischen die Bäume fallen und wischte sich mit dem Handrücken über das Kinn.

»In der persischen Dichtung steht er metaphorisch für die weibliche Brust, wobei ein anatomischer Querschnitt der Brust mit dem Hohlraumsystem und den Milchbildungszellen interessanterweise dem Granatapfel ähnelt«, führte sie Wessels' Gedanken weiter.

»Ausgezeichneter Vergleich, nur dass die weibliche Brust anfällig für Mastitis ist.«

»Ein Problem, das meist von Bakterien verursacht wird und dem sich in der Regel durch Kühlen und häufigeres Abpumpen der Milch entgegenwirken lässt.«

»Korrekt. In Ihnen steckt mehr, als ich vermutet hätte.« Wessels nickte anerkennend, dann hielt er ihr die andere Hälfte der Frucht hin. »Möchten Sie noch?«

Elisabeth lehnte dankend ab. »Verlockend, aber ich komme gerade vom Frühstück.« Verhohlen musterte sie Wessels von der Seite. Sie war dabei, eine neue Seite an ihm zu entdecken, eine Seite, die ihr ausnehmend gefiel. »Ich nehme an, Sie sind nicht gekommen, um mir die hiesige Vegetation und deren Früchte näherzubringen. Zumindest hoffe ich das.«

Wessels musste lachen. »Nein.« Dann wurde er sofort wieder ernst. »Wie bereits erwähnt, war ich sehr betroffen, als ich erfuhr, dass Dieckman in meiner Abwesenheit verschieden ist.« Zögernd rieb er sich den Nacken und taxierte sie, als wäre er sich nicht sicher, ob er weitersprechen sollte. »Hat man Ihnen mitgeteilt, unter welchen Umständen er zu Tode kam?«

»Er wurde ermordet«, erwiderte Elisabeth knapp.

»Als ich erfuhr, dass man Sie nach Bet il Sahel gebracht hat, habe ich mich gleich auf den Weg gemacht«, sagte Wessels schließlich.

»Ich bin gegen meinen Willen hier. Wussten Sie das?«, platzte es aus ihr heraus.

»Ich hatte vermutet, dass der Sultan Sie unter seine Fittiche nehmen würde«, meinte er gelassen.

Offensichtlich lebte er zu lange auf Sansibar, als dass ihn das Verhalten bin Saids ihr gegenüber in irgendeiner Weise überrascht hätte.

»Ich möchte die Gastfreundschaft des Sultans nicht weiter in Anspruch nehmen und so schnell wie möglich in das Haus meines Onkels umziehen.« An Wessels' Seite schritt Elisabeth die Allee entlang. In der prallen Sonne war die Hitze unerträglich. Zwischen ihren Brüsten sammelte sich Schweiß. Im Vorbeigehen brach sie einen Zweig von einem Orangenbaum und fächelte sich Luft zu.

»Bisher stieß meine Bitte auf taube Ohren. Wie ich dem Sultan mehrfach erklärte, bin ich sehr wohl in der Lage, für mich selbst zu sorgen.« Elisabeth spürte, wie ihre Wangen sich erhitzten. Sie war dabei, sich in Rage zu reden. »Ich bin kein naives Ding. Immerhin habe ich bereits einem Haushalt vorgestanden. Und überhaupt …« Als sie Wessels' erstaunten Blick bemerkte, stockte sie. »Überhaupt würde ich mich in meinen eigenen Wänden wohler fühlen.«

»Sie haben einen Haushalt geführt, sagten Sie?« In seinen Augen spiegelte sich Interesse. »Darf ich fragen, wo?«

Elisabeth hätte sich im Nachhinein am liebsten auf die Zunge gebissen. So sympathisch ihr Wessels heute erschien, vertraute sie ihm noch nicht gänzlich. »Dem meines Vaters«, flunkerte sie daher. »Wie ich Ihnen bereits auf dem Schiff erzählte, besitzt er einen Gutshof in der Nähe von Lübeck. Meine Mutter ist früh verstorben«, fügte sie etwas weniger hektisch hinzu. Dieser Teil der Geschichte zumindest entsprach der Wahrheit.

Wessels zündete sich im Gehen eine Zigarette an. »Sansibar ist ein zwielichtiger Ort.« Er nahm einen tiefen Zug, legte den Kopf in den Nacken und ließ den Rauch langsam aus seinem Mund strömen. »Es ist nicht ungefährlich hier, vor allem für Frauen. Warum kehren Sie nicht um?«

Elisabeth blieb ruckartig stehen. »Das steht nicht zur Debatte.«

»Weshalb?« Wessels maß sie mit einem langen Blick. »Es wäre das Naheliegende. Ihr Bruder würde es sicher verstehen.« Er schnippte die Asche von der Zigarette. »Wenn Sie meinen Rat hören wollen, würde ich Ihnen dringend empfehlen, das nächste Schiff zurück nach Deutschland zu nehmen.«

»Ohne respektlos klingen zu wollen, aber ich werde bleiben.« Etwas in ihr versteifte sich.

»Wirklich?«

»Ja«, bekräftigte sie knapp und hoffte, dass er es dabei bewenden ließe.

Zögernd nahmen sie ihren Gang wieder auf. Elisabeth atmete unauffällig durch. Wessels schien ihren Entschluss akzeptiert zu haben. Schweigend zog er an der Zigarette. »Wenn das so ist, wie sind Ihre Pläne?«, fragte er, diesmal weniger drängend, sondern anteilnehmend.

»Wenn ich das wüsste.« Sie drehte den Zweig zwischen den Fingern. »Ich hatte nicht damit gerechnet, dass alles so kompliziert sein würde. Mein Onkel ist tot. Ich hatte gehofft, dass er mir helfen würde, Kontakte zu Plantagenbesitzern zu knüpfen. Nun muss ich zusehen, wie ich allein zurechtkomme, auch wenn ich kein Arabisch spreche und außer Ihnen, lieber Doktor, niemanden auf Unguja kenne, der Verständnis für meine Lage aufbringt.« Sie unterbrach sich und warf Wessels einen Blick von der Seite aus zu. »Wie sehen Sie das?«, fügte sie aus einem plötzlichen Impuls heraus hinzu. »Glauben Sie, dass ich es auch ohne meinen Onkel schaffe, einen Pflanzer finde, der mir Gewürznelken verkauft?«

Wessels antwortete nicht sofort. Er kratzte sich den Nacken. »Ich sage nicht, dass es unmöglich ist, aber machen Sie sich auf einige Schwierigkeiten gefasst. Zum Beispiel werden die meisten Geschäfte hier in den Badehäusern abgeschlossen. Als Frau haben Sie dort keinen Zutritt. Sie müssten also andere Wege finden. Geben Sie mir ein wenig Zeit, um nachzudenken. Ich werde sehen, ob ich Sie in irgendeiner Weise unterstützen kann.« Aufmunternd zwinkerte er ihr zu. Offensichtlich fühlte er sich geschmeichelt, von ihr um Rat gefragt zu werden.

Gedankenverloren bog Elisabeth den Zweig zwischen den Fingern. Sie beschloss, Wessels ein Stück weit in ihre Lage einzuweihen. »Erschwerend kommt hinzu, dass der Sultan darauf beharrt, mich gegen meinen Willen im Palast zu behalten. Ich glaube, er sähe es am liebsten, wenn ich ein Schiff zurück nach Europa nähme.«

Wessels' Blick ruhte unverwandt auf ihr. Er paffte an der halb heruntergebrannten Zigarette und maß Elisabeth mit einem langen Blick. Schließlich warf er die Zigarette zu Boden und trat sie sorgfältig mit der Fußspitze aus.

»Verlangen Sie, das Haus Ihres Onkels betreten zu dürfen. Es existiert ein Testament. Dieckman hat mir davon erzählt. Falls er es nicht geändert hat, fällt ein Teil des Erbes an Sie.«

Elisabeth bekam große Augen. Entgeistert schüttelte sie den Kopf. »Ist das wahr?«

»Ja.« Wessels nickte, ohne zu lächeln. »Ich weiß, dass Dieckman sich mit der Familie überworfen hatte. Andererseits war er ledig und hatte keine Nachkommen. Sie hingegen waren sein Patenkind.«

Elisabeth schluckte. Was wusste Wessels noch über ihre Familie und sie? Die Gedanken wirbelten in ihrem Kopf durcheinander.

»Womöglich könnte ich das Erbe meines Onkels veräußern und mir damit anderswo eine Existenz aufbauen, nachdem ich das Nelkengeschäft unter Dach und Fach gebracht habe. In Neuseeland vielleicht … Dort wird derzeit diskutiert, das Wahlrecht für Frauen einzuführen. Als Geschäftsfrau würde man mich dort eher akzeptieren.« Sie trat in den Schatten eines Granatapfelbaums und ließ die Hand über seine Rinde gleiten. »Oder ich könnte Lehrerin werden.«

»Das wären durchaus Möglichkeiten. Aber es gäbe noch eine weitere.« Beiläufig schob Wessels die Hände in die Taschen seiner hellen Hose.

»Und die wäre?«, unterbrach Elisabeth fast scheu sein Schweigen.

»Mir kam gerade eine Idee.« Wessels warf ihr einen langen Blick zu. »Sie sind klug und gebildet. Allem Anschein nach verfügen Sie über etwas Medizinwissen. Darüber hinaus sind Sie eine Frau, was in einer bestimmten Hinsicht unbezahlbar ist.«

Elisabeth löste sich von dem Baum und trat auf Wessels zu. Ihre Augen schmerzten von dem grellen Licht, das durch die weißen Wände noch verstärkt wurde. Schützend hob sie die Hand vor die Stirn und schüttelte den von der Hitze geröteten Kopf. »Ich verstehe nicht, worauf Sie hinauswollen. Eben noch erklärten Sie mir, dass ich als Frau auf Sansibar nichts ausrichten kann.«

»Als Krankenschwester und Hebamme schon.« Wessels lehnte den Rücken gegen eine Mauer und stützte sich mit dem Fuß ab. »Weil das so ist, möchte ich Ihnen ein Angebot unterbreiten. Die medizinische Versorgung auf der Insel ist katastrophal. Der persische Hakim ist ein Quacksalber. Aberglaube ist allgegenwärtig, und die Mittel, die angewendet werden, sind nichts als Hokuspokus. Schwindsucht und Cholera werden mit Aderlass behandelt, Typhus mit Vomieren. Letzteres wird durch abscheuliche Kräuter herbeigeführt. Für vornehme arabische Gläubige werden Koransprüche mit Safran auf einen weißen Teller geschrieben. Die Schrift wird dann mit Rosenwasser aufgelöst und dem Siechenden tröpfchenweise verabreicht.« Er stieß sich von der Wand ab und ging sichtlich gereizt vor ihr auf und ab. »Weiß man sich gar nicht mehr zu helfen, muss der Teufel herhalten. Der so besessene Kranke wird grauenvollen Ritualen unterzogen. Frauen und Babys sterben bei der Geburt, weil die Hebammen mehr Schaden anrichten, als dass sie nutzen. Wenn ich zu weiblichen Patienten vorgelassen werde – was selten genug vorkommt –, darf ich keine Untersuchung an ihnen durchführen. Die Verständigung erfolgt nur über den Ehemann, Vater oder Bruder der Patientin …«

»Das klingt furchtbar.« Bestürzt schüttelte Elisabeth den Kopf. »Ich wusste nicht, dass es so ist.«

Wessels blieb stehen und hob ernst den Blick. »Glauben Sie mir, als Frau können Sie hier mehr ausrichten als zehn Männer. Und wie ich Sie einschätze, dürfte es Ihnen nicht schwerfallen, Zugang zur Bevölkerung zu finden.« Er schenkte ihr ein ermunterndes Lächeln.

»Eigentlich wollte ich nie wieder etwas mit Medizin zu tun haben.« Elisabeth seufzte. »Um ehrlich zu sein, habe ich es mir vor meiner Abreise geschworen und …«

Er unterbrach sie. »Sie müssen sich mir nicht offenbaren. Es gibt niemanden, der ohne Grund nach Sansibar käme. Was auch immer Sie hierhergeführt hat: Die Vergangenheit liegt hinter Ihnen. Sie lässt sich nicht verändern. Die Zukunft schon.«

Elisabeth wusste nicht, was sie darauf antworten sollte. Es kostete sie Mühe, nicht an das Leben zu denken, das hinter ihr lag. In sich versunken, kaute sie auf ihrer Lippe.

»Ich bin mir sicher, dass Sie eine hervorragende Mitstreiterin wären«, hörte sie Wessels schließlich sagen. »Und so ganz nebenbei bekommen Sie über die Arbeit Kontakt zu den Pflanzern hier. Da hätten wir also die Lösung, nach der Sie vorhin gesucht haben. Überlegen Sie es sich.«

Elisabeths Brustkorb hob und senkte sich. Zweifelnd blickte sie zu Wessels. »Sie trauen mir also zu, ich könnte mich mit den Verhältnissen hier anfreunden, obwohl vieles meiner Einstellung widerstrebt?«

»Die Perspektive entscheidet. Aber ja, warum nicht?«

»Hm. Vielleicht wäre es ja doch die bessere Lösung, mein Erbe zu verkaufen und woanders neu anzufangen, nachdem der Auftrag meines Bruders erledigt ist. Mein Englisch ist ausgezeichnet, und in Neuseeland würden mir weniger Steine in den Weg gelegt werden als in einem arabischen Land. Andererseits liegt es mir im Blut, Hebamme zu sein. Es ist ein so erfüllender Beruf. Meine Mutter und Großmutter haben ihn ebenfalls ausgeübt. Ich durfte viel von ihnen lernen.«

»Die Entscheidung liegt bei Ihnen.« Er nahm einen weiteren Granatapfel vom Baum und warf ihn ihr zu. Eindringlich ruhte sein Blick auf ihr. »Hier, für Sie. Ich wünsche einen schönen Tag.«

Wessels wandte sich zum Gehen. Als er auf halbem Weg nach draußen war, drehte er sich um. Nachdenklich fuhr er sich mit der Hand in den Nacken. »Natürlich müssten Sie lernen, sich mit den Einheimischen zu verständigen. Sansibar ist ein Schmelztiegel der Kulturen. Es herrscht ein fast babylonisches Sprachgewirr.«

Elisabeth runzelte die Stirn. Das hatte sie bereits bemerkt. Im Palast herrschte ein ziemliches Durcheinander, wobei die offizielle Sprache Arabisch zu sein schien.

»Ich würde Ihnen raten, Swahili zu erlernen«, sagte Wessels. »Das verstehen die meisten.« Er tippte sich zum Abschied gegen die Schläfe. »Ich lasse Ihnen im Laufe des Nachmittags ein Wörterbuch bringen.«

Bevor Elisabeth etwas entgegnen konnte, war er um die nächste Biegung verschwunden.

Leicht taumelig blickte Elisabeth ihm nach. Sie konnte noch gar nicht fassen, welch unvermutete Wendung das Gespräch – und damit auch ihr Leben auf Unguja – genommen hatte. Wessels wurde ihr immer sympathischer. Allem Anschein nach hatte sie gerade nicht nur einen Mentor, sondern auch einen Freund gefunden.

* * *

Am Tag darauf stand Elisabeth zusammen mit Anna am Hafen. Gerade wurde die *Glasgow* unter großer Hektik beladen. Elisabeth warf einen Blick auf den Wasserpegel, der seinen Höchststand erreicht zu haben schien. Die Zeit drängte. Der Kapitän hatte verkündet, dass er noch bei Flut auslaufen wolle. Elisabeths Kehle wurde eng, sie schluckte. Ein wenig wehmütig war ihr schon zumute, als sie daran dachte, die Heimat vorerst nicht wiederzusehen, dann aber sagte sie sich, dass es nichts nützte, mit der Vergangenheit zu hadern. Immerhin erschien ihr nach dem Gespräch mit Wessels ihre Zukunft auf Sansibar nicht mehr ganz so düster. Ihr Blick fiel in den Himmel, an dem gerade die Sonne durch Wolkenfetzen brach. Die Hoffnung, dass alles gut werden würde, keimte in ihr auf.

Das Pfeifen der Schiffssirenen durchbrach ihre Gedanken. Es war so weit. Die *Glasgow* legte ab. Das Stampfen der Motoren drang bis an den Kai.

»Mir ist ganz flau im Magen«, sagte Anna und schniefte, was das Zeug hielt.

Gefasst zog Elisabeth ein Taschentuch hervor und reichte es ihr. »Hier.«

»Ach Gott, vielleicht hätten wir doch besser zurückfahren sollen«, rief Anna schluchzend aus.

»Mit der Zeit werden wir uns hier einleben«, erklärte Elisabeth ruhig.

»Ich weiß gar nicht, wie Sie so tapfer sein können. Ich bin das heulende Elend.« Anna ließ den Kopf sinken.

»Es wird sich schon alles richten. Nun komm, machen wir uns auf den Weg zum Palast«, meinte Elisabeth tröstend. Sie schlug im Gehen das Wörterbuch auf, das Wessels ihr hatte bringen lassen, und blätterte darin. Dann hakte sie Anna unter und zog sie mit sich. »Wo waren wir stehen geblieben? Ach ja, hier. *Simba* – Löwe. *Tschui* – Leopard. *Tembo* – Elefant …«

Kapitel 8

Drei Wochen waren seit Elisabeths Ankunft vergangen. Es hatte weitaus mehr Geduld und Kalkül erfordert, als sie gedacht hätte, aber mit einer Mischung aus Diplomatie und Hartnäckigkeit hatte sie schließlich beim Sultan ihren Auszug aus dem Palast durchsetzen können. Großzügigerweise hatte die Prinzessin ihr auch nach dem Umzug Imani weiterhin als Dienerin an die Seite gestellt. In die Auseinandersetzung mit dem Sultan hatte Farida sich zwar nicht einmischen wollen, aber dafür hatte sie das Dieckmansche Handelshaus vor Elisabeths Einzug in Schuss bringen lassen. Zuvor schien es in einem schlechten Zustand gewesen zu sein, wie Elisabeth selbst hatte feststellen müssen. Inzwischen leuchteten die Wände im oberen Stock in frischem Weiß, in den im Erdgeschoss untergebrachten Geschäftsräumen jedoch roch es unverändert muffig. Selbst ein neuer Anstrich konnte nicht verhindern, dass sich die feuchte Luft der Tropen durch den Korallenstein des Mauerwerks fraß und fortwährend neue Stockflecken entstanden. Sie würde damit leben müssen, hatte Imani ihr erklärt, genau wie mit dem konstanten Lärm, der durch die Gassen hallte. In der Steinernen Stadt sei das nun mal so. Elisabeth hatte es schulterzuckend zur Kenntnis genommen. Die modrige Luft aber machte ihr so zu schaffen, dass sie kurzerhand beschloss, ihr Arbeitszimmer hinauf in den

ersten Stock zu verlegen, obwohl die orientalischen Sitten ver-
langten, dass männlicher Besuch im Erdgeschoss empfangen
wurde. Nachdenklich wanderte sie durch das lange, schmale
Zimmer, welches ihrem Onkel als Wohnraum gedient hatte.
Recht zögerlich setzte sie sich an den aus Europa stammenden
Sekretär, den Farida ihr zusammen mit weiteren Dingen zum
Einzug geschenkt hatte, und blätterte durch eines der staubigen
ledergebundenen Geschäftsbücher, die sie von unten heraufge-
bracht hatte.

Seufzend kräuselte sie die Stirn. Eigentlich hatte sie nicht
vorgehabt, sich mit den Belangen des Handelskontors zu befas-
sen, aber dann waren unbezahlte Rechnungen aufgetaucht, und
die Beschwerden darüber waren bis zum Sultan vorgedrungen.
Recht eindringlich hatte er sie wissen lassen, dass es an ihr sei, die
Schulden schnellstmöglich zu begleichen. Doch wenn sie ehrlich war, wusste sie nicht, wie sie sich überhaupt einen Überblick
über die Konten verschaffen sollte. Ihr Onkel schien eine sehr
eigenwillige Art gehabt zu haben, die Soll- und Haben-Listen
zu führen. Bisher hatte sie sein System nicht entschlüsseln können. Ein ungutes Gefühl machte sich in ihr breit. Standen die
schwer zu dechiffrierenden Zahlenreihen in Zusammenhang
mit seiner Ermordung? Fröstelnd trotz der Hitze, schlang sie
die Arme um ihren Oberkörper. Die indische Zollbehörde
hatte ihre Untersuchung ohne Ergebnis abgeschlossen. Seltsam.
Die Falten auf ihrer Stirn wurden tiefer. Wussten die Inder die
Bücher ebenso wenig zu lesen wie sie oder waren sie selbst in
den Fall verwickelt? Hatte Wessels recht gehabt? War Sansibar
ein gefährliches Pflaster? In der Schwüle des Vormittags begann
ihr Kopf zu schmerzen. Ohne zu bemerken, was sie tat, strichen
ihre Finger über die inzwischen verheilte Wunde an der Stirn.
Ein Klopfen an der Tür hallte durch die Räume und durchbrach
ihre Betrachtungen.

»Entschuldigung, Misses«, erklang Imanis melodiöse Stimme.

»Komm herein.«

Die Tür öffnete sich, und Imani stand in ihrer farbenprächtigen Kleidung vor ihr, Gelassenheit und Würde ausstrahlend. Erleichtert über die Unterbrechung, klappte Elisabeth das Buch zu. »Was gibt es?«

»Dr. Wessels ist hier«, sagte Imani. »Er wünscht, Sie zu sehen, Misses.«

Beinahe zeitgleich erschien Anna auf der Schwelle. Mit vor Entrüstung geröteten Wangen drängte sie Imani zur Seite.

»Was soll das? Ich bin diejenige, die Besucher für Fräulein von Baahren meldet.«

Ohne Protest machte Imani ihr den Weg frei.

»Schon gut«, erklärte Elisabeth beschwichtigend und erhob sich. »Danke, Imani, schick bitte Dr. Wessels herein. Ihr könnt jetzt beide gehen.«

Stur wie ein Eselchen blieb Anna mitten im Zimmer stehen. »Imani führt sich auf, als wüsste sie über alles im Haushalt Bescheid«, hob Anna an, ihre Stimme überschlug sich.

Elisabeth schwieg. Insgeheim musste sie schmunzeln. Bei Licht betrachtet, wusste Imani tatsächlich besser Bescheid als Anna, zumindest was die Dinge auf Sansibar betraf.

»Ständig bestimmt sie, was gemacht wird.« Anna stampfte empört mit dem Fuß auf. »Ich komme mir vor wie ein dummes Gör.«

»Wir reden später«, erklärte Elisabeth entschieden und ging unter Missachtung von Annas Protest ihrem Besucher entgegen.

»Kompliment, Fräulein von Baahren«, sagte Wessels zur Begrüßung. Mit einer Selbstverständlichkeit, als würde er tagtäglich bei ihr ein und aus gehen, warf er Hut und Reithandschuhe auf einen der Stühle. Er wirkte erhitzt, und der Geruch nach Pferd und Staub ging von ihm aus. Elisabeth vermutete, dass

Wessels von einem Ritt über die Insel zurückkam. Mit dem hier üblichen Händeklatschen ließ Elisabeth eine Karaffe Wasser und Gebäck für sie beide bringen und forderte ihren Besucher auf, Platz zu nehmen. Bevor er sich setzte, glitten seine Finger prüfend über die Rückenlehne des Diwans, er nickte anerkennend. »Es hat sich eine Menge getan, seit ich das letzte Mal in diesem Haus war. Zu Lebzeiten Ihres Onkels war es hier weitaus weniger gemütlich.«

»Danke«, meinte Elisabeth, tat Wessels' Lob aber mit einer wegwerfenden Handbewegung ab. »Es ist nicht mein Verdienst. Sejjide Farida hat darauf bestanden, das Haus vor meinem Umzug neu einrichten zu lassen. Natürlich bin ich ihr für ihre Umsicht sehr dankbar, aber dadurch hat sich der Umzug um eine weitere Woche verzögert.« Mit einer inzwischen beinahe orientalischen Gelassenheit zuckte sie die Achseln. »Mittlerweile dürften sich die meisten Möbelstücke, die dem Sultan aus Europa geschenkt wurden, in meinem Besitz befinden. In den Abstellkammern des Palastes ist reichlich Platz für Neues.«

»Man hat Sie also aus Ihrem goldenen Käfig entlassen«, bemerkte Wessels mit einem charmanten Grinsen. »Bravo! Wie haben Sie es geschafft, den Sultan umzustimmen?« Er nahm eines der winzigen, raffiniert mit Pistazien und Zuckerwerk verzierten Gebäckstücke und steckte es sich in den Mund. »Köstlich«, bemerkte er kauend.

Elisabeth setzte sich zurück an den Sekretär. »Letztendlich hat der Sultan einsehen müssen, dass ich im Haus meines Onkels bestens aufgehoben bin.« Sie griff nach der Schreibfeder und drehte sie zwischen den Fingern. »Meine Hartnäckigkeit hat gesiegt.«

»Kompliment. Ich bin zum wiederholten Mal beeindruckt. Sie besitzen eine äußerst bemerkenswerte Persönlichkeit.«

Elisabeth legte die Feder ordentlich neben das Schreibpapier. Mit einem feinen Lächeln lehnte sie sich zurück. »Ich bin eine Frau.«

Einen Wimpernschlag lang wirkte Wessels irritiert, dann nickte er. »Daran besteht kein Zweifel. Es wundert mich, Sie über den Büchern sitzen zu sehen. Wie kommt es?« Er deutete auf den Bücherstapel.

»Ich arbeite mich ein«, meinte Elisabeth ausweichend. »Aber es dauert seine Zeit.«

»Ist das Testament aufgetaucht?«, wollte Wessels wissen.

»Bisher nicht.«

»Ich lasse Ihnen die Adresse des hiesigen Notars zukommen. Er besitzt meines Wissens eine Abschrift.« Wessels nahm die fein ziselierte silberne Kanne vom Tisch und musterte sie von allen Seiten. »Ein meisterhaft gearbeitetes Stück. Sie müssen hoch in der Gunst der Prinzessin stehen.«

»Wir haben uns gut unterhalten. Die Prinzessin wollte alles über die Sitten und die Kultur in Europa wissen«, erwiderte Elisabeth mit einem spröden Grinsen. Dass sich Farida hauptsächlich für das Zusammenspiel der Geschlechter in Europa interessiert hatte und dafür, wie man die Aufmerksamkeit eines Mannes erregte und seine Zuneigung gewann, verschwieg sie Wessels.

»Wie kommt es, dass Imani bei Ihnen ist? Hat sie den Hof verlassen?«, erkundigte sich Wessels.

Elisabeth fuhr mit den Fingern über die Schreibtischplatte und runzelte die Stirn. Wessels hatte einen wunden Punkt berührt. »Die Prinzessin hat sie mir geliehen. Dank Imanis Hilfe kann ich mich leichter mit den Bediensteten meines Onkels verständigen, allerdings kommt es ständig zu Reibereien zwischen Anna und Imani.«

»Ich fürchte, da werde ich Ihnen kaum weiterhelfen können.« Mit bedauernder Miene stellte Wessels die Kanne zurück an ihren Platz. »Eigentlich bin ich hier, um Sie an unsere geplante Zusammenarbeit zu erinnern. Wie es scheint, haben Sie sich mittlerweile gut eingelebt. Ich würde mich freuen, wenn Sie baldmöglichst bei mir anfangen könnten.«

»Wann immer Sie möchten«, meinte Elisabeth.

Wessels zog fragend eine Augenbraue in die Höhe. »Wäre morgen zu früh?«

»Nein. Das passt ausgezeichnet.« Mit gemischten Gefühlen stand sie vom Schreibtisch auf und trat ans Fenster. Einerseits freute sie sich darauf, als Hebamme zu arbeiten, andererseits hatte sie ein wenig Angst davor, sich hier in einer für sie fremden Kultur bewähren zu müssen. Sie wollte Wessels nicht enttäuschen. Kopfschüttelnd blickte sie hinaus. »Es ist so anders hier als in Europa. Ohne Geschrei scheint man nicht auszukommen.«

Mit beruhigender Selbstverständlichkeit trat Wessels neben sie. »Hier in Schangani geht es noch relativ geordnet zu. Im indischen Teil der Stadt und den von Schwarzen bewohnten Vierteln Malini, Mnasi moja und Ngambo herrschen andere Verhältnisse. Hatten Sie schon Gelegenheit, sich dort umzusehen?«

»Nein, um ehrlich zu sein, habe ich noch nicht einmal Schangani erkundet.«

»Dann wird es Zeit. Kommen Sie, ich entführe Sie auf einen Rundgang. Heute ist Donnerstag, das trifft sich gut. Donnerstags und freitags kommen die Afrikaner mit ihren Waren in die Stadt. Das Geld, das sie an diesen beiden Tagen verdienen, dürfen sie für sich behalten. Bei unserem kleinen Bummel können Sie erste Eindrücke gewinnen, wie die Menschen hier leben. Wenn Sie möchten, besuchen wir anschließend den orientalischen Basar und nehmen an einem der Stände eine Kleinigkeit zu uns. Bei den herrschenden Temperaturen halten sich die meisten Europäer auf ihren Landsitzen auf, aber hin und wieder trifft man sie auf dem Basar beim Einkaufen. Das wäre eine gute Gelegenheit, Sie bekanntzumachen. Wie steht es, haben Sie Lust, mich zu begleiten?«

* * *

Verschwitzt schob sich Elisabeth hinter Wessels durch die schmalen, mit Unrat übersäten Straßen. Ihr Körper glühte vor Hitze. Wessels hatte sie durch Viertel geführt, die blankes Entsetzen in ihr hervorgerufen hatten. Der Gestank war unerträglich. Ausgehungerte Hunde schleckten an Töpfen, aus denen noch Kinder aßen. Die Leiber der Kinder wirkten vor Hunger aufgedunsen, oft schienen sie zu teilnahmslos zu sein, um die Fliegen zu verjagen, die sich in Scharen auf ihren Körpern niederließen. Elisabeth fragte sich, wie die Menschen in den dicht aneinandergedrängten Lehmhütten bei all dem Elend und Schmutz überlebten. Den Markt mit seiner Fülle an Obst und Früchten, von dem Wessels gesprochen hatte, hatten sie hinter sich gelassen. Hier, im indischen Viertel, ging es besser zu. Entlang der Hindustraße lebten die Menschen in mit Palmenstroh bedeckten Häusern, in deren Erdgeschossen handtuchbreite Läden untergebracht waren. Die jeweiligen Inhaber boten allen möglichen nützlichen und unnützen Tand sowie Esswaren feil. Die Gassen waren gleichermaßen von Menschen, Kühen, Schafen und Ziegen bevölkert, selbst zwischen den Gemüseständen ließen die Tiere ihre Exkremente fallen. Elisabeth, die alles andere als zart besaitet war, hielt sich ein mit Kölnisch Wasser beträufeltes Tuch vor die Nase, als sie an Ständen vorbeischritten, an denen übel riechende getrocknete Haifischflossen verkauft wurden sowie Früchte, die Durian genannt wurden und den Gestank von faulen Eiern verbreiteten. Nun waren sie auf dem Weg zum Basar. Als sie sich über

97

einen belebten Platz bewegten, bot sich Elisabeth ein Anblick, der ihr den Atem stocken ließ.

Erschüttert wandte sie sich an Wessels. »Grundgütiger … Sehen Sie nur, da drüben …« Sie deutete auf eine Gruppe Schwarzer, die an Ketten gefesselt hintereinander gingen. »Ich dachte, die Sklaverei wäre abgeschafft!«

Wessels blieb stehen. Er schüttelte den Kopf. »Wer hat Ihnen denn das erzählt? Der Handel wurde untersagt, die Sklaverei nicht.«

Elisabeths Magen verschlang sich zu einem Knoten. »Aber die Bediensteten im Palast …?«

»… sind in der Regel Sklaven. Allerdings werden sie im Palast sehr gut behandelt, was auf den Plantagen leider nicht immer der Fall ist«, führte Wessels den Satz zu Ende.

Etwas in Elisabeth erstarrte. Plötzlich überkam sie ein schrecklicher Verdacht. »Was ist mit Imani?«

»Fragen Sie sie selbst«, erwiderte Wessels mit ruhigem Blick. »Ich würde davon ausgehen, dass sie eine Sklavin der Prinzessin ist.«

»Dann werde ich sie freikaufen«, entgegnete Elisabeth wie aus der Pistole geschossen und schob sich eine Haarsträhne aus den Augen. Der Gedanke, dass Imani als unfreier Mensch für sie arbeitete, war ihr unerträglich. Genauso unfassbar war die Vorstellung, dass es Sklavinnen gewesen waren, die sie im Harem mit Massagen verwöhnt und angekleidet hatten. Der Druck in ihrer Brust ließ sie kaum zu Luft kommen. Gott sei Dank wurden die Diener und Köche, die im Haushalt zuerst unter ihrem Onkel und nun für sie arbeiteten, für ihre Arbeit anständig entlohnt, das hatte sie den Geschäftsbüchern entnommen. Dennoch war sie in ihren Grundfesten erschüttert. Wie hatte sie die ganze Zeit mit einer verkehrten Annahme leben können? Es dauerte eine Weile, bis sie sich wieder gesammelt hatte.

»Ich verstehe das nicht.« Resigniert ließ sie die Schultern sacken. »Weshalb ist die Sklavenfrage nicht gelöst? Das kann doch unmöglich wahr sein!«

»Ich verstehe Ihr Entsetzen.« Wessels' Blick ruhte eindringlich auf ihr. »Auch ich bin kein Freund der Sklaverei, aber das System besteht nun leider einmal. Von Europa aus kann man leicht ein moralisches Urteil verhängen. Man muss schon eine Zeit lang hier gelebt haben, um zu verstehen, dass sich die Dinge nur langsam und mit viel Geduld zum Besseren ändern.«

»Das sind doch Ausreden!« Elisabeths Wangen glühten vor Empörung. »Gerade von Ihnen hätte ich mehr erwartet.«

»Das ist lächerlich!« Die Muskeln um Wessels' Kiefer verspannten sich. »Ich bin täglich auf den Plantagen unterwegs. Glauben Sie mir, als Arzt und als Mensch tue ich, was ich kann, um die Bedingungen, unter denen die Sklaven leben, zu verbessern. Es hat sich schon viel getan seit der Abschaffung des Sklavenhandels. Da es keinen unbegrenzten Nachschub an Sklaven mehr gibt, zählt das einzelne Leben bedeutend mehr.«

Voller Empörung schnappte Elisabeth nach Luft »Wie bitte? Menschenleben bedeuten erst dann etwas, wenn sich ein Leben nicht mehr im Handumdrehen durch ein anderes ersetzen lässt? Das ist an Zynismus wohl nicht zu überbieten. Unglaublich, dass Ihnen das so ohne Weiteres über die Lippen kommt.«

»Augenblick, wer sagt, dass mir das nicht nahegeht?« Wessels hielt sie mit seinem Blick fest. »Wenn Sie wüssten, welche Zustände auf dem Sklavenmarkt geherrscht haben! Wir sind einen wichtigen Schritt vorwärtsgekommen.«

»Trotzdem ist es nicht genug.«

»Da gebe ich Ihnen vollkommen recht.« Wessels seufzte bedeutungsschwer. »Aber wie wollen Sie die Sklaven aus der Abhängigkeit befreien, ohne dass sich das Elend vergrößert? Wovon sollten sie ihre Familien ernähren? Die Zustände in den schwarzen Vierteln sind schon jetzt katastrophal. Und

Zwangsarbeit ist noch grausamer als Sklaverei. Solange die Gier der Plantagenbesitzer nach Reichtum nicht gebremst wird, sind wir von gerechter Entlohnung so weit entfernt wie der Mond von der Erde. Um einer Lösung des Problems näherzukommen, müssten die Preise für die Erzeugnisse am Handelsmarkt deutlich steigen«, beendete er seinen ungewohnten Wortschwall.

Elisabeth blinzelte. Das musste sie erst einmal verdauen. Auf der einen Seite hasste sie es, von Wessels belehrt zu werden, andererseits konnte sie nicht umhin, zuzugeben, dass seine Argumente berechtigt waren. Eine einfache Lösung existierte nicht, das wurde ihr mit plötzlicher Klarheit bewusst, genauso wenig wie bei dem von ihr mit Leidenschaft unterstützten Thema, den Frauenrechten.

»Ich hoffe, ich habe Sie nicht zu sehr schockiert.« Wessels zog die Stirn in Falten. »Aus eigenem Erleben weiß ich, dass die Damen in Deutschland bei den Kaffeekränzchen gern glauben, sie könnten ihren Teil zur Befreiung der armen Sklaven beitragen, indem sie ihnen Wollsocken stricken. Was äußerst nützlich in den Tropen ist.« Seine Stimme troff vor Zynismus.

»Immerhin besser, als gar nichts zu tun«, hielt Elisabeth entgegen. Es zerriss sie fast. Die Spannung zwischen dem Wunsch, sofort etwas zu verändern, und der Erkenntnis, dass keine rasche Lösung möglich war, machte sich als körperlicher Schmerz bemerkbar.

»Um auf die Männer in den Ketten zurückzukommen ...« Wessels' Blick fiel in die Richtung, in die der Tross verschwunden war. Er nahm ein Taschentuch hervor und tupfte sich den Schweiß von der Stirn. »Es handelt sich um Gefangene, die gegen das Gesetz verstoßen haben und ihre Strafe ableisten.«

»Auch das ist äußerst inhuman«, empörte sich Elisabeth. »Wie kann der Sultan so etwas zulassen?«

»Auf die Gefahr hin, Ihr Weltbild zum wiederholten Mal zu zerstören – es war der Sultan, der Peitschenhiebe als

Strafe verhängt hat und sie in Ketten legen ließ. Unschön, aber anderswo hätte man ihnen die Hand abgehackt.« Wessels streifte sie mit einem knappen Blick, dann wandte er sich wieder ab. »Bei allem, was Sie hier erleben, bedenken Sie bitte die Geschichte der Insel. Der Platz, auf dem wir stehen, beispielsweise.« Er deutete hinter sich. »Sehen Sie hier drüben. Da wurde mit Sklaven gehandelt. Zum Teil wurden Holzkäfige mit hundertfünfzig Menschen darin im Ganzen verkauft. Sagt Ihnen der Name Tippu Tip etwas?«

Elisabeth schüttelte stumm den Kopf. Ihr fehlten die Worte.

»Er war einer der gefürchtetsten Sklavenjäger hier. Beim Sohn eines osmanischen Händlers und einer Ostafrikanerin sollte man meinen, dass er Mitgefühl für die schwarzen Menschen besaß, aber weit gefehlt. Wo er auftauchte, hinterließ er eine blutige Spur. Übrigens wohnt er immer noch in der Steinernen Stadt, unweit von hier, und führt Expeditionen nach Afrika durch. Angeblich auf der Suche nach Elfenbein.«

»Angeblich?«, echote Elisabeth schwach.

»Ich will Ihnen die Wahrheit nicht verschweigen. Der Sklavenhandel ist offiziell verboten, doch den Schmugglern lässt sich schwer das Handwerk legen. An der Westküste gibt es zahlreiche Höhlen. Früher wurden dort die Sklaven untergebracht, die den Schiffstransport überlebten, bevor man sie nach etwa einer Woche in die Stadt zum Verkauf brachte. In den Höhlen waren sie auf dreigeschossigen Holzgestellen untergebracht. Bei Ebbe war die unterste Ebene mit Exkrementen bedeckt, bei Flut drängten alle auf das obere Geschoss, um nicht zu ertrinken.«

»Hören Sie auf«, bat Elisabeth. Sie spürte, wie sich ihr Magen hob, und hatte Sorge, ihr Frühstück zu erbrechen.

»Verzeihen Sie, wenn ich Ihnen zu viel zugemutet habe.« Wessels musterte sie besorgt. »Sie sehen blass aus.«

»Es wird schon gehen«, erklärte Elisabeth tapfer. »Eines noch ... Diese Höhlen stehen doch hoffentlich inzwischen leer, oder?«

»Ja, das schon.« Wessels' Mundwinkel verzogen sich »Es gibt aber Höhlen ein Stück weiter im Landesinneren. Man munkelt, dass sie nach wie vor von Menschenhändlern genutzt werden. Die Schmuggler gehen raffiniert vor und benutzen ständig wechselnde Verstecke. Man kann ihnen schwer beikommen.«

»Ich hoffe, ich werde keinem von ihnen je begegnen. Am allerwenigsten diesem Tippu Tip.«

»Keine Sorge, er lebt sehr zurückgezogen.« Wessels deutete mit dem Kopf zu einer Straße hin, die zurück in die Steinerne Stadt führte. »Lassen Sie uns zum Basar gehen. Ein Getränk wird Ihnen guttun.«

Kurz darauf hielten sie an einer schattigen Ecke zwischen den Ständen inne. Um sie herum erklang schwermütige arabische Musik. Elisabeth nippte an ihrem Mangosaft. Obwohl er sicher köstlich war, wollte er ihr nicht recht schmecken. Wessels' Bericht über die Sklaverei hatte ihre Stimmung grunddüster gefärbt. Der Sinn ihres Handelns hier auf Sansibar erschien ihr auf einmal von Grund auf fragwürdig. Trug sie zur Festigung der herrschenden Zustände und somit zu weiterer Ausbeutung bei, indem sie Gewürznelken kaufte, die von Sklaven angebaut worden waren? Traurig und ernüchtert zugleich beobachtete sie das Treiben an den Ständen. Die Farbenpracht um sie herum erschien ihr blasser als zuvor. Aus den Augenwinkeln bemerkte sie, wie Wessels neben ihr die Hand hob und zu winken begann.

»Preston! Hier drüben!«

»Verdammt«, sagte sie leise zu sich selbst, während sich ihre niedergedrückte Gemütslage allmählich in Ungläubigkeit verwandelte.

»Kommen Sie her, Preston, ich möchte Ihnen jemand vorstellen.«

Elisabeths Herz schlug schneller. Weshalb musste ihnen von allen Menschen, die auf Sansibar lebten, ausgerechnet Jacob Preston über den Weg laufen? Noch nie in ihrem Leben war sie auf jemanden gestoßen, der so heftige und so widersprüchliche Gefühle in ihr wachgerufen hatte. Einerseits fühlte sie sich auf unerklärliche Weise zu ihm hingezogen, andererseits waren sie wie Hund und Katze. Seine süffisanten Kommentare reizten sie bis aufs Blut. Mit zusammengebissenen Zähnen drehte sie sich um.

Preston schob sich durch die Menge. Er schien sie schon von Weitem zu erkennen, kein Wunder bei ihrem feuerroten Haar. Auf seinem Gesicht spiegelte sich zunächst Überraschung, dann ein Lächeln. Mit einer angedeuteten Verbeugung blieb er vor ihnen stehen.

»Schön, Sie zu sehen, Preston. Wie geht es Ihnen? Unser letztes Treffen liegt lange zurück. Ich meine, es war bei einer Soiree des Sultans vor meiner Abreise nach Europa«, sagte Wessels.

»Ein angenehmer Abend, ich erinnere mich gut.« Prestons anziehendes Gesicht verzog sich zu einem Lächeln. Verärgert stellte Elisabeth fest, dass ihr Herz erneut ein wenig schneller schlug.

Wessels legte eine Hand leicht in Elisabeths Rücken. »Darf ich Ihnen Fräulein von Baahren vorstellen? Sie ist vor Kurzem hier angekommen und hatte noch wenig Gelegenheit, andere Europäer zu treffen.«

»Angenehm«, sagte Elisabeth und lächelte knapp.

»Wir sind uns bereits begegnet«, sagte Preston zeitgleich.

Elisabeth presste die Lippen zusammen. Sie warf Preston einen vernichtenden Blick zu. Wie konnte er sie nur so vor dem Arzt brüskieren?

»Ach wirklich?« Wessels' überraschter Blick wanderte zwischen Elisabeth und Preston hin und her. »Das hatte Fräulein von Baahren mir gar nicht verraten.«

»Es war nicht wichtig«, erklärte Elisabeth und musste zu ihrem Ärger feststellen, dass ihre Stimme bebte.

»Tja, wie das so ist, die Frauen stecken voller Überraschungen«, meinte Wessels in dem Versuch, den peinlichen Moment zu überspielen.

Elisabeth ließ den Kommentar über sich ergehen, froh, der Schmach damit entkommen zu sein.

»Was macht das gute alte Europa?«, erkundigte sich Preston, ohne Elisabeth dabei eines Blickes zu würdigen.

War sie gerade noch froh gewesen, dass Wessels eine leichte Erklärung gefunden hatte, die sie ganz gegen ihr Naturell unkommentiert ließ, so kam sich Elisabeth bei der sich anschließenden Unterhaltung vor, als stünde sie bei einem Tennismatch am Spielfeldrand und beobachtete, wie die beiden Spieler sich versiert die Bälle zuschlugen. Sie hingegen wurde nicht beteiligt. Mit wachsender Frustration nippte sie an ihrem Saft. Keineswegs hatte sie erwartet, bei allen Punkten mitreden zu können, aber dass man sie derart ignorierte, war geradezu demütigend. Selbst der sonst so höfliche Wessels schien sich völlig von Prestons Wesen einnehmen zu lassen. Unwillkürlich drängte sich ihr die Frage auf, ob man sie genauso behandelt hätte, wäre sie ein Mann gewesen.

Schließlich schien sich Wessels wieder daran zu erinnern, dass sie existierte, und wandte sich ihr zu. »Entschuldigung, meine Liebe, wir haben uns derart über aktuelle Geschehnisse ereifert, dass wir Sie völlig aus unserer Männerwelt ausgeschlossen haben. Vergeben Sie uns?«

»Ich werde es gegebenenfalls in Betrachtung ziehen.« Ohne die Andeutung eines Lächelns zuckte sie mit den Schultern.

»Übrigens …« Wessels strich sich über das Kinn. »Es wird Sie freuen zu hören, dass unser guter Freund Preston hier ein erbitterter Gegner der Sklaverei ist. Auf seiner Plantage arbeiten freie Menschen für gerechten Lohn. Ich kenne niemanden, der fairer ist als er. Preston ist ein Vorbild für uns alle.« Mit nachdenklicher Miene wandte er sich an sein Gegenüber. »Ich hoffe, ich zitiere Sie richtig. Wie sagen Sie immer? Gleiches Geld für gleiche Arbeit?«

»Ist das so?«, fragte Elisabeth und schenkte Preston einen argwöhnischen Blick.

Preston starrte zurück, als hätte er überhaupt nicht gehört, was sie gesagt hatte. Er schien mit seinen Gedanken ganz woanders zu sein, und Elisabeth fragte sich, wo.

»Mr Preston?« Sie hob eine Augenbraue.

Er blickte immer noch ausdruckslos durch sie hindurch. »Ich mache keine Unterschiede«, räumte er schließlich ein.

Wieder versank er in Schweigen. Fliegen kreisten um Elisabeths Fruchtsaft. Sie verscheuchte sie mit einer unwilligen Handbewegung.

Wessels räusperte sich. »Ich habe Fräulein von Baahren gerade durch Malini und Ngambo geführt. Ein zu Recht schockierender Anblick für eine Europäerin, die bislang keine Vorstellung hatte, unter welch katastrophalen Umständen die Schwarzen leben. Sie war entsetzt …« Er unterbrach sich und zog eine Braue hoch. »Mir kommt gerade eine Idee. Wäre es Ihnen recht, wenn ich mit Fräulein von Baahren einmal auf Eilean Donan vorbeischaue, wenn wir in der Gegend sind? Dann bekäme sie eine Vorstellung davon, dass es auch Orte gibt, an denen Schwarze in Würde und Freiheit leben.«

Preston wirkte mäßig erfreut, aber nicht unbedingt abweisend. Im Gegenteil. Er schien einem möglichen Besuch gegenüber beinahe unverschämt gleichgültig. »Miss von Baahren ist jederzeit ein willkommener Gast auf Eilean Donan«, erklärte er mit einem Lächeln, das keines war.

»Zur Erklärung für Sie.« Wessels zwinkerte Elisabeth zu. »Eilean Donan ist eine Zuckerrohrplantage, etwas nördlich von hier gelegen. Sie ist seit mehreren Jahren in Mr Prestons Besitz. Der Name geht auf ein bekanntes Schloss in Schottland zurück. Helfen Sie mir, Preston, mit welchem historischen Ereignis hatte Eilean Donan zu tun?«

»Es war der Jakobitenaufstand«, erklärte Preston. »Wenn Sie mich jetzt entschuldigen … Ich muss weiter.« Er verabschiedete sich mit einem Nicken.

»Selbstverständlich. Man sieht sich«, sagte Wessels. Gedankenverloren blickte Elisabeth Jacob Preston nach.

»Wie ich sehe, haben Sie ausgetrunken«, bemerkte Wessels mit einem Blick auf das Tongefäß in Elisabeths Händen, nachdem Preston in der Menge verschwunden war. »Möchten Sie sich noch umsehen oder Einkäufe tätigen? Dort drüben werden sehr hübsche farbige Tücher angeboten.«

»Danke. Für heute habe ich genügend Eindrücke gesammelt«, erklärte Elisabeth und lächelte matt.

»Ich hoffe, Sie sind nicht zu schockiert, oder etwa doch?«, erkundigte sich Wessels besorgt.

»Nein.« Elisabeth verscheuchte mit der Hand die Fliegen vor ihrem Gesicht. »Ich würde nur gern etwas Schlaf bekommen. Mein Kreislauf hat sich noch nicht an das Klima der Tropen gewöhnt. In der Nacht ist es im Haus so stickig, dass ich nicht zur Ruhe komme. Im Palast wehte wenigstens ein kühlender Wind.«

»Das ist der Nachteil der Häuser, die nicht unmittelbar am Meer liegen.« Auf Wessels' Nase glänzte Schweiß. »Ich werde Ihnen etwas für den Kreislauf dalassen. Das sollte helfen. Kommen Sie, ich begleite Sie nach Hause.«

Kurz darauf verabschiedete sich Wessels vor der Tür des Dieckmanschen Handelskontors von ihr. »Es bleibt also bei morgen?« Er sah ihr fest in die Augen.

106

»Ich wüsste nicht, was dagegenspricht«, sagte Elisabeth mit Nachdruck. »Soll ich Sie in Ihrer Praxis aufsuchen?«

Wessels schüttelte den Kopf. »Auf einigen Pflanzungen wurden Kranke gemeldet. Es wäre gut, wenn Sie mich auf meinem Ritt über die Insel begleiten würden. Sie reiten doch? Oder gehen Sie Pferden seit dem Unfall aus dem Weg?«

Einen unbehaglichen Moment blickte Elisabeth Wessels verständnislos an. Als ihr bewusst wurde, worauf er anspielte, schoss ihr das Blut heiß in die Wangen.

»Sie können mit mir rechnen«, versicherte sie kurz angebunden, aber Wessels schien nichts bemerkt zu haben.

»Ich besorge Ihnen ein Pferd«, erbot er sich höflich. Elisabeths Blick wanderte zu dem Handelskontor. Hinter einem der Fenster erspähte sie Annas apfelwangiges, von der Hitze gerötetes Gesicht. Sie machte einen verlorenen Eindruck. Elisabeth tat es leid, wie melancholisch Anna vor sich hin starrte. Sie spitzte die Lippen.

»Da wäre noch etwas«, sagte sie, einer plötzlichen Eingebung folgend. »Wäre es möglich, dass mein Dienstmädchen uns begleitet? Ein wenig Ablenkung täte ihr gut. Sie hat noch kaum etwas von der Insel gesehen.«

»Es spricht nichts dagegen.« Schulterzuckend wandte sich Wessels zum Gehen. »Übrigens …« Er hielt inne und lächelte. »Es wird Sie freuen zu hören, dass wir morgen einen deutschen Farmer besuchen. Sein Name ist Gramberg. Das Treffen könnte durchaus interessant für Sie werden. Gramberg pflanzt Gewürznelken.«

Bei diesen Worten fing Elisabeths Herz an, aufgeregt zu pochen. Wessels gegenüber gab sie sich gelassen.

»Nun, wir werden sehen, was sich ergibt. Auf Wiedersehen, Doktor Wessels.«

Eine Weile noch blieb Elisabeth auf der Straße stehen, den Blick auf das Haus gerichtet, das ihres war und auch wieder nicht, und versuchte, nicht allzu viel Hoffnung in die bevorstehende Bekanntschaft mit Herrn Gramberg zu legen. Die Luft flirrte vor ihren Augen, während sie den lang gezogenen Rufen der Muezzins lauschte, die rundum von den in der Sonne blitzenden Minaretten zum zweiten Gebet riefen. Schließlich raffte sie seufzend die Rocksäume und beschloss, die heißeste Stunde des Tages in der Badewanne zu verbringen.

* * *

»Denkst du manchmal darüber nach, wie es wäre, als freier Mensch zu leben?«, wollte Elisabeth aus dem Nichts heraus von Imani wissen. Erschöpft von dem Rundgang mit Wessels, lag sie in der Wanne, die Imani in ihrem Schlafzimmer hatte aufstellen lassen, und genoss das herrlich nach Rosen duftende Wasser. Ihre Stimmung jedoch war seit der Unterhaltung mit dem Arzt durch den Umstand getrübt, dass Imani eine Sklavin der Prinzessin war und nicht, wie ursprünglich angenommen, eine Bedienstete.

Imani, die damit beschäftigt war, Elisabeths Bett nach der Mittagsruhe mit frischen Laken zu beziehen, warf ihr einen verwunderten Blick zu. »Wozu sollte ich mir den Kopf zerbrechen über Dinge, die ich nicht ändern kann?«, entgegnete sie und wirkte dabei, als könnte sie nicht begreifen, weshalb Elisabeth eine derartig abwegige Frage stellte.

»Und wenn es eine Möglichkeit gäbe, etwas zu ändern?« Elisabeth nahm den nassen Schwamm und drückte ihn über ihren Haaren aus. Der Staub des Vormittags färbte das Badewasser rötlich. Sie tauchte den Schwamm wieder ein. Zahllose Luftbläschen, die an das Perlen von Champagner erinnerten, stiegen aus dem Wasser auf. »Ich denke darüber nach, dich freizukaufen und gegen Bezahlung zu beschäftigen. Was hältst du davon?«

Imani hörte auf, an dem Laken zu ziehen. Ihre Brust hob und senkte sich schwer. »Das ist ja alles schön und recht«, entgegnete sie mit skeptischer Miene. »Aber was wird aus mir, wenn Sie Sansibar verlassen und nach Europa zurückgehen?«

Enttäuscht lehnte Elisabeth sich zurück. Sie hatte fest damit gerechnet, dass Imani freudig auf ihren Vorschlag reagieren würde, jetzt aber drohte die Vision der besseren Zukunft, die sie sich für Imani ausgemalt hatte, zu verblassen. Sie runzelte die Stirn. »Zu deiner Beruhigung, ich habe nicht vor, nach Europa zurückzukehren. Und selbst wenn ich es irgendwann täte, könntest du mitkommen. Für deine Zukunft wäre gesorgt.«

Imani trat einen Schritt zurück und musterte das glatte Laken mit einem kritischen Blick. »Beschäftigen Sie viele Schwarze, so wie mich, auf dem Gut Ihres Vaters?«

»Nein, natürlich gibt es dort keine Menschen mit deiner Hautfarbe, aber …«, setzte Elisabeth an, als ihr mit aller Schärfe bewusst wurde, worauf Imani hinauswollte. Sie biss sich auf die Lippe. »Es tut mir leid. Darüber habe ich wohl nicht nachgedacht.« Zerknirscht drehte sie den Schwamm in den Händen.

»Sicher meinen Sie es gut, Miss von Baahren, aber wir alle müssen akzeptieren, wer wir sind.« Energisch schlug sie das Kopfkissen in der Luft aus. »So ist es nun mal.«

»Aber doch nicht, wenn sich wie in deinem Fall die Umstände verändern lassen«, begehrte Elisabeth auf. Imanis Wunsch, alles so zu belassen, wie es war, bereitete ihr körperliches Unbehagen. »Denk noch einmal über meinen Vorschlag nach. Gern reden wir ein andermal darüber und überlegen, wie wir eine Lösung auf Dauer finden.«

»Bitte nicht.« Mit einer geübten Bewegung nahm Imani die schmutzige Bettwäsche auf und wandte sich zum Gehen. Ihr Mund verspannte sich. »Ich will nicht unverschämt klingen, aber um zu verstehen, was das für mich bedeuten würde, müssten Sie eine andere Hautfarbe haben.«

KAPITEL 9

»Was für ein Mensch ist Gramberg?«, fragte Elisabeth, während sie durch eine Schneise im dichten Gebüsch ritten, Wessels' Pferd voraus. Anna, die noch nie zuvor im Sattel gesessen hatte, trottete auf einem Muskatesel hinter ihnen her. Die wogenden Reis- und Maisfelder der Ebene und die schattigen Kokospalmenwälder hatten sie hinter sich gelassen, das Quaken der Frösche und das Zirpen der Grillen wurde abgelöst vom Gekreische der Nymphenvögel.

»Gramberg ist ein harter Hund, aber er ist anständig. Man muss ihn zu nehmen wissen.« Ohne anzuhalten, drehte sich Wessels im Sattel zu ihr um. Sein Pferd schlug unruhig mit dem Schweif, um Mücken zu vertreiben. »Er genießt beträchtliches Ansehen beim Sultan. Kiuui, Grambergs Schamba, ist eine der bedeutendsten Plantagen auf der Insel, sieht man von den Pflanzungen des Sultans ab. Normalerweise stehen Besitztümer dieser Größenordnung nicht zum Verkauf.«

»Wie kommt es dann, dass er als Deutscher im Besitz der Plantage ist?« Unwillig fuhr Elisabeth sich mit der Hand unter den Schleier, um Mücken zu vertreiben, die sie zu Tausenden umschwärmten und sich trotz der verhüllenden Kleidung immer wieder in Ohren und Nase verirrten. Es war zum Aus-der-Haut-Fahren.

»Nach der Choleraepidemie im Jahre 1870 hat er Expeditionen zum Taganjikasee geleitet und dabei Verbindungen zu Stammeshäuptlingen geknüpft, von denen Sansibar profitiert.« Der schmale Pfad öffnete sich. Mit einem beruhigenden Laut hielt Wessels sein Pferd an. Elisabeth tat es ihm gleich, sodass sie nebeneinander zum Stehen kamen. Wessels schob sich seinen Tropenhelm ins Genick. »Inzwischen hat Gramberg diesen Teil seines Lebens hinter sich gelassen. Seine Zeiten als Abenteurer sind vorbei. Er widmet sich mit ganzer Aufmerksamkeit dem Anbau von Gewürznelken und ist darin sehr erfolgreich. Sehen Sie dort vorne?« Er deutete auf einen frei stehenden Hügel. »Das ist Kiuui.«

In gespannter Erwartung richtete sich Elisabeth in den Steigbügeln auf. Wie der moosbewachsene Rücken einer Schildkröte ragte die Plantage aus der flachen Landschaft auf. Ihr Herz begann schneller zu klopfen. Wenn Kiuui so ertragreich war, wie Wessels behauptete, konnte Gramberg eine wichtige Rolle bei der Erfüllung ihrer Mission spielen. Die Menge an Gewürznelken, die ihr Bruder zur Herstellung von Vanillin, der synthetischen Form von Vanille, benötigte, erschien ihr nach wie vor schwindelerregend hoch – eine ganze Tonne. Ob sie den bedeutenden Gramberg dazu bringen konnte, mit ihr Geschäfte zu machen?

»O weh, o weh!« Annas Genörgel drang an ihr Ohr, leiernd wie die lang gezogenen Rufe der Muezzins. »Ich dachte, Reiten wäre schön. Aber das ist es nicht. Mein armer Hintern. Es ist schlimmer als eine Tracht Prügel.«

Bewusst setzte sich Elisabeth über Annas andauerndes Zetern hinweg und schnalzte mit der Zunge. »Also gut, worauf warten wir?« Mit der einen Hand nahm sie die Zügel wieder auf, mit der anderen versetzte sie Annas Muskatesel einen Klaps aufs Hinterteil, sodass dieser empört wieherte und einen Satz vorwärts machte. Anna gab einen spitzen Schrei von sich und klammerte sich mit beiden Händen in der Mähne des Esels fest. »Nur Mut. Wir haben es gleich geschafft«, rief Elisabeth aufmunternd. »Du schlägst dich tapfer.«

Grambergs Landhaus lag auf einem weitläufigen Plateau. Elisabeth glitt vom Rücken ihres Pferdes und sah sich um. Ihre Blicke schweiften in die Ferne. Von hier oben wirkte die Ebene zu ihren Füßen wie ein in Naturtönen gewebter Perserteppich. Angenehm überrascht sog sie die Luft in ihre Nase. Seitdem sie Grambergs Land erreicht hatten, umwehte sie der herbe Geruch der Nelken. Hier oben nun vermischte er sich mit dem Duft von Hibiskus und Zitronen. Ihre Aufmerksamkeit wandte sich wieder den Gebäuden zu. Das Haupthaus selbst war schmucklos und aus Korallenstein gefertigt. Darum herum verlief ein kunstvoll verziertes Holzgeländer, der einzige Tribut, den sein Besitzer an schmückendes Beiwerk zu zahlen bereit schien. Vor dem Haus erstreckte sich ein Garten mit Mango- und Mandarinenbäumen darin. Feuerfinken saßen wie rote Blüten zwischen den Ästen und tschilpten in den Tag. Auf dem Platz vor dem Haus waren Männer wie Frauen mit unterschiedlichen Arbeiten beschäftigt. Komplettiert wurde das Bild durch umherlaufende Enten, Gänse, Puter und Perlhühner. Unter einem der schwarz-grünen Mangobäume stand eine knochige Kuh und kratzte sich die Schulter an der Rinde.

Elisabeths Betrachtungen wurden unterbrochen, als sich die Tür des Haupthauses öffnete. Der Mann auf der Schwelle war breitschultrig und schien mit seiner Statur den gesamten Rahmen auszufüllen. Er trug einen hellen Hut, dessen Krempe an einer Seite hochgeklappt war, grobe Stiefel zu einer schlichten braunen Arbeitshose und ein edel geschnittenes Hemd, dessen reines Weiß Elisabeth in der Sonne fast blendete. Auf seiner Schulter saß ein Nachtaffe mit langem, dünnem Schwanz und graubeigem Fell. Die riesigen braunen Augen des Tieres blickten gleichzeitig erschrocken und altklug, sodass Elisabeth unwillkürlich an ein greises Baby denken musste. Sorgfältig band sie ihr Pferd an einer Stange fest. Die Gerte unter den Arm geklemmt, streifte sie die Reithandschuhe ab und verfolgte, wie der Mann mit dem Äffchen sich näherte.

»Gramberg! Schön, Sie zu sehen. Ich hatte gehofft, dass wir Sie auf Ihrer Schamba antreffen«, rief ihm Wessels zur Begrüßung zu. Mit geübten Bewegungen löste er die Arzttasche vom Sattel.

»Wo sonst?«, gab Gramberg mit rauchiger Stimme in klarem, hannoveranischem Deutsch zurück und zuckte mit größtmöglicher Selbstverständlichkeit die Schultern. Das Äffchen hielt sich mit seinen Krallenfingern am Stoff seines Hemdes fest. »Sie kommen in Begleitung, wie ich sehe. Was verschafft mir die Ehre zweier so reizender Damen? Stellen Sie uns vor?«

Wessels folgte seiner Aufforderung.

Mit einer Geste, die der Anmut einer Orientalin um nichts nachstand, schlug Elisabeth den Schleier zurück und musterte Grambergs Gesicht mit den geraden Augenbrauen, der aristokratischen Nase und den hellen, vollen Lippen. Der Mann war nicht gut aussehend im klassischen Sinne, aber er hatte eine ausgeprägte Ausstrahlung, die ihn ernst wirken ließ, auch wenn er lächelte. Sein Teint war ebenso sommersprossig wie Elisabeths, aber gebräunt, während Elisabeths Haut porzellanfarben schimmerte. Ungewöhnlich waren seine Augen. Sie waren so irritierend hell, wie Elisabeth es noch nie gesehen hatte. Es war nahezu unmöglich, den Ausdruck in seinem Blick zu deuten.

Mit einem charmanten Grinsen auf den Lippen kam Gramberg näher. Knapp nickend ging er an Anna vorbei, ehe er vor Elisabeth stehen blieb. Er nahm den Hut ab und führte ihn vor die Brust, dann beugte er sich mit einer geschmeidigen Bewegung über Elisabeths ausgestreckte Hand, dicht genug, dass sein Atem über ihren Handrücken strich, ohne dass seine Lippen ihre Haut berührten.

»Willkommen auf Kiuui, Fräulein von Baahren. Ich ahnte nicht, dass dieser Tag so eine angenehme Wendung nehmen würde.«

»Zu freundlich«, erwiderte Elisabeth und zog irritiert die Hand zurück. Mit einem Handkuss hatte sie nicht gerechnet.

Als hätte er ihr Befremden gespürt, trat Gramberg einen Schritt zurück und stellte den angemessenen Abstand wieder her. »Es freut mich, Ihre Bekanntschaft zu machen. Was führt eine zarte Rose wie Sie in unser heißes Klima?«

Elisabeth räusperte sich, bevor sie antwortete. »Die Geschäfte.«

»Fräulein von Baahren und ich sind uns auf meiner Rückreise aus Europa auf der *Glasgow* begegnet«, erklärte Wessels, bemüßigt, die Vorstellung zu komplettieren. »Übrigens ist Fräulein von Baahren die Nichte von Dieckman ...« Er brach ab und strich sich zögernd mit dem Daumen über die Lippen. »Ich nehme an, Sie haben gehört, was ihm zugestoßen ist.«

»Ermordet.« Gramberg nickte. »Schreckliche Sache. Andererseits wundert es mich nicht. Er war unvorsichtig. Vertrauen ist eine gefährliche Währung, besonders auf Sansibar ...« Als wäre er sich plötzlich bewusst geworden, dass er seine Meinung allzu deutlich zum Ausdruck gebracht hatte, unterbrach er sich und kraulte das Äffchen am Kinn. Mit höflichem Interesse wandte er sich Elisabeth zu: »Sie haben vor, länger auf Sansibar zu bleiben?«

»So ist es«, entgegnete sie mit einem feinen Lächeln.

»Ich hoffe, Sie empfinden es nicht als aufdringlich, aber wenn ich Ihnen gleich zu Beginn Ihrer Zeit auf Unguja einen Rat geben darf: Passen Sie auf, mit wem Sie verhandeln.« Das Äffchen auf seiner Schulter schmiegte sich hingebungsvoll in seine Hand. »Man wird schnell aufs Kreuz gelegt.«

114

Bemüht um Leichtigkeit, warf Elisabeth den Kopf zurück. »Ich hoffe, nicht die Tatsache, dass ich eine Frau bin, veranlasst Sie zu dieser Aussage.«

»Ich hätte einem Mann nichts anderes geraten.« Grambergs Replik erfolgte ebenso schnell wie selbstverständlich. Verteidigend hob er die Hände. »Da ich den wachen Geist einer Frau ebenso zu schätzen weiß, wie ich ihren Unmut fürchte, verzichte ich darauf, Ihnen weitere Ratschläge zu erteilen.«

»Vernünftig«, lobte Elisabeth. Sie löste den Schleier und schüttelte die verschwitzten Locken.

Gramberg musterte sie nachdenklich. Dabei stellte er ein Bein auf einen Baumstumpf und lehnte den Oberkörper vor. »Was sagt der deutsche Konsul zur Ermordung Ihres Onkels? Ich hoffe, Retzlaff hat sich für Ihre Interessen verwandt.«

»Nein, davon habe ich nichts bemerkt«, erwiderte Elisabeth gedehnt. Die Stirn in Falten gelegt, sah sie Wessels an. »Bisher wusste ich noch nicht einmal von seiner Existenz.«

Impulsiv machte Wessels einen Schritt auf sie zu. »Erlauben Sie mir eine Erklärung.« Er rieb sich den Nacken. »Der Konsul hat seine Amtsgeschäfte zwischenzeitlich nach Tansania verlagert, dort wird seine Anwesenheit dringend gebraucht. Abgesehen von Ihnen und unserem guten Gramberg hier, der sich hervorragend selbst zu helfen weiß, befindet sich derzeit nur ein weiterer Deutscher mit seiner Familie auf Unguja, er baut Zuckerrohr an. Verzeihen Sie mir meine Nachlässigkeit, Sie nicht über Retzlaff unterrichtet zu haben. Aber unter den gegebenen Umständen erschien es mir unerheblich.«

»Trösten Sie sich, Fräulein von Baahren, noch nicht einmal ich habe bemerkt, dass Retzlaff auf dem Festland ist«, kommentierte Gramberg trocken. Elisabeth bemerkte, dass seine Brauen sich beim Sprechen kaum bewegten, wohingegen er die Angewohnheit hatte, die Augen ein wenig zusammenzukneifen, wenn sein Blick etwas länger auf einem Objekt ruhte, an dem er augenscheinlich Interesse fand. »Ich sollte wohl öfters in die Stadt reiten. Hier draußen verkommt man zum Säufer und Langweiler«, bemerkte er leicht spöttisch. »Apropos ... Nehmen Sie es mir bitte nicht übel, aber die Rolle des Gastgebers verlernt sich ebenfalls in der Wildnis. Darf ich Sie auf ein Glas Wein oder einen Schluck Rum einladen?«

»Ich glaube, Wasser wäre mir lieber bei diesen Temperaturen«, wehrte Elisabeth höflich ab.

Gramberg verzog das Gesicht. »Mit Wein hält man sich den Typhus besser vom Leib. Nicht wahr, Doktor?«

»Dem kann ich nicht widersprechen.« Wessels lächelte schwach. »Tee oder Kaffee wären allerdings ebenfalls eine Option.«

»Ich lasse welchen bringen.« Gramberg klatschte in die Hände, und eine Hausdienerin erschien. Gramberg wies sie an: »Kaffee und Nüsse für den Besuch.«

Mit einer Verneigung verschwand sie im Haus.

»Setzen wir uns auf die Veranda?«, schlug Gramberg vor. Er wies auf ein paar Stühle aus Palmrohr. Dankbar, der Hitze zu entkommen, trat Elisabeth in den Schatten des tief gezogenen Dachs und setzte sich. Mit einer fast trägen Bewegung nahm Gramberg den Fuß vom Baumstamm und folgte seinen Gästen. Anna, die vor der Veranda stehen geblieben war, trat verlegen von einem Fuß auf den anderen. Unsicher, ob Gramberg erfreut wäre, wenn sie Anna in die Runde einbezöge, gab Elisabeth ihr zu verstehen, dass sie es sich unter einem der Mangobäume gemütlich machen sollte.

»Was liegt an, Wessels? Ich nehme an, Sie haben den Weg zu mir nicht ohne Grund auf sich genommen«, erkundigte sich Gramberg.

»Korrekt.« Wessels tippte wie beiläufig mit der Fußspitze gegen die Arzttasche vor sich auf dem Boden. »Ich hörte, dass der Typhus auf Kiuui grassieren soll.«

116

In Grambergs Augen leuchtete Überraschung auf. »Wer behauptet das? Hier ist nichts vorgefallen.«

Mit einem feinen Lächeln setzte sich Wessels über den barschen Ton hinweg. »Umso besser. Sie erlauben trotzdem, dass ich mich unter den Arbeitern umsehe?«

»Sie verschwenden Ihre Zeit. Aber wie Sie meinen.« Gramberg klatschte erneut in die Hände. »Kenyatta!«

Ein in Arbeitshosen und Stiefel gekleideter Schwarzer mit pockennarbigem, aber attraktivem Gesicht, kurz geschorenen Locken und wachen Augen trat aus einer Gruppe von Arbeitern hervor, die von einem Aufseher befehligt wurden. »Sie haben gerufen, Buana?«

»Angeblich haben wir Typhus hier«, erklärte Gramberg unwirsch.

Kenyatta stutzte einen Moment, dann schüttelte er den Kopf. »Nein, Buana. Alle sind gesund.«

»Sie hören, was mein Vorarbeiter sagt«, meinte Gramberg. »Aber überzeugen Sie sich selbst. Ich begleite Sie auf dem Rundgang. Kenyatta, sorgen Sie dafür, dass es Fräulein von Baahren in der Zwischenzeit an nichts fehlt.« Er erhob sich.

Wessels stand ebenfalls auf. »Ach so …« Er kratzte sich das Kinn. »Das hatte ich ganz vergessen. Fräulein von Baahren ist meine Assistenz. Sie wird mit uns kommen.«

Grambergs gleichmütige Miene entglitt ihm für eine Sekunde. Misstrauisch zog er eine Braue in die Höhe. »So ist das also? Hatten Sie mir nicht vorhin erzählt, eigene geschäftliche Interessen führten Sie nach Unguja, Fräulein von Baahren?«

»Beides entspricht der Wahrheit«, erwiderte Elisabeth betont gelassen. »Ich helfe Doktor Wessels, genauso wie ich hier bin, um Nelken anzukaufen.«

»Wirklich?« Gramberg musterte sie intensiv mit seinen unergründlichen Augen. »Dann kommen Sie. Nachdem Wessels sein Gewissen beruhigt und sich überzeugt hat, dass alle

117

gesund sind, zeige ich Ihnen, wie Sie Nelken von guter Qualität erkennen.«

»Was ist so lange mit meinem Dienstmädchen?«, erkundigte sich Elisabeth.

»Kenyatta wird sich um sie kümmern«, sagte er, ohne den Blick von Elisabeth zu nehmen. »Kenyatta, Sie haben gehört, was ich gesagt habe. Und sorgen Sie dafür, dass später der Kaffee aufgetragen wird.«

»Natürlich, Buana.«

* * *

»Das war schon alles. Ich konnte nichts Auffälliges feststellen«, meinte Wessels nach der Inspektion der Siedlung, in der die Arbeiter lebten. Er ließ sich auf einem Baumstamm in der Sonne nieder und leckte mit der Zunge über die Spitze seines Bleistifts. An Gramberg gewandt, meinte er: »Danke für die Kooperation. Ich mache noch ein paar Notizen, damit alles seine Ordnung hat.«

Elisabeth, die neben ihm stand, blinzelte erleichtert in das Licht. Das ungewohnte Dunkel und der Schmutz der Lehmhütten, in denen Menschen und Tiere gemeinsam lebten, erfüllten sie mit Entsetzen und Mitgefühl. Aus Respekt den Bewohnern gegenüber hatte sie versucht, sich nichts anmerken zu lassen.

»Hatte ich es nicht gesagt?« Grambergs gepflegte Finger kraulten das Fell des Äffchens. »Sie vergeuden Ihre Zeit.«

»Mit diesen Dingen kann man nicht vorsichtig genug sein«, erwiderte Wessels.

Elisabeth nahm die Unterhaltung nur am Rande wahr. Vielleicht bildete sie es sich nur ein, aber ein Geruch von kalter Asche schien in der Luft zu liegen. Konzentriert runzelte sie die Stirn.

»Wonach riecht es hier?«

»Was meinen Sie?«, erwiderte Gramberg.

Elisabeth bewegte sich ein paar Schritte auf das dichte Unterholz zu und schnupperte in die Luft. »Das ist Brandgeruch, oder täusche ich mich?«

Gramberg antwortete nicht sofort. Als sie hörte, wie er mit der Zunge schnalzte, drehte sie sich zu ihm um. Breitbeinig, die Arme vor der Brust verschränkt, stand er da.

»Sie haben recht. Eigentlich hatte ich gehofft, Ihnen die Geschichte zu ersparen, aus Sorge, dass die Bilder in Ihrem Geist Sie verstören würden.«

Elisabeth wurde mulmig zumute, nicht, weil sie sich vor den Auswüchsen ihrer Fantasie fürchtete, sondern weil seine ungewöhnlich hellen, beinahe hypnotischen Augen sie irritierten. Betont beiläufig strich sie sich das Haar aus der Stirn und löste sich von seinem Blick. »Das steht nicht zu befürchten. Ich habe eine recht robuste Natur.«

»Wie Sie meinen.« Gramberg sah sie mit gerunzelter Stirn an. »Einige meiner Leute wollten die alte Destille im Wald nutzen, um in der Stadt selbst gebrannten Rum verkaufen zu können. Ich hätte mich nicht breitschlagen lassen sollen.« Er wirkte geistesabwesend. Offensichtlich berührt von einer dunklen Erinnerung, fuhr er sich mit den Fingern durch das weizenblonde Haar. »Es gab eine Explosion. Niemand hat überlebt. Die verkohlten Leichenteile lagen in einem Radius von zwanzig Metern um die Hütte verteilt. Die Frauen haben ihre Männer zusammen in einem Loch begraben, weil man die einzelnen Körperteile nicht identifizieren konnte.«

»Grundgütiger!« Elisabeth erschauerte. Vor Entsetzen schlug sie sich mit der Hand vor den Mund. In ihrer Bauchgegend jedoch regte sich ein seltsames Gefühl. Skeptisch legte sie die Stirn in Falten. Sie wollte sich Grambergs Sympathie nicht verscherzen, andererseits drängte es sie zu fragen. »Seltsam, aber auf unserem Rundgang durch die Hütten habe ich niemanden mit Brandwunden gesehen. Es hat doch sicher auch Verletzte gegeben?«

»Ich bedauere.« Gramberg blickte ihr tief in die Augen. »Wie ich bereits andeutete, gab es keine Überlebenden. Meine Leute befanden sich zum Zeitpunkt der Explosion in der Hütte. Durch die Druckwelle und das rasch um sich greifende Feuer hatten sie keine Chance.«

»Wenige Atemzüge im Brandrauch genügen, um das Bewusstsein zu verlieren.« Wessels ließ den Bleistift sinken. Seine Stirn war gefurcht »Schlimme Sache. Verständlich, dass Sie Fräulein von Baahren damit nicht belasten wollten.«

»Es ist schon in Ordnung.« Elisabeth bemühte sich um einen gefassten Gesichtsausdruck.

»Es tut mir leid.« Gramberg nickte ihr zu. Wieder ruhte sein Blick auf ihr, doch diesmal empfand es Elisabeth als weniger irritierend. Seine Finger kraulten wie zuvor das Äffchen. »Wollen wir über die Pflanzung gehen, während Wessels beschäftigt ist?«, schlug er mit seiner rauchigen Stimme vor.

»Gern«, sagte sie, erleichtert, dem Brandgeruch zu entkommen.

»Was wissen Sie über die Gewürznelke?«, fragte Gramberg wenig später, während sie zwischen rot blühenden Bäumen mit glänzenden, gummiartigen Blättern umherspazierten.

»Nicht viel«, musste Elisabeth zugeben und streifte mit der Hand im Vorbeigehen über das hüfthohe Gras. »Allerdings lerne ich schnell dazu.«

»Ausgezeichnete Antwort«, lobte Gramberg.

Er blieb stehen und pflückte ein Büschel Knospen von einem Baum. Mit einem höflichen Lächeln überreichte er es ihr. »So sehen die Nelken vor der Blüte aus. Man unterscheidet zwischen zwei Erntezeiten, Mwaka, von Juli bis November, und Vuli, von Dezember bis März, wobei die Vuli-Ernte meist die bessere Qualität liefert. Natürlich müssen die Nelken noch eine Zeit lang trocken. Rechnen Sie mit Anfang Dezember.«

Vorsichtig gruben sich Elisabeths Finger in das Büschel und inspizierten es. Natürlich hatte sie nicht erwartet, sofort kaufen zu können, aber mit einer so gewaltigen Zeitspanne hatte sie nicht gerechnet. Fünf ganze Monate!

»An welcher Menge wären Sie interessiert?«, erkundigte sich Gramberg, noch bevor Elisabeth das Thema zwischen ihnen offiziell zur Sprache gebracht hatte. Seine Augen verschmälerten sich unmerklich, sodass Elisabeth sich nicht sicher war, ob sie es sich nicht nur einbildete.

»Eine Tonne«, erklärte sie mit einem Lächeln, das ihre Unsicherheit überspielte.

Gramberg kratzte sich das Kinn. »Nicht gerade wenig. Ein Baum liefert im Schnitt drei Kilo pro Jahr. Auf Kiuui wachsen etwa tausend Bäume. Sie können es sich ausrechnen.«

Hastig überschlug Elisabeth die Zahlen im Kopf. »Also könnten Sie mir die Menge liefern?«

»Dafür müsste ich meine anderen Abnehmer vertrösten.«

Entschlossen, sich nicht den Schneid abkaufen zu lassen, hob Elisabeth das Kinn. »Und wären Sie bereit, das zu tun?«

»Warten wir es ab«, antwortete er und maß sie mit einem langen Blick. »Ich sehe unseren Gesprächen zu gegebener Zeit gern entgegen.«

Kurz herrschte Stille.

»Das ist ein Wort«, meinte sie schließlich. Wieder ruhten seine unergründlichen Augen auf ihr. Sie hielt seinem Blick stand, obwohl sie spürte, wie der Schweiß auf ihrer Stirn perlte.

»Es ist ungewöhnlich heiß heute«, bemerkte Gramberg, obwohl er selbst nicht zu schwitzen schien. Er hob den Kopf und blickte in den Himmel, an dem unerbittlich die Sonne flirrte. Schließlich wandte er sich ihr zu. »Lassen Sie uns zurückgehen«, sagte er. »Machen Sie mir die Freude, ein Glas Rum mit mir zu trinken?«

»Also doch Alkohol? Sie geben nicht so leicht auf, nicht wahr?«, erwiderte Elisabeth mit einem spröden Lächeln.

»Wäre ich sonst erfolgreich?«

Nachdenklich betrachtete sie das Äffchen, das auf Grambergs Schulter saß und zutraulich mit den Augen blinzelte.

»Wohl kaum«, gab sie zu, mehr zu sich als an Gramberg gewandt. Unvermittelt kam ihr ein Gedanke, der vielversprechend schien. »Ich schlage einen Handel vor«, erklärte sie, das Nelkenbündel, das er ihr gereicht hatte, noch immer in den Händen. »Ich verstoße gegen meine Prinzipien, denen zufolge ich unter dem Tag keinen Alkohol trinke. Im Gegenzug erwarte ich, mit gleichem Interesse und Wohlwollen beachtet zu werden wie alle anderen Käufer, die sich für die Novemberernte interessieren. Schlagen Sie ein?« Plötzlich wagemutig, reichte sie ihm die Hand.

Lächelnd ergriff er sie und zog sie kaum merklich in seine Richtung. »Verzeihen Sie mir die Bemerkung, aber ich wusste, dass Sie eine Frau sind, die nicht mit normalen Maßstäben zu messen ist.«

Mit Mühe gelang ihr eine passende Replik. »Ich schätze Menschen mit einem klaren Blick«, erklärte sie und zwinkerte kokett. »Lassen Sie uns auf interessante Gespräche anstoßen.«

* * *

»Sie haben sich gut geschlagen«, meinte Wessels anerkennend, als sie im Schein der tief stehenden Sonne gemächlich durch die Reisfelder zurückritten. »Sowohl, was den eigentlichen Zweck unseres Besuchs betrifft, als auch die Art, wie Sie mit Gramberg umgegangen sind.«

»Das freut mich zu hören«, erwiderte Elisabeth und fühlte, wie ihre Wangen sich röteten. Mit einem Lob von Wessels hatte sie nicht gerechnet, noch weniger damit, dass sie in seinen Augen Gramberg gegenüber den passenden Ton gefunden hatte. Ermutigt durch die gezollte Anerkennung, wagte sie einen Vorstoß und stellte Wessels die Frage, die sie schon während des gesamten Ritts nach Hause gedanklich beschäftigte. »Wie ist Ihre Einschätzung, Doktor? Habe ich eine ernsthafte Chance, von Herrn Gramberg als Käuferin in Betracht gezogen zu werden?«

»Erwarten Sie wirklich eine Antwort darauf?«, erwiderte er und schenkte ihr ein Lächeln.

Sie schlug den Schleier zurück, sodass der beim Trab entstehende Lufthauch kühlend über ihre Wangen strich. »Was ist so verwunderlich an meiner Frage?«, fragte sie, irritiert über den scherzenden Unterton in seiner Stimme.

Wessels ließ ein gespieltes Seufzen ertönen. Er zwinkerte, zum Zeichen, dass er es nicht ernst meinte. »Frauen …! Wie soll ein Mann je verstehen, was in ihren Köpfen vor sich geht? Kein Wunder, dass ich Junggeselle geblieben bin.«

»Sie brauchen gar nicht so erschüttert zu tun …«, gab sie zurück. Der ungewohnte, schäkernde Ton zwischen ihnen ließ sie erröten.

Wessels parierte zum Schritt durch und beugte sich vor, um sein Pferd an der Schulter zu tätscheln. Wieder ernst, sah er ihr in die Augen.

»Warum hat es eine selbstbewusste Frau wie Sie nötig, an sich zu zweifeln und ihre Aussichten auf Erfolg infrage zu stellen? Sehen Sie nicht, was Sie bereits erreicht haben? Allen widrigen Umständen zum Trotz haben Sie sich in den letzten Wochen nicht unterkriegen lassen. Im Gegenteil, Sie haben selbst dem Sultan die Stirn geboten und Ihren Willen durchgesetzt. Warum brauchen Sie, nachdem Sie bereits so viele Erfolge für sich verbuchen konnten, meine Bestätigung? Können Sie denn wirklich nicht erkennen, wie andere Sie sehen?«

Elisabeth schluckte. Im ersten Moment verspürte sie einen irrationalen Drang, sich zu rechtfertigen, dann aber schaltete sich ihr Verstand ein.

Wessels hatte recht. Im Nachhinein war sie von sich selbst überrascht, dass es ihr unter dem Druck, mit Gramberg in Verhandlungen treten zu wollen, gelungen war, souverän und dennoch mit angemessenem weiblichem Charme zu agieren. Eine Weile ritten sie schweigend nebeneinander. Schließlich atmete sie durch und lockerte die verspannten Schultern.

»Danke«, erwiderte sie schlicht. »Wie ich bereits zu Gramberg sagte, bin ich in manchen Dingen unwissend, aber durchaus bereit zu lernen.«

»Die beste Voraussetzung, auch als Geschäftsfrau erfolgreich zu sein«, erwiderte Wessels und schmunzelte. »Ihr Talent als meine rechte Hand haben Sie ja bereits unter Beweis gestellt.« Mit vorgebeugtem Oberkörper lehnte er entspannt über dem Sattelknauf. »Bis zur Nelkenernte dauert es noch eine ganze Weile. Bis dahin könnte ich Ihre Hilfe in meiner Praxis wirklich gut gebrauchen. Darf ich auf Sie zählen?«

»Sehr gern«, erwiderte Elisabeth, zufrieden über den Verlauf, den der heutige Tag genommen hatte. Sie hatte allen Grund, optimistisch in die Zukunft zu blicken. Die Arbeit bei Wessels bot ihr die Möglichkeit, auf Sansibar Fuß zu fassen und auf unkonventionelle Weise Kontakte zu knüpfen. Und mit der Zeit würde auch ihr angeschlagenes Selbstbewusstsein heilen, das spürte sie. Mit einem befreiten Ausatmen ließ sie die Selbstzweifel hinter sich und gab ihrem Pferd die Sporen.

Kapitel 10

Der heiße Juni wurde abgelöst von einem noch heißeren Juli. Alle Menschen, die Elisabeth traf, versicherten ihr, dass die Temperaturen für sansibarische Verhältnisse durchaus angenehm seien. Die wirklich schlimme, feuchte Hitze, bei der nicht einmal mehr der Schweiß auf der Haut verdunstete, würde die Insel erst im Januar und Februar ereilen. Doch Elisabeth, die die verregneten, eher kühlen als warmen Sommer an der Ostsee gewohnt war, litt unter den hohen Temperaturen. Anna wiederum, die ein robustes Wesen hatte, kam mit der Gluthitze erstaunlich gut zurecht. Oder aber sie bemerkte sie einfach nicht, da sie derart mit den Schwierigkeiten beschäftigt war, die ihre Stellung im Haus betrafen. Kein Tag verging, ohne dass Anna Streit mit Imani anzettelte und Elisabeth sich gezwungen sah, einzugreifen.

Noch benommen vom Schlaf erhob Elisabeth sich aus dem Bett, in dem sie die heißeste Stunde des Tages verbrachte. Unbemerkt hatten ihre Tage Struktur angenommen. Vormittags begab sie sich zu Wessels' Haus, in dessen Erdgeschoss die Praxis untergebracht war, einen Steinwurf vom Haus ihres Onkels entfernt. Oder sie ritt mit dem Arzt über die Insel, um Kranke zu besuchen. Mittags versuchte sie, im kühlen Schlafzimmer auszuruhen, bevor sie sich später wieder auf den Weg in die

Praxis machte, um eine Sprechstunde eigens für Schwangere und junge Mütter abzuhalten. Elisabeth füllte eine Lücke, von der bisher niemand gewusst hatte, dass sie existierte. Nachdem die Anfangsschwierigkeiten überwunden waren und sie sich immer besser auf Swahili verständigen konnte, suchten mehr und mehr Frauen Rat bei ihr. Abends widmete sie sich den Büchern ihres Onkels. Inzwischen war sie sicher, dass Dieckman Waren am indischen Zoll vorbeigeschmuggelt haben musste. Es gab eine Differenz zwischen den Wareneingängen und den Warenausgängen, die sich nicht anders erklären ließ. Womöglich hatte der Zoll die Ermittlungen nur eingeleitet, um zu verschleiern, dass der Mord von ihm in Auftrag gegeben worden war. Beweise dafür fehlten ihr, aber es hätte ohnehin keinen Unterschied gemacht, denn so oder so wurde ihr Onkel nicht wieder lebendig. Immerhin schienen alle offenen Rechnungen mittlerweile aus ihrem Erbe beglichen zu sein, und sie hoffte, dass nicht noch mehr Forderungen auftauchten.

Was Gramberg betraf, so hatte sie ihn seit dem Besuch auf Kiuui weder gesehen noch hatte er sich bei ihr gemeldet.

Im Nachthemd trat sie an das unverglaste Fenster und klappte die Holzläden zurück. Trotz der Hitze herrschte auf dem Platz zu ihren Füßen reger Betrieb. Wasserträger schoben sich mit Krügen auf den Köpfen durch die Menge. Ein am Strick hinterhergezogenes Schaf beschwerte sich lautstark über die Behandlung, die ihm zuteilwurde. Unter der vertrockneten Palme saß ein Inder mit untergeschlagenen Beinen und rauchte Nargileh. Das elfenbeinfarbene Mundstück der Wasserpfeife bildete einen scharfen Kontrast zu seinen rötlichen Zähnen. Inzwischen wusste Elisabeth, dass die Verfärbungen vom Betelnusskauen stammten. In ihren Büchern über Heilpflanzen hatte sie gelesen, dass die Frucht der Areca catechu, so die lateinische Bezeichnung, ähnlich wie Nikotin auf den Körper wirkte und ein Gefühl von Euphorie und Entspannung hervorrief.

Ihr Blick schweifte weiter. Im Hauseingang gegenüber kauerte eine Afrikanerin und flocht mit flinken Bewegungen feste, eng anliegende Zöpfe in das Haar eines kleinen Mädchens. Über allem lag ein ohrenbetäubender Lärm, zusammengesetzt aus Trommelklängen, wehklagendem Gesang und lautstark geführten Unterhaltungen. Sauberkeit oder Ordnung nach europäischen Maßstäben gab es nirgends. Elisabeth blieb gerade lang genug am Fenster stehen, um festzustellen, dass draußen ein ganz normaler sansibarischer Tag herrschte. Seufzend schloss sie die Läden wieder. Noch immer spielte sie mit dem Gedanken, nach Neuseeland weiterzureisen, sobald sie den Auftrag ihres Bruders erfüllt hatte. Wessels hatte davon gesprochen, dass sie erben werde. Vielleicht war der Betrag hoch genug, um die Weiterreise zu finanzieren.

Es klopfte an der Tür. Anna trat ein und knickste höflich, dabei konnte sie nur schwer den missmutigen Ausdruck auf ihrem Gesicht verbergen.

»Entschuldigung, Fräulein von Baahren, aber ich weiß nicht, was ich heute Nachmittag Vernünftiges anstellen soll. Eigentlich wollte ich die Vorräte durchgehen und eine Einkaufsliste anlegen, aber jetzt hat Imani …«

Elisabeth schnitt ihr mit einer energischen Handbewegung das Wort ab. »Was auch immer Imani getan oder gesagt hat, könntest du bitte versuchen, kein Drama daraus zu machen?« Um klarzustellen, dass sie nicht gewillt war, sich in endlose Diskussionen über die Verteilung der Rechte im Haushalt zu verstricken, drehte Elisabeth ihr den Rücken zu. Kopfschüttelnd beugte sie sich über den Waschtisch und goss bis zur Schulter Wasser über ihre verschwitzten Arme.

»Aber was mache ich denn jetzt? Ich komme mir so nutzlos vor«, erwiderte Anna kläglich.

Elisabeth hob den Kopf und warf ihr über den Spiegel einen langen Blick zu. Von der Straße drang das Blöken einer Ziege zu ihnen herauf. Elisabeth nahm ein nach Orange und Jasmin duftendes Leinentuch und trocknete sich damit die Arme ab. »Du könntest beispielsweise das schmutzige Kaffeegeschirr nach unten bringen. Das wäre schon mal immens nützlich.«

»Und danach?« Anna stand mit hängenden Schultern da, als wäre ihr Leben ein einziges Unglück.

»Ich werde mir Gedanken machen.«

Elisabeth schlüpfte aus dem Nachthemd und zog eines der locker fallenden bunten Kleider an, die Imani ihr genäht hatte. An die orientalische Sitte, sich in Tageskleidung schlafen zu legen, konnte sie sich nicht gewöhnen. Unterdessen klapperte Anna vorwurfsvoll mit dem Geschirr. Abrupt trat Stille ein. In Erwartung einer neuerlichen Tragödie wandte Elisabeth den Kopf. Anna stand zur Salzsäule erstarrt vor dem Sekretär. Ihr Blick klebte förmlich an dem aufgeschlagenen Buch über Hebammenwissen, in dem Elisabeth vor der Mittagsruhe gelesen hatte. »Heilige Maria und Josef«, sagte Anna und bekreuzigte sich. »Ich wusste ja, wie Babys gemacht werden und dass sie im Mutterleib wachsen. Aber dass es von innen *so* aussehen würde und dass es vor allem so eng ist, hätte ich nicht gedacht.«

»Warst du denn schon einmal bei einer Geburt dabei?«, erkundigte sich Elisabeth behutsam. Um Annas Gefühle nicht zu verletzen, wandte sie sich dem Toilettentisch zu und vermied es, sie direkt anzusehen.

»Nein. Nie.« Anna schüttelte den Kopf. »Aber über die Qualen der Geburt habe ich wahre Schreckgeschichten gehört. Ich mag mir gar nicht vorstellen, dass es so schlimm ist. Bei den Tieren läuft es doch auch ganz von selbst ab. Einmal, auf dem Hof Ihres Vaters, ist unsere Hündin mit einem Straßenköter durchgebrannt. Ein paar Wochen danach bekam sie Junge, acht Stück. Sie sind einfach so aus ihr herausgepurzelt. Warum ist das bei Menschen nicht genauso?« Aufgeregt gestikulierend beendete Anna ihren Wortschwall.

»Im Prinzip ist der Unterschied zu den Tieren gar nicht so groß. Nur dass Babys meist nicht so einfach herauspurzeln wie bei der Hündin. Es ist harte Arbeit, sowohl für die werdende Mutter als auch für das Kind.« Elisabeth nahm eine Bürste und fuhr sich mit langen Strichen über die Locken. »Und für die Hebamme ist es auch anstrengend, wenngleich sie selbst keine Schmerzen hat.«

»Wie sind Sie denn Hebamme geworden?« Anna sah auf und machte ein paar Schritte auf Elisabeth zu. »Ist das schwer?«

»Man kann es erlernen«, sagte Elisabeth. »Angeborenes Talent erfordert es nicht, aber man muss bereit sein, Verantwortung zu übernehmen. Vor allem aber braucht es Geduld und Ruhe. Meine Mutter hat mir alles beigebracht, was man wissen muss, und …«

Erneut klopfte es an der Tür, diesmal mit großer Dringlichkeit. Auf Elisabeths Aufforderung hin erschien Imani auf der Schwelle.

»Ein Bote war hier.« Mit einem gelassenen Blick in Annas Richtung trat Imani näher und reichte Elisabeth einen Brief. »Diese Nachricht hat er für Sie dagelassen.«

»Danke, Imani«, sagte Elisabeth. Mit einem leisen Knacken zerbrach das Siegel. Elisabeth überflog die Zeilen, die Wessels' fein gestochene Handschrift trugen. »Ich muss mich beeilen«, sagte sie zu Anna und hob den Blick. »Es gibt einen Notfall. Man bittet um meine Hilfe bei einer Geburt. Lass bitte ein Pferd für mich satteln, Imani.«

»Natürlich, Miss von Baahren«, erklärte diese mit ihrer sanften Stimme.

»Und ich?« Anna schüttelte störrisch den Kopf.

»Tut mir leid, Anna«, erwiderte Elisabeth etwas atemlos. »Wir klären später, womit du den Tag sinnvoll verbringen kannst.«

Annas Mund klappte auf, aber es kam kein Ton heraus.

Entschlossen nahm Elisabeth das Hebammenbuch und drückte es Anna in die Hände. »Hier. Du kannst darin lesen, bis ich zurück bin.« Elisabeth machte Anstalten zu gehen, blieb dann aber abrupt stehen. »Oder nein, ich habe es mir anders überlegt«, sagte sie und nahm Anna das Buch wieder aus den Händen.

Anna starrte sie mit blanken Augen an, als hätte man ihr den Schlüssel zu einer anderen Welt in die Hand gedrückt, nur um ihn ihr gleich wieder wegzunehmen. Elisabeth konnte sich ein Schmunzeln nicht verkneifen. »Du kommst mit mir«, sagte sie und lächelte Anna ermutigend zu.

»Mit Ihnen? Aber wohin denn? Und wozu?« Hilflos rang Anna die Hände.

»Wir reiten zu einer Plantage ein Stück nördlich von hier. Ein weiteres Paar Hände kann sicher nicht schaden.«

Misstrauisch hob Anna ihre Hände und betrachtete sie wie Fremdkörper, die durch Zufall an das Ende ihrer Arme gelangt waren. »Nehmen Sie besser Doktor Wessels als mich mit. Ich weiß doch gar nicht, was ich machen soll.«

»Das ergibt sich schon. Imani, zwei Pferde bitte.«

Überrollt vom plötzlichen Verlauf der Ereignisse, ließ Anna sich auf die Kante eines Stuhls sacken. »Schon wieder reiten«, seufzte sie schwer. »Mein Hintern tut weh, wenn ich nur daran denke. Wird es wieder so ein weiter Weg?«

»Ich denke nicht.« Elisabeth nahm das Blatt mit der Wegbeschreibung zur Hand, das Wessels dem Brief beigelegt hatte. »Länger als eine Stunde sollten wir nicht unterwegs sein.«

»Welche Plantage ist es?« Anna knetete die Hände im Schoß.

»Es wird dich freuen zu hören«, hob Elisabeth an und spürte, wie ihr Herz ein wenig schneller pochte, »dass wir nach Eilean Donan reiten, der Plantage des Schotten, dem wir an unserem ersten Tag begegnet sind und von dem du so geschwärmt hast.«

Kapitel 11

»Und was passiert, wenn der Muttermund ganz offen ist?«, erkundigte sich Anna fasziniert, als sie wenig später hintereinander auf einem schmalen Pfad durch dichtes Grün ritten.

»Dann platzt die Fruchtblase, falls das nicht schon vorher geschehen ist«, erklärte Elisabeth und beugte sich tiefer über die Mähne ihrer Araberstute, um sie durch sanftes Zureden zu beruhigen. Das Tier hatte ein nervöses Temperament, wie Elisabeth gleich in den ersten Minuten ihres Ausritts bemerkt hatte. Seit sie den Dschungel erreicht hatten, schien es hinter jedem Baumstamm Raubtiere zu wittern, die nur darauf lauerten, aus dem Dickicht zu springen, um Pferd und Reiter zu verschlingen. Inzwischen stand Elisabeth schon selbst unter Spannung. Sie war zum ersten Mal allein mit Anna unterwegs, die wie zuvor auf einem gutmütigen Muskatesel ritt. Auf Sansibar kannte man jeden ihrer Schritte. Ließ der Sultan sie beobachten, oder waren es Tiere, deren Blicke sie zu verfolgen schienen?

»Bei den Welpen unserer Hündin war das anders«, meinte Anna und durchbrach Elisabeths Gedanken. »Die kamen in merkwürdigen durchsichtigen Beuteln zur Welt, die die Hündin aufgebissen und dann gefressen hat.«

»Ich sagte doch, dass man eine menschliche Geburt nicht ganz mit dem Werfen bei einer Hündin vergleichen kann …« Bemüht, sich von der Nervosität der Stute nicht noch mehr anstecken zu lassen, parierte Elisabeth zum Schritt durch. Doch auch jetzt spürte sie deutlich, wie sehr der Rücken des Tieres sich verspannte. Besorgt betrachtete Elisabeth die dunklen Schweißflecken an der Schulter der Stute. Vielleicht war tatsächlich ein wildes Tier in der Nähe, eine Zibetkatze, eine Manguste oder ein Cerval, aber nirgendwo raschelte es im Unterholz. Sie hielt das Pferd an, während sie sich vorsichtig nach allen Seiten umsah. Plötzlich schien es überall zu rascheln. Anscheinend sah sie selbst schon Gespenster! Für einen Moment erwog sie, abzusteigen und die Stute am Zügel zu führen. Doch hätte sie das getan, dann hätte sie kostbare Zeit verloren, die bei einem Notfall über Leben und Tod des Kindes oder der Mutter entscheiden konnte. Also zwang sie sich zur Ruhe. Weit dürfte es nicht mehr sein zu Prestons Plantage, das sagte sie sich immer wieder, während sie versuchte, die Hände an den Zügeln zu entkrampfen und die Muskeln links und rechts der Wirbelsäule vom Nacken abwärts zu lockern, bis hinunter zu dem Punkt tief im Sattel, an dem ihr Rücken Kontakt zu dem der Stute hatte.

»Hm. Ich verstehe es immer noch nicht«, meinte Anna mitten in Elisabeths Gedanken hinein. »Gibt es diese Hülle bei Menschen dann nicht? Schwimmen Babys frei im Körper? Piksen sie sich nicht an den Rippen?«

»Doch, es gibt eine Hülle.«

»Wo bleibt sie dann? Löst sie sich im Mutterleib auf?«

»Nein. Sie wird mit der Nachgeburt aus dem Körper ausgestoßen«, meinte Elisabeth, in Gedanken mehr mit dem unruhigen Pferd beschäftigt als auf Annas Frage konzentriert. »In ganz seltenen Fällen kommt es vor, dass Babys mitsamt der Fruchtblase geboren werden. Man sagt dann, sie haben eine Glückshaube.«

Elisabeth lächelte Anna kurz zu, dann richtete sie ihren Blick wieder nach vorne, zwischen die Ohren des Pferdes. Ohne Vorwarnung lief ein Zittern über den Leib der Stute. Im nächsten Moment warf sie den Kopf zurück, die Nüstern ragten aufgebläht gen Himmel, die Augen waren aufgerissen. Elisabeth hatte die Reaktion nicht kommen sehen. Vor Schreck stieß sie einen Schrei aus. Die Stute stieg, dann machte sie einen Satz nach vorne und galoppierte los, so abrupt, dass Elisabeth die Zügel aus der Hand gerissen wurden. Reflexartig krallte sie ihre Fäuste in die Mähne. Im schnellen Flug setzte die Stute über einen Baumstumpf hinweg. Es gab einen Ruck. Mit vor Schreck geweiteten Augen bemerkte Elisabeth, wie ihr die Luftwurzeln eines gewaltigen, frei stehenden Baumes entgegenkamen. Der Boden näherte sich. Mit einem harten Prall kam sie auf.

Für einen Moment wurde alles schwarz.

Elisabeth erwachte mit einem stechenden Schmerz in ihrem linken Fuß. Benommen blinzelte sie in den Schatten der Äste über ihr, dann erinnerte sie sich, was geschehen war. Eine sehr blasse Anna beugte sich über sie und bekreuzigte sich.

»Mein Gott, Sie leben, zum Glück!«

Unbewusst musste Elisabeth einen schmerzerfüllten Laut von sich gegeben haben, denn Annas Augen blickten ängstlich.

»Ist etwas gebrochen? Wo tut es weh?«

Vorsichtig rekelte Elisabeth sich. Ihr Körpergefühl kehrte langsam zurück. Der Rücken und der Hinterkopf fühlten sich taub an, aber ihre Arme ließen sich frei bewegen, ebenso die Beine. Der Schmerz im Fuß hingegen wollte nicht nachlassen, und der Fuß selbst ließ sich nicht bewegen. Ein unkontrolliertes Frösteln lief durch ihre Glieder. Etwas stimmte nicht. Um der aufkommenden Panik entgegenzuwirken, zwang sie sich, tief ein- und auszuatmen. Nichts Gutes ahnend, hob sie den Kopf ein Stück vom Boden.

»Was ist mit meinem Bein?«

Anna stöhnte. »Sie sind zwischen die Wurzeln des Baumes gekommen. Jetzt steckt Ihr Fuß fest.«

Mit zusammengepressten Lippen stützte sich Elisabeth auf die Ellbogen. Nun sah sie es auch. Die Stute hatte sie neben einem Muarubaini-Baum abgeworfen, um dessen unteres Ende sich gewaltige Luftwurzeln rankten. Von Wessels wusste sie, dass der Name übersetzt die Zahl vierzig bedeutete, weil seine Blätter angeblich vierzig Krankheiten heilen sollten. Nun, in ihrem Fall hatte er das Gegenteil getan. Elisabeth spannte die Muskeln in Bein und Wade an. Vor Anstrengung schoss ihr das Blut in den Kopf, aber der Fuß rührte sich keinen Zentimeter.

»Hilf mir«, forderte sie Anna auf. »Allein schaffe ich es nicht.«

»Was soll ich denn tun?« Anna rang hilflos die Hände.

»Versuch, so fest wie möglich zu ziehen. Das Bein ist ja irgendwie hineingekommen, also muss es auch wieder herauskommen.«

»Es geht nicht«, erklärte Anna kurz darauf, ihr Kopf war von der Kraftanstrengung hochrot. »Außerdem habe ich Angst, dass ich Ihnen wehtue, wenn ich noch fester ziehe.«

»Schau im Hebammenkoffer nach. Vielleicht findest du etwas, womit du die Wurzeln entzweien kannst.«

»Damit vielleicht?« Zweifelnd hielt Anna eine Geburtszange in die Höhe.

»Kaum«, keuchte Elisabeth. Die Haut in ihrem Nacken prickelte, vor ihren Augen begann sich alles zu drehen. Was, wenn sie es nicht schafften, den Fuß zu befreien?

»Aber das hier könnte gehen.« Triumphierend hielt Anna eine vorne gebogene Episiotomie-Schere in die Luft.

»Unmöglich. Damit wird ein Dammschnitt gemacht.«

Anna legte den Kopf schräg. »Das begreife ich nicht.«

»Egal. Such weiter.« Elisabeth stöhnte auf. Inzwischen schien der Fuß ordentlich anzuschwellen, wie der zunehmend schmerzhafte Druck der Wurzeln vermuten ließ. Sie war kurz davor, in Panik auszubrechen. Wenn der Fuß nicht richtig durchblutet wurde, drohte er abzusterben. Dann musste amputiert werden. Bei dem Gedanken daran wurde ihr übel.

»Pinzetten, Mullbinden, Nadel und Faden und noch ein paar Dinge, mit denen wir ganz sicher nichts anfangen können.« Anna zuckte die Schultern, in der einen Hand das Hörrohr, in der anderen die Federwaage.

Kraftlos ließ sich Elisabeth zurück ins Gras fallen. »Wir haben alles versucht. Es ist aussichtslos. Du musst Hilfe holen«, stieß sie mit einer Mischung aus Wut und Verzweiflung hervor. Sie hatte große Mühe, beherrscht zu bleiben. Es fühlte sich an, als würde eine riesige Welle über ihr zusammenbrechen und sie unter sich begraben. Mit jeder Sekunde wurde ihr klarer, wie ausgeliefert sie war. Ihr Herz hämmerte wie verrückt gegen ihre Rippen. Sie hatte die Kontrolle verloren. Über das Pferd, über ihren Körper, über die Situation … und wenn sie sich nicht zusammenriss, würde sie auch noch die Kontrolle über ihren Geist verlieren. Die Panik schlich erneut näher. Angestrengt nahm sie einen tiefen Atemzug und zwang sich zur Beherrschung.

»Reite zur Schamba und frag nach Mr Preston. Er soll jemanden schicken, mit einer Axt. Hier …« Sie kramte in der Rocktasche und zog den Kompass hervor, den Wessels ihr zum Einstand geschenkt hatte. »Du musst dich Richtung Norden halten.«

Anna wirkte erstaunlich gefasst. Sie nickte. »Machen Sie sich keine Sorgen. Ich finde den Weg. Wie man den Kompass benutzt, weiß ich. Alles wird gut.« Entschlossen packte sie den Esel am Zaumzeug, der geduldig neben dem Baum stand und Gras rupfte, und schwang sich auf seinen Rücken.

Kurz darauf verhallte das Hufgeklapper des Esels. Elisabeth war allein. Von ihrem Pferd war weder etwas zu sehen, noch hörte sie es schnauben oder wiehern. Sie dankte Gott dafür, dass sie den Hebammenkoffer am Sattel des Esels und nicht an dem der Stute befestigt hatte. Da ihr nichts anderes übrig blieb, als zu warten, versuchte sie, sich zu entspannen, das war zumindest medizinisch gesehen das Beste. Auf dem Rücken auf der bloßen Erde liegend, schloss sie die Augen. Es hätte viel schlimmer ausgehen können. Nun, da der Schreck sich legte, spürte sie die Erschöpfung. Ihre Lider wurden schwer, sie driftete in einen zusammenhanglosen Traum, in dem sie von kreischenden Affen umgeben war.

Mit dem beklemmenden Gefühl, dass Blicke sie fixierten, kehrte sie ins Bewusstsein zurück.

Als sie die Augen aufschlug und den Kopf zur Seite drehte, sah sie ihn. Der Leopard stand etwa hundert Meter entfernt im hohen Gras, den Blick auf sie gerichtet, als wollte er abschätzen, was ihr nächster Schritt wäre.

Elisabeth schluckte schwer. Sie wagte es nicht, sich zu bewegen.

Die Raubkatze fauchte. Es war ein seltsam schnarrender, bedrohlicher Laut.

Elisabeths Atemzüge wurden kurz und scharf. Die Ränder ihres Gesichtsfelds begannen zu flirren. Die schwarzen Flecken auf dem Fell des Leoparden verwoben sich mit den flackernden Punkten, die wie Lichtblitze vor ihren Augen schwirrten.

Vorsichtig eine Pfote nach der anderen aufsetzend, schlich der Leopard näher. Das lange Gras bog sich unter seinem Gewicht und zitterte, wenn sein Schwanz mit lang gezogenen Schlägen vorbeistrich. Hin und wieder blieb er stehen, so als müsste er die Situation neu einschätzen. Immer dann klopfte Elisabeths Herz so laut, dass sie meinte, er müsste es hören. Der Abstand zwischen ihnen verringerte sich um die Hälfte. Der fremde Geruch, den das Tier verströmte, rückte näher. Elisabeth spürte, wie ihr der Schweiß aus allen Poren trat. Vom

Geruch des Schweißes und der Angst angelockt, tanzte mit einem Mal ein Schwarm Fliegen um Elisabeths Kopf, einige davon ließen sich auf ihrer Haut nieder. Ein Schauern ergriff sie, als sie spürte, wie die winzigen Körper über ihre Stirn und Wangen wanderten. Mit zusammengepresstem Kiefer zwang sie sich, das Jucken zu ignorieren. Das Surren der Fliegen wurde zu einem Orkan in ihren Ohren.

Gerade als sie meinte, es nicht mehr aushalten zu können, krachte ein Schuss.

Der Orkan verstummte.

Erschrocken sah Elisabeth sich um. Der Leopard blieb einen Wimpernschlag lang wie erstarrt stehen, dann machte er einen Satz ins Gebüsch und verschwand. Hinter ihm raschelten die Blätter.

Einen unwirklichen Moment lang herrschte Stille.

»Sagte ich nicht, Sie sollten sich eine Pistole zulegen?« Von oben starrte Jacob Preston auf sie herunter und nahm fast ihr ganzes Gesichtsfeld ein. Die Adern an seinen Schläfen pulsierten. Er wirkte unglaublich wütend. »Verdammt. Was haben Sie sich dabei gedacht? Was haben Sie allein im Dschungel zu suchen?«

So würdevoll, wie es jemandem möglich ist, der am Boden liegt und mit einem Fuß im Wurzelwerk gefangen ist, richtete Elisabeth sich auf.

»Ich bin hier«, sagte sie und sah ihm fest in die Augen, »weil eine Frau auf Ihrer Plantage Hilfe bei der Geburt benötigt.«

Preston stutzte. Dann polterte er weiter. »Großartig. In dem Fall hilft uns Ihre Aktion unheimlich weiter. Warum überlassen Sie es nicht Wessels, seine Arbeit zu tun?«

»Wessels ist verhindert«, erwiderte Elisabeth kühl.

»Und da fällt Ihnen nichts Besseres ein, als auf eigene Faust die Heldin zu spielen?« Seine Augen funkelten vor Zorn. »Ich hätte Sie für klüger gehalten.«

Elisabeth zuckte schweigend die Achseln. Ihre Augen verengten sich zu Schlitzen.

Preston hob eine Augenbraue. »Was ist mit Ihrem Fuß?«

»Steckt fest.«

»Das sehe ich.« Mit verdrossener Miene kniete er sich neben die Wurzel und begutachtete das Malheur. Stirnrunzelnd zog er ein Messer aus der Tasche. »Ich muss den Fuß freischneiden. Halten Sie vollkommen still. Es wird ein wenig dauern. Mit einer Axt ginge es schneller.«

»Ach ja?«, zischte Elisabeth. »Und warum haben Sie dann nicht gleich eine mitgebracht? Sie wussten doch, was passiert ist!«

Ein überraschtes Kopfschütteln war die Antwort. »Ich verstehe nicht, was Sie meinen.«

»So? Und wie kommen Sie dann hierher?«, erwiderte Elisabeth gereizt. Der Umgang mit Preston erforderte mehr Geduld, als sie gerade aufbringen konnte.

Ungerührt fuhr Preston mit dem Zerlegen der Wurzeln fort. »Ich beobachte die Leopardin. Sie schleicht seit Tagen hier entlang. Meine Männer haben Fußspuren entdeckt. Vermutlich hat sie Junge. Ich wollte wissen, wo ihre Wurfhöhle liegt, damit meine Leute die Gegend meiden.« Preston schnaubte schwer.

Plötzlich gab es einen Ruck, und der Knöchel war frei. Elisabeth atmete hörbar auf, sie hatte unbewusst die Luft angehalten, während Preston an der Befreiung ihres Fußes gearbeitet hatte.

»Was ist? Können Sie gehen?«, erkundigte er sich. In seiner Stimme lag immer noch leichter Groll.

»Ich weiß nicht.« Vorsichtig betastete Elisabeth den geschwollenen Knöchel. Er schmerzte.

»Nehmen Sie meine Hand. Ich helfe Ihnen auf«, sagte Preston.

Dankbar kam Elisabeth seiner Aufforderung nach.

»Wo ist Ihr Pferd?«, fragte Preston und wischte sich mit dem Ärmel den Schweiß von der Stirn.

»Weg«, gab Elisabeth zurück.

»Das Tier ist schlauer als Sie«, bemerkte Preston und sah ihr missmutig ins Gesicht. »Vermutlich ist es in den Stall zurückgerannt.«

»Hacken Sie nicht derart auf mir herum. Ich wollte nur helfen. Woher sollte ich denn wissen, dass hier draußen Leoparden herumlaufen?« Probeweise setzte sie den Fuß auf und zuckte im selben Moment zusammen.

»Sie sind ein hoffnungsloser Fall«, knurrte Preston mit zusammengebissenen Zähnen. »Da Sie anscheinend nicht laufen können, muss ich Sie wohl tragen.« Bevor sie wusste, wie ihr geschah, schob er den Arm um ihre Taille und hob sie vom Boden.

»Was? Wo bringen Sie mich hin?« Wütend funkelte sie ihn an. Ihre Gesichter befanden sich nur wenige Zentimeter voneinander entfernt. Aus der Nähe betrachtet, hatten seine Augen ein so kräftig leuchtendes Blau wie die Eier der Singdrossel.

»Hören Sie auf, so einen Radau zu machen, sonst geht mein Pferd auch noch durch«, erklärte Preston nüchtern.

Beleidigt von seinem Ton, wandte Elisabeth sich ab. Für den Rest des Weges sprach sie keine Silbe mehr.

Prestons Araber war unter einem Baum angebunden. Er war schwarz und hatte einen hübschen, schlanken Kopf mit wachen Augen. Als er ihre Nähe wahrnahm, schnaubte er leise vor sich hin. Preston hob Elisabeth behutsam in den Sattel, dann band er das Pferd los und schwang sich hinter ihr auf den Pferderücken. Seine Arme schlossen sich um sie, sein Atem strich warm über ihren Nacken.

»Halten Sie sich an der Mähne fest. Ich bringe Sie nach Eilean Donan.«

KAPITEL 12

Die Haut des toten Babys schimmerte schwarz unter der Käseschmiere. Elisabeth hatte das leblose Bündel in eine Decke gewickelt und es der jungen Mutter in die Arme gelegt, damit sie Abschied nehmen konnte. Vorsichtig, um den noch empfindlichen Knöchel nicht zu belasten, erhob sie sich mit schmerzenden Gliedern aus ihrer kauernden Position und bedeutete Anna, zusammen mit ihr die Hütte zu verlassen. Das Mädchen hatte in der letzten Stunde beinahe ebenso geweint wie die glücklos Gebärende. Erst vor wenigen Augenblicken hatte Anna sich beruhigen können.

Elisabeth trat in die kühle Nachtluft hinaus. Aus der palmgedeckten Lehmhütte, in der eben noch Stille geherrscht hatte, drangen klagende afrikanische Gesänge, untermalt vom Klang der Trommel. Die weisen Frauen des Dorfes beklagten den Verlust des Kindes. Elisabeth stemmte die Hände in den Rücken und richtete den Blick in den mit Sternen übersäten Himmel, wo die Seele des Babys sich auf die Reise begab.

Über die Gesänge hinweg hörte Elisabeth Anna neben sich schwer atmen.

»Haben wir etwas falsch gemacht?«, fragte sie tonlos.

Elisabeth wandte sich zu ihr um und fasste ihre Hände. Langsam strichen ihre Daumen über Annas Handrücken.

»Nein«, erklärte sie und versuchte, mit ihrem Blick etwas Gefasstheit auf Anna übergehen zu lassen. »Solche Dinge passieren, ohne dass jemand etwas dafürkann. Das Baby war schon vor der Geburt tot. Niemand hätte daran etwas ändern können.«

Annas Brust hob und senkte sich schwer. Dann seufzte sie abgrundtief. »Aber ... es ist so schrecklich. Wie kann Gott zulassen, dass so etwas passiert?«

»Wir können es nicht wissen«, erwiderte Elisabeth und biss sich auf die Lippe. Es fiel ihr selbst manchmal schwer, darauf zu vertrauen, dass es in all dem Dunkel auch Licht gab. Einen tieferen Sinn, jenseits von Worten oder Dingen, eine liebende Gottheit oder eben das Leben selbst, das im richtigen Moment eingreifen und Leid und Schmerz in Glück und Freiheit verwandeln würde. Nachdenklich ließ sie ihren Blick auf Anna ruhen. »Wir können einfach nur immer weitermachen und hoffen, dass es schon richtig ist.«

»Madam?« Eine Silhouette löste sich vor ihr im Dämmerlicht aus dem Schatten der Bäume. Es handelte sich um einen Mann etwa Mitte zwanzig mit samtenen Augen. Er schien Inder zu sein, doch seltsamerweise trug sein Turban ein graues Schottenmuster, das knöchellange Hemd gleichfalls. Mit einem Lächeln faltete er die Hände zum Gruß vor der Brust. »*Namaste*. Ich bin Ashok, Mr Prestons rechte Hand. In seinem Namen überbringe ich den Damen die höfliche Einladung, heute Nacht Gast auf der Plantage zu sein. Bei Dunkelheit können Sie nicht in die Stadt zurückreiten.«

»Ich verstehe«, behauptete Elisabeth, obwohl es ihr völlig unbegreiflich war, warum der Zufall sie dazu zwang, ausgerechnet auf Jacob Prestons Plantage zu übernachten. Alles in ihr rebellierte bei dem Gedanken, eine Sekunde länger als nötig auf seine Unterstützung angewiesen zu sein.

»Würden Sie die Freundlichkeit besitzen, mir zu folgen?«

»Sicher.«

Gemeinsam mit einer ungewöhnlich schweigsamen Anna lief Elisabeth hinter Ashok her. Der Weg führte an einer Lichtung vorbei, auf der ein Lagerfeuer flackerte; ein Stück dahinter erhoben sich aus grob behauenen Stämmen gezimmerte Hütten. Elisabeth hörte das Durcheinander von Trinkliedern und das Trillern einer Fiedel. Mit einer Mischung aus Entsetzen und Befremden näherte sie sich den munter in breitem Schottisch grölenden Männern. Als hätte Ashok ihre Unsicherheit am Zögern ihrer Schritte bemerkt, blieb er stehen und drehte sich zu ihr um. In seinen Augen spiegelte sich das Mondlicht.

»Keine Sorge. Ihre Unterkunft liegt etwas abseits. Dort sollte Sie der Lärm nicht stören«, sagte er, als hätte er ihre Gedanken gelesen.

»Wer sind die Männer?« Elisabeth versuchte, ihre Verwirrung hinter einem höflichen Lächeln zu verbergen.

»Schotten, die für Mr Preston arbeiten«, erwiderte Ashok. Er blieb stehen und strich sich über den dichten schwarzen Vollbart. Für einen Moment stand er so, dass das Mondlicht sein Gesicht hell erleuchtete. Elisabeth fühlte einen unvermuteten Gleichklang, als sie bemerkte, dass Ashok an der Stirn ebenfalls eine Narbe trug. Sie ertappte sich dabei, wie sie mit der Hand durch ihr Haar über der Narbe strich.

Ashok warf ihr einen langen Blick zu, der ihr den Eindruck vermittelte, er habe ebenfalls etwas gespürt. »Jacob Preston stammt aus Glasgow«, fuhr er dann fort, als hätte sich nichts Ungewöhnliches zwischen ihnen ereignet. »Mr Prestons Bruder besitzt dort eine bedeutende Baumwollmühle. Doch die fortschreitende Industrialisierung sorgt für sinkende Löhne und immer größere Armut in Glasgow. Die Männer hier wurden von Mr Prestons Bruder auf die Straße gesetzt. Jacob kannte sie von früher. Er hat sie ermutigt, hierherzukommen und für ihn zu arbeiten, damit sie ihre Familien zu Hause in Schottland ernähren können.«

Der Gedanke an die Frauen und Kinder, die in Schottland zurückgeblieben waren, bedrückte Elisabeth. Unwillkürlich musste sie an die Menschen denken, die sie selbst zu Hause in Deutschland hatte zurücklassen müssen. Bekümmert wandte sie sich an Ashok.

»Ich weiß, was es heißt, Abschied nehmen zu müssen von denjenigen, die man liebt.«

Ashok blieb stehen und blickte sie nachdenklich an. Schließlich lächelte er wissend. »Fast alle Menschen auf Sansibar tragen eine tiefe Einsamkeit in sich. Aber lässt uns die Liebe nicht Dinge tun, die uns zu einer größeren, stärkeren Version unserer selbst machen?«

Erstaunt blickte Elisabeth ihn an. Im hellen Licht des Mondes spiegelte sich ihr Gesicht in Ashoks Pupillen. Mit einem tiefen Atemzug löste sie den Blick von ihm. »Sie sind ein ungewöhnlicher Mensch, Ashok.«

»Danke.« Er nickte leichthin, als wäre er Bemerkungen dieser Art gewohnt. »Kommen Sie …« Langsam ging er weiter, während Elisabeth mit ihrem noch immer schmerzenden Knöchel neben ihm her humpelte. Allmählich verhallten das Klirren der Bierkrüge und das Gelächter in der Weite der afrikanischen Nacht. »Die Gästezelte befinden sich bei den Mangobäumen.«

»Wir sollen in einem Zelt schlafen?«, wiederholte Elisabeth verwundert.

»Aber ja.« Ashok lächelte breit. »Die Zelte sind sehr komfortabel. Mr Preston und auch ich leben seit Jahren so. Allerdings liegen unsere Schlafplätze ein ganzes Stück von denen der Gäste entfernt. Sie brauchen also keine Sorge haben, von lautem Schnarchen gestört zu werden.«

»In der Tat …«, erklärte Elisabeth, während sie versuchte, die Bilder wilder Tiere zu verdrängen, die im Schlaf über sie herfielen, »ist das wirklich meine geringste Sorge.«

»Sie werden sich sicher und geborgen fühlen«, verkündete Ashok mit unverkennbarem Stolz. Er hob einen Arm. »Sehen Sie. Da sind wir schon.«

Staunend spähte Elisabeth zu den Lichtern, die ihnen aus der Dämmerung entgegenschienen. Anna, die noch unter dem Eindruck des Kindstodes stand und kein Wort gesprochen hatte, seitdem Ashok zu ihnen gestoßen war, keuchte überrascht auf.

»Mein Gott! Da sollen wir schlafen? Das ist ja wunderschön!«

Elisabeth konnte nicht anders, als ihr schweigend zuzustimmen. Umrundet von Mangobäumen, die ihre Äste tief zur Erde herabsenkten und so eine Art Kokon schufen, standen drei geräumig wirkende Zelte. Durch die dichten weißen Stoffbahnen des rechten Zeltes fiel ein beständiges Licht. Vor dem mit Netzen und Stoffbahnen geschützten Eingang standen Laternen. Ihr Flackern zauberte einen magischen Lichtschein in die Nacht.

Ashoks Stimme löste sie aus ihrem Staunen. »Sie werden feststellen, dass Sie auf keine Annehmlichkeiten verzichten müssen.« Er schlug die Zeltbahnen im Eingangsbereich zurück und machte einen Schritt zur Seite. Elisabeth trat ein und sah sich mit großen Augen um.

Das Innere des Zeltes bot so viel Platz, dass auch ein sehr hochgewachsener Mann hätte aufrecht stehen und sich frei bewegen können. Im vorderen Bereich befanden sich zwei Stühle und ein Tisch, auf dem eine Wasserkaraffe und kalte Speisen aufgebaut waren. Den größten Teil des Raumes nahm ein mit Tüll verhängtes Bett ein. Ein schlichtes Regal vervollständigte die Möblierung. An den hinteren Bereich schloss sich ein kleinerer Raum an, der in eine erhöht stehende, schlichte Toilette und eine Waschgelegenheit unterteilt war. Als Elisabeth sich umwandte, fiel ihr Blick auf ein Tablett voller Köstlichkeiten, das auf einem niedrigen Tisch vor dem Zelt stand.

»Ich habe mir erlaubt, Ihnen eine Kleinigkeit zu essen bereitzustellen.«

»Danke, Ashok.« Elisabeth schenkte ihm ein Lächeln.

»Kann ich sonst noch etwas für Sie tun?«

»Es war ein anstrengender Tag. Ich denke, wir werden gleich schlafen.«

»Sie sollten versuchen, sich nicht so viele Gedanken zu machen. Es wird sich alles zum Guten wenden.«

Elisabeth hob irritiert eine Augenbraue. Bei dem wenigen, das Ashok von ihr wusste, verwunderte es sie, dass er ihre Gedanken so mühelos erraten hatte.

»Woher wollen Sie wissen, dass …«, begann sie.

»Der Schlüssel liegt in Geduld und Vertrauen«, erklärte Ashok beinahe gleichzeitig. Stumm sahen sie sich in die Augen. Mit vor der Brust gefalteten Händen und einem angedeuteten Kopfnicken verabschiedete er sich von ihr und verschwand in der Dunkelheit.

* * *

Unruhig warf sich Elisabeth auf dem Bett hin und her. Nachdem sie die erste Hälfte der Nacht tief und traumlos geschlafen hatte, fand sie nun keine Ruhe mehr. Bemüht, Anna nicht zu wecken, ließ sie die Füße geräuschlos zu Boden gleiten und schlug den Tüll zur Seite. Vorsichtig belastete sie den verletzten Fuß. Die Schwellung war zurückgegangen; wenn sie sich behutsam vorwärtsbewegte, war der Schmerz erträglich. Sie trat hinaus in die Nacht.

Die Laternen rund um das Zelt waren erloschen, dafür tanzten Abertausende winziger Lichtpunkte zwischen den Blättern der Mangobäume. *Leuchtkäfer …*, schoss es ihr durch den Kopf, während sie sich ihnen staunend näherte. Als Kind hatte sie in lauen Sommernächten ab und an von ihrem Fenster aus Glühwürmchen durch die Zweige der Obstbäume tanzen sehen, aber nie waren es so unglaublich viele gewesen wie hier in dieser Nacht. Verzaubert folgte sie dem Leuchten, das immer stärker zu werden schien, je weiter sie den staubigen, lehmigen Pfad zwischen den Bäumen entlangschritt.

Ein gequältes Stöhnen ließ sie zusammenzucken.

»Geben Sie eigentlich nie Ruhe? Nicht einmal nachts?« Ein Schatten, der sich nach und nach als Jacob Preston entpuppte, löste sich aus der Dunkelheit. »Wieso schlafen Sie nicht?«

»Mir war nach kühler Luft zumute. Abgesehen davon könnte ich Sie das Gleiche fragen«, erwiderte sie gereizt und verschränkte die Arme vor der Brust, obwohl sie von Grund auf erleichtert war, dass er es war und nicht einer seiner trinkfreudigen Schotten. Ihr Gefühl sagte ihr, dass sie vor ihm keine Angst zu haben brauchte. Schließlich hatte er sie gerettet, und nicht nur das eine Mal.

Mit einem zynischen Lächeln maß er sie von oben bis unten. »Das ist ja wohl ein Unterschied.«

»Aha. Und worin genau besteht der?«, zischte sie zurück, verärgert über seinen rechthaberischen Ton.

Mit langen Schritten ging er vor ihr auf und ab. »Ich kenne mich hier aus und weiß, was ich tue, wohingegen Sie eine Frau sind, die, was Sansibar betrifft, noch grün hinter den Ohren ist.«

»Ach, und warum spielt das hier eine Rolle?«

»Ich bitte Sie, Männer sind stärker und können sich besser verteidigen.«

»Wogegen sollte ich mich denn verteidigen? Gegen Sie etwa?« Mit funkelnden Augen sah sie ihn an.

»Gegen *mich*? Dass ich nicht lache! Habe ich Sie nicht erst vor einem Leoparden gerettet? Es hat mich einiges an Muskelschmalz gekostet, Sie mit dem Messer aus der Wurzel zu befreien.« Jacobs Gesicht verzog sich zu einer Grimasse.

»Warum, in Gottes Namen, machen Sie sich nie Gedanken über die Gefahr? Wissen Sie nicht, dass es hier draußen von Schlangen und Skorpionen nur so wimmelt? Wenn Sie Ihres Lebens überdrüssig sind, gibt es elegantere Methoden, als am Biss der Schwarzen Mamba zu sterben, wie Sie sehr wohl wissen sollten! Aber egal, solange ich hier bin, um Ihr Leben zu retten …« Mitten im Satz brach er ab, als wären ihm die Worte ausgegangen, und blieb stehen. Seine Stimme klang, als wäre er ihrer mehr als überdrüssig. »Vergessen Sie es. Mit Ihnen zu diskutieren hat keinen Sinn.«

»Schade«, erwiderte sie süffisant. Insgeheim verspürte sie Genugtuung darüber, dass es ihr beim üblichen Schlagabtausch zwischen ihnen diesmal gelungen war, die Oberhand zu gewinnen. »Ich für meinen Teil diskutiere ausgesprochen gern«, setzte sie lächelnd hinterher. »Jedenfalls ist es amüsanter, als sich schlaflos im Bett zu wälzen.«

Die Hände tief in den Taschen seiner Hose vergraben, stand er vor ihr und betrachtete sie nachdenklich, als versuchte er, etwas Bestimmtes in ihrem Gesicht zu lesen. Schließlich rieb er sich das unrasierte Kinn und warf ihr einen schrägen Seitenblick zu. »Aye. Wenn ich Ihnen zur Nervenberuhigung einen Schluck Whisky anbiete, versprechen Sie dann, wieder in Ihr Bett zu verschwinden?«

Mit allem Ernst, den sie aufbringen konnte, hielt sie die Hand zum Schwur in die Luft. »Ich schwöre es. Hoch und heilig.«

»Schön.« Lässig zuckte er die Schultern. »Kommen Sie.«

»Was ist mit Anna?« Besorgt drehte sich Elisabeth in Richtung des Zeltes um, aus dem fernes Schnarchen zu hören war. »Ich kann sie nicht einfach so lange allein lassen.«

Preston hob eine Augenbraue. »Hier draußen ist niemand. Wilde Tiere kommen nicht in die Nähe der Zelte. Ihr wird nichts passieren. Vertrauen Sie mir.« Ohne auf eine Antwort zu warten, schritt er los.

»Ihnen vertrauen?«, fragte sie irritiert und folgte ihm, so schnell es ihr mit dem verletzten Knöchel möglich war. »Wohin gehen wir?«

»Wieso ist das wichtig? Ich sagte, vertrauen Sie mir. Was ist denn so schwer daran?«, gab er entnervt zurück.

Eine ganze Menge, lag es ihr auf der Zunge. Im letzten Moment schluckte sie die Bemerkung hinunter. Es hatte keinen Sinn, das Ganze schon wieder auf die Spitze zu treiben.

Preston blieb stehen. In einer fließenden Bewegung bückte er sich und bog mit seiner Hand das über den Weg wuchernde Blattwerk zur Seite. Das silbrige Licht des Mondes beschien sein Gesicht. Elisabeth bemerkte, wie sich seine Augen überrascht verengten. »Sie humpeln. Soll ich Sie stützen?«

Etwas in Elisabeth weigerte sich zuzugeben, dass seine Hilfe höchst willkommen gewesen wäre. Sie reckte das Kinn. »Nein, danke. Ich komme zurecht.«

Sein Blick wechselte von besorgt zu spöttisch. »Tut mir leid, dass ich Ihnen meinen Arm angeboten habe. Wird nicht wieder vorkommen.«

Den Rest des Weges sprachen sie kein Wort. Nur das vereinzelte Rufen der Nachtvögel und das Zirpen der Zikaden umgab sie.

Der Pfad öffnete sich zu einem See. Glänzend im kühlen, bläulichen Licht des Mondes, das die Umgebung ein wenig unwirklich erscheinen ließ, lag er vor ihnen, eingebettet wie ein Opal in einer Fassung aus Steinen und Blattwerk. Elisabeth stand einen Moment regungslos da, gebannt von dem zauberhaften Anblick, der sich ihr bot. Es sah aus, als wäre der Sternhimmel in den See gefallen und das gesamte Universum mit seinen Galaxien befände sich nicht über ihrem Kopf, sondern zu ihren Füßen. Die Illusion war so perfekt, dass sie am liebsten die Hand ins Wasser getaucht hätte, um nach einem der Sterne zu greifen.

Sie schluckte. »Was für ein wunderschöner Ort«, sagte sie leise.

Er trat neben sie. Ein kräftiger Duft nach Seife, frischer Baumrinde und Zimt ging von ihm aus. »Hier bin ich am liebsten«, sagte er, mehr zu sich selbst als zu ihr.

Fast befangen standen sie nebeneinander, den Blick auf den See gerichtet. Schließlich fasste sich Elisabeth ein Herz und räusperte sich. »Warum haben Sie mich hierhergebracht? Was passiert jetzt?«

»Nichts weiter«, antwortete er lapidar. Er brach einen dünnen Ast aus dem Gebüsch ab, entfernte die Blätter und steckte sich den Stiel zwischen die Lippen. Offensichtlich zufrieden mit sich selbst, kaute er darauf herum.

Elisabeth öffnete den Mund und klappte ihn wieder zu. Eine derart nüchterne Betrachtung der Dinge hatte sie nicht erwartet.

»Wir setzen uns und trinken einen Whisky. Danach gehen wir schlafen. Sie in Ihr und ich in mein Zelt.«

»Schön, setzen wir uns«, erwiderte sie, als sie ihre Fassung wiedergefunden hatte. Im Dämmerlicht tastete sie mit der Hand über den Fels und ließ sich auf einer moosbewachsenen Kante nieder. Mit größtmöglicher Unbekümmertheit setzte er sich neben sie, sodass ihre Blicke wieder gemeinsam auf den See geheftet waren. Von irgendwo aus den Tiefen seiner Taschen beförderte er eine Trinkflasche aus Edelmetall hervor, die mit kariertem Schottenstoff umwickelt war. Schweigend schraubte er den Verschluss auf und prostete ihr zu.

»Jacob«, meinte er unvermittelt und reichte den Whisky an sie weiter.

»Elisabeth«, erwiderte sie.

Er nickte. »Liz.« Der Name kam weich über seine Lippen.

Sie legte den Kopf schräg. Obwohl sie seine sture Art nicht ausstehen konnte, gefiel ihr der ungewohnt sanfte Klang des Namens.

»Von mir aus«, grummelte sie halbwegs versöhnlich. Vielleicht lag es an dem Zauber des Ortes, der Ruhe des Sees oder dem unwirklichen Mondlicht, jedenfalls hatte sie keine Lust, länger zu streiten. In einem Anfall von Gleichmut nahm sie einen kräftigen Schluck von dem rauchigen, leicht salzigen Whisky.

In fragilem Einvernehmen saßen sie nebeneinander, während die Flasche in einem verlässlichen Rhythmus zwischen ihnen hin- und herwanderte. Elisabeth entspannte sich.

»Ist Ihnen kühl?«, fragte er unvermittelt, als ein Frösteln durch sie lief und sie die Arme um den Oberkörper schlang. Der Whisky ließ sie die Anstrengungen des Tages spüren.

»Hier.« Ohne eine Antwort abzuwarten, reichte er ihr sein Tuch.

Dankbar nahm sie es an und legte sich den von seinem Körper noch warmen Stoff um.

Ob es am Whisky lag oder an Jacobs unerwartet zugänglicher Haltung ihr gegenüber, hätte sie nicht sagen können, aber etwas ließ sie forscher werden.

»Warum leben Sie mitten im Dschungel?«, fragte sie, den Blick auf das blau schimmernde Wasser gerichtet. Verlegen strich sie sich durch das Haar und zupfte an einem Knötchen. »Noch dazu in einem Zelt?«

Er zuckte die Schultern. »Ich mag die Stadt nicht sonderlich. Hier draußen habe ich meine Ruhe.«

Sie nickte zustimmend. »Es ist unglaublich still hier. Ich kann meinen Herzschlag hören.«

»Was ist mit Ihnen?« Nachdenklich bog er den Zweig zwischen den Händen. »Dieckman ist tot. Weshalb sind Sie nicht längst wieder in die Heimat nach Deutschland zurückgekehrt?«

Sie strich die Haarsträhne zurück, an der ihre Finger eben noch mit dem Lösen des Knotens beschäftigt gewesen waren. Der Themenwechsel traf sie unerwartet. Etwas in ihr verschloss sich. Gleichzeitig tat es gut, dass sich Jacob, der immer so gleichgültig schien, für ihr Schicksal interessierte. Entsprechend kühn fiel ihre Antwort aus. »Vielleicht brauche ich die Herausforderung«, erwiderte sie und hielt den Blickkontakt ein wenig länger, als angebracht war.

Er lehnte sich zurück und schnaubte belustigt. »Das kaufe ich Ihnen nicht ab.«

»Schön«, gab sie gereizt zurück. Im nächsten Moment fragte sie sich, warum sie sich von ihm so leicht provozieren ließ. Und warum war es ihr wichtig, was er von ihr hielt? Im Grunde konnte er ihr gleichgültig sein. Vor allem, da die Prinzessin bereits ein Auge auf ihn geworfen hatte. Der Gedanke an die Szene, die sie vom Dach des Palastes aus beobachtet hatte, versetzte ihr einen Stich. Sie atmete tief ein. Etwas versöhnlicher fügte sie hinzu: »Vielleicht ist das, was hinter mir liegt, schlimmer als das, was ich vor mir habe.«

»Klingt nach einem bewussten Abschied.« Mit einem Ruck beugte er sich wieder nach vorne, dabei streifte er leicht ihre Schulter. Er schien die Berührung nicht bemerkt zu haben, denn er spielte weiter geistesabwesend mit dem Zweig. »Ich habe mein Zuhause mit einundzwanzig verlassen. Das war vor fast zehn Jahren.«

»Und seitdem waren Sie nie wieder in Schottland?«, entschlüpfte es ihr schneller, als sie denken konnte. Wer war dieser Jacob, der sich mal abweisend zeigte, dann wieder seine sorgsam aufrechterhaltene Deckung vergaß und mysteriöse Kommentare von sich gab? Der Drang, den Fuß in den Türspalt zu stellen, um in sein Inneres sehen zu können, wurde immer größer. Voller Neugierde drehte sie ihm den Kopf zu, doch sein Gesicht lag nun im Schatten, sodass sie seine Mimik kaum erahnen konnte.

Mit einem leisen Knacken brach der Zweig entzwei.

»Doch. Ein Mal.«

Elisabeth erwartete, dass er weitersprach, aber anscheinend hatte er das nicht vor. Das Schweigen dehnte sich. Sie spürte, dass sich mehr dahinter verbarg, aber sie fragte nicht nach.

Eine ganze Weile saßen sie stumm nebeneinander. Überrascht stellte Elisabeth fest, dass ihr die Stille zwischen ihnen nichts ausmachte. Es fühlte sich an, als hätten sie mitten auf einem Schlachtfeld die Waffen sinken lassen. Möglicherweise war Preston am besten zu nehmen, wenn sie gemeinsam schwiegen. Unauffällig schielte sie aus den Augenwinkeln zu ihm hinüber. Gelassen, ruhig und eine äußerst männliche Präsenz verströmend, saß er neben ihr. Fast neidete sie der Prinzessin, dass es ihr gelungen war, Jacobs Gunst zu erringen.

»Inzwischen bin ich zufrieden damit, hier auf Unguja zu leben und eine Plantage zu führen, obwohl es nicht immer leicht ist«, erklärte Jacob unvermittelt. Erstaunt über seine plötzliche Redebereitschaft, wandte sie ihm den Kopf zu. Er beugte sich aus dem Schatten der Bäume zu ihr. Dabei wirkte er anders als zuvor, ernster vielleicht oder tiefgründiger; um sein Kinn hatte sich ein entschlossener Zug eingegraben. »Man trägt Verantwortung für viele Menschen. Und die Natur spielt nicht immer nach unseren Regeln, obwohl ich mich hier im Vergleich zu Schottland nicht über die Unberechenbarkeit des Wetters zu beklagen brauche, abgesehen von einigen Zyklonen. Und es ist leichter als das, was ich zuvor gemacht habe.« Er verstummte.

Behutsam ließ sie ihm Zeit, seinen Gedanken nachzuhängen.

»Erzählen Sie mir davon?«, wagte sie schließlich zu fragen, unsicher, ob er sich nicht wieder verschließen würde.

Jacob griff zum Whisky, doch anstatt die Flasche an die Lippen zu setzen, betrachtete er sie mit einem Anflug von Zerknirschtheit. »Ich sollte nicht so viel trinken. Vor allem nicht in Gegenwart einer Lady«, meinte er schulterzuckend und stellte den Whisky neben sich ab. Sein Blick glitt auf den See hinaus.

Sie hörte, wie er sich räusperte.

»Ich habe für die British Navy an verschiedenen Kämpfen teilgenommen. Das war 1874, im Chinesischen Meer. Ashok war dabei. Wir beide sind viel gereist.« Stumm starrte er aufs Wasser. Schließlich wandte er sich ihr wieder zu. »Hat Ashok Ihnen erzählt, dass er Sterndeuter ist? Seine Familie stammt aus der indischen Kaste der Banyan. Er behauptet von sich, dass er in den Palmblatt-Chroniken lesen kann.«

Fragend hob Elisabeth die Brauen.

Jacob grinste. »Indische Prophezeiungen, die vor undenkbaren Zeiten getroffen wurden.«

Verwundert schüttelte sie den Kopf. »Und Sie als Schotte glauben daran?«

Sein Grinsen wurde noch breiter. »Ich weiß nicht genau, woran ich glaube. Mein Vater ist strenggläubiger Anhänger der Church of Scotland. Meine Mutter stammt aus Jamaika, deren Vorfahren wiederum aus Afrika.«

»Das erklärt Ihr Aussehen«, platzte es aus ihr heraus. Sie biss sich auf die Lippe. »Entschuldigung«, schob sie hinterher, ihre Wangen glühten.

»Ich wusste nicht, dass Sie sich darüber Gedanken gemacht haben«, gab er belustigt zurück.

Eigentlich hätte sie es damit bewenden lassen können, doch etwas lockte sie, das Thema weiterzuspinnen. Sie strich sich das Haar hinters Ohr und maß ihn von der Seite. »Was ist, wenn Sie beten? Zu wem beten Sie dann?«

»Was für eine Frage!« Sein Grinsen zog sich von einem Ohr zum anderen und enthüllte eine Reihe blendend weißer Zähne. Scheinbar unbeeindruckt zuckte er die Achseln. »Zu dem, der gerade Zeit für mich hat.«

Diesmal hatte sie keine Antwort auf seine Bemerkung parat. Es kostete sie einige Augenblicke, bis sie den Faden des Gesprächs an anderer Stelle wieder aufnehmen konnte.

»Und?«, fragte sie und gab sich trotz ihrer steigenden Verwirrung unbekümmert. »Fehlt es Ihnen, das Reisen?«

Schweigend starrte er auf den See, als läge die Antwort irgendwo in der blauschwarzen Tiefe verborgen. Diesmal fühlte sich die Stille unbehaglich an. Elisabeth spürte, wie sich ihr Magen zusammenzog. Hatte sie unbeabsichtigt eine Wunde in ihm berührt? Schließlich nahm er einen Kiesel auf, hob den Arm und ließ den Stein mitten in den See plumpsen. Konzentrische Kreise breiteten sich auf der Oberfläche aus und vergingen. »Ich habe mich noch nicht entschlossen, für immer auf Sansibar zu bleiben.« Er nickte in Richtung einer unbestimmten Stelle zwischen den Bäumen. »Dort hinten steht mein Zelt. Ich kann es jederzeit abbauen und woanders aufschlagen.«

Elisabeth hatte keine Ahnung, was es war, aber etwas an seiner Antwort ließ sie innerlich wieder auf Distanz gehen. »Ich hatte genug Whisky. Vermutlich schlafe ich wie ein Stein.«

»Soll mir recht sein«, sagte er und erhob sich. Etwas zögernd bot er ihr die Hand zum Aufstehen an.

Trotz der Kühle der Nacht fühlte sich seine Hand warm an. Mit einem höflichen Lächeln ließ sie sich von ihm unterhaken. Leichter Nebel umfing ihre Gedanken. Langsam schritten sie auf dem staubigen Pfad nebeneinanderher.

Mit einem Mal beschäftigte sie ein Gedanke. »Heute Nachmittag … Wenn Sie nicht gekommen wären, hätte mich der Leopard vermutlich angegriffen.« Sie warf ihm einen unsicheren Blick von der Seite zu. »In dem Fall verdanke ich Ihnen mein Leben.«

»Möglich. Sie haben mir ja keine Wahl gelassen. Aber vermeiden Sie bitte in Zukunft, sich in Schwierigkeiten zu bringen.« Er kniff die Augen zusammen und musterte sie.

»Ich werde mein Bestes geben«, erwiderte sie und spürte die Hitze in ihre Wangen schießen.

»Gut. Da vorne geht es zu Ihrem Zelt.« Er wies mit dem Kopf in die Dunkelheit. Im Licht des Mondes konnte sie vage den Platz erahnen. Die Laternen rund um die Zelte waren mittlerweile erloschen. »Versuchen Sie, vor Sonnenaufgang noch ein Auge zuzumachen. Es wird früh hell hier.«

»Haben Sie immer noch Sorge, dass ich Ihnen zufällig über den Weg laufen könnte?«, kam es ihr ohne Nachdenken über die Lippen. Aus irgendeinem Grund reizte es sie, mit ihm zu kokettieren. Sie hob die Hand zum Schwur. »Ich verspreche, dass Sie heute Nacht vor mir sicher sind.«

Er maß sie mit einem düsteren Blick. »Das weiß man bei Ihnen nie.«

Einen Moment zu lange hielten ihre Blicke einander fest.

Ruckartig riss er sich los und schob die Hände in die Hosentaschen. »Wir sehen uns nach dem Frühstück.« Mit unverändert finsterer Miene wandte er sich zum Gehen.

Elisabeth zuckte betont gleichgültig die Schultern. »Sie müssen sich nicht persönlich von mir verabschieden.«

»Das hatte ich nicht vor.« Er blieb stehen und lächelte ausnehmend höflich. »Ich werde Ihnen morgen beibringen, wie man schießt. Das scheint mir eine sehr sinnvolle Maßnahme zu sein. Zu Ihrem Schutz und zu meinem eigenen.«

Herausfordernd stemmte sie die Hände in die Taille. »Und woher wollen Sie wissen, dass ich nicht längst schießen kann?«

Amüsiert hob er eine Augenbraue. »Ach ja? Und wo ist Ihre Pistole?«

»Wenn Sie es genau wissen wollen, besitze ich nicht einmal eine«, fauchte sie zurück.

Seine Mundwinkel hoben sich zu einem genüsslichen Grinsen. »Na bitte«, erwiderte er selbstzufrieden. Bevor

Elisabeth eine passende Antwort gefunden hatte, war er in der Dunkelheit verschwunden.

Erzürnt darüber, dass er das Wortgeplänkel für sich entschieden hatte, blickte Elisabeth ihm nach, doch insgeheim musste sie ihm recht geben. Es war nicht sonderlich schlau, unbewaffnet über die Insel zu reiten. Zähneknirschend machte sie sich darauf gefasst, dass er ihr morgen das Schießen beibringen würde.

* * *

Als Jacob zu seinem Zelt zurückkehrte, empfing Ashok ihn mit einem breiten Lächeln. Mit untergeschlagenen Beinen saß er auf dem erhöhten Vorplatz. Neben ihm dampfte ein Räuchergefäß und verströmte den Geruch von brennendem Salbei. »Sie ist besonders, nicht wahr?«, fragte er in seinem indisch gefärbten Englisch und blickte herausfordernd zu Jacob auf.

»Sie ist eine Nervensäge.« Mit zu Schlitzen verengten Augen ließ sich Jacob neben Ashok auf dem Holzboden nieder. »Und hör auf, so albern zu grinsen.«

»Sie ist jetzt seit einem Monat auf Unguja«, stellte Ashok fest.

»Na und?«, knurrte Jacob, verärgert über Ashoks provozierenden Blick.

»Bist du nicht vor einem Monat zweiunddreißig geworden?«, fragte Ashok hinterlistig.

Jacob schwieg verbissen. Er hatte nicht die Absicht, auf das Thema einzugehen.

»Das Palmblatt spricht von einer unerwarteten Begegnung in deinem dreiunddreißigsten Jahr. Dadurch wird sich alles verändern.«

»Das Palmblatt kann mich …!«, knurrte Jacob unwirsch. Mit finsterer Miene knüllte er das Tuch zusammen, das er Liz

156

geliehen hatte, und warf es mit Schwung so weit wie möglich von sich weg, als ginge eine Gefahr von ihm aus. Dann lehnte er sich betont gelassen auf die Ellbogen zurück und streckte die Beine von sich. »Alles verändern könnte sich allenfalls, wenn ich auf Gramberg träfe und mich hinreißen ließe, etwas Unüberlegtes zu tun.«

Ashoks Blick wurde ernst. »Haben wir nicht geschworen, nie wieder zu kämpfen, selbst wenn das Warum dahinter noch so heilig ist?«

»Haben wir.« Jacob zog die Augenbrauen so stark zusammen, dass er einen Krampf in der Stirn spürte. »Aber wenn es um Gramberg geht, kann ich für nichts garantieren. Irgendwann reißt mir der Geduldsfaden.«

»Ich bete darum, dass das nie passiert«, erklärte Ashok.

»Meinetwegen.« Jacob wackelte mit den Augenbrauen. »Bete du ruhig. Und wenn du schon dabei bist, kannst du gleich ein paar Räucherstäbchen mehr anzünden und Shiva darum bitten, dass diese Frau endlich aufhört, mir über den Weg zu laufen.«

»Du magst sie also?«, bemerkte Ashok mit einer Heiterkeit, die Jacob als unangemessen empfand.

»Sie ist mir völlig egal.« Jacob richtete sich auf und rollte die Schultern. »Du kannst gern noch sitzen bleiben. Ich für meinen Teil gehe jetzt schlafen.« Demonstrativ erhob er sich und schlug die Zeltplane zurück.

Einen Atemzug lang stand er vor dem Bett und streifte im Dunkeln die Schuhe ab. Ohne sich die Mühe zu machen, die staubige Kleidung zu wechseln, warf er sich auf die Matratze und schloss die Augen.

»Ich wusste, du magst sie …«, hörte er Ashok von draußen glucksen.

Obgleich es völlig nutzlos war, griff Jacob zu seinem Kopfkissen und warf es in Richtung Zeltausgang, wo er Ashok vermutete.

Kurz darauf bewegte sich etwas vor dem Zelt. Dann hörte er Ashok höflich sagen: »Ich wünsche dir auch eine gute Nacht.«

Schritte entfernten sich, anschließend wurde es still.

Mit offenen Augen starrte Jacob an die Zeltdecke. Schließlich rollte er sich seufzend zur Seite und bettete den Kopf zum Einschlafen auf den Unterarm.

Kapitel 13

»Danke für das herrliche Frühstück«, sagte Elisabeth und legte die Serviette neben sich ab. Bewundernd ließ sie den Blick über den mit frischen Früchten, indischen Currys, Fladenbrot und herzhaften Pfannkuchen reich gedeckten Tisch wandern. »Wirklich, Sie hätten sich für uns nicht so viel Mühe geben müssen. Ich weiß gar nicht, wie ich mich dafür bedanken soll.«

»Nicht Sie haben zu danken, sondern wir, da Sie den Weg zu uns auf sich genommen haben, um die Geburt zu begleiten«, erwiderte Ashok mit vollendeter Höflichkeit.

»Leider konnte ich nichts mehr für das Baby tun.« Bei dem Gedanken an die junge Frau, die ihr Kind verloren hatte, wurde Elisabeths Herz schwer. Sie nahm sich vor, später noch einmal nach ihr zu sehen.

»Die Pfannkuchen waren köstlich.« Elisabeth ließ den Blick zwischen der verschüchterten Anna und Ashok hin und her gleiten. »Es wird wohl ein wenig Zeit in Anspruch nehmen, bis Mr Preston mir demonstriert hat, wie man sich in der Wildnis erfolgreich verteidigt. Wie wäre es, Ashok … Könnten Sie Anna inzwischen beibringen, wie man ein einfaches indisches Frühstück zubereitet?«

»Mit dem größten Vergnügen«, erwiderte Ashok und nickte Anna zu. »Darf ich Ihnen zuvor heißen Kakao servieren?« Lächelnd hielt er eine silberne Kanne hoch.

»Sehr gern«, sagte Elisabeth. »Wie steht es mit dir, Anna?«

Anna nickte verschämt, zu mehr schien sie an diesem Morgen nicht in der Lage. Die ungewohnten Tischmanieren forderten sie heraus. Elisabeth zwinkerte ihr zu, dann schloss sie die Augen und sog den Geruch des dampfenden Kakaos ein. Ein Hauch von Schokolade, Zimt, Pfeffer und ... Vanille stieg in ihre Nase. War das möglich? Verdutzt blickte sie auf die winzigen Punkte, die im milchig braunen Kakao schwammen. Dann wandte sie sich an Ashok.

»Gestatten Sie mir eine Frage. Die schwarzen Pünktchen im Kakao, ist das echte Vanille?«

»Gut erkannt.« Er nickte bedächtig.

Elisabeths Herz schlug schneller. »Es stimmt also ... man kann auf Sansibar Vanille kaufen?« Gespannt hielt sie den Blick auf Ashok gerichtet. Was ihr Bruder wohl dazu sagen würde?

Doch Ashok schüttelte den Kopf. »Ich fürchte, von diesem Gedanken werden Sie sich verabschieden müssen.«

»Verabschieden wovon?« Jacobs Gesicht tauchte im Zelteingang auf. Seine Brauen zogen sich zusammen.

»Miss von Baahren würde gern Vanille kaufen«, erklärte Ashok. »Ich versuchte gerade, ihr darzulegen, dass das unmöglich ist.«

»So ist es.« Die Arme vor der Brust verschränkt, lehnte Jacob sich mit der Schulter gegen die Zeltstange. »Die Vanille im Kakao hat Ashok aus Indien mitgebracht. Er war so freundlich, Ihnen etwas davon anzubieten.«

Jacobs Stimme klang ungehalten. Was hatte ihn nur so verstimmt? Sie musterte ihn unsicher. »Was ist mit Ihnen heute Morgen? Bin ich versehentlich in ein Fettnäpfchen getreten?«

»Nein. Ich würde nur gern mit den Schießübungen beginnen, damit ich danach mit meiner Arbeit weitermachen kann.«

»Geht mir ganz ähnlich.« Sie zuckte die Schultern. »Also bringen wir es hinter uns.«

Kurz darauf standen sie nebeneinander auf einer freien Fläche, an deren hinterem Ende Jacob eine Zielscheibe aufgestellt hatte. Zum wiederholten Male gab er Elisabeth Anweisungen, wie sie die Pistole zu halten und zu zielen hatte, und zum wiederholten Male ging der Schuss daneben. Schließlich stapfte er mit ungeduldigen Schritten durch das hohe Gras und blieb direkt neben ihr stehen.

»Geben Sie her«, befahl er und deutete auf die Pistole. »Sie müssen die Waffe so hoch wie möglich und großflächig greifen.« Er demonstrierte, was er meinte. »Wenn Sie abdrücken, gibt es einen Rückstoß, deshalb stabilisieren Sie die Waffe mit der schussschwachen Hand. Und lehnen Sie sich nicht so weit vor.«

»Das versuche ich ja! Meine Hände schwitzen.«

Frustriert beobachtete Elisabeth, wie Jacob abzog. Die Kugel landete im Schwarzen.

»Hier.« Er reichte ihr die Waffe. Der Gesang der Vögel, der bei dem Schuss verstummt war, setzte wieder ein.

Elisabeth atmete durch. Ihr Arm schmerzte. Wenn ihr Stolz es zugelassen hätte, hätte sie längst aufgegeben. Erneut hob sie die Hände und zielte.

»Was machen Sie denn?« Jacob blickte noch grimmiger als zuvor. »Ich sagte doch, Sie sollen die Schultern entspannen.«

»Das tue ich«, fauchte Elisabeth zurück.

»Wenn Sie das täten, würden Sie auch treffen.« Er trat näher an sie heran und ließ die Hände schwer auf ihre Schultern sinken. »Versuchen Sie es jetzt.«

»Muss das sein?«, beschwerte sie sich. Mit Entsetzen stellte sie fest, dass sich seine Berührung auch nüchtern alles andere als unangenehm anfühlte. Ausgerechnet!

»Wohin zielen Sie nur?« Er beugte den Kopf, sodass er annähernd das gleiche Gesichtsfeld hatte wie sie und ihre Körper sich berührten. Sein Atem strich warm über ihren Nacken. Sanft richtete er ihre Hände mit dem Revolver aus, sodass die Waffe ein Stück höher gerichtet war. »Jetzt.« Er ließ ihre Hände los.

Um das Zittern in ihren Fingern zu unterbinden, atmete Elisabeth tief ein und hielt dann die Luft an, bevor sie schoss. So, wie er es ihr gezeigt hatte. Laut krächzend flog ein schwarzer Vogel aus einem Busch auf. Der Treffer war genau in der Mitte der Scheibe gelandet.

»Na bitte!«, sagte Jacob triumphierend.

»Oh!«, sagte sie kleinlaut und reichte ihm die noch schmauchende Waffe.

Beherzt machte sie einen Schritt zur Seite, von ihm weg, während er einen Schritt nach vorne tat. Mit einem Ratsch riss der Stoff ihres weit fallenden Umhangs.

»Verflixt!«, schimpfte sie, als ein Stück nacktes Bein sichtbar wurde. »Sie sind auf den Saum getreten. Passen Sie doch auf!«

»Warum stecken Sie auch in dieser albernen Verkleidung?«, schimpfte er zurück, nicht im Mindesten schuldbewusst.

»Ich passe mich der Umgebung an«, verteidigte sie sich, während sie gleichzeitig den Schaden an ihrer Kleidung begutachtete.

»Ach? Und warum versuchen Sie, jemand zu sein, der Sie nicht sind?« Mit erhitztem Kopf sah er sie an, während er fortfuhr, sie anzuherrschen. »Besorgen Sie sich Kleidung, die zu Ihnen passt. Dieser Umhang macht Sie nicht zu einer Einheimischen, genauso wenig wie ein Tartan meine Mutter zu einer Schottin gemacht hat.«

Überrascht starrte sie ihn an. Plötzlich erschien ihr diese unsinnige Diskussion in einem anderen Licht. Etwas an ihrem Äußeren schien eine Wunde in ihm berührt zu haben. »Lassen Sie Ihre Wut über Ihre Mutter nicht an mir aus«, sagte sie, bereits ein wenig versöhnlicher gestimmt.

Er hielt inne, den Revolver noch immer in der Hand, und maß sie mit einem scharfen Blick. »Das tue ich nicht.«

»Ach nein?« Gereizt fuhr sie mit den Fingern über ihre Unterarme. »Übrigens gehört der Umhang, den Sie gerade zerrissen haben, Prinzessin Farida. Sie war so freundlich, ihn mir zu leihen.« Gespannt darauf, welche Reaktion die Erwähnung des Namens der Prinzessin in ihm auslösen würde, beobachtete sie seine Mimik. Doch entgegen ihrer Erwartung wirkte Jacob völlig unbeteiligt. Sie beschloss, ihn nicht einfach so davonkommen zu lassen, und lächelte spöttisch. »Wie es scheint, ist die Prinzessin an Ihnen interessiert.«

Er lachte kurz auf. Gleich darauf wurde er wieder ernst. »Da ist sie nicht die Einzige. Hier. Versuchen Sie es noch einmal.« Er reichte ihr den Revolver.

Entrüstet schielte sie zu ihm hinüber. Ihre Nachsicht mit ihm war ausgereizt. Mit seiner überheblichen Bemerkung hatte er das Fass endgültig zum Überlaufen gebracht. *Da ist sie nicht die Einzige.* Wie hatte sie auch nur einen Moment Sympathie für ihn empfinden können? Aufreizend langsam nahm sie den Revolver hoch.

»Dieser Abend, an dem wir uns im Palast begegnet sind.« Sie unterbrach sich und konzentrierte sich auf das Schwarze in der Mitte der Zielscheibe. »Ich habe Sie mit der Prinzessin allein gesehen. Das ist wohl ein eindeutiger Beweis.«

Aus den Augenwinkeln bemerkte sie, wie er zusammenzuckte, als hätte sie ihm einen Schlag verpasst. »Die Prinzessin ist mir nicht zugeneigt«, erwiderte er schließlich. »Uns verbindet lediglich eine langjährige Bekanntschaft.«

»So? Nun, von Faridas Seite aus scheint da mehr dahinterzustecken.«

»Das bilden Sie sich ein.«

Sie kniff ein Auge zu und zielte. »Ach ja? Warum hat Sie Ihnen dann das Tuch zugeworfen?«

Stille.

Er machte einen Schritt auf sie zu und hob die Hand. Elisabeth konnte beinahe hören, wie bemüht gleichgültig er tat. »Sie verspannen die Schultern ja schon wieder.«

Kühl wies sie ihn ab. »Ich schaffe das. Schließlich weiß ich jetzt, wie es geht.«

Mit einem Knall löste sich der Schuss. Jacob machte ein paar Schritte auf die Zielscheibe zu. Dann drehte er sich kopfschüttelnd zu ihr um. »Ich hatte recht.«

»Na schön, ich habe mich verkrampft.« Wütend kniff sie die Augen zusammen. »Das liegt nur daran, dass Sie mich so drängen. Geben Sie mir Zeit. Ich werde mir eine Pistole kaufen und üben. Versprochen.« Entschlossen reichte sie ihm die Waffe.

»Gut«, knurrte er.

»Was die Prinzessin angeht … Ich bleibe dabei, dass von Faridas Seite aus mehr als Freundschaft im Spiel ist. Das sagt mir mein Gefühl«, erklärte sie und reckte das Kinn, obwohl sie bei dem Gedanken einen leisen Stich in der Brust fühlte.

Sein Blick wurde kühl. »Ich bin an keiner Bindung interessiert. Nicht zu der Prinzessin und auch zu keiner anderen Frau.«

»Dann sollten Sie die Prinzessin das wissen lassen.«

»Sie weiß es bereits. Dafür kennt sie mich lange genug.«

»Gut«, sagte sie schlicht, das Thema begann sie zu ermüden. Im Grunde konnte es ihr egal sein. Sie war nicht an Preston interessiert, genauso wenig wie an Wessels oder dem exotischen Sultan. Auch wenn die männliche Aufmerksamkeit ihr schmeichelte. Auf dem Papier war sie eine verheiratete Frau. Und jegliche Träumereien, die sie als junges Mädchen in Sachen Ehe gehegt hatte, waren ihr durch Weyhoff gründlich ausgetrieben worden. Mehr als alles andere auf der Welt wollte sie frei sein. »Meine Arme sind schwer wie Blei, und mein Knöchel schmerzt schon wieder. Ich würde jetzt gern zurückreiten.«

»Das wird das Beste sein«, meinte er und nickte. Zum ersten Mal an diesem Morgen waren sie einer Meinung. »Ich lasse eines unserer Pferde für Sie satteln.«

»Danke. Wenn wir uns das nächste Mal begegnen, werde ich mich bemühen, nicht wieder in Schwierigkeiten zu stecken«, erklärte sie und wandte sich zum Gehen.

Schnaubend schloss er zu ihr auf. »Wenn wir uns das nächste Mal sehen, können Sie schießen!«

KAPITEL 14

»Sie wirken verändert«, stellte Dr. Wessels fest, als Elisabeths nach-mittägliche Sprechstunde in seiner Praxis beendet war. Er lehnte in der Tür, sein Blick fiel auf Elisabeth, die in einer beigen Bluse mit Hemdkragen und einer locker sitzenden kakifarbenen Leinenhose steckte. Ein Ledergürtel hielt das Beinkleid in der Taille zusam-men. Elisabeth fühlte sich wohl in der praktischen Kleidung, doch Wessels schien aus dem Staunen nicht mehr herauszukommen. Verlegen rieb er sich den Nacken. »Ich muss zugeben, dass ich mich an Ihre neue Art, sich zu kleiden, erst gewöhnen muss.«

Elisabeth nahm seine Bemerkung mit einem Schulterzucken. Obwohl sich Wessels' Ansichten, was Frauen und Arbeit betraf, durchaus in eine fortschrittliche Richtung bewegten, hatte auch er seine Schwierigkeiten mit der Gleichstellung der Geschlechter. Und wenn es nur um praktische Kleidung ging. Sie drehte ihm den Rücken zu, um mit dem Herstellen der Cinnabaris-Tinktur weiterzumachen.

»Es erschien mir sowohl passend als auch praktisch«, sagte sie schlicht. Diesmal würde sie ihr Verhalten weder rechtferti-gen noch ausführlicher erklären.

»Praktisch schon …«, meinte er, und Elisabeth konnte die Zweifel in seiner Stimme hören. »Eine Frau in Männerkleidung macht von sich reden. Warum tun Sie sich das an?«

Elisabeth antwortete nicht gleich. Mit vor Konzentration gekräuselter Stirn wog sie ein paar Gramm vom Harz des Drachenblutbaums ab und gab sie zu der Lösung, die auf dem Brenner leise zischend vor sich hin köchelte. Schließlich legte sie den Löffel, mit dem sie das Harz untergerührt hatte, beiseite und warf Wessels einen Blick über die Schulter zu. »Ist es nicht so, dass ich von dem Augenblick an, als ich meinen Fuß auf die Insel gesetzt habe, für Aufsehen gesorgt habe? Nicht nur wegen der Tatsache, dass ich die Nichte eines Ermordeten bin und im Palast mit meinen Forderungen für einen Eklat gesorgt habe, sondern auch, weil ich als Frau Geschäfte mit den Pflanzern tätigen möchte?« Sie hielt inne und atmete durch. »Erschwerend kommt hinzu, dass ich als Ihre rechte Hand arbeite, obwohl das in der arabischen Welt ebenfalls kaum akzeptabel ist.« Seufzend nahm sie den Löffel zur Hand und wandte sich wieder dem Sud zu. »Warum sollte ich mich hinter Röcken oder einem Umhang verstecken, wenn ich mich bei dem Staub und der Hitze in Hemd und Bluse wohler fühle? Wir sind hier nicht in unserer Heimat. Im Palast tragen die Frauen auch Beinkleider, wenngleich sie sie unter langen, unpraktischen Hemden verstecken.«

»Hm … Vermutlich haben Sie recht«, stimmte Wessels zögernd zu. Elisabeth spürte, dass sein Blick auf ihr ruhte. »Wie steht es, sind Sie zufrieden mit dem Leben hier, trotz der Unwägbarkeiten?«

Langsam rührte sie in dem Sud und beobachtete, wie das Harz sich löste und die Flüssigkeit rot färbte. Ein dunkler Geruch nach Erde und schwerem Rotwein drang in ihre Nase.

»Ja, das bin ich«, sagte sie und stellte mit einer gewissen Verwunderung fest, dass es stimmte. Obwohl alles einen anderen Verlauf genommen hatte als geplant, fühlte sie sich wohl. Die Arbeit bei Wessels erfüllte sie und bildete den Boden unter ihren Füßen. Und was die Vergangenheit betraf, so breitete sich durch die räumliche Distanz langsam ein Schleier über das Erlebte. Weyhoffs Gesicht mit der spitzen Nase und dem fliehenden Kinn verblasste vor ihrem inneren Auge, ebenso wie der Klang seiner unangenehm hoch in der Kehle sitzenden Stimme. Zwar machte es nicht ungeschehen, was er ihr angetan hatte, aber die Vergangenheit rückte in die Ferne, sodass sie die Hoffnung hegte, zu heilen. Dennoch begannen bei Wessels' Frage ihre Gedanken um die alte Heimat zu kreisen. Sie hielt mit dem Rühren inne. Bislang hatte sie noch kein Brief von ihrem Bruder oder Luigina erreicht. Was mochte sich in Lübeck seit ihrer Abreise zugetragen haben? Würde Weyhoff den Kredit an den Gutshof zurückfordern, wenn offensichtlich wurde, dass sie nicht zu ihm zurückkehren würde? Und falls er das Geld zurückverlangte, würde ihr Bruder über seinen Schatten springen und das Gut vor dem Bankrott retten? Würde ihr Vater irgendwann verstehen, dass sie ihn durch ihre Flucht nicht im Stich hatte lassen wollen, und würde er ihr den Ausbruch aus dieser Ehe verzeihen? Sie bemerkte, dass sie die Stirn gerunzelt und die Zähne zusammengebissen hatte. Mit einem Seufzer legte sie den Löffel beiseite und blies die Flamme aus. Der Sud musste abkühlen.

»Ich mache mich auf den Weg. Ich bin mit Freunden im Klub der Pflanzer zu einer Runde Bridge verabredet«, erklärte Wessels und musterte sie eindringlich. »Sie sollten ebenfalls Schluss machen. Sie sehen müde aus.«

Elisabeth schluckte den Ärger hinunter, der bei der Erwähnung des Klubs in ihr aufstieg. Er war ein beliebter Treffpunkt unter den Europäern. Man traf sich nicht nur zum Kartenspiel, sondern auch, um Geschäfte abzuschließen. Natürlich hatten nur Männer Zutritt. Bemüht um einen neutralen Gesichtsausdruck, wandte Elisabeth sich an Wessels. »Keine Sorge. Sobald die Tinktur abgefüllt ist, gehe ich nach Hause und lege die Füße hoch. Ihnen wünsche ich einen angenehmen Abend im Klub.« Mit einem schmalen Lächeln verabschiedete sie sich von ihm. Als Wessels gegangen war, schritt sie zum Waschtrog hinüber. Langsam tauchte sie die Arme bis zu den Ellbogen in das kühle Wasser und benetzte dann den verschwitzten Nacken damit. Wohlig seufzte sie auf. Bei der stickigen Luft war die Abkühlung Balsam für Körper und Seele.

Ein Rumpeln an der Eingangstür der Praxis ließ sie zusammenfahren. Elisabeth blickte auf. Hastige Schritte erklangen, überlagert vom Weinen eines Babys. Es klang so verzweifelt, dass Elisabeths Brust sich zusammenschnürte. Erfüllt von Sorge, trocknete sie sich die Hände schnell an einem Tuch ab, während sie bereits in Richtung Tür eilte.

»Bitte helfen Sie ihm.« Anna stürzte ins Zimmer. Das Baby in ihrem Arm war in eine schmutzige Decke gehüllt. An Annas Hals glühten hektische Flecken. »Dem Kleinen geht es schlecht.«

»Gib ihn mir.« Elisabeth nahm das kleine Wesen an sich und musterte es mit gerunzelter Stirn. Mit zwei Fingern zog sie behutsam die Haut an dem winzigen Unterarm hoch. Die Falte blieb stehen. Ihre Bestürzung über den schlechten Allgemeinzustand des Babys verwandelte sich in Resignation. »Er ist stark dehydriert. Das heißt, er hat zu lange keine Milch oder andere Flüssigkeit bekommen«, schob sie erklärend hinterher, als sie Annas verständnislosen Blick bemerkte. »Woher hast du das Baby?«

»Ich habe es in Ngambo gefunden.« Zu ihrer Verteidigung hob Anna die Hände. »Ich weiß, dass ich dort nichts zu suchen habe, aber ich war einkaufen. Auf dem Rückweg habe ich mich verlaufen. Auf einmal stand ich mitten zwischen den Lehmhütten. Und dann, als ich wieder wusste, in welche Richtung ich zu gehen hatte, hörte ich das Kind weinen.«

Elisabeth runzelte die Stirn. »Wo ist die Mutter? Du kannst es doch nicht einfach so mitnehmen. Was hast du dir dabei gedacht?«

»Das ist es ja!« Annas Unterlippe zitterte. Ihr Blick richtete sich nach innen, während sie sprach, so als sähe sie das Geschehen wieder vor sich. »Die Mutter war tot. Sie lag leblos unter einem Gebüsch am Rand der Straße. Und niemand war da, der sich um das Kleine gekümmert hat.« Mit schreckgeweiteten Augen sah sie Elisabeth an. »Ich konnte es doch nicht einfach sterben lassen.«

»Nein, das konntest du nicht.« Elisabeth nickte. In Erwartung, ihre Diagnose bestätigt zu finden, schlug sie das Tuch über dem Leib des Babys beiseite. »Bauchwassersucht«, stellte sie mit einem Blick auf den aufgedunsenen Leib des kleinen Jungen fest. »Hier. Leg ihn auf den Tisch, damit ich ihn genauer untersuchen kann. Wir werden sehen, was wir tun können.«

»Wird er durchkommen?«, fragte Anna ängstlich.

»Ich kann es nicht versprechen.«

Kopfschüttelnd legte Elisabeth wenig später das Hörrohr beiseite. »Es sieht nicht gut aus. Bring mir abgekochtes Wasser. Wenn er trinkt, geh nach oben in Wessels' Wohnung und bitte seine Köchin um Milchpulver. Sofern der Kleine das verträgt, hat er vielleicht eine Chance.«

»Ich mache mich sofort auf den Weg«, versprach Anna. Im Gehen stieß sie beinahe mit Imani zusammen, die gerade in die Praxis trat.

»Imani, was machst du denn hier?«, sagte Elisabeth verwundert.

»Ich bringe einen eiligen Brief …«, begann Imani, unterbrach sich aber sofort, als sie das wimmernde Bündel entdeckte. »Wo kommt das Baby her?«, fragte sie mit einem seltsamen Unterton in der Stimme.

»Anna hat es gefunden.« Elisabeth nahm ein weiches, sauberes Tuch und hüllte das winzige Wesen darin ein. Dann legte sie es sich in die Armbeuge, gerade auf Höhe ihres Herzens. Mit wiegenden Schritten ging sie auf und ab, während sie Imani berichtete, was geschehen war.

»Das war unrecht«, erklärte Imani, als Elisabeth geendet hatte, und blickte das Baby an, als verkörperte es die Summe aller Fehler, die man begehen konnte. Mit gefurchter Stirn wandte sie sich an Anna, die damit beschäftigt war, das Wasser abzukochen. »Du hättest es lassen sollen, wo es war.«

»Unsinn. Wie kannst du so etwas sagen?«, brauste Elisabeth auf. Bestürzt und entrüstet zugleich funkelte sie Imani an.

Imani zuckte die Schultern. »Wenn es geblieben wäre, wo es war, wäre es inzwischen vermutlich tot.« In ihren Augen lag ein düsteres Flackern. »Was soll jetzt aus dem armen Ding werden? Es hat niemanden, der es durchfüttert.«

»Wir werden jemanden finden«, verkündete Elisabeth, ohne zu wissen, woher sie die Bestimmtheit nahm.

»Wissen Sie, wie viele hungernde Kinder es auf Unguja gibt?« Imani presste die Lippen zu einem Strich zusammen. »Niemand, dessen Taschen leer sind, kann ein weiteres Maul stopfen.«

»Dann finden wir eben jemanden, der genügend Geld hat«, erklärte Elisabeth, während sie ein sauberes Taschentuch in das abgekochte Wasser tauchte und vorsichtig zwischen zwei Fingern ausdrückte.

Imani stemmte die Hände in die Hüften und rollte argwöhnisch die Augen. »Sie wollen es bei Weißen unterbringen?«

Schweigend tupfte Elisabeth mit einem Zipfel des Taschentuchs gegen den Mund des Babys, doch es hatte sich inzwischen so in sein Jammern hineingesteigert, dass es nicht daran saugen wollte. Elisabeth spürte die Verzweiflung des Kindes mittlerweile so deutlich, als wäre es ihre eigene. Mit zusammengebissenen Zähnen kämpfte sie weiter.

Imani warf die Lippen auf. »Wie soll es später seinen Platz im Leben finden? Es wird nirgends richtig dazugehören. Nicht zu den Weißen und nicht zu den Schwarzen. Und zu den Indern oder den Arabern erst recht nicht …«

Mit Nachdruck presste Elisabeth das Tuch zwischen die Lippen des Babys. Es röchelte und schnaubte aus tiefster Brust, aber dann erstarb das Weinen.

»Es wäre daher barmherziger gewesen, es sterben zu lassen,« beendete Imani ihre Rede.

Entsetztes Schweigen erfüllte den Raum.

In die Stille hinein erklangen leise, schmatzende Geräusche. In stummer Übereinkunft, die Imani ausschloss, tauschten Elisabeth und Anna Blicke.

»Wir werden eine Lösung finden, die dem Kind gerecht wird«, erklärte Elisabeth fest. »Bis dahin kümmern wir uns um es.«

»Ich möchte das tun.« Annas Blick wurde eindringlich. Auf einmal kam sie Elisabeth viel erwachsener vor. »Geht das?«

»Das ist eine sehr gute Idee«, sagte Elisabeth mit einem übereinkommenden Nicken.

»Wie Sie meinen.« Imanis Gesicht verschloss sich. »Ich habe nur gesagt, was gesagt werden musste. Hier, der Brief für Sie. Ein Palastdiener brachte ihn ins Kontor. Der Sultan bittet Sie, umgehend zu antworten. Ich warte draußen.« Mit einem Ruck drehte sie sich um und verließ den Raum.

Kopfschüttelnd blickte Elisabeth ihr nach. Mit dem ungeöffneten Brief in der Hand reichte sie das Baby an Anna weiter. »Vorsichtig mit dem Köpfchen … so ist es gut. Nimm den Kleinen mit nach oben. Die Köchin soll dir zeigen, wie man ein Fläschchen zubereitet. Ich sehe später nach euch.«

Nachdem Anna das Arbeitszimmer verlassen hatte, setzte sich Elisabeth an den Tisch und öffnete den Brief des Sultans. Er enthielt eine Einladung für die morgige Soirée. Versunken starrte Elisabeth auf die Zeilen. Dann gab sie sich einen Ruck und atmete aus, bevor sie zu Federhalter und Papier griff, um eine Antwort zu verfassen.

Kapitel 15

Der Empfang, zu dem Chalid bin Said geladen hatte, fand außerhalb der Steinernen Stadt in Bet il Mtoni statt, dem ältesten Palast des Sultans. Bet il Mtoni lag dicht am Meer, umgeben von Mangobäumen und Kokospalmen. Zwischen dem Haupthaus und dem Strand befanden sich großzügig gestaltete Badebereiche, durch die ein Fluss strömte, daran angrenzend erstreckten sich zauberhafte Gartenanlagen. Einen dieser Gärten hatte der Sultan für die Nacht in einen Traum aus Tausendundeiner Nacht verwandeln lassen. Zwischen den gewaltigen Kirschbäumen und in den Ästen der Orangenbäume, deren süßlicher Duft sich mit dem salzigen Geruch des Ozeans verband, schimmerten Laternen aus buntem Seidenstoff. Flackernd beschien ihr Licht die langen Tische, auf denen sich alle nur denkbaren Köstlichkeiten reihten. Angefangen von nach Pfefferminz duftendem Lamm, Kichererbsen, Couscous, Linsen und Fleischspeisen über Orangenmilchreis, Datteln und Baklava bis hin zu raffiniert geschnitzten Mangos, Ananas und Papayas. Bis vor wenigen Wochen hätte Elisabeth noch nicht einmal erahnt, welch eine reiche Palette an sinnlichen Gelüsten die arabische Küche bot. Inzwischen war ihr Gaumen so verwöhnt von den herrlichen Geschmacksnoten, dass ihr bereits beim Gedanken an Essen das Wasser im Mund zusammenlief.

Die Gäste, überwiegend indisch und arabisch, lustwandelten zwischen den Bäumen. Der Strom der Menschen, die kamen und gingen, schien nicht abreißen zu wollen. Trotz Wessels' Gegenwart fühlte Elisabeth sich innerhalb der Palastmauern äußerst befangen. Da sie die komplizierten Gebräuche und Sitten des Hofes noch immer nicht durchschaute und nirgends anecken wollte, hielt sie sich betont zurück, anstatt frei und ungezwungen auf die anderen Gäste zuzugehen. Selten hatte sie sich so unwissend gefühlt.

»Möchten Sie kosten?« Wessels durchbrach ihre Gedanken und reichte ihr ein Glas mit einer halb gefrorenen Masse. »Das ist Sherbet aus Rosenblüten. Das Rezept ist eines der bestgehüteten Geheimnisse des Palastes.«

Überrascht zog Elisabeth eine Augenbraue in die Höhe. Dass sie mitten in den Tropen Gefrorenes vorgesetzt bekäme, hätte sie nicht vermutet.

»Der Sultan besitzt eine Eismaschine«, schob Wessels hinterher, als er ihren verdutzten Gesichtsausdruck bemerkte. Er griff ebenfalls zu einem der fein geschliffenen Gläser. »Übrigens Chapeau, dass Sie die Einladung angenommen haben. Ich kann mir vorstellen, dass es Sie einige Überwindung gekostet hat, in den Palast zurückzukehren. Eine sehr diplomatische Entscheidung. Es wäre zudem unangemessen gewesen, abzulehnen.«

Elisabeth blickte von ihrem köstlichen Sherbet auf. Wessels' Bemerkung amüsierte sie. »Unangemessen gegenüber Ihnen oder dem Sultan?«

Wessels lachte hell auf. »Ich vermute, für uns beide. Sehen Sie mal, wer da kommt!«

Langsam wandte sie sich um. Jacob Preston schritt durch die Menge auf sie zu, groß, bestimmt, selbstsicher und seltsam vertraut. Instinktiv richtete sie sich auf.

»Hallo, Liz.« Mit einem geradezu unverschämt breiten Grinsen trat Jacob ihr entgegen. »Ich stelle fest, dass sich Ihr Kleidungsstil zu Ihrem Vorteil verändert hat. Das Kleid steht Ihnen besser als die Prinzessinnengewänder. Sie wirken viel mehr wie Sie selbst.« Er ließ einen anerkennenden Blick über ihre schmalen Hüften und die festen Brüste in dem türkisfarbenen viktorianischen Kleid schweifen.

»Wie schön, dass Sie meine wahre Persönlichkeit mit nur einem Blick erkennen«, erklärte Elisabeth und lächelte sarkastisch. »Ein seltenes Talent, welches nur wenigen Männern gegeben ist.«

Ein Schatten huschte über Jacobs Gesicht und verflüchtigte sich wieder. Betont interesselos ließ er den Blick über die Köpfe der Anwesenden schweifen. »Haben Sie Ashok gesehen? Ich suche ihn.«

»Es tut mir sehr leid, aber nein«, erklärte Elisabeth äußerst charmant. Mit einem vielsagenden Lächeln deutete sie auf einen Platz unter den Bäumen. »Doch falls Sie die Prinzessin suchen, sie sitzt dort drüben mit ihren Hofdamen zu Tisch. Bestimmt wäre sie entzückt, wenn Sie ihr Ihre Aufwartung machen.«

Verständnislos starrte er sie an. Auch Wessels' Blick ruhte fragend auf ihr.

»In aller Öffentlichkeit, natürlich«, setzte sie hinterhältig hinzu.

»Äh, ja … später vielleicht«, murmelte Jacob und verlagerte das Gewicht von einem Fuß auf den anderen. »Was machen die Schießübungen? Wie viele unfreiwillige Opfer gibt es in der Zwischenzeit zu beklagen?« Ein zynisches Leuchten trat in seine Augen.

»Abgesehen von der Zielscheibe, kein einziges«, erklärte Elisabeth trocken.

Jacob öffnete den Mund zur Antwort, doch was immer er sagen wollte, ging in lautem Trommelwirbel unter. Einer der

Obereunuchen trat in die Mitte der Bäume. Unter großem Tamtam kündigte er einen der Höhepunkte des Abends an, eine gesangliche Einlage von Sejjide Farida.

»Kommen Sie«, sagte Wessels und schob sie beide etwas näher an die Freifläche heran, auf der unter Applaus Farida erschien. »Die Prinzessin hat eine wunderbare Stimme. Das sollten wir uns nicht entgehen lassen.«

»Hmpf«, knurrte Jacob undeutlich, bevor er sich Wessels fügte.

»Ich bin aufs Äußerste gespannt«, bemerkte Elisabeth und positionierte sich so, dass sie sowohl Farida als auch Jacob mühelos im Blick hatte.

Die Prinzessin war prachtvoll gekleidet. An Armen und Beinen trug sie goldene Ringe, auch das farbenfrohe Gewand war golddurchwirkt. Ihre mit Kajal umrandeten Augen leuchteten glutvoll im Schein der Fackeln. Als die Musik einsetzte, bewegte sich Farida anmutig zu den Klängen der Flöten und Trommeln. Wehklagend und gefühlvoll schwebte ihr Gesang in den dunklen Nachthimmel.

»Wie gefällt es Ihnen?«, erkundigte sich Elisabeth bei Jacob.

»Ganz ehrlich?« Er beugte sich zu Elisabeth hinunter, sodass sein Atem ihren Scheitel streifte. »Ich habe bessere Sängerinnen gehört.«

»Ah ja?«, erwiderte Elisabeth, verärgert darüber, dass Jacobs Nähe ihr Herz ein wenig schneller schlagen ließ. Entsprechend brüsk fiel ihre Antwort aus. »Und wo war das? In Schottland?«

Jacobs Gesicht verfinsterte sich ein wenig. Schulterzuckend richtete Elisabeth ihre Aufmerksamkeit wieder auf Farida. Mit einem Mal stutzte sie. Auffällig oft glitt Faridas Blick in Jacobs Richtung, um dort einen entscheidenden Moment länger zu verharren, als unverfänglich gewesen wäre, nur um ihm einen Wimpernschlag später die kalte Schulter zu zeigen. Hinter vorgehaltener Hand lachte Elisabeth auf, schwankend zwischen Bewunderung für Faridas gekonntes Kalkül und ehrlicher Bestürzung. Farida besaß ein erstaunliches Talent, die Ratschläge, die Elisabeth ihr in puncto Männer gegeben hatte, in die Tat umzusetzen. Wie wohl Jacob darauf reagierte? Fand er Gefallen an Faridas Tändelei, die für Elisabeths Geschmack fast ein wenig zu plump wirkte? Wie aus dem Nichts tauchte der Moment vor ihrem geistigen Auge auf, als er ihre Haltung beim Schießen korrigiert und seine Hand auf ihrer Schulter geruht hatte. Unerklärlicherweise lief ihr bei der Erinnerung ein Schauer über den Rücken. Elisabeth schluckte. Mit einem seltsam flauen Gefühl im Magen drehte sie sich zu ihm um.

Jacob starrte mit einem verwunderten, leicht debilen Gesichtsausdruck in Richtung der Prinzessin, augenscheinlich frappiert von Faridas Verhalten.

Unter ausgiebigem Beifall endete die Vorstellung. Das Publikum zerstreute sich zwischen den Mangobäumen und dem leise vor sich hin plätschernden Wasserlauf. Wessels ließ einen erwartungsvollen Blick von Elisabeth zu Jakob schweifen.

»Ich hatte nicht zu viel versprochen, oder? Sie hat ausgesprochen Talent. Schade, dass sie sich so selten der Öffentlichkeit zeigt.«

»Nun, ich nehme an, der Sultan sieht solche Auftritte nicht gern. Immerhin ist Farida seine jüngere Schwester«, gab Elisabeth zu bedenken.

»Farida hat einen recht eigenen Kopf. Sie lässt sich von niemandem etwas sagen, nicht einmal von ihrem Bruder.« Aus Wessels' Mund klang die Bemerkung wie ein Kompliment.

»Hm«, machte Elisabeth und schielte zu Jacob hinüber. »Scheint, als wäre die Prinzessin eine sehr reizvolle Herausforderung für einen Mann. Was sagen Sie dazu, Jacob?«

Preston schnaubte. »Klingt eher nach Ärger als nach Herausforderung.«

177

»Verstehe.« Elisabeth tippte sich mit dem Finger gegen die Lippe. »Sie bevorzugen also eine sanftmütige, hingebungsvolle Frau.«

»Habe ich das gesagt?« Mit zusammengebissenen Zähnen schielte Jacob zu ihr herüber. »Abgesehen davon habe ich nicht vor, mir eine Frau zu suchen und mich zu verlieben.«

»Ach? So etwas können Sie planen?« Elisabeth sah ihn mit Unschuldsmiene an.

Jacobs Kiefer verspannten sich noch mehr. Elisabeth konnte sehen, wie eine Ader an seiner Schläfe pochte. Unvermittelt gab er sich einen Ruck. »Wenn Sie mich bitte entschuldigen. Ich bin immer noch auf der Suche nach Ashok. Dr. Wessels, Liz … Man sieht sich.« Eine Verbeugung andeutend, verschwand er zwischen den Bäumen.

»Habe ich richtig gehört?«, erkundigte sich Wessels mit gerunzelter Stirn. »Er nennt Sie Liz? Wie kommt das?«

Elisabeth kniff die Lippen zusammen und fixierte die Richtung, in die Jacob verschwunden war. »Er ist ein sturer Schotte«, erklärte sie und raffte mit finsterer Entschlossenheit ihr Kleid. »Ich habe Durst. Lassen Sie uns etwas trinken gehen.«

Enttäuschend ereignislos schleppte sich der Abend in der Folge dahin. Der Sultan, dessen beeindruckende Präsenz Elisabeth nach wie vor mit einer Mischung aus Faszination und Vorbehalten erfüllte, war umringt von Männern in langen, farbenprächtigen Gewändern. Bis auf eine kurze Begrüßung hatte sich für sie keine Gelegenheit ergeben, mit ihm zu sprechen. Zudem hatte Elisabeth jegliche Hoffnung aufgegeben, bei dieser Gelegenheit Kontakte zu Händlern oder Pflanzern knüpfen zu können. Abgesehen von Wessels, Jacob und ihr waren keine Europäer zugegen, und die arabischen Plantagenbesitzer mieden geradezu auffällig ihre Nähe. Wenn Wessels nicht gewesen wäre, hätte sie den Abend allein unter einem Baum stehend verbracht, abgesehen von der halben Stunde, in der sie sich mit Farida unterhalten hatte. Dabei hatte sich die Prinzessin wenig für Elisabeths Befinden interessiert, sondern überwiegend dafür, wie ihr Auftritt beim Publikum – namentlich bei Jacob – angekommen war. Was Jacob selbst betraf, so hatte sich dieser nicht mehr zu einer Unterhaltung mit Elisabeth herabgelassen. Zusammen mit Ashok und einigen Indern stand er unter einem Baum, an dessen Ästen beeindruckend große, stachelige Durianfrüchte und bunte Laternen hingen, und unterhielt sich angeregt. Elisabeth bedachte ihn mit einem unleidlichen Blick. Zumindest hätte er sich danach erkundigen können, wie es ihr inzwischen ergangen war.

Allmählich hatte sie genug davon, sich nach außen hin gut gelaunt zu geben. Ihre Gesichtsmuskeln schmerzten davon, andauernd gezwungen zu lächeln. Ein Gähnen mühsam unterdrückend, drehte sie sich zu Wessels um.

»Würde man es mir übel nehmen, wenn ich mich verabschiede? Ich möchte Anna und das Baby nicht länger sich selbst überlassen.«

Wessels zückte seine Taschenuhr. Dann richtete er den Blick beruhigend auf Elisabeth. »Gehen Sie nur. Wie macht sich das Kind?«

»Ganz gut so weit.« Elisabeth verschränkte die Arme und trommelte nachdenklich mit den Fingern. »Ich war erleichtert, als Sie meine Vermutung bestätigt haben, dass es an massiver Unterernährung litt, aber sonst wohlauf war.«

»Keine Anzeichen von Malaria, Typhus, Cholera oder Schwindsucht.« Wessels nickte und ließ die Uhr zurück in die Tasche seiner Weste gleiten. »Ich denke, es kommt durch.«

Zögernd biss sich Elisabeth auf die Lippe. Obwohl die Frage sie bereits eine Weile belastete, fiel es ihr schwer, sie zu äußern. Schließlich straffte sie die Schultern und sah Wessels fest in die Augen.

»Imani meint, es wäre ein Fehler gewesen, es zu retten. Sie glaubt, dass es später keinen richtigen Platz im Leben finden wird. Sehen Sie das auch so?«

Wessels blickte sie an und öffnete den Mund, aber es kamen keine Worte heraus. Schließlich fuhr er sich mit der Hand durch das lichter werdende Haar. »Vom menschlichen Aspekt betrachtet, gab es keine Wahl. Anna hat völlig richtig gehandelt …« Er unterbrach sich und seufzte. »Was die Zukunft des Kindes betrifft, sehe ich tatsächlich größere Probleme auf Sie zukommen.«

»Und warum?« Elisabeth stemmte die Hände in die Hüften. »Solange ich hier bin, kann der Kleine bei mir leben und …«

»Eben«, unterbrach Wessels sie. »Wie Sie ganz richtig gesagt haben, im Moment sind Sie hier. Allerdings wissen Sie selbst nicht, was aus Ihrer Zukunft wird. Davon abgesehen …« Er schenkte ihr einen langen Blick. »Sie sind eine junge, äußerst hübsche, alleinstehende Frau. Ihnen stehen alle Möglichkeiten offen. Warum wollen Sie sich mit einem Kind belasten?«

»Machen Sie sich darüber keine Gedanken«, erklärte Elisabeth verärgert. Sie hatte durchaus die Fähigkeit, zwischen den Zeilen zu lesen, und ahnte, worauf Wessels anspielte. »Ich habe nicht vor, eine Beziehung zu einem Mann einzugehen. Im Gegenteil, ich genieße meine Freiheit.«

Wessels' Blick drückte aus, dass er ihre Antwort nicht für bare Münze nahm. »Das sagen Sie jetzt«, meinte er und zündete sich eine Zigarette an. »In einigen Jahren empfinden Sie anders, glauben Sie mir. Und selbst wenn nicht, wie wollen Sie dafür sorgen, dass das Kind so aufwächst, wie es ihm gerecht wird?«

»Ich kann ihm alle Annehmlichkeiten bieten«, behauptete Elisabeth stur.

»Ach ja? Auch Freunde, mit dem es spielen kann?« Die Zigarettenspitze glühte hell im Dämmerlicht auf. »Wer soll das sein? Kinder von europäischen Pflanzern? Oder Kinder von

Schwarzen? Glauben Sie mir, meine Liebe, im Bemühen, Gutes zu tun, färben Sie sich Ihre Realität rosarot. Das Kind wird keine Spielkameraden finden. Auf Unguja bleibt man innerhalb der Grenzen, in die man hineingeboren wurde.«

Elisabeth kniff die Augen zusammen und blickte unwillkürlich zu Jacob hinüber. Mit dem Kinn nickte sie in seine Richtung. »Was ist mit Mr Preston? Auf ihn trifft Ihre Theorie nicht zu. Er lässt sich in keine Schablone pressen.«

Wessels verzog amüsiert die Mundwinkel. »In der Tat. In dieser Hinsicht haben Sie beide etwas gemeinsam.«

Zornig funkelte Elisabeth ihn an. Der Vergleich mit Jacob war hochgradig lächerlich. Es gab keine zwei Menschen, die unterschiedlicher hätten sein können. Viel zu aufgebracht, um eine treffsichere Antwort zu finden, schwieg Elisabeth vor sich hin.

»Na so etwas.« Wessels reckte den Hals und blickte an ihrer Schulter vorbei. »Da kommt Gramberg. So spät hatte ich mit ihm nicht mehr gerechnet.«

Elisabeths Laune erhellte sich schlagartig. Vielleicht musste sie den Abend doch noch nicht verloren geben, was ihre geschäftlichen Interessen betraf. Gramberg, in ein weißes Jackett und passende Hose gekleidet, mit breitkrempigem Hut und dem Äffchen auf der Schulter, schritt soeben an dem Durianbaum vorbei, unter dem Jacob stand. Als sich ihre Blicke kreuzten, nickte er knapp, machte sich jedoch nicht die Mühe, stehen zu bleiben. Und Jacob? Gespannt beobachtete Elisabeth, wie er reagieren würde.

Einen Moment verharrte Jacob regungslos, den Blick auf Gramberg gerichtet. Dann drehte er den Kopf zur Seite und nahm sein Gespräch wieder auf, als wäre nichts gewesen. Als Elisabeth jedoch kurz darauf erneut zu ihm hinübersah, waren er und Ashok verschwunden. Elisabeth reckte den Hals, konnte ihn im dämmrigen Zwielicht aber nirgends entdecken. Hatte er das Fest verlassen? Gingen sich Jacob und Gramberg betont aus dem Weg? Sie hatte keine Zeit, weiter darüber nachzudenken, denn Gramberg kam mit einem breiten Lächeln auf sie zu. Er schien aufrichtig erfreut, sie zu sehen.

»Guten Abend, Dr. Wessels.« Er zog den Hut, die Aufmerksamkeit bereits auf Elisabeth gerichtet. »Fräulein von Baahren! Sie sehen bezaubernd aus.« Wie schon bei ihrer letzten Begegnung gab er ihr einen Handkuss. Sein Atem hinterließ einen warmen Hauch auf ihrer Haut. Nachdem Jacob ihr so offensichtlich aus dem Weg ging, tat Grambergs Galanterie ihr gut.

»Guten Abend, Gramberg. Entschuldigen Sie meine Unhöflichkeit, aber dürfte ich Fräulein von Baahren wohl für den Moment Ihrer Gesellschaft überlassen?« Plötzlich unruhig, schweifte Wessels' Blick zum Haupthaus. »Ich muss dringend die Waschgelegenheiten aufsuchen.«

»Ich werde mich bestens um Fräulein von Baahren kümmern«, erwiderte Gramberg mit seiner rauchigen Stimme. »Wie gefällt Ihnen das Fest?«, erkundigte er sich bei ihr, nachdem Wessels zwischen den anderen Gästen verschwunden war, und lächelte zuvorkommend.

»Es ist ein bezaubernder Abend, wenngleich ich zugeben muss, dass ich mich unter all den anderen Gästen ein wenig verloren fühle«, erwiderte Elisabeth und biss sich verlegen auf die Lippe. Gleich nachdem sie es ausgesprochen hatte, ärgerte sie sich darüber, einem Fremden Einblick in ihre Gefühle gegeben zu haben.

Gramberg wirkte überrascht. Der Blick aus seinen hellen Augen ruhte eindringlich auf ihr. »Sie sollten sich in keiner Sekunde Ihres Lebens einsam fühlen müssen.« Langsam schüttelte er den Kopf. »Es ist mir unerklärlich, dass eine so schöne Frau wie Sie nicht längst verheiratet ist.«

Elisabeth spürte, wie ihr die Hitze in die Wangen schoss. Sie hoffte, er würde es im Schutz der Dämmerung nicht bemerken. Ihr Herz stolperte ein paar Schläge, während sie sich der gewohnten Notlüge bediente. »Es hat sich einfach nicht ergeben. Womöglich bin ich nicht für die Ehe geschaffen.« Sie lächelte verbindlich, in der Hoffnung, es dabei bewenden lassen zu können.

Gramberg lachte kurz und rauchig. »Für die Ehe bin ich auch nicht geschaffen. Aber ich muss zugeben, dass die Vorstellung, vor den Altar zu treten, ihren Reiz hat. An meiner Seite eine wunderschöne Frau, gekleidet in reinstem Weiß, die den leidenschaftlichen Drang verspürt, sich mir hinzugeben, und das Ganze mit einem Hauch von Ewigkeit zu besiegeln …« Seine Augen ruhten auf Elisabeth, doch es schien, als sähe er nicht sie, sondern etwas, das tief in seiner Fantasie verborgen lag. Gleich darauf wurde sein Blick wieder klar. »Natürlich hat das wenig mit der Realität zu tun, die auf Dauer in einer ehelichen Verbindung herrscht. Tja … Ich hoffe, ich habe Sie mit meinen Innensichten nicht verstört.«

»Aber nein«, erwiderte Elisabeth leichthin und überspielte damit das Gefühl von Beklemmung, das sich in ihr breitgemacht hatte.

Gramberg hob die Hand und kraulte das Äffchen am Kinn. »Sprechen wir über unverfänglichere Dinge. Haben Sie immer noch Interesse an einem Handel?«

»Allerdings.« Elisabeth fühlte, wie ihr Puls sich beschleunigte. Dass Gramberg von selbst darauf zu sprechen kam, schien ihr ein gutes Zeichen.

»Das dachte ich.« Er musterte sie. »Bis jetzt ist nichts entschieden.«

»Unter welchen Umständen würden Sie in Erwägung ziehen, an mich zu verkaufen?« Elisabeth gab sich alle Mühe, gelassen zu wirken, obwohl das Prickeln auf ihrer Haut immer stärker wurde.

Grambergs Miene blieb ausdruckslos. »Was wären Sie bereit zu bieten?«, fragte er, als das Schweigen allmählich unbehaglich wurde.

Elisabeths Herz hämmerte gegen ihren Brustkorb. Sie beschloss, ihre höchste Karte zu spielen. »Nehmen Sie das beste Angebot, das Sie bekommen. Ich überbiete es um zehn Prozent.«

Grambergs Mundwinkel zuckte. »Ich bin beeindruckt. Das nenne ich entschlossen. Andererseits ...« Er drehte den Kopf zur Seite, sein Blick glitt über die feiernden Gäste. »... woher weiß ich, dass Sie in der Lage sind, den Preis zu zahlen?«

Für einen Moment entglitt Elisabeth die souveräne Haltung. Die Frage erwischte sie eiskalt, darauf war sie nicht vorbereitet. Instinktiv versuchte sie, ihre Ratlosigkeit hinter einem souveränen Lächeln zu verbergen.

Zum Glück schien Gramberg just in diesem Moment abgelenkt. Die Aufmerksamkeit auf eine vorbeischreitende Gruppe von Arabern gerichtet, zog er grüßend den Hut.

»Ich mache Ihnen einen Vorschlag«, meinte er, den Blick immer noch auf die Männer in den langen weißen Hemden gerichtet. »Besuchen Sie mich bei nächster Gelegenheit auf meiner Plantage. Dann sehen wir weiter. Heute Abend möchte ich die schönen Dinge des Lebens genießen. Gutes Essen, guten Wein, gute Gespräche und den Anblick schöner Frauen natürlich.« Sein Blick glitt umher, um schließlich an einer Inderin mit dichtem schwarzem Haar und einem geheimnisvollen Lächeln hängen zu bleiben. Ruckartig riss er sich von dem Anblick los und fixierte Elisabeth durchdringend. »Skandalös, nicht wahr?«

Wortlos zuckte sie die Schultern.

Gramberg lachte kehlig. »Ich verstöre Sie ja doch. Das tut mir leid. Nehmen Sie mich nicht ernst. Ich bin ein Mensch, der ohne Reue genießt.« Er beugte sich kaum merklich näher zu ihr. »Vielleicht wäre meine Seele weniger schwarz, wenn mir die richtige Frau begegnet wäre.«

»Nun, was nicht ist, kann ja noch werden«, erwiderte Elisabeth betont unbekümmert, um dem Moment die Schwere zu nehmen.

Sein ursprüngliches galantes Lächeln kehrte zurück. »Wer weiß? Manchmal geschehen die merkwürdigsten Dinge. Wenn Sie mich jetzt entschuldigen …«

»Sicher.« Elisabeth räusperte sich.

»Ich sehe Ihrem Besuch mit Freude entgegen«, erklärte Gramberg mit einem charmanten Lächeln und lüftete den Hut. Dann verschwand er in der Dämmerung.

Verwirrt und mit unruhig klopfendem Herzen blickte Elisabeth ihm nach. Sie war sich nicht sicher, ob sie nach dem Gespräch mit Gramberg besorgt oder erleichtert sein sollte. Die Zukunft würde es wohl weisen.

Kapitel 16

Die Wochen vergingen, es wurde August. Mittlerweile waren die ersten Briefe aus der alten Heimat eingetroffen. Elisabeths Bruder Otto reagierte verständnisvoll auf ihre Mitteilung, dass mit der Verschiffung der Gewürznelken nicht vor Dezember zu rechnen sei, ermahnte sie jedoch, es zu keinen weiteren Verzögerungen kommen zu lassen. Mehr schrieb er nicht, seine Zeilen waren knapp und in einem sehr geschäftsmäßigen Ton gehalten. Beim Lesen war ihr mehrfach ein genervtes Brummeln entschlüpft. Immerhin bemühte sie sich redlich. Ihr Bruder machte sich keine Vorstellung, wie kompliziert die Lage war.

Luiginas Worte in deren Schreiben hingegen nahmen sie jedes Mal aufs Neue schwer mit. Manchmal sagte sie sich, dass es ihre Pflicht gewesen wäre, an Weyhoffs Seite auszuharren und auch zu Carls Übergriffen zu schweigen. Dann wieder spürte sie mit aller Deutlichkeit, dass sie es keinen Tag länger ausgehalten hätte, ohne daran zugrunde zu gehen. Die Ausweglosigkeit ihres inneren Dilemmas setzte ihr so stark zu, dass sie sogar angefangen hatte, an Gewicht zu verlieren.

Die einzige Möglichkeit, nicht ständig mit sich selbst zu hadern, bestand für sie darin, sich eine gewisse Routine zu geben, eine Struktur, die sie über den Tag rettete und ihr dadurch kaum Zeit zum Grübeln ließ. Angetrieben von ihrer inneren Unruhe, nutzte sie die kühlen Morgenstunden, um Patientenakten zu pflegen und Tinkturen in Wessels' Praxis anzurühren. Die Mittagsstunden verbrachte sie meist lesend im Bett, dafür blieb sie in den Nächten lange wach und vertiefte sich mit immer stärker werdendem Interesse in die Geschäftsbücher ihres Onkels. Wenn sie in den Spiegel sah, blickte ihr ein stärkeres Selbst entgegen; auch ihr Äußeres hatte, abgesehen von den fehlenden Pfunden, eine Wandlung vollzogen. Die porzellanfarbene Blässe ihrer Haut war verschwunden, dafür zeigte sich unter all den Sommersprossen ein leichter Braunton, obgleich sie stets versuchte, ihre empfindliche Haut durch einen Tropenhelm zu schützen, wie es sie in diesen Breiten zu kaufen gab. Sogar ihre Haarfarbe hatte sich durch die intensive Einwirkung der Sonne verändert, von ehemals Feuerrot zu einem hellen Kupferton. Durch die Ritte über die Insel an Wessels' Seite war ihr Körper ausdauernder und sehniger geworden. Das Schießen hatte sie erlernt, und so war sie seit einigen Tagen ohne Wessels zu Geburten oder Nachsorgen unterwegs, meist in Begleitung Annas. Den Besuch auf Grambergs Plantage schob sie noch immer vor sich her, ohne eine rechte Begründung dafür zu finden. Sie beruhigte sich damit, dass es bis zur Ernte im November noch lange hin sei.

Auch an diesem Morgen war sie wie gerädert aus einem unruhigen Schlaf erwacht. Beinahe schon gewohnheitsmäßig griff sie neben sich und nahm den obersten Brief von dem Stapel auf ihrem Nachtkästchen. Er stammte von Luigina und duftete zart nach Lavendel. Durch den Schlafmangel fühlten sich Elisabeths Lider rau an, als hätte sie Sand in den Augen. Sie blinzelte, um wieder klar zu sehen, und las:

> *Liebste Schwägerin,*
> *es scheint mir endlos lange, dass wir uns zum letzten Mal gesehen haben. Dennoch vergeht kein*

187

Tag, an dem ich nicht mit dem Herzen bei dir bin und für dein Wohlergehen bete. Deine Zeilen wecken Fernweh in mir. Zu gern würde ich jetzt gemeinsam mit dir an dieser fernen Küste stehen oder in den Gärten des Palastes lustwandeln. Wie viel Spaß wir doch immer gemeinsam hatten!

Doch nun zu den ernsten Dingen. Wie entsetzt ich war, als ich von Dieckmans Ermordung erfuhr! Per tutti santi, dass man dich in den Harem verschleppt hat, klingt unerhört. Hai fatto bene, dass du dem Sultan entflohen bist, brava!

Meine Hand weigert sich an dieser Stelle fast, die Feder zu führen. Gern würde ich dir die schlechten Nachrichten ersparen, aber ich fühle mich der Wahrheit zu sehr verpflichtet, um zu schweigen. Wie du dir vorstellen kannst, hat Weyhoff vor Wut getobt, als ihm klar wurde, dass du ihn verlassen hast. Ich hatte noch nie eine hohe Meinung von ihm, aber dass er Gerüchte über dich verbreitet, die dir die Schuld am Scheitern der Ehe geben und ihn als Opfer darstellen, ist unerhört! Es ist sehr unschön, was er über dich verlauten lässt. Noch schlimmer ist, dass man dem Schmutz, den er in ganz Lübeck verbreitet, Glauben schenkt. Angeblich hättest du ihm den ehelichen Beischlaf verweigert. Die Ehe sei nie vollzogen worden. Stattdessen hättest du wiederholt versucht, deinen Stiefsohn zu verführen. Als dieser sich in seiner Not an seinen Vater gewandt habe, seist du bei Nacht und Nebel außer Landes geflohen, obwohl Weyhoff in seiner angeblichen Großherzigkeit bereit gewesen wäre, dir zu vergeben. Natürlich unter der Voraussetzung, dass

du dein Fehlverhalten bereust. Porca misera, was
für ein Schuft!

Meine Liebe, ich mute dir mit meinen
Worten einiges zu, aber du solltest zudem wissen,
dass der Rufmord deinen Vater in eine noch tie-
fere Depression gestürzt hat. Seit dem Tod deiner
Mutter scheint es mit ihm nur noch bergab zu
gehen.

An dieser Stelle hielt Elisabeth mit dem Lesen inne. Ihre Kehle
wurde eng und brannte. Erneut holte sie das schlechte Gewissen
ein. Würde ihr Vater je verstehen, dass sie nicht anders hatte
handeln können? Bislang waren ihre Briefe an ihn unbeantwortet geblieben. Sie wischte sich mit dem Handrücken eine Träne
aus dem Augenwinkel und las weiter.

Antonia macht ihm mit ihren hysterischen
Anfällen das Leben zusätzlich schwer. Aufgrund
des Debakels mit Weyhoff sieht sie sich als dei-
ne jüngere Schwester ihrer Zukunft beraubt und
wagt sich nicht mehr in die Stadt. Sie fürchtet,
als alte Jungfer zu enden, zumal sie aufgrund
der wirtschaftlichen Schwierigkeiten, in denen
das Gut steckt, nicht mit einer Mitgift rechnen
kann. Bei meinem letzten Besuch auf dem Gut
ist sie auch mir gegenüber aufsässig geworden.
Madonna, als sie dann auch noch den Tag ver-
fluchte, an dem du geboren wurdest, war ich
kurz davor, ihr den Mund mit Seife auszuwa-
schen, so wie es meine Mutter mit mir getan hat,
wenn ich als Kind frech wurde.

Gesù, Maria e Giuseppe, ich weiß nicht,
wohin es mit Antonia noch führen soll! Ich hoffe

inständig, dass sich ihre Unvernunft mit zuneh-
mender Reife legt. Dennoch solltest du ihr nicht
zürnen. Deine Mutter hätte nicht gewollt, dass
es unter euch Geschwistern zum Bruch kommt.

Von Otto soll ich dich fragen, ob du bezüg-
lich der Nelken bereits etwas erreichen konntest.
Er versteht, dass sich deine Lage durch den Tod
Dieckmans verschlechtert hat, dennoch drängt er
darauf, dass es zu keinen größeren Verzögerungen
kommt.

Liebste Elisabeth, für heute beende ich mei-
ne Ausführungen. Gedanklich schließe ich dich
fest in die Arme, saluti e baci, alla prossima
la tua
Luigina

Elisabeth ließ den Kopf zurück in die Kissen sinken und starrte an die Decke. Ihr Brustkorb hob und senkte sich schwer. Plötzlich hatte sie den Eindruck, keine Luft mehr zu bekommen. Ihre Hände zitterten, der kalte Schweiß stand ihr auf der Stirn. Noch während sie überlegte, was mit ihr los war, fingen die Wände um sie herum an, sich zu drehen. Sie schloss die Augen und stürzte zurück in eine Erinnerung, die sie glaubte, in den tiefsten Winkel ihrer Seele verbannt zu haben. Doch vor ihrem inneren Auge wurde alles wieder lebendig.
Es war ein ungewöhnlich schwüler Samstagnachmittag im Juli. Weyhoff war mit Freunden zu einem Geschäftsessen in der Stadt verabredet. Elisabeth war zu Hause geblieben, mit Carl, ihrem zwanzigjährigen Stiefsohn, und wollte die Zeit nutzen, um Hedwig Dohms Essay »Der Frauen Natur und Recht« zu studieren. Sätze wie »Es gibt keine Freiheit der Männer, wenn es nicht eine Freiheit der Frauen gibt« oder »Die Menschenrechte haben kein Geschlecht« hatten sich tief in ihr Gedächtnis eingegraben

und schienen direkt aus einem Winkel ihres Verstandes zu ihr zu sprechen, ja, sie regelrecht zu rufen und zum Handeln aufzufordern. In den Text vertieft, lag sie auf ihrem Diwan und genoss es, ungestört zu sein. Aufgrund der ungewöhnlichen Hitze des Sommers war sie mit nichts weiter bekleidet als einem Mieder und knielangen Leinenunterhosen, die nur leidlich bequeme, aber nun einmal ziemliche Unterwäsche für eine Frau ihres Standes. Ihr Haar, das sie auf Weyhoffs Wunsch stets ordentlich aufgesteckt trug, fiel locker über ihre Schultern.

Als Carl plötzlich und ohne anzuklopfen in ihr Boudoir stürmte, ließ sie vor Schreck das Buch fallen, bereits erahnend, dass sich etwas Ungutes anbahnte.

Carls Gesicht war bleich. Er hielt ihr die ausgestreckte Hand entgegen. Mit gefurchter Stirn stellte Elisabeth fest, dass er sich in den Daumen geschnitten hatte, recht tief, sodass die Sehne offen lag. Aus Sorge, er könnte einen Kreislaufzusammenbruch erleiden, forderte sie ihn auf, neben ihr auf dem Diwan Platz zu nehmen. Mit Ruhe und Besonnenheit nahm sie seine verletzte Hand und presste die Wundränder gegeneinander, bis die Blutung nachließ. Schließlich verband sie den Schnitt mit einem ihrer Taschentücher behelfsmäßig. Mehr könne sie nicht tun, erklärte sie, und erklärte ihm, es sei sinnvoll, den Schnitt von einem Arzt nähen zu lassen. Carl bedachte sie nur mit der üblichen Verachtung, mit der er ihr seit dem ersten Tag begegnete. Dann, ohne dass sie es kommen sehen konnte, hob er die unverletzte Hand und griff nach einer Strähne ihres Haars. Wie von einem unsichtbaren Zwang geleitet, drehte er sie zwischen den Fingern. Elisabeth erstarrte. Obwohl ihr Verstand ihr riet, Abstand zwischen sich und Carl zu bringen, saß sie da, unfähig sich zu rühren, während Carls Blick über ihre nur leicht bedeckten Brüste wanderte.

Die Stille zwischen ihnen nahm ihr die Luft. Carls Atem ging schwer. Etwas Wildes, Rohes, Unberechenbares flammte in seinem Blick auf, und Elisabeth spürte, wie ihr Herz vor Angst so laut zu pochen begann, dass ihr das Echo von den Wänden entgegenzuschallen schien. Auf einmal kam Bewegung in sie. Mit zwei, drei hastigen Schritten sprang sie zur Garderobe und griff nach einem Tuch, um sich zu bedecken und das Weite zu suchen.

Carl war schneller. Bevor Elisabeth wusste, wie ihr geschah, drückte er sie zurück auf den Diwan und warf sich mit seinem ganzen Gewicht über sie, während sich seine unverletzte Hand wie eine Schraubzwinge um ihre schmalen Handgelenke krallte.

Voller Panik schrie sie auf.

»Still!«, knurrte er, sein Atem heiß und feucht in ihrem Gesicht.

Elisabeth wehrte sich mit allen Kräften, aber er ließ nicht eher von ihr ab, bis er ihr seine Zunge in den Mund gepresst hatte. Elisabeth spürte Übelkeit in sich aufsteigen. Nach einem schier endlosen Moment zog er den Kopf zurück. Reflexhaft spitzte Elisabeth die Lippen und spie ihm voll Abscheu mitten ins Gesicht.

Er schlug sie so fest, dass ihr schwarz vor Augen wurde. Blut lief aus ihrer Nase. Schwer keuchend machte er sich mit seiner freien Hand an seiner Hose zu schaffen.

Vom Schlag benebelt, dachte Elisabeth nicht, sie funktionierte nur. Sie versteifte die Finger der freien Hand und fuhr ihm mit den Nägeln so fest über die Wange, dass das Blut aus den Furchen floss und er vor Zorn und Schmerz aufschrie wie ein wildes Tier. Für einen Moment ließ er von ihr ab. Unwillkürlich presste sie den Rücken fest gegen den Diwan und spannte ihre Muskeln an. Mit einem Ruck befreite sie ihr eingeklemmtes Knie und rammte es Carl so fest, wie sie nur konnte, in sein Geschlecht.

Augenblicklich rollte er zur Seite, krümmte sich und machte erbärmlich wimmernde Geräusche.

Sie nutzte den Moment, um mit einem Satz in ihr angrenzendes Schlafzimmer zu fliehen. Krachend fiel die Tür hinter ihr ins Schloss, sie drehte den Schlüssel. Am ganzen Leib zitternd, wich sie rücklings so weit wie möglich zurück, die Augen starr auf die Tür gerichtet, ihr Atem keuchend. Als ihre Beine gegen das Bett stießen, gaben ihre Knie nach, sie sackte in sich zusammen. Die Matratze fing ihr Gewicht auf. Regungslos lag sie da, die Knie an sich gepresst, als könnte sie mit ihrem Körper eine Schranke gegen die Außenwelt errichten. Nach einer Weile hörte sie seine Schritte näher kommen. Zornig hieb er mit der Faust gegen die Tür, einmal, zweimal, dreimal, sodass sich die Erschütterung bis in ihre Eingeweide fortpflanzte …

»Fräulein von Baahren?« Wie durch einen Nebel drang Annas Stimme in ihr Bewusstsein und ließ die Erinnerung zurückweichen. Schwer atmend öffnete Elisabeth die Augen und blinzelte in die breiten Streifen aus Licht, die durch das Gitter vor dem Schlafzimmerfenster fielen. »Sie müssen aufstehen. Bitte schnell.«

Benommen setzte Elisabeth sich in den Kissen auf. »Wie du siehst, bin ich noch nicht einmal angekleidet. Was gibt es denn so Dringendes?«

»Ein Bote war da. Auf einer Plantage an der Westküste gibt es eine schwierige Geburt. Man bittet um unsere Hilfe.« Anna knetete die Hände. Vor Aufregung waren ihre Wangen gerötet.

Mit stechendem Kopfschmerz erhob sich Elisabeth aus dem Bett und strich sich das lange, wirre Haar zurück. Die Morgentoilette würde heute kurz ausfallen müssen. »Hol die Hebammentasche aus der Praxis.«

»In Ordnung«, erklärte Anna beflissen und wandte sich rasch zum Gehen.

»Sieh zu, dass alles drin ist, was wir benötigen«, rief Elisabeth ihr hinterher, als Anna schon in der Tür war. »Ich verlasse mich auf dich.«

* * *

193

Obwohl die Geburt kompliziert gewesen war, war sie gut verlaufen. Einer der Zwillinge hatte verkehrt herum gelegen und mit den Füßen voran entbunden werden müssen. Elisabeth war froh, dass sie ausreichend Erfahrung besaß, um im entscheidenden Augenblick die Nerven zu behalten. Beide Plazentas hatten sich gut gelöst und waren vollständig vom Mutterleib ausgestoßen worden, sodass sie sich auf dem Nachhauseweg mit ruhigem Gewissen im Sattel zurücklehnen und die Gedanken schweifen lassen konnte.

Upepo, übersetzt Brise, lautete der Name der Plantage, zu der man sie gerufen hatte. Sie lag etwas nördlich von Eilean Donan, nahe genug an der Küste, dass man das Meer rauschen hören konnte. Elisabeth war sogleich entzückt von dem hübschen, inmitten eines Palmenhains gelegenen Haupthaus gewesen. Als sie erfuhr, dass auf Upepo Gewürznelken angebaut wurden, war kurzfristig die Hoffnung in ihr aufgekeimt, mit dem Besitzer der Plantage ins Gespräch zu kommen. Umso größer war ihre Enttäuschung gewesen, als man ihr sagte, dass der Pflanzer, ein Brite, sich auf einer Heimatreise befinde und erst in zwei Monaten zurückkehren werde. Seufzend rollte Elisabeth die Schultern und blinzelte in den Himmel. Die kräftige Nachmittagssonne brach durch die dicht belaubten Baumkronen und malte Muster aus Licht und Schatten auf die Blätter. Es wäre gut gewesen, nicht nur auf Gramberg angewiesen zu sein.

Annas Geplauder durchbrach ihre Gedanken.

»Also gibt es zwei Arten von Zwillingen …«, sinnierte sie und ließ ihren Esel am langen Zügel neben Elisabeths Pferd schreiten. »Solche, die aus einem Ei stammen, und dann andere aus zwei unterschiedlichen Eiern.«

»Genau«, bestätigte Elisabeth, erfreut über das Interesse, das Anna an den Tag legte. »Bei der Geburt eben konnten es nur zweieiige Zwillinge sein, da es sich um einen Jungen und ein

Mädchen handelt. Bei gleichgeschlechtlichen Zwillingen muss man abwarten, ob die Ähnlichkeit bestehen bleibt oder sogar noch ausgeprägter wird. Erst dann kann man sich sicher sein.«

»Ich hätte nicht gedacht, dass es über die Geburt so viel zu lernen gibt.« Annas Augen in dem apfelbackigen Gesicht wurden rund, ihr Mund stand leicht offen.

»Das gibt es in der Tat.« Elisabeth klappte den Tüll zurück, der sie unter dem Tropenhelm vor Mücken schützte, und warf dem Mädchen einen nachdenklichen Blick zu. »Du stellst dich sehr gut an. Zudem hast du ein Händchen im Umgang mit Babys. Der Kleine ist unter deiner Obhut ansehnlich gewachsen.«

»Ach, das ist doch nichts.« Mit einer verlegenen Geste wischte Anna das Lob beiseite, doch ihre Wangen glühten vor Stolz. »Ich habe ein schlechtes Gewissen, weil ich ihn so oft allein lasse.«

»Das Haus ist voller Dienstboten. Er wird gut versorgt.« Sie gelangten an eine Weggabelung. Elisabeth war sich beinahe sicher, dass der linke Weg zurück in die Steinerne Stadt führen musste und der andere nach Eilean Donan. Etwas in Elisabeth ließ sie nach rechts blicken. Unentschlossen beschirmte sie die Augen mit der Hand und musterte das grüne Buschland. Das Pferd begann unruhig mit dem Kopf zu schlagen, als sich im Stand die immer gegenwärtigen Fliegen in der Nähe seiner Augen niederließen. Beruhigend tätschelte sie das verschwitzte, kurze Fell des Arabers unter der Mähne, während sie sich im Sattel zu Anna umwandte. »Mir kam gerade eine Idee. Was hältst du davon, wenn ich dich als Geburtshelferin ausbilde? Eine weitere Hebamme würde auf Unguja dringend gebraucht. Ich kann nicht alle Fälle übernehmen.«

»Alleine?« Annas Augenbrauen schossen in die Höhe. »Sie meinen, ich soll das selbst machen? Ohne Sie?«

»Warum nicht?« Elisabeth zuckte die Schultern. »Wenn du so weitermachst, bist du bald so weit.«

»Das wäre großartig.« Annas Augen glänzten vor Begeisterung.

Elisabeth nickte zufrieden. Sie selbst war nicht die Einzige, die sich in den letzten Wochen verändert hatte. Auch Anna war reifer geworden, erwachsener, verantwortungsbewusster. Und zweifelsohne ausgeglichener. Seit sie begonnen hatte, Elisabeth bei der Arbeit zu helfen, hatten sich überdies die Wogen zwischen Anna und Imani geglättet. Sie waren auf einem guten Weg. Nur den Umstand, dass Imani sich gegen die Aufnahme des Babys gestellt hatte, hatten Anna und sie noch nicht verwunden. Dass das Thema seitdem totgeschwiegen wurde, betrübte Elisabeth, doch ihr Gefühl sagte ihr, dass es der falsche Zeitpunkt war, es nochmals aufzugreifen.

Unvermittelt zerriss ein scharfer, explosionsartiger Laut die Stille. Der Araber tänzelte nervös. Elisabeth krallte sich mit einer Faust in der Mähne fest.

»Grundgütiger!« Anna riss die Augen auf und bekreuzigte sich. »Was war das?«

»Ich weiß es nicht«, sagte Elisabeth und blickte mit gerunzelter Stirn nach rechts, in die Richtung, aus der der Lärm gekommen war.

»Lass uns nachsehen.« Sie trieb ihr Pferd an, sodass der Esel Mühe hatte, mit ihnen Schritt zu halten.

Als sie die Lichtung erreichten, von der der Knall gekommen sein musste, zügelte Elisabeth ihr Pferd. Ein markanter Geruch von Schweiß, Adrenalin und Blut drang in ihre Nase. Anna schrie vor Schreck auf, während Elisabeth mit einem Blick die Lage erfasste. Jacobs Männer waren wohl dabei gewesen, Palmen am Rand des Feldes zu fällen. Dabei musste einer der Bäume in die falsche Richtung gestürzt sein, denn der Stamm hatte einen der Schotten unter sich begraben. Ashok kniete in dem von Blut rot gefärbten Staub und sprach auf einen bärtigen rothaarigen Mann ein, der mit geschlossenen Lidern am Boden lag und sich nicht rührte. Ashoks Stimme ging in dem Brüllen der Männer unter, die sich gerade gegenseitig Befehle zuwarfen. Anscheinend hatten sie vor, Seile um die Palme zu legen und sie anzuheben, um den Verletzten befreien zu können.

Mit glasklarer Gewissheit erkannte Elisabeth, was die Folge sein konnte. Verflixt! Die Angst in ihr brannte hell wie ein Leuchtfeuer.

»Halt!« In Elisabeths Stimme lag eine Bestimmtheit, die sogar das unfassbare Durcheinander übertönte. Erschrocken über die Heftigkeit ihrer Reaktion, traten die Männer zurück. Einen unwirklichen Moment herrschte Stille, dann setzte heftiges Gemurmel ein. Alle Blicke waren auf sie gerichtet.

Mit hämmerndem Herzen brachte sie das Pferd neben den Männern zum Stehen. »Hände weg von dem Baum«, befehligte sie vom Sattel aus. »Nichts bewegen, sonst ist er tot!«

Hastig glitt sie vom Rücken des Pferdes. »Lasst mich sehen, was mit ihm ist«, rief sie den Arbeitern im Vorbeieilen zu, dann kniete sie neben Ashok auf der warmen, trockenen Erde nieder.

»Sam«, erklärte Ashok mit seltsam dünner Stimme. »Sein Name ist Sam.«

Der Baum hatte Sam auf Hüfthöhe erwischt. Er war bewusstlos, sein linker Oberschenkel war unter dem Stamm eingeklemmt. Ein dünnes Rinnsal aus hellrotem Blut sickerte durch den Stoff seiner Hose. Elisabeths Gedanken überschlugen sich. Der Baum hatte den Mann lebensgefährlich verwundet, gleichzeitig aber bewahrte er ihn vor dem Verbluten und somit vor dem Tod, stellte sie mit grimmiger Miene fest. Ein lähmendes Gefühl von Ohnmacht überkam sie. Es gab wenig, das sie tun konnte, um die Lage des Verletzten zu verbessern. Auf ihrer Stirn und zwischen ihren Brüsten sammelte sich Schweiß, sie griff nach Sams Handgelenk. Seine Haut fühlte sich kalt und trocken an.

»Der Puls schlägt unregelmäßig.« Mit festem Blick sah sie Ashok ins Gesicht. »Jemand muss in die Stadt reiten und Wessels holen, und zwar so schnell wie möglich.«

Ashok nickte. In einer Sprache, die Elisabeth nicht verstand, rief er den Männern etwas zu. Ein dünner, drahtiger Junge mit pockennarbigem Gesicht und wachen Augen warf sich auf eines der Arbeitspferde am Rande der Lichtung und galoppierte davon. Der aufgewirbelte Staub hing schwer in der Luft.

»Was jetzt?« Ashoks Miene drückte aus, dass er darauf vertraute, dass Elisabeth das Richtige tat. Sie biss sich so heftig auf die Innenseite ihrer Wangen, dass es beinahe blutete. Sie wünschte sich, ebenfalls so fest an sich glauben zu können, wie Ashok es tat.

Mitten in ihre Unschlüssigkeit hinein wurde die Erde vom Donnern schwerer Hufschläge erschüttert. Elisabeth wandte sich um und sah Jacob heranpreschen. Der schwarze Araber schnaubte vor Nervosität, als Jacob wenige Meter vor ihr abrupt durchparierte. Mit gefurchter Stirn sprang er vom Rücken des Tieres und kniete neben dem Kopf des Schotten nieder. »Ich habe den Knall gehört.«

In seinem Ton lag etwas Unerschütterliches, das Elisabeth guttat. Mit ihm an ihrer Seite atmete sie auf.

»Verdammt, Sam …«, murmelte er leise. Die Falte über seiner Stirn schnitt noch tiefer ein als üblich. Beunruhigt wandte er sich zu Elisabeth. »Was ist mit ihm?«

»Nach der Farbe des Blutes zu urteilen, vermute ich, dass die Arteria femoralis verletzt wurde«, antwortete sie. »Die Beinschlagader«, schob sie hinterher, als sie seinen fragenden Blick bemerkte. »Solange das Gewicht des Stammes aufliegt, wird die Arterie abgedrückt. Aber wenn wir den Stamm wegnehmen, könnte Sam innerhalb von Minuten verbluten. Ein zuvor angebrachter Druckverband hingegen würde den Blutfluss stoppen. In der Theorie weiß ich, was zu tun ist, allerdings habe ich es selbst noch nie gemacht. Man bräuchte einen Gürtel oder etwas Vergleichbares und sauberen Stoff. Einer der Männer ist losgeritten, um Wessels zu holen.« Sie atmete scharf ein. »Es ist riskant, einen Druckverband anzulegen, aber wir würden wertvolle Zeit sparen. Wessels könnte sofort mit dem Nähen beginnen.«

Jacob war ihren Erklärungen mit einem grimmigen Nicken gefolgt. Behutsam strich er über die schweißnasse Stirn des Verletzten, seine Augen ruhten auf Elisabeth. Einen atemlosen Moment hielten ihre Blicke einander fest. Elisabeth spürte eine Verbindung zwischen ihnen beiden, für die sie weder Worte noch Erklärungen fand.

Jacobs Blick ruhte auf ihr. »Trauen Sie es sich zu?«

Stille. Elisabeth schloss für einen Moment die Augen. Dann stand ihre Entscheidung fest. »Ich denke schon.«

In stummem Einvernehmen sahen sie sich an. Plötzlich und unerwartet kämpften sie Schulter an Schulter auf einem gemeinsamen Schlachtfeld.

»Was kann ich tun?«, fragte Jacob.

»Hosenträger?«

Jacob nickte. Schweigend erhob er sich aus der kauernden Position und streifte das Hemd über den Kopf. Elisabeths Blick fiel auf eine kräftige, leicht behaarte Brust und wie gemeißelt wirkende Bauchmuskeln. Irritiert wandte sie sich wieder dem Verletzten zu und konzentrierte sich ganz auf ihn. Ihre Hände waren schwitzig. Sie legte den Kopf in den Nacken und ließ den Atem bis tief in den Bauch strömen. Die Angst vor der vor ihr liegenden Aufgabe ließ ihre Brust so eng werden, dass sie kaum Luft bekam. Es schien ihr, als benötigte sie endlos viele solcher Atemzüge, bevor sie bereit war, mit der Notversorgung zu beginnen und um Sams Leben und Tod zu verhandeln.

KAPITEL 17

»*Slainthe math!*« Jacob hob das Glas und prostete in die Runde.

Warm und torfig rann der Whisky durch Elisabeths Kehle. Sie lehnte sich zurück, der Bambus des geflochtenen Sessels knarzte leise unter ihrem Gewicht. Der erste Whisky hatte die Anspannung des Tages weggespült. Der zweite machte sie stolz auf das, was sie geleistet hatte. Und der dritte ließ nun die Realität um sie herum auf eine angenehme Weise verblassen: die Veranda des offen gebauten Holzhauses, in dem sich Esszimmer und Küche befanden. Das Flackern der Laternen. Wessels' und Jacobs Silhouetten, die sich schemenhaft vor der Dunkelheit abzeichneten. Die Geräusche des Dschungels. Der warme, schwere Geruch der afrikanischen Nacht. Träge stellte sie das Glas auf dem Tisch neben sich ab und schloss die Augen.

»Großer Gott, ich bin Ihnen wirklich dankbar!«

Benommen kehrte Elisabeth in die Gegenwart zurück. Sie wusste nicht, wie lange sie abwesend gewesen war, aber etwas in Jacobs Stimme hatte sie aufhorchen lassen. Mit halb geschlossenen Lidern blinzelte sie zu ihm hinüber.

»… dass Sie Sam das Leben gerettet haben, ist ein Wunder! Respekt, Wessels! Sie können gar nicht ermessen, was das für seine Familie in Glasgow bedeutet.« Jacob lehnte sich vor, die Hände zwischen den Beinen verschränkt.

»Schon gut.« Mit einer beiläufigen Geste griff Wessels zur Zündholzschachtel. Das harte, scharfe Geräusch, mit dem er das Holz über die beschichtete Reibefläche riss, schmerzte in Elisabeths Ohren. Wessels sog an der Zigarette, deren Ende rot aufglühte. Mit einem tiefen Ausatmen blies er den Rauch in die Luft. »Schließlich ist es mein Beruf. Trotzdem bin ich froh, dass wir es geschafft haben. Er stand auf der Kippe.«

Elisabeth kniff die Augen zusammen und schüttelte ihren vom Whisky umnebelten Kopf wach, dann riss sie die Augen wieder auf und blinzelte. Sie fühlte sich noch nicht richtig in der Realität angekommen. Wessels konnte doch nicht das gesamte Lob allein ernten? Sie schluckte trocken. Etwas an der Unterhaltung musste sie in den falschen Hals bekommen haben. Zwar stimmte es, dass Wessels das Nähen der Arterie übernommen hatte, aber es wäre ihm doch nicht so anstandslos gelungen, hätte sie ihm dabei nicht assistiert. Und auch Anna hatte ihren Teil beigetragen, hatte frische Tücher besorgt und es durchgestanden, all das Blut zu sehen, obwohl sie sich mehrfach hatte übergeben müssen. Elisabeths Magen zog sich vor Entrüstung zusammen. Wie konnte Wessels das vergessen? Vor allem, wie konnte er übersehen, dass Sam überhaupt nicht mehr am Leben gewesen wäre, hätte sie nicht eingegriffen und verhindert, dass die Männer den Baum anhoben? Fassungslos schüttelte sie den Kopf. Sie musste etwas missverstanden haben. Es war völlig unmöglich, dass ihre Leistung übersehen wurde.

Wessels legte den Kopf in den Nacken und starrte den Kringeln hinterher, die im Nachthimmel verwirbelten. »Er hat Familie, sagten Sie?«

»Eine Frau und fünf Kinder.« Jacob nickte. Ein grimmiger Zug trat um seine Mundwinkel. »Ich wünschte, es wäre endlich Schluss mit der Ausbeuterei in der Fabrik. Mein Bruder hat kein Gewissen.«

Wessels brummte vor sich hin. »Früher oder später wird schon irgendjemand Gerechtigkeit walten lassen, und wenn es das Leben selbst ist.«

Jacob schwieg, den Blick auf einen unbestimmten Punkt am Boden gerichtet.

Mit einer lässigen Geste schnippte Wessels die Asche von der Zigarette. »Wie ich hörte, ist letzte Woche eine Fracht mit Baumwolle, die für Ihren Bruder bestimmt war, kurz nach dem Auslaufen vor Unguja gekentert.«

Elisabeth hob überrascht eine Augenbraue. Sansibar war der Umschlagplatz für Waren aus aller Welt, ein Knotenpunkt, an dem die Handelswege zwischen Europa, Indien und China zusammenliefen. Von dem gekenterten Schiff hatte sie auch gehört. Dass es Fracht für Jacobs Familie geführt hatte, war ihr allerdings nicht bekannt gewesen.

Jacobs Augen verengten sich. »Ich kann nicht sagen, dass es mir leidtut.« Er griff zum Glas. »Stoßen wir an. Auf Ihr Wohl, Doktor, und auf die verdammt gute Arbeit, die Sie geleistet haben!«

Die Gläser klirrten. Ein Ruck ging durch Elisabeth. Sie spürte, wie etwas in ihr aufbegehrte. Ihre Kehle brannte. Tapfer versuchte sie, ihre Enttäuschung zurückzudrängen. Sie hatte geglaubt, sowohl bei Wessels als auch bei Jacob Anerkennung dafür zu finden, dass sie an diesem Tag über sich hinausgewachsen war und einen wesentlichen Beitrag geleistet hatte, doch dem war nicht so. Weder Wessels noch Jacob waren anders als alle anderen Männer. Wie hatte sie sich nur so täuschen können?

Schlagartig war sie nüchtern. Mit einer Bewegung, die selbst ihr unvermutet heftig erschien, fuhr sie hoch, sodass der Stuhl hinter ihr zu Boden krachte. Jacobs entgeisterter Blick traf sie, in Wessels' Miene spiegelte sich Überraschung.

»Wenn Sie mich bitte entschuldigen«, presste Elisabeth hervor. Sie gab sich nicht einmal die Mühe, ihren Zorn zu verbergen. »Ich gehe zu Bett.«

Wessels' Zigarette schwebte bewegungslos in der Luft. »Stimmt etwas nicht?«

Elisabeths Brust hob sich mit zwei, drei heftigen Atemzügen. Worte konnten nicht ausdrücken, wie enttäuscht und gedemütigt sie sich fühlte. »Es ist alles zum Besten. Ich war kurzzeitig in einem Traum gefangen, aber jetzt bin ich aufgewacht.«

Ohne den Männern Gelegenheit zu bieten, etwas zu erwidern, drehte sie ihnen den Rücken zu und ging zu ihrem Zelt. Zum ersten Mal seit Langem war der Fokus ihrer Gedanken ausschließlich auf ihre eigenen Interessen gerichtet. Ihr Entschluss stand fest. Sobald sie zurück in der Steinernen Stadt waren und sie sich ausgeruht hatte, würde sie nach Kiuui reiten, um mit Gramberg zu sprechen. Trotz seiner kühlen norddeutschen Art hatte er sich ihr gegenüber stets zuvorkommend und respektvoll gezeigt. Mehr brauchte es nicht, um ihren Hoffnungen Auftrieb zu geben. Mit etwas Glück würde sie mit ihm ins Geschäft kommen.

Aus der Dunkelheit leuchteten ihr die Laternen entgegen. Schwer atmend blieb sie stehen und richtete den Blick nach oben in den sternenübersäten Himmel. Sie hatte zu viel Zeit mit fremden Angelegenheiten verschwendet, doch nun war sie wieder ganz bei sich selbst angekommen.

* * *

Nachdem auch Wessels sich verabschiedet hatte, schlenderte Jacob mit der Whiskyflasche in der Hand zu seinem Schlafplatz. Als er Ashok im Lotussitz auf der hölzernen Plattform sitzen sah, auf der die Zelte standen, schenkte er ihm ein müdes Lächeln.

Vor Ashok dampfte ein Gefäß mit Weihrauch. Ein harziger Duft stieg in den Nachthimmel auf.

»Du siehst also wieder Bilder im Rauch.« Schwerfällig ließ sich Jacob neben Ashok fallen. Er nahm einen Stein auf und wog ihn in der Hand. »Wenn ich geahnt hätte, welche Tragödien das Palmblatt für mein Leben voraussieht, hätte ich dich nie danach suchen lassen«, knurrte er finster, als er bemerkte, was Ashok in den Händen hielt. »Unsinnige Kritzelei.«

»Es sind heilige Manuskripte, keine Kritzeleien«, erklärte Ashok ernst. Seine Finger strichen über die Kanten des getrockneten Blattes. »Ich bin sehr froh, dass wir ein Duplikat besitzen.«

»Ich nicht. Ohne die Abschrift hätte ich das ganze Elend längst vergessen«, zischte Jacob mit zusammengebissenen Zähnen. »Wozu hast du es hervorgeholt? Erzähl mir nicht, dass Sams Unfall darin beschrieben steht. Falls doch, hättest du besser heute Morgen nachgelesen, dann wäre das Unglück erst gar nicht passiert.«

»Unsinn«, erklärte Ashok mit ernstem Blick. »Ich habe dir schon oft erklärt, dass das Palmblatt kein Kalender ist, in dem bestimmte Ereignisse festgeschrieben sind. Es enthält lediglich Weissagungen, die dir Orientierung zu deinem Lebensweg und deiner Bestimmung geben können.«

Todernst richtete Jacob den Blick auf Ashok. »Meine Bestimmung ist, mich bei der Arbeit auf der Plantage so zu verausgaben, dass ich abends ins Bett falle und einschlafe, bevor mein Kopf die Matratze berührt. Dann muss ich mir um nichts Gedanken machen.«

»Du gibst dir die Schuld an Sams Unfall?«

Mit einem leisen Seufzer ließ Jacob die angestaute Luft aus den Lungen strömen. Man hätte meinen sollen, dass Ashok ihn nach all den Jahren gut genug kannte, um sich die Frage selbst zu beantworten.

Ashok musterte ihn seufzend. »Ich mache mir Sorgen. Alles deutet darauf hin, dass eine schwierige Phase in deinem Leben beginnt. Ich habe das Manuskript zurate gezogen, weil ich sichergehen wollte.« Stirnrunzelnd hob er das Blatt vor sein Gesicht und versenkte sich darin. »Ragu und Ketu, die Schattenplaneten, treten wieder in dein Leben. Es herrscht die gleiche Konstellation wie bei deiner Geburt. Ragu stiftet Unheil, Besessenheit und Verwirrung. Ketu wirkt noch dämonischer. Unter seinem Einfluss kommt es zu Verlusten, Rastlosigkeit und Raserei.«

»Ach ja?« Jacob hob zynisch eine Augenbraue. »Das heißt, dass ich nicht nur unter dem Einfluss zweier zorniger, unheilbringender Planeten geboren bin, sondern dass sie mir auch weiterhin das Leben schwer machen? Vielleicht sollte ich mir gleich die Kugel geben, wenn es so düster für mich aussieht.« Für einen Moment spürte er das Bedürfnis, seinen Ärger wie so oft mit Whisky hinunterzuspülen. Ohne nachzudenken, griff er zur Flasche und öffnete sie. Der schwere Geruch des Branntweins stieg in seine Nase. Er hielt inne, dann verschloss er die Flasche wieder und steckte sie ein. Zwar hatte er der Liebe entsagt, dennoch weckte Elisabeths Nähe den Wunsch in ihm, ein besserer Mensch zu sein. Als sie sich zum Schlafen verabschiedet hatte, hatte sie so traurig und enttäuscht gewirkt. Ein Kribbeln stieg in seinem Nacken auf und breitete sich über sein Gesicht aus, als er daran dachte. Anscheinend musste etwas an seinem Verhalten sie verletzt haben. Verdammt, wäre er nicht so benebelt vom Whisky gewesen, hätte er zumindest gewusst, was er falsch gemacht hatte.

Ashoks Räuspern riss ihn aus seinen Gedanken. Als er aufblickte, reckte sein Freund indigniert das Kinn. Jacob fragte sich, wie er es aushielt, den Kopf trotz des schweren Turbans den ganzen Tag in perfekter Linie zum Rücken zu halten. Es musste am Meditieren liegen.

»Du hast mich nicht ausreden lassen«, erklärte Ashok. Seine Stimme klang unbeschwert, aber die Furcht vor dem drohenden Unheil spiegelte sich in Form von Anspannung auf seiner Stirn. »Lakshmi, die Glücksgöttin, ist weiter an deiner Seite, ihr Einfluss wird allerdings von den Schattenplaneten blockiert. Die gute Nachricht ist, dass Hilfe naht. Das Blatt spricht von einer Frau, die dir begegnet, und von einer Tür, die sich öffnet. Du musst dich nur entscheiden, hindurchzugehen.«

»Vergiss es.« Jacob nahm den Stein wieder auf und schleuderte ihn so fest er konnte in die Dunkelheit. »Vielleicht siehst du eine Tür, aber ich werde keinesfalls hindurchgehen, wenn eine Frau im Spiel ist.«

Zu Jacobs Verdruss ließ Ashok sich von dem Ausbruch nicht im Mindesten irritieren. Im Gegenteil. Je mehr Jacob gegen die Weissagung rebellierte, umso gleichmütiger und sturer schien Ashok daran festzuhalten. Jetzt zuckte er mit größtmöglicher Gelassenheit die Schultern. »Es steht geschrieben. Was passieren soll, wird passieren. So will es das Schicksal.«

»Ach ja?« Jacob lachte heiser. »Und mein Wille spielt dabei keine Rolle?«

»O doch«, erklärte Ashok so freundlich, als unterhielten sie sich über ein Kricketspiel. Er hatte eine übermenschliche Geduld, wenn es darum ging, Jacob zum hundertsten Mal eine Philosophie darzulegen, die für den Inder so natürlich schien wie die Muttermilch, die er als Baby eingesogen hatte. »Freier Wille ist die Art und Weise, wie wir mit den vorgezeichneten Ereignissen umgehen.«

»Weißt du was, ich pfeif drauf!«, entgegnete Jacob hitzig, wie immer, wenn er Ashoks Gerede satthatte.

Milde lächelnd packte Ashok das Manuskript beiseite. Das Räucherstäbchen war verglommen. Eine unbehagliche Weile saßen sie schweigend nebeneinander.

»Liz hat heute eine bemerkenswerte Leistung vollbracht«, meinte Ashok unvermittelt.

»Hat sie«, grummelte Jacob. »Sag nicht, dass sie die Frau aus deiner Prophezeiung ist.«

»Wäre das so schlimm?« Ashok grinste wissend, dann zuckte er die Schultern. »Aber nein, zu deiner Beruhigung, ich kann nicht sehen, wer es ist.«

»Hm. Könnte also auch die Prinzessin sein«, schnaubte Jacob giftig. »Das macht die Sache nicht besser.«

Jacobs beißender Sarkasmus schien an Ashok abzuperlen. In aller Seelenruhe schloss er die Schatulle mit dem Palmblatt. »Du wirst sie erkennen, wenn du auf dein Inneres hörst.« Ashok musterte ihn prüfend. »Doch vergiss nicht, es steht eine Zeit der Gefahren bevor. Sei vorsichtig bei dem, was du tust.«

»Aye. Bin ich.«

»Die Männer erzählen, dass ein Sklaventransport stattfinden soll.«

»Ich habe keine Ahnung, wovon du sprichst«, behauptete Jacob, obwohl sie beide wussten, dass er bestens informiert war.

»Wie üblich.« Ashok nickte.

»Du weißt, dass ich mich nicht in fremde Angelegenheiten mische«, setzte Jacob zur Sicherheit hinterher.

»Gut.«

»Ist das alles, was du zu sagen hast?«

»Ja.«

»Schön.« Jacob kniff die Augen zusammen und nickte grimmig. »Ich habe deine Gefühle verletzt, stimmt's?«

»Hast du.«

»Tut mir leid.«

»Ich weiß.«

»Ich halte nun mal nichts von Prophezeiungen«, schob Jacob aus schlechtem Gewissen hinterher.

In aller Gelassenheit hob Ashok die Hände. »Ich bin nur dafür zuständig, dich darauf hinzuweisen, dass du dich an einem Wendepunkt deines Lebens befindest.«

»Aye. Hab's kapiert.«

»Großartig.«

»Schön. Ich hau mich aufs Ohr. Es war ein anstrengender Tag.« Schwerfällig erhob er sich und schlenderte auf sein Zelt zu. Auf halbem Weg drehte er sich noch mal um. »Wenn diese verdammte Vorsehung tatsächlich existiert, will ich hoffen, dass diejenigen, die über meinen Lebensweg bestimmen, zumindest wissen, was sie tun.«

KAPITEL 18

Wessels sah Elisabeth über sein Lichtmikroskop hinweg durchdringend an. Drei Tage waren vergangen seit dem Unfall auf Eilean Donan. Elisabeths Zorn auf den Arzt war verraucht, die Enttäuschung geblieben. Nun war es an der Zeit, Wessels ihre Entscheidung mitzuteilen.

»Was soll das heißen, Sie werden nicht weiter für mich arbeiten?« Wessels nahm den Objektträger mit dem Abstrich, den er auf Cholerabakterien untersucht hatte, aus der Halterung und legte ihn neben sich auf den Tisch. Seine in Falten gelegte Stirn drückte Unverständnis aus. »Ich brauche Sie. Die Menschen hier brauchen Sie.«

Erneut befiel Elisabeth der Drang, sich zu räuspern, ihr trockener Hals zwang sie geradezu. Mehr noch, seit Beginn der Unterhaltung fühlte es sich an, als presste eine unsichtbare Kraft beide Daumen gegen ihren Kehlkopf, sodass es ihr sogar Mühe bereitete zu schlucken, ein Vorgang, über den sie sonst nicht nachzudenken brauchte. Mit einem Räuspern löste sie den Kloß in ihrer Kehle. »Sie sind auch vorher ohne mich zurechtgekommen.«

Wessels saß still da. Schließlich holte er tief Luft und faltete die Hände über dem Tisch. »Was wird aus Ihrer Sprechstunde? Wollen Sie Ihre Patientinnen im Stich lassen?«

»Nein«, erklärte Elisabeth, entschlossen, sich kein schlechtes Gewissen einreden zu lassen. »Ich habe mir eine Lösung überlegt. Anna wird für mich übernehmen.«

»Das ist kein Ersatz.« Wessels' Daumen kreisten umeinander. »Anna ist ein junges Mädchen. Sie hingegen sind eine gestandene Frau.«

»Anna ist in den letzten Wochen viel reifer geworden.« Elisabeth nahm einen Lappen, tauchte ihn in das nach Desinfektionslösung riechende Wischwasser und wrang ihn aus. »Sie ist bereit, Verantwortung zu übernehmen. Das Baby ist der beste Beweis. Sie kümmert sich vorbildlich um den Kleinen.«

»Mag sein.« Wessels erhob sich. Mit schweren Schritten durchmaß er das Behandlungszimmer. »Doch was Hebammenwissen angeht, besitzt sie nur rudimentäre Kenntnisse.«

Elisabeth wandte ihm den Rücken zu. Mit energischen Bewegungen polierte sie über das Metall des Medikamentenschranks. »Dann lernen Sie sie an«, erklärte sie und zuckte die Achseln.

Offensichtlich verblüfft über den harten Ton zwischen ihnen, blieb er stehen, seine Daumen verhakten sich im Revers seiner Weste. »Ist das Ihr letztes Wort?«

Elisabeth hörte auf, mit dem Lappen über den Schrank zu wischen. Wessels' Reaktion überraschte sie nicht, sie hatte mit Protest gerechnet. Dennoch fühlte es sich merkwürdig hohl in ihrer Brust an, ihn mit ihrem Entschluss zu konfrontieren, beinahe so, als kündigte sie ihm nicht nur das Arbeitsverhältnis, sondern als verlöre sie zugleich den einzigen Vertrauten, den sie auf Sansibar hatte. Sie wandte sich zu ihm um.

»Ja«, beschied sie knapp, aber nicht unfreundlich.

»Das ist keine akzeptable Antwort.« Wessels kniff die Augen zusammen, wie immer, wenn ihn etwas ärgerte. »Nennen Sie mir Ihre Gründe. Ich möchte Ihre Entscheidung verstehen.«

In ihren Ohren rauschte es. Ihrem hitzigen Naturell entsprechend, flammte Widerstand in ihr auf. Sie fühlte sich von Wessels in die Enge getrieben. Warum konnte er ihr klar ausgesprochenes Nein nicht akzeptieren? Vor Zorn, dass es überhaupt zu diesem Gespräch zwischen ihnen hatte kommen müssen, warf sie den Lappen in den Eimer zurück. »Ich weigere mich, für jemanden zu arbeiten, der zu arrogant ist, meine Leistung anzuerkennen.«

»Wovon reden Sie?« Ein Flackern lag in seinem Blick. »Ich bin mir keiner Schuld bewusst. Ganz im Gegenteil. Schließlich war ich derjenige, der Sie überhaupt ermuntert hat, als meine Assistentin zu arbeiten. Bringt das nicht deutlich zum Ausdruck, dass ich große Stücke auf Sie halte?« Seine Stimme drohte lauter zu werden, er unterbrach sich. Sichtlich um Beherrschung ringend, stand er vor ihr. »Nennen Sie mir eine einzige Situation, in der Sie sich von mir ungerecht behandelt fühlten.«

»Schön.« Elisabeths Absatz hämmerte gereizt gegen den Boden. Die Innenseiten ihrer Unterarme juckten vor Aufregung so sehr, dass sie sich beherrschen musste, nicht mit den bloßen Nägeln über ihre Haut zu kratzen. »Ich spreche von dem Unfall auf Prestons Plantage. Sie dachten, ich schlafe, aber ich habe das Gespräch zwischen Ihnen und Preston sehr wohl gehört.« Der Gedanken an Jacob befeuerte ihre Wut nur noch mehr. Von einem Freigeist wie ihm hätte sie sich eine weniger enttäuschende Reaktion erhofft. Wie eine Feuersbrunst, die der Wind vor sich hertrieb, breitete sich das Jucken von ihren Armen über ihren Hals und ihr Dekolleté aus. Es fühlte sich an, als stünde sie in Flammen. Entschlossen reckte sie das Kinn. »Ich erwarte eine ehrliche Antwort auf meine Frage. Sind Sie der Meinung, dass Sams Überleben allein Ihr Verdienst ist?«

»Ich muss doch sehr bitten …« Er maß sie mit einem eindringlichen Blick. »Daran besteht wohl kein Zweifel.«

»Ach?« Elisabeth war so aufgebracht, dass sie kaum Luft bekam. »Wenn ich nicht gewesen wäre, wäre Sam innerhalb von Minuten verblutet.« Hitzig funkelte sie ihn an.

»Das bestreite ich nicht. Aber Sie müssen einsehen, dass ich es war, der das Bein und damit Sams Leben gerettet hat.«

Schweigen. Es schien, als lägen nun Welten zwischen ihnen, die sich durch Worte nicht mehr überbrücken ließen.

»Ich habe eine Operation durchgeführt, zu der Sie außerstande gewesen wären, und zwar nicht, weil Sie eine Frau sind, sondern weil Sie nicht Medizin studiert haben.« Fassungslos starrte Elisabeth ihn an. »Nachdem Sie den Druckverband angelegt hatten, wie wäre es dann weitergegangen, wenn ich nicht gekommen wäre?«, fragte Wessels. »Hätten Sie darauf gewartet, dass das Bein schwarz wird?«

»Nein, aber ...«, hob Elisabeth an, wurde jedoch von Wessels unterbrochen.

»Ohne mich wäre er Ihnen unter der Hand weggestorben. Das können Sie nicht leugnen, das ist Fakt«, beharrte er. »Es wäre eine großartige Rettung gewesen, ein langsames Verbluten mit einem verbundenen Bein statt eines schnellen Todes.« Stille. »Aber eigentlich wissen Sie das selbst. Weshalb hätten Sie sonst direkt nach mir geschickt?«, setzte er in versöhnlicherem Ton hinzu.

Elisabeths Gedanken schwirrten durcheinander. Sie rieb sich die Nasenwurzel, um sich zu sammeln.

»Darum geht es mir nicht«, erklärte sie schließlich, gefasster als zuvor. »Warum müssen Männer immer das alleinige Recht für sich beanspruchen, eine großartige Leistung erbracht zu haben? Sogar Sie, Dr. Wessels, tun gerade so, als stünden wir in Konkurrenz zueinander. Können Sie nicht sehen, dass wir beide unseren Anteil an Sams Rettung hatten?« Sie pustete sich das Haar aus der Stirn. »Bei Gott, ich habe wirklich geglaubt, Sie wären anders. Aber das sind Sie nicht.« Einen Augenblick lang starrte sie ins Leere. Dann rollte sie entschlossen die hochgekrempelten Ärmel hinunter. »Es bleibt dabei. In Zukunft werden Sie auf meine Dienste verzichten müssen.«

Eine von Klarheit durchdrungene Stille erfüllte den Raum. Irgendwo in der Weitläufigkeit des Hauses erklangen Schritte und verhallten wieder.

Benommen trat Elisabeth an den Schreibtisch, um einen Schluck Wasser zu trinken. Ihre Kehle war wie ausgedörrt. Etwas nervös lauschte sie in sich hinein, doch sie spürte keine Zweifel, nur Erleichterung darüber, dass sie ausgesprochen hatte, was ihr auf der Seele lastete.

Schließlich war es Wessels, der das Schweigen zwischen ihnen beendete.

»Ich bedaure es sehr.« Er machte einen Schritt auf sie zu, blieb dann aber stehen und rieb sich den Nacken. Eindringlich ruhte sein Blick auf ihr. »Wenn Sie wüssten, wie viel Sie mir bedeuten. Nicht nur als Assistenz in der Praxis, sondern auch als Mensch …« Wessels unterbrach sich und schüttelte den Kopf.

Elisabeths Herzschlag stolperte ein paar unregelmäßige Schläge vorwärts, als sie meinte, einen schmerzlichen Ausdruck in seinem Gesicht zu entdecken. War es möglich, dass Wessels Gefühle für sie hegte? Warum hatte sie bis jetzt nichts davon bemerkt? Bevor sie sich sicher sein konnte, ob sie sich die Sehnsucht in seinem Blick nur einbildete, hob Wessels ein Wasserglas an seine Lippen. Entschlossen legte er den Kopf zurück und trank einen tiefen Schluck. Sein Adamsapfel bewegte sich auf und ab. Als er das Glas wieder absetzte, wirkte sein Gesichtsausdruck so zurückhaltend und höflich, wie sie es von ihm gewohnt war. Unsicher, ob sie nicht zu viel in das Ganze hineininterpretierte, biss sie sich auf die Lippe.

»Sollten Sie es sich anders überlegen, steht Ihnen meine Tür jederzeit offen«, sagte er ruhig.

»Sehr freundlich, aber ich glaube nicht, dass es für mich einen Weg zurück gibt.« Sie verbarg ihre kurze Irritation hinter einem Lächeln.

»Das hatte ich befürchtet. Ich werde Sie vermissen.«

Erleichtert, hinter sich gebracht zu haben, was unumgänglich war, griff Elisabeth nach ihrem Tuch und legte es sich um die Schultern. Für den Bruchteil einer Sekunde flammte die Erinnerung an ihren ersten Arbeitstag in Wessels' Praxis auf. Mit Dankbarkeit für die Zeit und dem tiefen Bedauern, einen Freund verloren zu haben, für den sie aufrichtige Sympathie, aber darüber hinaus nicht mehr empfand, schritt sie zur Tür hinaus und ließ Wessels und seine Welt hinter sich.

KAPITEL 19

Geduld hatte noch nie zu Elisabeths Stärken gezählt, und dennoch war sie gezwungen gewesen, sich darin zu üben. Gleich nach dem Gespräch mit Wessels hatte sie den Entschluss gefasst, den Notar aufzusuchen, doch dann hatte es vier Tage gedauert, bis dieser sich Zeit für sie genommen hatte. Dafür hatte er mit einer Überraschung aufzuwarten, die sie auch jetzt, eine Stunde, nachdem sie aus seiner Kanzlei zurückgekehrt war, noch immer wie in Trance auf ihrer Chaiselongue verharren ließ.

Sie hatte damit gerechnet, dass das Kontor an ihren Vater oder an Otto ginge und sie selbst Mobiliar oder etwas Barvermögen erben werde. Doch ihr Patenonkel, der sich mit der gesamten Familie überworfen hatte und weder Kinder noch sonstige nahestehende Verwandte oder Freunde besaß, hatte sie als Alleinerbin eingesetzt. Unerwartet war sie Eigentümerin eines Handelskontors in Sansibar geworden. Ihr Verstand hatte noch Mühe, es zu begreifen. War sie einer derart großen Aufgabe überhaupt gewachsen? Oder war es klüger, das Kontor zu verkaufen? Abgesehen davon hatte die Sache einen schalen Beigeschmack. Nachdenklich kämmte sie mit den Fingern durch ihr Haar. Sie konnte sich des Eindrucks nicht erwehren, als wäre es Dieckman in erster Linie nicht um das Wohlergehen seines Patenkindes gegangen, sondern darum, Rache an der Verwandtschaft zu üben.

Leere breitete sich in ihr aus. Benommen erhob sie sich und ging zu dem schwarz glänzenden, auf vergoldeten Löwenfüßen stehenden Sideboard, um sich vom Branntwein einzuschenken. Ohne abzusetzen, leerte sie das zwei Fingerbreit gefüllte Glas, dann füllte sie es erneut.

Es klopfte an der Tür, Imani erschien. Mit freundlicher Zurückhaltung nickte sie Elisabeth zu.

»Herr Gramberg ist hier und wünscht Sie zu sprechen.«

Einen unwirklichen Moment lang herrschte Stille. Elisabeth kam es vor, als hätte Gramberg keinen ungeeigneteren Moment für einen Besuch wählen können, dennoch erschien es ihr unklug, ihn abzuweisen. Beherrscht strich sie den Stoff ihrer Bluse glatt. »Sagen Sie ihm, er soll heraufkommen. Und bring bitte Tee«, erklärte sie ruhig.

Nachdem Imani gegangen war, legte Elisabeth die Handflächen vor den Mund und hauchte hinein. Angewidert verzog sie das Gesicht, dann griff sie zu dem Pfefferminzöl, das sie zum Erfrischen verwendete, nahm einen kräftigen Schluck und gurgelte damit. Keinen Moment zu früh, denn soeben kehrte Imani mit dem Besucher zurück.

Gramberg betrat den Raum, groß, ruhig, auf der Schulter das Äffchen. Mit ausgestreckter Hand ging Elisabeth auf ihn zu.

»Wie schön, Sie zu sehen. Nehmen Sie doch Platz. Was verschafft mir die Ehre Ihres Besuchs?« Sie bemühte sich, unaufgeregt zu klingen, doch der Gedanke, dass er möglicherweise gekommen war, um mit ihr über die Ernte zu verhandeln, ließ sie nervös werden. Es hing viel davon ab, nicht zuletzt Ottos Loyalität.

Als wäre er ein häufig gesehener Gast in ihren Räumen, warf Gramberg seinen Hut auf den Tisch, dann nahm er in einem der braunen Lederstühle gegenüber der Chaiselongue

Platz. Imani brachte Tee. Schweigend und mit einem höflichen Lächeln wartete er ab, bis sie das Zimmer wieder verlassen hatte. Das Äffchen auf seiner Schulter machte fiepende Geräusche. Schließlich schlug Gramberg die Beine übereinander und lehnte sich zurück, die Teetasse auf dem Schoß balancierend. »Ich komme gerade von einem Besuch bei Wessels. Es hat mich sehr verwundert, dass Sie nicht mehr für ihn arbeiten. Verzeihen Sie meine Neugierde, aber wie kommt es? Sie haben sich hoffentlich nicht überworfen?«

Elisabeth senkte den Kopf über ihre Tasse, damit er die Röte auf ihren Wangen nicht bemerkte. »Ich habe die Arbeit bei Dr. Wessels aufgegeben, weil andere Verpflichtungen mich drängen. Wie sich herausgestellt hat, hat mein Onkel mir das Kontor vermacht«, sprudelte es ein wenig überhastet aus ihr hervor.

»Respekt«, erklärte Gramberg mit hörbarer Anerkennung in der Stimme. Aus den Augenwinkeln beobachtete Elisabeth, dass er die Tasse zurück auf den Tisch stellte, ohne von dem Tee getrunken zu haben. Mit einer Bewegung, die er wohl schon Tausende Male gemacht haben musste, zog er eine Nuss aus seiner Westentasche und verfütterte sie an das Äffchen. »Ihr Onkel scheint viel von Ihnen gehalten zu haben.«

»Um ehrlich zu sein, haben wir uns nicht sonderlich nahegestanden«, entschlüpfte es ihr. Gleich darauf biss sie sich auf die Lippe, erschüttert darüber, dass der Branntwein sie gegen besseres Wissen mitteilungsbedürftig werden ließ. Von dem verzweifelten Wunsch beseelt, dass ihre Worte Grambergs Aufmerksamkeit entgangen waren, musterte sie ihn verstohlen. Er schien noch immer mit dem Äffchen beschäftigt. Angespannt verfolgte Elisabeth, wie das Tierchen die Nuss zwischen den winzigen Fingern hielt und verspeiste. Allmählich beruhigte sich ihr Herzschlag. Als Gramberg weiterhin schwieg, räusperte sie sich, bemüht, das Gespräch in eine andere Richtung zu lenken.

217

»Um auf die Arbeit bei Dr. Wessels zurückzukommen ...
Anna, mein Dienstmädchen, arbeitet sich gerade unter seiner
Führung in den Hebammenberuf ein. Sie schlägt sich gut.«

»Das ist auch mein Eindruck«, erwiderte Gramberg zu
Elisabeths Verblüffung. Mit vor Staunen leicht offenem Mund
sah sie ihn an. Gramberg zuckte die Schultern. »Wir sind uns
in Wessels' Praxis begegnet. Übrigens kam mir dabei zu Ohren,
dass Sie ein schwarzes Waisenkind aufgenommen haben. Ein
überaus menschenfreundlicher Zug von Ihnen.«

Elisabeth bemerkte, dass seine Anerkennung ihr guttat. Seit
sie Imanis und Wessels' Kritik ausgesetzt gewesen war, hatte das
Thema sie verunsichert. »Leider stößt mein Verhalten nicht
allerorts auf Wohlwollen.«

Gramberg schnitt eine Grimasse. »Pfeifen Sie auf das
Gerede. Man muss tun, was man für richtig hält, oder im
Feuer seiner nicht gelebten Überzeugungen verbrennen. Das ist
zumindest meine Devise.«

»Tatsächlich?« Ihre Augenbrauen schossen in die Höhe.
Dass ihre Ansichten in diesem Punkt deckungsgleich waren,
erstaunte sie. Bisher hatte sich Gramberg ihr gegenüber ebenso
wenig mitgeteilt wie sie sich ihm. Vielleicht war es doch nicht
so schlecht, dass der Branntwein ihre Zunge gelockert hatte. Es
kam ihr so vor, als würden sie vertrauter miteinander, was nicht
zuletzt zum Vorteil für die Verhandlungen gereichen konnte.

Gramberg nickte. Falls er ihre Verblüffung bemerkt hatte,
so setzte er sich galant darüber hinweg. »Als ich von dem
Waisenkind hörte, kam mir ein Gedanke.«

»Ach ja?«, erwiderte sie gedehnt.

»Eine der Arbeiterinnen auf meiner Schamba hatte eine
Fehlgeburt.«

»Ich verstehe.« Elisabeth nickte. Es war nicht ungewöhnlich, dass sie davon nichts gehört hatte. Viele Sansibari zogen
den Aberglauben der Medizin vor. Mehrfach hatte sie erlebt,

dass eine Mtschawi, eine Hexe, gerufen wurde und nicht eine europäische Hebamme wie sie.

»Nun …« Gramberg streckte die Beine unter dem Tisch aus. »Obwohl schon einige Tage vergangen sind, scheint sie nicht über den Verlust hinwegzukommen. Deshalb dachte ich …« Er brach ab, als wäre er nicht sicher, ob sein Vorschlag auf ihren Beifall stoßen würde.

Elisabeth rutschte unruhig auf der Kante ihrer Chaiselongue hin und her.

Mit einer fließenden Bewegung lehnte Gramberg den Oberkörper vor. »Was halten Sie davon, das Baby in die Obhut dieser Frau zu geben? Ich bin mir sicher, dass es für alle eine gute Lösung wäre, vorausgesetzt, Sie haben das Kind in der Zwischenzeit nicht so sehr ins Herz geschlossen, dass Sie sich nicht von ihm trennen könnten.«

»Nein, das habe ich nicht«, sagte Elisabeth benommen. Dass ausgerechnet von Grambergs Seite rettende Hilfe kam, hätte sie nie und nimmer erwartet. Sie selbst hatte bereits einen ähnlichen Gedanken über eine mögliche Adoption verfolgt und überlegt, ob sie den Kleinen nicht auf Eilean Donan unterbringen konnte, bei der Mutter, die vor wenigen Wochen ihr Kind tot geboren hatte. Doch dazu wäre Jacobs Einverständnis nötig gewesen. Allein bei der Vorstellung, ihn einmal mehr um Hilfe bitten zu müssen, sträubte sich etwas in Elisabeth. So hatte sie die Idee wieder fallen gelassen. Mit festem Blick sah sie Gramberg in die Augen. »Es war von vorneherein mein Entschluss, eine geeignete Pflegefamilie zu finden. Ich bin mir der Schwierigkeiten bewusst, die für das Kind entstehen, wenn es in meiner Obhut aufwächst.«

»Gut«, sagte Gramberg. Sein intensiver Blick ruhte auf ihr. »Dann wäre das geklärt.«

Wie schon Gramberg zuvor, stellte nun auch Elisabeth die Tasse vor sich auf dem Tisch ab, ohne davon getrunken zu haben. Nervös knetete sie die Hände im Schoß. Etwas ließ ihr keine Ruhe.

»Entschuldigen Sie, wenn ich Ihnen zu nahetrete, aber weshalb tun Sie das? Ich meine …«, verlegen biss sie sich auf die Lippe, »… warum setzen Sie sich für das Kind und die Frau auf Ihrer Plantage derart ein?«

Obwohl nichts an ihrer Bemerkung erheiternd war, lachte Gramberg auf, zum ersten Mal in ihrer Gegenwart. Die Heiterkeit stand ihm, dachte Elisabeth und stellte dabei fest, dass sie ihn als Mensch um einiges greifbarer machte. Wieder ernst, zuckte er die Schultern. »Sie haben mich durchschaut, ich habe ein zu weiches Herz.« Er hob die Hand und kraulte das Äffchen am Kinn. »Den Kleinen hier habe ich verwaist im Busch gefunden. Er kauerte halb verhungert neben der toten Mutter. Vermutlich wurde sie von Wilderern erschossen, denen nichts Besseres vor die Flinte lief.«

»Wie furchtbar grausam!«

»Das ist Afrika.« Schulterzuckend nahm Gramberg seinen Hut vom Tisch und erhob sich. »Ich muss weiter. Einen schönen Nachmittag noch, ich freue mich, dass wir zu einer Lösung gekommen sind.«

Etwas perplex stand Elisabeth auf und reichte ihm zum Abschied die Hand. Sie hatte nicht vermutet, dass er das Gespräch so plötzlich beenden würde. Schon halb in der Tür, wandte sich Gramberg um. »Ach ja …« In seinen hellen Augen lag ein Ausdruck, den Elisabeth nicht zu deuten wusste. »Bezüglich der Ernte … Besuchen Sie mich in den nächsten Tagen auf meiner Schamba. Vielleicht kommen wir ja ins Geschäft.«

* * *

»Verflixt, was hast du ins Essen getan? Das Zeug ist so scharf, dass es mir die Eingeweide wegfrisst.« Japsend brach Jacob etwas von dem frisch gebackenen, noch warmen Naanbrot ab und stopfte es sich in den Mund, um das Brennen in seiner Mundhöhle zu lindern.

Ashok wusch sich die Finger in einem Gefäß, ohne auf die Kritik einzugehen. Wie immer verzichtete er auf Besteck und aß mit der rechten Hand. Dann streckte er die Hand nach einem schillernden Regenbogenkäfer aus, der über den Tisch irrte, als könnte er sich nicht für eine bestimmte Richtung entscheiden. Still ruhten Ashoks Finger auf dem Holz. Der Käfer kam ein winziges Stück näher und wich wieder zurück, als scheute er den Kontakt mit der menschlichen Haut, nur um sich ein paar Sekunden später erneut zu nähern. Jacob gab ein gelangweiltes Brummeln von sich. Wenn er Ashok nicht so gut gekannt hätte, hätte ihn der Zirkus verwundert, den der Inder mit dem Insekt veranstaltete. So aber kostete es ihn nur ein seichtes Grinsen, als der Käfer schließlich auf Ashoks Handrücken krabbelte und dort sitzen blieb. Mit einer ruhigen Bewegung führte Ashok die Hand vor seine Augen und betrachtete den Käfer eingehend von allen Seiten.

»Sonst hat dir mein Curry immer geschmeckt«, meinte er schließlich, ohne den Blick von dem Tierchen zu nehmen.

»Sonst ja.« Jacob schob den leer gegessenen Teller beiseite. »Aber da hast du auch nicht so scharf gewürzt.«

Ashok hielt die Hand so, dass die Fingerspitzen zur Decke der nach drei Seiten offenen Veranda wiesen, wo sie gemeinsam ihre Mahlzeiten einnahmen. Schweigend sah Ashok zu, wie der Käfer den Zeigefinger bis zur Spitze hinauflief. »Wenn das so ist … Möchtest du in Zukunft vorzugsweise mit den Männern essen?«, fragte er äußerst liebenswürdig.

»Nein, will ich nicht. Ich meinte ja nur … So als Anregung für dich.« Jacob nahm ein Zündholz und kaute darauf herum. »Wir unterhalten uns ja nur darüber.«

»Tun wir das?« Ashok ließ den Käfer von einer Hand auf die andere wandern.

»Schön, du hast gewonnen«, knurrte Jacob. Inzwischen war er es herzlich leid, über das verdammte Curry zu diskutieren. Sosehr er Ashok schätzte, aber es war zum Aus-der-Haut-Fahren, wenn Ashok sich verhielt wie einer dieser erleuchteten Buddhas, die er so verehrte. Entnervt nahm Jacob das Zündholz aus dem Mund und warf es zu Boden. Dann lehnte er sich zurück und verschränkte herausfordernd die Arme vor der Brust. »Was schlägst du vor, worüber wollen wir uns stattdessen unterhalten?«

Ashok lehnte sich zur Seite und setzte den Käfer auf den Holzboden ab. »Ich war heute in der Stadt.«

»Das bist du häufig.« Jacob zuckte die Schultern.

»Allerdings.« Ashok drehte Jacob das Gesicht zu. In seinen dunklen Augen spiegelte sich flackernd das Licht der Laternen. »Aber heute ist etwas Interessantes passiert.«

Es entstand eine Pause. Jacob gab sich betont gleichgültig, obwohl es ihn zur Weißglut brachte, dass Ashok sich jedes Wort aus der Nase ziehen ließ. Schweigend griff er zur Wasserkaraffe und füllte zwei Gläser. Eines davon schob er Ashok hin.

Unentschlossen drehte Ashok das Glas in den Händen. »Ich war in der Praxis von Dr. Wessels.«

Jacob nickte. »Das war der Grund, warum du in die Stadt geritten bist. Du wolltest das Medikament für Sam holen.« Er prostete ihm zu.

»Liz arbeitet nicht mehr für Dr. Wessels.«

»Aha. Und was geht uns das an?«

Ashok warf Jacob einen durchdringenden Blick zu. Dann setzte er das Glas an die Lippen. »Dr. Wessels erzählte mir, dass Dieckman Liz als Alleinerbin eingesetzt hat.«

Einen Moment saß Jacob regungslos da. Obwohl es ihm herzlich egal sein konnte, ob Liz erbte oder zur Königin von Britannien gekrönt wurde, spürte er, wie sein Herz auf einmal schneller pochte. Er nahm zwei, drei tiefe Atemzüge, um das merkwürdige Gefühl in seiner Brust loszuwerden. Sein Blick wanderte über die Veranda, zu den Büschen und von dort aus weiter in das Dunkel des nächtlichen Urwalds.

»Eine schlechte Entscheidung, wenn du mich fragst«, erklärte er schließlich.

»Du traust ihr nicht zu, das Handelskontor zu führen?«

Ruckartig beugte Jacob den Oberkörper nach vorne. Mit zusammengekniffenen Augen starrte er Ashok an. »Das Problem ist, dass ich es ihr sehr wohl zutraue.« Er schnaubte verdrossen.

»Es klingt albern, was du sagst.« Ashok schüttelte den Kopf. Sein Gesichtsausdruck ließ keinen Zweifel daran, wie enttäuschend er Jacobs Reaktion fand. Doch damit erregte er dessen Missmut nur umso mehr.

Eine ganze Weile saßen sie sich schweigend gegenüber. Jacob blickte ins Leere, an Ashok vorbei, aber dieser beobachtete ihn ganz genau. Jacob spürte seinen Blick. Verdrossen brach er noch ein Stück Brot ab und kaute darauf herum, während Ashok an einem Mückenstich auf seinem Handrücken herumkratzte.

»Dr. Wessels meinte, dass Liz noch immer vergeblich nach einem Pflanzer sucht, der ihr seine Gewürznelkenernte verkauft«, sagte Ashok.

»Was mich nicht wundert.« Jacob zuckte gleichmütig die Schultern, aber insgeheim war er erleichtert, dass das Schweigen zwischen ihnen ein Ende hatte, auch wenn die Nachricht selbst seine Brust erneut eng werden ließ. Entschlossen, sich nicht in seinen komplizierten Gefühlen zu verstricken, wechselte er zu einem beherrschbaren Thema. »Der Gewürznelkenhandel mit Europa blüht, seitdem man entdeckt hat, dass sich aus den Nelken künstliches Vanillin extrahieren lässt. Die Preise sind exorbitant gestiegen. Liz sollte sich auf harte Verhandlungen einstellen.«

Ashok nickte. »Oder sie findet eine bessere Lösung«, schob er mit einem leisen Lächeln hinterher.

»Die da wäre?«, erwiderte Jacob eine Spur zu scharf. Er wusste genau, worauf das Gespräch hinauslaufen würde.

»Wir könnten ihr die Vanilleernte verkaufen.«

»Bist du verrückt?« Ruckartig erhob sich Jacob von dem Stuhl und ging mit schweren Schritten auf der Veranda hin und her. »Wie kommst du auf so eine absurde Idee? Du hast am eigenen Leib erfahren, wie viel Blut an der Vanille klebt.« Schwer atmend blieb er vor Ashok stehen und schüttelte den Kopf.

»Wie könnte ich das je vergessen? Aber was meiner Familie angetan wurde, liegt in der Vergangenheit«, brach es unvermutet leidenschaftlich aus Ashok hervor. Er gestikulierte mit den Händen. »Es lässt sich nicht ändern. Doch die Zukunft lässt sich ändern. Wenn wir Liz helfen können, indem wir an sie verkaufen, kann aus einer Sache, der viel Schlimmes anhaftet, doch noch Gutes entstehen.«

Ungläubig starrte Jacob ihn an. »Außer unseren Männern weiß niemand, dass wir Vanille anbauen. Und wenn dein Herz nicht so daran hängen würde, hätte ich mich überhaupt nicht darauf eingelassen. Es bringt nur Unglück!«

»Du denkst also immer noch, dass ein Fluch auf der Vanille liegt.« Ashok atmete gedehnt aus. Kopfschüttelnd blickte er zu Jacob auf. »Eine erstaunliche Aussage für jemanden, der nicht an Prophezeiungen glaubt.«

»Leck mich«, zischte Jacob.

»Lieber nicht«, erwiderte Ashok trocken.

»Du wirst Liz nichts von der Vanille erzählen.« Jacob baute sich breitbeinig vor ihm auf und verschränkte die Arme.

»Nicht ohne dein Einverständnis.«

»Gut.« Jacob nickte übertrieben heftig.

»Ja, gut …«, bekräftigte Ashok, die Stirn in Falten gelegt. »Jetzt setz dich wieder. Ich habe noch nicht zu Ende erzählt. Vielleicht änderst du deine Meinung, wenn ich dir verrate, was ich noch beobachtet habe.«

Widerwillig ließ sich Jacob auf den Stuhl nieder. Der Bambus knarrte unter seinem Gewicht. Mit einem vernehmlichen Stöhnen zog er sich seinen Hut in die Stirn und legte die Füße auf dem Handlauf ab, der die Veranda umgab. Schließlich verschränkte er die Arme und ruckelte sich so bequem zurecht, wie es das harte Rohr des Stuhls zuließ. »Bist du sicher, dass ich es hören will?«

»Ich habe Gramberg aus dem Haus von Liz kommen sehen.«

Jacob spürte den Impuls, laut aufzustöhnen. Er presste die Kiefer zusammen, sodass es schmerzte. Irgendwann, so hoffte er, würde so die Leere in seinem Kopf verschwinden und sein Verstand die Arbeit wieder aufnehmen.

»Meinst du nicht, wir sollten verhindern, dass sie mit ihm Geschäfte macht?«, fragte Ashok in das Schweigen hinein.

Jacob biss sich auf die Lippe.

»Sie ist dir wichtig, gib es zu.« Ashok klang bemerkenswert trocken.

»Blödsinn«, widersprach Jacob so heftig, dass er über sich selbst erschrak.

Schweigend leerte Ashok sein Glas, den Blick in die Dunkelheit gerichtet. »Eines wüsste ich gern. Warum hältst du an störenden Prinzipien fest, statt zu handeln?«

»Das weißt du ganz genau«, erwiderte Jacob eine Spur zu hitzig. »Liz muss selbst entscheiden, was sie tut. Was auch passiert, ich werde mich nicht einmischen.«

KAPITEL 20

»Wunderbar«, seufzte Elisabeth. »Ich wünschte mir, du würdest nie aufhören.« Sie lag bäuchlings auf einer Liege, den nackten Körper bis zur Hüfte mit einem Tuch bedeckt, während Imanis geschickte Finger kräftig beiderseits der Wirbelsäule über Elisabeths Rücken fuhren. Der schwere Duft des mit Rosen versetzten Massageöls durchzog das Schlafzimmer.

»Was haben Sie heute gemacht?«, erkundigte Imani sich interessiert.

»Ich war im Hafen, so wie gestern und vorgestern auch.« Elisabeth hatte den Blick auf die Vorhänge vor dem Fenster gerichtet, die sich träge in der kühlen Abendluft bewegten. Das sachte Hin und Her wirkte beinahe hypnotisch. Sie unterdrückte ein Gähnen. Seit der Testamentseröffnung waren zwei Wochen vergangen, und bislang war sie nur gegen Mauern gelaufen, was die Wiedereröffnung des Kontors betraf. Wenn sich nicht bald etwas änderte, blieb ihr nur die Option, zu verkaufen. »Es ist niederschmetternd. Seit Tagen stehe ich bei dieser Gluthitze am Kai und spreche mit den Händlern und den Zöllnern. Aber egal wie ich es anstelle, ich kann weder die Araber noch die Inder davon überzeugen, mit mir Geschäfte zu machen, noch nicht einmal versuchsweise, obwohl ich ihnen die gleichen Konditionen biete, die unter meinem Onkel galten.«

»Sie müssen geduldig sein«, sagte Imani, während ihre Hände zu Elisabeths Schultern hinaufglitten.

»Das versuche ich ja.« Elisabeth runzelte die Stirn. »Am meisten enttäuscht hat mich die europäische Gemeinde. Da ich keinen Zutritt zum Klub der Pflanzer habe, habe ich Briefe an alle Siedler verfasst und sie zu einem Kennenlernen im Kontor eingeladen. Aber keiner der Männer hat die Höflichkeit besessen, mir zu antworten. Ich wurde schlichtweg ignoriert. Stattdessen haben sie mir ihre Frauen zum Kaffeetrinken vorbeigeschickt. Deutlicher hätte man nicht zum Ausdruck bringen können, dass niemand Geschäftsverbindungen zu mir aufnehmen möchte, einzig aus dem Grund heraus, dass ich eine Frau bin.«

»Ich frage mich …« Imani hielt mit dem Massieren inne. »Was wäre, wenn Sie den Spieß umdrehen und den Herren von sich aus Ihre Aufwartung machten?«

»Sinnlos.« Elisabeth lachte zynisch auf. »Eher würden die Männer vortäuschen, an einer schlimmen Seuche zu leiden, als mich zu empfangen und mit mir über Geschäfte zu reden. Autsch!«, beschwerte sie sich im nächsten Moment. »Muss das so wehtun?«

»Leider ja. Es liegt daran, dass Sie so verspannt sind. Zu viel Last auf Ihren Schultern,« brummte Imani und knetete unbeirrt weiter.

»Hm …«, machte Elisabeth und versuchte, in den Schmerz hineinzuatmen. Beschämt erinnerte sie sich daran, dass sie sich den Luxus gönnte, Imanis Dienste für eine Massage in Anspruch zu nehmen, während sich das Gespräch die ganze Zeit nur um sie selbst und ihre Probleme drehte. Wie es Imani heute ging, hatte sie bislang vollkommen ausgeblendet.

»Und wie war dein Tag?«, erkundigte sie sich, das Gesicht gegen das Polster der Liege gepresst, während Imani Atlas und Dreher geschickt unter der Haut des Nackens verschob.

»Danke, sehr gut.« Elisabeth konnte das Lächeln in Imanis Stimme fast hören. Offensichtlich fühlte diese sich geschmeichelt durch ihr Interesse an ihrem Wohlergehen. »Ich habe die Speisekammer ausgeräumt und gründlich geputzt. Danach habe ich wieder alles eingeräumt und eine Liste der Lebensmittel angelegt, die fehlen.«

»Apropos fehlen.« Elisabeth dehnte und drehte im Liegen den Hals, sodass die Wirbel knackten. »Wie kommst du zurecht ohne Anna? Wird es dir nicht zu viel allein?«

»Keinesfalls.« Imanis Hände strichen zu Elisabeths Schulterblättern, eine Wohltat nach der Qual von eben. »Um ehrlich zu sein, finde ich es besser so. Nicht, weil ich Anna nicht mögen würde, sondern weil die Arbeit bei Dr. Wessels sie glücklich zu machen scheint.«

»Ist das so?«, fragte Elisabeth gedehnt. Mit einem Mal wurde ihr bewusst, dass sie Anna in den letzten beiden Wochen kaum gesehen hatte. Nüchtern betrachtet mochte das an der Natur der Dinge liegen, denn seitdem Elisabeth nicht mehr für Wessels arbeitete und den größten Teil des Tages über den Büchern ihres Onkels im Kontor verbrachte, hatten sie weniger Berührungspunkte.

Elisabeth konnte sich des Eindrucks nicht erwehren, dass sie wie Gletscher in verschiedene Richtungen drifteten und sich dabei einander zunehmend entfremdeten. Ein bedrückendes Gefühl nach all der Zeit, die sie gemeinsam verbracht hatten, auch wenn Elisabeth es begrüßte, dass Anna offensichtlich flügge geworden war.

»Soweit ich mitbekommen habe, fühlt sich Anna inzwischen sehr wohl.« Imani breitete ein vorgewärmtes, nach Rosenöl duftendes Tuch über Elisabeths Schultern und Rücken aus und widmete sich den Fingerknöcheln ihrer linken Hand. Nacheinander strich sie sie aus und dehnte die Finger behutsam in die Länge. »Heute Morgen war sie mit dem Doktor auf dem

Weg nach Kiuui. Das Baby wächst und gedeiht. Die Mutter scheint es in ihr Herz geschlossen zu haben, als wäre es ihr eigenes, behauptet Anna.«

»Sie war schon wieder auf Kiuui?« Elisabeth runzelte die Stirn. »Sollte sie nicht versuchen, Abstand zu dem Kleinen zu bekommen? Das wäre besser für sie, die Mutter und das Kind.«

»Wenn es das nur wäre«, erwiderte Imani kichernd. Elisabeth hielt den Kopf inzwischen zur Seite gedreht, sodass sie sehen konnte, wie Imanis fülliger Bauch vor Lachen wackelte. »Wenn mich nicht alles täuscht, hat sie einen Verehrer auf Kiuui.«

»Wie bitte?« Elisabeth hob ruckartig den Kopf. Sie glaubte, sich verhört zu haben. »Wie kommt das denn auf einmal?«

»Ich habe keine Ahnung.« Sanft drückte Imani Elisabeths Kopf wieder auf die Unterlage. »Aber da ist dieses Leuchten in Annas Augen, wenn sie von ihren Besuchen dort berichtet. Sie wissen schon, was ich meine … Und ihre Wangen glühen.«

»Weshalb ist mir das nicht aufgefallen?«, gab sich Elisabeth verwundert.

Sanft verschob Imani die Haut an Elisabeths Oberarm. »Sie waren eben zu sehr mit anderen Dingen beschäftigt. Machen Sie sich keine Vorwürfe. Es ist der Lauf der Dinge.«

»Vermutlich«, sagte Elisabeth mit einem hohlen Gefühl im Bauch. Auch wenn Anna inzwischen ihren Weg an der Seite von Dr. Wessels gefunden hatte, fühlte sie sich immer noch verantwortlich für das Mädchen. Ob sie ein ernstes Wort mit Anna wechseln sollte, nur um sicherzugehen, dass sie nicht dabei war, eine Dummheit zu begehen, die sie in neun Monaten bereuen würde? Die Szene an Bord des Dampfers kam ihr in den Sinn, leider kannte sie Annas Unüberlegtheit, gerade bei Männern, nur zu gut.

Imani wechselte zu Elisabeths anderer Körperseite und begann dort an den Fingern zu ziehen. »Warum begleiten Sie Anna nicht bei einem ihrer Besuche auf Kiuui? Dann könnten

Sie sowohl nach dem Baby schauen als auch den jungen Mann begutachten. Davon abgesehen ...« Für einen Moment unterbrachen Imanis Hände ihre Arbeit. »... ich glaube, es würde Ihnen beiden guttun, Zeit miteinander zu verbringen.«

»Vielleicht mache ich das«, meinte Elisabeth zögerlich. Nachdenklich beobachtete sie, wie der Wind sich in den Vorhängen fing, wie sie sich aufblähten und wieder schlaff wurden, leise Atemzüge des Abends, die kamen und gingen. Seufzend wandte sie sich an Imani: »Ein Besuch auf Kiuui ist ohnehin überfällig. Ich schiebe es schon viel zu lange vor mir her.«

»Sagten Sie nicht, Mr Gramberg wäre eventuell bereit, an Sie zu verkaufen?«

»Ja, und genau das macht mir Sorge«, stöhnte Elisabeth. »Ich hatte darauf gehofft, mit dem Eigentümer von Upepo in Verhandlungen treten zu können, bevor ich mit Herrn Gramberg spreche. Doch bisher ist Mr Hastings noch nicht aus England zurückgekehrt. Wenn Gramberg merkt, dass ich gänzlich auf ihn angewiesen bin, kann er den Preis in die Höhe treiben, wie er will.«

Imani gluckste vor Lachen. »Ich sehe, Sie lernen schnell.« Sanft zog sie das Leinentuch bis zu Elisabeths Schultern hinauf, zum Zeichen, dass die Massage beendet war. »Aber vermutlich hatten Sie einfach schon immer einen guten Geschäftssinn.«

»Schön, dass du so große Stücke auf mich hältst.« Elisabeth stützte sich auf die Ellbogen, sodass der Kopf schwer in ihren Handflächen ruhte. »Doch das hilft in dem Fall leider nicht weiter. Ein zweites Angebot lässt sich nicht aus dem Hut zaubern.«

Stirnrunzelnd blickte Imani auf sie nieder. »Haben Sie einmal mit Sejjide Farida über Ihre Situation gesprochen?«

»Nein.« Elisabeth senkte den Blick. Gedankenverloren fuhr sie mit den Fingern durch ihr Haar, das in lockeren Wellen über ihre Schultern rieselte. »Seitdem ich nicht mehr im Palast wohne, sind wir einander kaum begegnet.«

»Dann sollten Sie das Gespräch suchen.« Imani griff zu einem Fächer und wedelte so kräftig, dass der Luftstrom Elisabeths Locken leicht anhob. »Dem Sultan gehört der Großteil aller Gewürznelkenplantagen. Vielleicht könnte die Prinzessin sich dafür einsetzen, dass der Sultan Ihnen einen Teil seiner Ernte verkauft.«

»Warum sollte die Prinzessin das tun?«

»Warum nicht?« Imani zwinkerte vertraulich. »Immerhin ist sie Ihnen einen kleinen Gegengefallen schuldig.«

»Gegengefallen?«, echote Elisabeth verständnislos. Sie konnte sich keinen Reim darauf machen, worauf Imani anspielte.

Imanis Grinsen zog sich von einem Mundwinkel zum anderen. »Ist Farida nicht Mr Preston sehr zugetan?«

»Woher, um alles in der Welt, weißt du davon?« Abrupt setzte Elisabeth sich auf. Beim Gedanken an Jacob beschleunigte sich ihr Herzschlag. Obwohl sie dagegen ankämpfte, vermisste sie auf eine irrationale Art und Weise seine Gegenwart und die damit verbundenen Sticheleien, genau wie die stillschweigende Verbundenheit, die – zumindest zeitweise – zwischen ihnen geherrscht hatte. Verärgert über sich selbst, biss sie sich auf die Lippe. Was immer es war, das sie zueinander zog und im nächsten Augenblick voneinander abstieß, als wären sie zwei magnetische Felder, deren Polung im steten Rhythmus wechselte, in jedem Fall war es kompliziert. Abgesehen davon durfte sie sich nicht schon wieder von ihren eigentlichen Plänen ablenken lassen.

Imanis Lachen riss sie aus ihren Gedanken. »Ein Vögelchen hat mir ins Ohr gezwitschert, dass die Prinzessin verliebt in Mr Preston ist und dass sie auf Ihren Rat in Liebesangelegenheiten vertraut.« Elisabeths Sprachlosigkeit quittierte sie mit einem

Blick, der keinen Widerspruch zuließ, und deutete auf die Liege. »Ruhen Sie noch ein wenig aus, das tut Ihnen gut. Ich bringe Sherbet zur Erfrischung. Und was meinen Vorschlag betrifft ... Soweit ich weiß, weilt der Sultan derzeit in Bet il Mtoni. Die Prinzessin ist allein im Stadtpalast. Wäre es recht, wenn ich anfragen lasse, ob Sie ihr morgen Abend einen Besuch abstatten können?«

»Ja«, erklärte Elisabeth zögerlich. Vielleicht hatte Imani recht, und es war an der Zeit, einen Gegengefallen einzufordern. Sie ließ sich zurück auf die Liege sinken. »Bitte mach das. Was habe ich schon zu verlieren?«

* * *

»*Ahlan wa sahlan,* werte Freundin. Welche Freude!« Mit offenen Armen eilte die Prinzessin Elisabeth entgegen, deren Besuch eine Dienerin dem Zeremoniell entsprechend angekündigt hatte.

»*Ahlan beiki.* Die Freude ist ganz meinerseits«, erwiderte Elisabeth die herzliche Begrüßung und ließ eine wahre Kanonade von Wangenküssen über sich ergehen. Unwillkürlich zog sie in Gedanken einen Vergleich zu ihrer ersten Begegnung mit der Prinzessin. Wie anders da alles noch verlaufen war! Damals, gleich nach Elisabeths Ankunft auf Sansibar, hatte Farida hoheitsvoll auf ihrer Medde gesessen und sich keinen Schritt auf sie zubewegt. Im Gegenteil, Elisabeth hatte sogar den Saum des hoheitlichen Gewands küssen müssen.

»Kommen Sie und setzen Sie sich zu mir nach draußen. Es ist eine so herrliche Mondnacht.« Ausgelassen nahm Farida Elisabeth bei der Hand und zog sie mit sich hinauf auf das Dach, wo bunte Sitzkissen bereitlagen. Auf ein Händeklatschen hin brachte eine Dienerin mit Kardamom aromatisierten Kaffee, während eine weitere ein Tablett mit Obst und Mandazi, eine

232

Art Krapfen, auftrug. Derweil tauschten Elisabeth und Farida sich über mehr oder weniger bedeutungsvolle Dinge aus, wie die bevorstehende Reise des Sultans nach Oman, die Umgestaltung der Badeanlagen und den allgemeinen Tratsch, der im Harem herrschte. Dabei entspann sich eine so heitere Atmosphäre zwischen ihnen, dass Elisabeth mehrfach herzlich auflachte und ungeniert bei den dargebotenen Köstlichkeiten zugriff. Als die Gesprächsthemen allmählich verebbten, schien für Elisabeth der Zeitpunkt gekommen, den eigentlichen Grund ihres Besuchs anzusprechen.

»Ich genieße es, mit Ihnen zu plaudern«, begann sie. Plötzlich unsicher, drehte sie eine Strähne ihres Haares zwischen den Fingern. »Doch um ehrlich zu sein, suche ich Sie heute aus einem bestimmten Anlass auf.«

»In der Tat?« Voll Verwunderung ließ Farida die Hand mit der zierlichen Kaffeetasse darin sinken. »Was haben Sie auf dem Herzen?«

Elisabeth räusperte sich. »Wie Sie wissen, kam ich nach Unguja, um eine größere Menge an Gewürznelken zu kaufen. Nun rückt die Erntezeit näher. Trotz meiner Bemühungen ist es mir noch nicht gelungen, in Verhandlungen mit den hiesigen Pflanzern zu treten.«

»Ich habe von Ihren Bemühungen gehört und auch davon, dass sich die meisten von Ihrem dreisten, recht männlichen Auftreten vor den Kopf gestoßen fühlen.« Farida stützte das Kinn in die Hand, die Goldreife an ihrem Arm klimperten. Mit gerunzelter Stirn blickte sie zu Elisabeth hinüber. »Ich hätte Sie für klüger gehalten. Als Frau inmitten der Händler und Zöllner zu stehen, noch dazu in Männerkleidung, schickt sich nicht. Es wundert mich wenig, dass Sie keinen Erfolg haben, und auch unserer Freundschaft erweisen Sie einen schlechten Dienst damit.«

Überrumpelt schnappte Elisabeth nach Luft. Unwillkürlich zupfte sie den Stoff ihres aufwendig gearbeiteten Korsagenkleids zurecht, das sie bewusst für den Besuch im Palast gewählt hatte. »Welche Wahl habe ich denn?« Zwar hatte sie nicht unbedingt mit Faridas Unterstützung gerechnet, aber das mangelnde Verständnis der Prinzessin für ihre Situation war für sie nicht nur überraschend, sondern enttäuschend. »Die Art der Kleidung sollte nun wirklich keine Rolle spielen, und Verkleidungen liegen mir nicht.«

Unwillig zogen sich Faridas Augenbrauen zusammen. »Sie haben nichts verstanden.«

»Jemand wie Mr Preston beispielsweise würde meine Sicht bestätigen«, setzte Elisabeth hinterher. Obwohl sie sich der Spitze bewusst war, konnte sie nicht anders, als ihrem Ärger über Faridas Kritik Luft zu verleihen. Schließlich war es Jacob gewesen, der sie ermutigt hatte, sich entsprechend ihrer Persönlichkeit zu kleiden. Um Fassung bemüht, atmete sie durch. »Zu den Badehäusern wie auch zum Klub der Pflanzer habe ich keinen Zutritt, und obwohl ich bei meinen Besuchen mit Dr. Wessels auf den Farmen stets bemüht war, Kontakte zu knüpfen, hat sich nichts ergeben. Zudem bauen die Pflanzer, die ich bei diesen Gelegenheiten kennengelernt habe, ausschließlich Zuckerrohr, Pfeffer, Kardamom oder Kokos an. Ihrem Bruder, dem Sultan, hingegen gehört der größte Teil der Gewürznelkenplantagen. Ich habe Sie in der Hoffnung aufgesucht, dass Ihr Einfluss auf den Sultan etwas für mich bewirken könnte.«

»Wie Sie selbst zu Recht bemerken«, erwiderte Farida kühl und griff nach einer Orange, »gehören die Plantagen meinem Bruder. Sie müssen mit ihm sprechen, nicht mit mir.«

»Dessen bin ich mir bewusst.« Elisabeths Augen fixierten die Orange, an deren Stiel sich drei Blätter befanden. »Vielleicht könnten Sie ein gutes Wort für mich einlegen.«

Farida schüttelte das Haupt, die Goldmünzen an ihrem Kopfputz klimperten. »Der Zeitpunkt ist äußerst ungelegen. Ich muss Eure Bitte abschlagen.«

»Aber aus welchen Gründen?« Elisabeth zerrte frustriert an einer Haarsträhne. Sie fühlte sich von der Herzlichkeit der Prinzessin getäuscht. Wie befürchtet, hatte sich an der Beziehung zwischen ihnen nichts geändert. Schon damals, bei ihrer ersten Begegnung, hatte Farida abgelehnt, sich beim Sultan für sie zu verwenden. Auch jetzt war es nicht anders, und das, obwohl Elisabeth ihrerseits die Prinzessen mit guten Ratschlägen unterstützt hatte, wie Jacobs Gunst zu erringen wäre. Dabei war es ihr von Mal zu Mal schwerer gefallen, an Farida und Jacob als Paar zu denken, ohne dass es empfindlich in ihrer Brust schmerzte. Mit wachsender Verärgerung blickte sie zu der Prinzessin hinüber.

Farida jedoch zuckte gleichgültig die Schultern. »Wie ich sagte, es ist denkbar ungünstig. Ich befinde mich gerade in einer Situation, in der ich auf das ganze Wohlwollen meines Bruders angewiesen bin.« Farida legte die Orange zurück auf den Teller. »Sicher verstehen Sie, dass meine Interessen für mich im Vordergrund stehen.«

»Natürlich«, lenkte Elisabeth ein, betont versöhnlich. Allenfalls mit Diplomatie ließ sich noch etwas erreichen. »Es müsste ja auch nicht sofort sein. Solange es nur vor der Abreise des Sultans nach Oman wäre.«

Ein bisher ungekannter Ausdruck von Sturheit flammte in Faridas hübschen, mit Kajal umrandeten Augen auf. »Ich sagte Nein. Nicht jetzt und nicht später. Ich werde nicht riskieren, mich Ihretwegen bei meinem Bruder in ein ungünstiges Licht zu stellen.«

Einen Moment herrschte Schweigen. Aus dem Hof drang das Plätschern der Wasserspiele zu ihnen herauf.

Mit zusammengekniffenen Brauen sinnierte Elisabeth vor sich hin. Schließlich straffte sie den Rücken und sah Farida in die Augen. Ein unbestimmtes Gefühl ließ sie vermuten, dass Faridas Pläne mit Jacob zu tun hatten.

»Verraten Sie mir, was Sie vorhaben. Vielleicht kann ich Ihnen dabei mehr behilflich sein, als Sie glauben.«

Farida lachte hell. »Sie überschätzen Ihren Einfluss. Insbesondere was den Umgang mit Männern betrifft, scheinen Sie kein so geschicktes Händchen zu besitzen, wie ich vermutet hatte.«

»Tatsächlich? Nun, das wird sich noch zeigen«, entgegnete Elisabeth spitz und spürte, wie ihr das Blut in die Wangen schoss. Faridas beißender Spott wirkte wie ein rotes Tuch auf sie. Unvermittelt erwachte in ihr der Reiz am Spiel. Es drängte sie fast dazu, Jacobs abweisende Haltung ihr gegenüber zu durchkreuzen und sich seine Aufmerksamkeit zu sichern.

»Wenn Sie mich nun entschuldigen, ich erwarte noch anderen Besuch.« Ohne Elisabeth weiter Beachtung zu schenken, klatschte die Prinzessin in die Hände. Mit wehenden Gewändern eilte eine Dienerin herbei. »Wo ist Imani?«

»Ich weiß nicht. Als ich sie das letzte Mal sah, stand sie im Hof und unterhielt sich mit den Köchen«, erwiderte die Sklavin.

»Sie soll kommen. Miss von Baahren möchte sich auf den Rückweg machen.«

Ernüchtert griff Elisabeth nach ihrem Tuch und erhob sich. Mit einer derartigen Herabwürdigung hätte sie nicht gerechnet. Beherrscht zwang sie sich, erhobenen Hauptes hinter der Dienerin die Dachterrasse zu verlassen. Imani wartete in der Eingangshalle.

Mit wehenden Rockschößen eilte Elisabeth die Stufen hinab. In ihrer Schmach bemerkte sie die Gruppe der Frauen nicht, die ihr vom unteren Ende der Treppe entgegenkam.

Buchstäblich im letzten Moment machte sie einen hektischen Schritt beiseite, bevor sie mit einer von ihnen zusammengestoßen wäre. Instinktiv versuchte Elisabeth, Blickkontakt zu der Frau herzustellen, doch der dichte Schleier verhinderte es.

»Entschuldigung«, murmelte sie verlegen.

Die schwarz verhüllte, breitschultrige Frau, die eine Treppenstufe unterhalb von ihr stehen geblieben war, zog sich das Gewand enger um die Schultern.

Elisabeth stutzte.

Für eine Frau war ihr Gegenüber ungewöhnlich groß, denn obwohl eine hohe Stufe sie trennte, befanden sich ihre Gesichter auf Augenhöhe.

Benommen starrte sie vor sich hin, während sie das Gefühl beschlich, dieser Frau schon einmal begegnet zu sein, vielleicht während einer Sprechstunde, obwohl ihr auch das seltsam erschien. An eine Patientin mit einer derart ungewöhnlichen Statur hätte sie sich doch sicher erinnert. Wie aus dem Nichts überkam sie ein Verdacht.

Ohne über die Konsequenzen nachzudenken, machte sie jäh einen Satz nach vorne und ließ sich über die Kante der Treppe fallen, im Vertrauen darauf, aufgefangen zu werden.

Und das wurde sie. Unverkennbar von Männerhänden.

Jacob …

Sie wusste, dass er es war.

Entgeistert starrte sie in das hinter dem Schleier verborgene Gesicht.

Als hätte er Feuer berührt, wich er von ihr zurück.

Bevor Elisabeth begreifen konnte, was passierte, eilte er an ihr vorbei die Stufen hinauf, begleitet von einem Tross hünenhaft gebauter, verkleideter Männer, bei denen es sich mit Sicherheit ebenfalls um Schotten handelte. Schwer atmend blickte Elisabeth den verhüllten Gestalten nach.

»Miss von Baahren? Ist alles in Ordnung?« Wie durch dichten Nebel drang Imanis Stimme an ihr Ohr. »Gepriesen sei Allah, dass Ihnen nichts passiert ist. Vor meinem geistigen Auge sah ich Sie schon sämtliche Stufen hinabstürzen. Nicht auszudenken, was hätte passieren können!«

»Es ist alles gut, Imani. Lass uns nach Hause gehen.« Mit finsterem Blick raffte Elisabeth ihre Röcke. Bei Licht betrachtet, war Farida durch und durch egoistisch. Zornig über sich selbst schnaubte Elisabeth hörbar auf. Was war sie nur für eine dumme Pute! Hatte sie ernsthaft an eine Freundschaft zwischen ihr und der Prinzessin geglaubt? Wie blauäugig von ihr. Lernte sie denn nie dazu? Und dann auch noch die Begegnung mit Jacob! Bei dem Gedanken daran, dass er auf dem Weg zu der Prinzessin war, brannte ihr Gesicht. Ob es fehlgeleitete Eifersucht, Missgunst oder Neid war, wusste sie nicht, und im Grunde spielte es auch keine Rolle, denn wie ein Felsbrocken, der ins Meer stürzt, sank Jacob gerade in ihrer Achtung. Sollte Farida doch glücklich mit ihm werden. Eines war sicher, die beiden hatten sich verdient! Vor Enttäuschung hätte Elisabeth am liebsten mit dem Fuß aufgestampft. Sie unterdrückte den Impuls, zumal sie keine Kraft hatte, sich mit den Fragen von Imani auseinanderzusetzen, die mit Sicherheit gefolgt wären.

Mit schwerem Krachen fielen die Türen des Palastes hinter ihnen ins Schloss und setzten gleichsam ihrer Mission, Faridas Unterstützung zu gewinnen, ein Ende. Elisabeths Blick ging zum Himmel, an dem die Sterne in dieser Nacht weniger hell als sonst zu funkeln schienen. Ob sie versuchen sollte, selbst mit dem Sultan zu sprechen? Alle Menschen, zu denen sie eine Verbindung aufgebaut und denen sie vertraut hatte, hatten sich von ihr abgewandt, erst Wessels, dann Anna, jetzt Farida und Jacob … Sie biss sich auf die Lippe. Sollte ihre Pechsträhne andauern und sich auch Gramberg zurückziehen, war sie mit ihrem Latein am Ende. Gramberg war der einzige Strohhalm, nach dem sie greifen konnte. Faridas Bemerkung über Frauen in Männerkleidung kam ihr in den Sinn. Vielleicht sollte sie sich für das Treffen mit ihm hübscher kleiden. Fröstelnd in der kühlen Abendluft, schlang sie die Arme um sich. Sie fühlte sich mit einem Schlag so roh und verletzlich wie ein Krebs, den man seiner Schale beraubt hatte. Wie in Trance setzte sie einen Fuß vor den anderen. Der Weg nach Hause kam ihr endlos weit vor. Alles, was sie wollte, war, ins Bett zu fallen, sich die Decke über den Kopf zu ziehen und nie, nie wieder aufstehen zu müssen.

Kapitel 21

Seitdem Elisabeth Anna vorübergehend aus ihren Diensten entlassen und an Wessels verliehen hatte, war der Graben zwischen ihnen größer geworden, stellte Elisabeth fest, als sie an Annas Seite durch die Reisfelder auf Kiuui zuritt. Vom ersten Moment an, als sie zu ihrem gemeinsamen Ausritt aufgebrochen waren, hatte Anna entweder schnippisch oder mit pubertärem Augenrollen reagiert, wenn Elisabeth sich nach ihrem Privatleben erkundigt hatte. Anna musste es nicht aussprechen. Auch so wurde Elisabeth schnell klar, dass das Mädchen für sich entschieden hatte, sich in ihre neue Verliebtheit nicht reinreden zu lassen. Eine ganze Weile dümpelte das Gespräch auf dem Meer der Nichtigkeiten dahin, bis Elisabeth es schließlich aufgab, die Unterhaltung am Laufen zu halten. Mit einem lachenden und einem weinenden Auge akzeptierte sie, dass Anna erwachsen wurde. Bald würde sie Elisabeths Schutz nicht mehr benötigen, die Nabelschnur zwischen ihnen war dabei zu reißen, so wie es der natürliche Lauf der Dinge vorsah. Mit einem kleinen Seufzer gab Elisabeth ihrem Pferd die Sporen, sodass es in einen leichten Galopp fiel. Anna, die den Esel inzwischen durch einen Araber mit seidig schimmerndem Fell ersetzt hatte, hielt mühelos mit.

Als sie Grambergs Land erreichten, hallten ihnen die rhythmischen Gesänge der Arbeiter entgegen. Elisabeth nickte ihnen im Vorbeireiten zu. Zu Gruppen zusammengeschlossen, arbeiteten sie sich mit Buschmessern durch das mannshohe Unterholz zwischen den Nelkenbäumen. Elisabeth spürte ein Brennen in der Brust. An den Anblick der Aufseher mit ihren Gewehren würde sie sich wohl nie gewöhnen können, doch soweit ihr bekannt war, gab es mit Ausnahme von Eilean Donan keine einzige Pflanzung, auf der anders mit den Sklaven und Zwangsarbeitern umgegangen wurde. Sie rieb sich über die Stirn. Noch immer hatte sie keine Antwort auf die Frage gefunden, welche Rolle sie in diesem System mit ihrem Handelskontor und dem Kauf der Nelken spielte. Das Dilemma schien ausweglos. Grübelnd richtete sie den Blick in die Baumkronen. Dass die Ernte näherrückte, wurde selbst für eine Anfängerin im Nelkengeschäft deutlich. Vereinzelt hatten die Rispen eine zarte Rosafärbung angenommen, der Nelkengeruch schien mit jedem Tag einen Hauch intensiver.

Mitten in ihre Gedanken hinein fiel in einiger Entfernung ein Schuss, dann direkt ein zweiter. Elisabeth zuckte zusammen und brachte ihr nervös tänzelndes Pferd zum Stehen. Bei dem ersten Knall hatte ihr Herzschlag für eine Sekunde ausgesetzt, nun stolperte es und pochte heftig. Was hatte die Schießerei zu bedeuten? Sie beugte sich vor, um das Pferd unter der verschwitzten Mähne beruhigend zu streicheln. Dabei glitt ihr Blick zu den Arbeitern. Ungerührt hackten sie auf das dichte Gestrüpp ein, als wäre nichts passiert.

»Sie müssen sich nichts dabei denken«, hörte sie Anna ein Stück hinter sich sagen. »Anfangs habe ich mich auch erschrocken, aber mittlerweile bin ich an den Krach gewöhnt.«

Elisabeth wandte sich im Sattel zu ihr um. »Wer zur Hölle schießt da?«

»Das ist Herr Gramberg. Wenn ihm langweilig ist, vertreibt er sich die Zeit mit Schießübungen«, informierte Anna sie schulterzuckend.

»Aha. Und worauf schießt er?«

»Meist auf Blechdosen. Manchmal auf Vögel. Je nachdem. Wie Männer nun mal so sind.« Als hätte das Leben sie mittlerweile alles gelehrt, was es über das andere Geschlecht zu wissen gab, schnitt Anna ein gelangweiltes Gesicht.

Elisabeth lag auf den Lippen zu fragen, was genau Anna sich unter dem gängigen Verhalten von Männern vorstellte und ob dies beinhaltete, aus blanker Willkür auf Vögel zu schießen, aber dann schluckte sie die Bemerkung hinunter. Es war begrüßenswert, dass Anna dabei war, sich ihre eigene Meinung über die Welt zu bilden. Dass diese von Elisabeths Einstellung zum Leben abwich, musste sie tolerieren. Sie seufzte tief.

Die Schießerei ging weiter, als sie am Haupthaus ankamen. Mit ziemlicher Erleichterung überließ Elisabeth ihre vor Nervosität im Maul schäumende Stute einem Stalljungen. Erhitzt von der Aufregung, fuhr sie sich mit dem Ärmel über die verschwitzte Stirn, während sie darauf wartete, dass ein weiterer Hausdiener ihren Besuch bei Gramberg meldete. Aus nächster Nähe war das Krachen der Schüsse beinahe schmerzhaft laut.

»Ich hoffe, wir kommen nicht ungelegen«, meinte Elisabeth an Anna gewandt, doch die bemerkte ihren Kommentar nicht. Stattdessen konzentrierte sich ihre gesamte Aufmerksamkeit auf die Arbeiter vor der großen Scheune. Unruhig wippte sie auf den Zehenspitzen, als hielte sie nach einer bestimmten Person Ausschau. Ihr Gesichtsausdruck war der eines verliebten Mädchens, wie Elisabeth mit leiser Wehmut feststellte. Nur allzu gut erinnerte sie sich daran, wie es sich angefühlt hatte, zum ersten Mal im Leben verliebt zu sein und in den Wolken zu schweben. Sanft stupste sie das Mädchen am Ellbogen.

»Anna, hörst du? Ich rede mit dir. Wo bist du nur mit deinen Gedanken?«

Augenblicklich schoss Anna die Röte in die Wangen. »Wie? Ach so, Entschuldigung …«, murmelte sie. Einen Augenblick später hob sie unvermittelt die Hand und winkte freudestrahlend zu der Scheune hinüber. Leicht die Stirn runzelnd und gespannt, was es dort drüben zu sehen gab, folgte Elisabeth ihrem Blick.

Kenyatta, Grambergs Vorarbeiter, löste sich aus der Gruppe. Mit dem ihm eigenen federnden Gang kam er auf sie zu. Das Leuchten in seinen Augen sprach Bände. Wie Imani richtig vermutet hatte, schien das Baby tatsächlich nur der Vorwand dafür, dass Anna auffallend oft nach Kiuui ritt. Elisabeth biss sich auf die Lippe. Wenn sie ehrlich war, wusste sie im ersten Moment nicht, was sie davon halten sollte. Geistesabwesend schwebte ihr Blick über die Gruppe der Arbeiter. Ihre Gedanken verselbstständigten sich, und ohne zu merken, was sie tat, verfingen sich ihre Finger in einer losen Haarsträhne.

Elisabeth kannte keinen anderen Ort auf der Welt, an dem so viele unterschiedliche Rassen auf engstem Raum zusammenlebten wie auf Unguja. Als eine in behüteten Verhältnissen aufgewachsene Deutsche hatte sie anfänglich befürchtet, dass sich daraus Potenzial für viel Sprengstoff ergäbe. Einzig das strenge Regime des Sultans, so hatte sie geglaubt, verhindere, dass die Situation eskalierte und es zu Mord und Totschlag kam. Die Arbeit bei Wessels aber hatte sie eines Besseren belehrt und tiefer blicken lassen.

Es gab eine weitaus größere Kraft, die die Menschen auf Unguja jenseits von Rassen einte, und das war die Sehnsucht nach einer besseren Welt. Einer Welt, die die Menschen näher zueinander brachte und sie ihre Einsamkeit, ihre Trauer um die verlorene Heimat und ihre Armut vergessen ließ.

Sehnsucht und ihre Schwester, die Liebe, so schien es ihr, beflügelten die Menschen, über sich hinauszuwachsen und große Dinge zu tun. Liebe besaß die Macht zu heilen. Liebe ermöglichte, Ängste zu überwinden und zu einer besseren Version seiner selbst zu werden.

Und vielleicht würde die Liebe auch Anna und Kenyatta genügend Kraft verleihen, miteinander auf Dauer glücklich zu werden und die Spannungen, die sich nach der ersten Verliebtheit zwangsläufig ergeben würden, zu überwinden.

»Fräulein von Baahren.«

Elisabeth zuckte zusammen und drehte den Kopf. Sie war so mit Anna und Kenyatta beschäftigt gewesen, dass sie Grambergs Anwesenheit nicht bemerkt hatte.

»Ich freue mich, Sie zu sehen«, sagte Gramberg mit seiner rauchigen Stimme. Mit lässig nach vorne gebeugtem Oberkörper lehnte er am Holzgeländer seines Hauses, in der Hand ein Gewehr, neben sich einen Altdeutschen Schäferhund mit schwarzem Kopf und braunen Beinen. Elisabeth spürte ein beklommenes Gefühl in sich aufsteigen. Ohne ihr Zutun schob sich die Erinnerung an Weyhoff über den gegenwärtigen Moment. Fröstelnd schlang sie die Arme um den Oberkörper. Weyhoff hatte die unliebsame Angewohnheit besessen, sich anzuschleichen und sie aus dem Hintergrund zu beobachten.

Das Bellen des Hundes holte sie zurück in die Gegenwart, und Weyhoffs Bild verblich. Abwartend und mit einem freundlichen Lächeln blickte Gramberg zu ihr herüber.

Elisabeth gab sich einen Ruck. Betont ungezwungen schob sie sich die wirren Locken aus der Stirn und schritt auf ihn zu, in der Hoffnung, dass er ihre vorübergehende Geistesabwesenheit nicht bemerkt hatte. »Guten Tag, Herr Gramberg. Ich hoffe, mein Besuch kommt nicht ungelegen. Ich hörte Schüsse.«

»Ach das.« Gramberg zuckte die Schultern. »Nur Zeitvertreib. Kein Vergleich zu dem Vergnügen, Sie zu sehen.«

»Sie schmeicheln mir.« Mit einem feinen Lächeln blieb Elisabeth vor der Veranda stehen.

»Das war mein Ziel.« Gramberg stieß sich vom Geländer ab und kam ihr entgegen, den Blick auf sie gerichtet, das Gewehr lässig unter dem Arm. Die beiden letzten Stufen nahm er mit einem Satz. Diesmal hockte das Äffchen nicht auf seiner Schulter. Elisabeth vermutete, dass es vor dem Knallen der Gewehrschüsse geflüchtet war. Nur kurz unterbrach er den Augenkontakt, um sich auch diesmal zu einem Handkuss zu verneigen. Der Schäferhund auf der Veranda knurrte dunkel.

»Wie schön, dass Sie meiner Einladung gefolgt sind.« Gramberg richtete den Oberkörper wieder auf, doch ihre Hand hielt er weiter umschlossen.

»Ich hatte gehofft, mit Ihnen über die Ernte sprechen zu können. Da erschien es mir eine gute Gelegenheit, Anna zu begleiten. Sie ist hier, um Milchpulver für das Baby zu bringen. Wie ich hörte, geht es Mutter und Kind ausgezeichnet.« Vorsichtig befreite Elisabeth ihre Hand aus Grambergs Griff.

»Haben Sie etwas anderes erwartet?« In seinen hellen Augen leuchtete Schalk auf. Eindringlich ruhte sein Blick auf ihr.

Elisabeth spürte ein nervöses Ziehen im Magen. Dennoch hielt sie weiterhin Augenkontakt und unterdrückte den Drang, sich zu räuspern.

»Meiner Erfahrung nach kann man sich bei solchen Vorhaben nie wirklich sicher sein.«

»Wie enttäuschend. Sie haben also meiner Intuition misstraut.«

Elisabeth meinte, einen leicht spöttischen Unterton zu hören. Noch während sie auf der Suche nach einer passenden Antwort war, wandte er ihr den Rücken zu. Mit dem Gewehr über der Schulter, eine Hand tief in der Tasche seiner Hose vergraben, schlenderte er die Stufen hinauf. Vor der Holztür blieb er stehen und drehte den Kopf. »Kaffee?« Fragend hob er die Augenbrauen.

Elisabeth machte einen Schritt auf die Veranda zu. Der Schäferhund stellte das Nackenfell auf und fixierte sie mit gefletschten Zähnen. Das Knurren tief aus seiner Kehle klang bedrohlich. Unwillkürlich blieb Elisabeth stehen.

»Aus!« Grambergs Stimme klang scharf wie ein Peitschenknall. Der Hund verstummte augenblicklich.

Gramberg drehte sich entschuldigend zu ihr um, das Metall des Gewehrlaufs blitzte in der Sonne. »Entschuldigung. Als Wachhund muss er scharf sein, aber er gehorcht mir bedingungslos. Wenn er Sie stört, lasse ich ihn in den Zwinger bringen.«

»Schon gut.« Elisabeth versuchte ein Lächeln.

»Ich bestehe darauf.« Gramberg pfiff einen Arbeiter herbei. Als der Hund weggebracht worden war, wandte er sich wieder an sie. Er fuhr sich mit der Hand in den Nacken, verlegen, wie es schien. »Bitte entschuldigen Sie mein mangelndes Fingerspitzengefühl gegenüber der Gefühlswelt einer Dame. Ich hätte von Anfang an realisieren sollen, dass der Hund Sie ängstigt. Es soll nicht wieder vorkommen.« Mit einem Lächeln zog er den Hut vom Kopf und verneigte sich. »Kaffee oder Tee?«

»Gern Kaffee.« Sie lächelte zurück. »Allerdings möchte ich zuerst nach dem Baby sehen, wenn Sie gestatten.«

»Selbstverständlich«, erwiderte er mit seiner volltönenden Stimme. »Wie heißt es so schön, mein Haus ist Ihr Haus. Vor allem, wenn es sich um so reizenden Besuch handelt.«

»Sehr freundlich.«

»Kenyatta wird Sie zu den Hütten bringen.« Ein spöttischer Zug spielte um seine Mundwinkel. »Er scheint sich gut mit Ihrem Dienstmädchen zu verstehen.«

»Ja, das ist wohl so …«, pflichtete Elisabeth ihm nachdenklich bei. Ihr Blick flog zu Anna und Kenyatta hinüber, die, in ihrer eigenen Welt versunken, beieinander standen und sich tiefe Blicke zuwarfen. Elisabeth setzte ihren Tropenhelm ab und fächelte sich damit Luft zu. »Ach, übrigens, der Korrektheit wegen … Anna steht nicht mehr in meinen Diensten. Momentan arbeitet sie für Dr. Wessels.«

»Ich ziehe den Hut vor ihr.« Gramberg steckte zwei Finger der linken Hand in den Mund und pfiff. »Kenyatta!«

Kenyatta wirkte wie vom Blitz getroffen. Augenblicklich beendete er die Unterhaltung mit Anna und eilte mit pflichtschuldiger Miene herbei.

»Fräulein von Baahren ist um die Gesundheit des Babys besorgt.« Gramberg nickte knapp. »Begleiten Sie die Damen hinüber, damit sie sich mit eigenen Augen vom Wohlbefinden des Kindes überzeugen können.«

»Ja, Buana«, sagte Kenyatta und lief voran, um Elisabeth den Weg zu weisen. Gramberg hingegen schien noch immer am selben Platz zu stehen und ihr hinterherzusehen. Elisabeth konnte spüren, wie sein Blick sie verfolgte. Verwirrt strich sie sich das Haar aus der Stirn. Aus Grambergs Verhalten wurde sie einfach nicht schlau. War sein Interesse an ihr rein geschäftlicher Natur, oder versuchte er, ihr auf seine kauzige Weise Avancen zu machen?

* * *

»Die Leberschwellung ist zurückgegangen.« Elisabeth schlug den Stoff der Windel über dem Bauch des Babys zusammen und unterdrückte das Bedürfnis, den Kleinen ein wenig länger an ihrer Brust zu wiegen, anstatt ihn der Mutter zurückzugeben. »Wenn er so weitermacht, kann er in ein paar Wochen Getreidebrei essen. Zur Vorsicht höre ich ihn noch ab.« Bevor sie es sich anders überlegen konnte, legte sie den Kleinen der Mutter in den Arm. Behutsam setzte sie das Hörrohr auf den

Brustkorb des Babys und presste ihr Ohr gegen das andere Ende. Das Herz schlug regelmäßig, die Lungen waren frei. Mit einem Lächeln wandte sie sich an Anna. »Es ist alles so, wie es sein soll. Du hast gute Arbeit geleistet.«

»Das heißt, ich werde hier nicht mehr gebraucht?« In Annas Augen spiegelte sich Panik.

»Sicher kann es nicht schaden, wenn du weiter ein Auge auf die Gesundheit des Kleinen hast«, erklärte Elisabeth und verkniff sich ein Grinsen. »Benötigt noch jemand unsere Dienste?«

Anna schüttelte den Kopf. »Nicht dass ich wüsste. Aber wenn Sie möchten, könnte ich Kenyatta fragen, ob …« Jäh wurde Anna von einem alarmierend klingenden Rufen unterbrochen.

»Miss von Baahren! Wo sind Sie? Kommen Sie!«

Nichts Gutes ahnend, sprang Elisabeth auf und eilte aus der Hütte. Im gleißenden Sonnenschein stand ein halbwüchsiger Junge mit dichtem schwarzem Kraushaar. Die Hände in die Taille gestemmt, schnappte er nach Luft. Elisabeth ahnte, dass sich ein Unfall ereignet haben musste. »Bitte … schnell …«

»Was ist passiert?« Sie zwang sich, mit beherrschter Stimme zu sprechen. Wenn sie sich von der Angst des Jungen anstecken ließ, war sie für niemanden eine Hilfe.

»Herr Gramberg … Er hat sich verletzt …« Immer noch keuchend, deutete der Junge auf den schmalen Pfad, der durch das Unterholz zurück zum Haupthaus führte.

Elisabeth tauschte rasche Blicke mit Anna, die ebenfalls aus der Hütte gerannt war. »Hol deine Tasche und komm!«

Als sie kurz darauf das Haupthaus erreichten, stand Elisabeth der Schweiß im Gesicht. In ihrem Kopf drehte sich alles, also beschloss sie, innezuhalten und sich zu sammeln, bevor sie mit ruhigen Schritten die Stufen der Veranda hinaufstieg.

Man hatte Gramberg in sein Schlafzimmer gebracht. Bleicher als sonst lag er auf seinem Bett. Der Stoff am rechten Unterschenkel war blutdurchtränkt.

Elisabeths Sinne waren geschärft, sodass sie die Umgebung überdeutlich wahrnahm: das weiß getünchte Zimmer mit den geschnitzten Holzgittern vor den Fenstern, zwischen denen sich das Licht brach; das herbe Aroma von Schweiß und Adrenalin, durchmischt mit dem Geruch von Blut; der rhythmische Gesang der Sklaven vor dem Haus. Die Federn knarrten unter ihrem Gewicht, als sie sich auf der Bettkante niederließ. Prüfend sah sie in Grambergs Augen. Trotz des Blutverlusts war sein Blick klar.

»Wie ist das passiert?«

Einen Wimpernschlag lang hielt Gramberg mit ihr Augenkontakt, bevor er den Kopf zur Seite drehte. »Meine eigene Schuld. Ich war unachtsam. Der Schuss hat sich versehentlich gelöst.«

»Sie haben sich selbst in den Unterschenkel geschossen?« Stirnrunzelnd nahm Elisabeth Grambergs feuchte, kühle Hand, um seinen Puls zu fühlen. »Himmelherrgott, wie kann so etwas denn passieren?«

»Der Abzugsbügel meines Hinterladers ist defekt. Als ich ihn mit der Hand versehentlich berührte, ging der Schuss los. Ich weiß nicht, warum ich den Bügel nicht längst repariert habe, aber irgendetwas kam immer dazwischen.« Grambergs Miene verdüsterte sich. »Nennen Sie mich ruhig einen Idioten.«

»Davon wird nichts besser«, erwiderte Elisabeth. Sie erhob sich, ließ sich von Anna eine Verbandsschere aus der Hebammentasche reichen und durchtrennte den Stoff über der Wunde. Als sie sich tiefer beugte, drang der Geruch von verbranntem Fleisch in ihre Nase. Die Kugel hatte eine grabenförmige Wunde parallel zum Schienbein verursacht. Erleichtert, dass es sich lediglich um einen Streifschuss handelte, atmete sie auf. Sie war durchaus in der Lage, selbst die Versorgung zu übernehmen. »Sie haben Glück gehabt«, erklärte sie, während sie die Wundränder betastete. »Wir brauchen Dr. Wessels nicht zu bemühen. Die Verletzung ist recht oberflächlich. Ich werde die Wunde säubern und verbinden, das sollte genügen.« Elisabeth richtete sich auf und sah sich suchend um.

Ohne dass sie darum hätte bitten müssen, war Anna zur Stelle und reichte ihr Verbandsleinen und Desinfektionslösung. »Hier. Was kann ich tun?«

»Setz dich an das untere Ende des Bettes und halte das Bein fest, während ich den Alkohol über die Wunde gieße.«

»In Ordnung.« Anna schluckte und wandte ihre Augen von der Verletzung ab, als hätte sie auch diesmal Schwierigkeiten, den Inhalt ihres Magens bei sich zu behalten.

Mitfühlend legte Elisabeth ihr die Hand auf die Schulter. »Du musst das nicht tun, wenn du nicht willst.«

»Ich möchte aber.« Anna schob die Unterlippe vor. »Es wird schon gehen. Geburten sind auch eine blutige Angelegenheit.«

»Geburten sind etwas anderes als Schusswunden«, widersprach Elisabeth, insgeheim verwundert darüber, woher das ehemals launenhafte, oft so unentschlossene Mädchen plötzlich den Mut und das Selbstvertrauen hernahm, sich der Herausforderung zu stellen. Ihr war, als sähe sie Anna auf einmal mit anderen Augen. Aufmunternd und mit dem Gefühl, dass die Dinge zwischen ihnen den richtigen Lauf genommen hatten, nickte sie Anna zu. »Du wirst deine Sache sicher gut machen. Mit der Zeit gewöhnt man sich an den Anblick von Wunden.«

Anna lächelte. Ein vernehmliches Räuspern von Gramberg drängte Elisabeth, mit der Behandlung zu beginnen. Noch zögerlich setzte sich Anna an das Fußende des Bettes und hielt das verletzte Bein.

»Erschrecken Sie nicht. Es wird kurz brennen.« Ihre Blicke begegneten sich, Gramberg hielt sie mit den Augen fest. Als Elisabeth den Alkohol über die Wunde goss, knirschte Gramberg mit den Zähnen, gab aber keinen Mucks von sich, auch nicht, als sie mit der Pinzette verbrannte Fasern der Leinenhose aus dem Fleisch entfernte. Teils wegen der Hitze, teils weil sie allein die Verantwortung übernehmen musste, lief ihr der Schweiß in Strömen über den Rücken, während sie tief über Grambergs Unterschenkel gebeugt die Wunde säuberte und verband. Schließlich streckte sie den schmerzenden Rücken durch und drehte sich zu Anna um. »Fertig. Wenn du so nett wärst, das verschmutzte Material hinauszubringen? Kenyatta weiß bestimmt, wo man es verbrennen kann.«

»Gern.« Anna nickte, Stolz und Freude im Blick.

Elisabeth trat an den Waschtisch und wusch sich ausgiebige Hände und Unterarme. »Vertritt dir ruhig die Beine, bevor wir zurückreiten. Ich lasse dich wissen, wann wir aufbrechen.«

Als Anna gegangen war, trocknete sich Elisabeth die Hände ab. Betont gemessen wandte sie sich an Gramberg. »Sie können das Bein belasten, aber vorerst sollten Sie keine Wanderungen unternehmen.«

Gramberg gab einen röchelnden Laut von sich. Schwerfällig richtete er sich im Bett auf. Das gedämpft durch die Gitter fallende Licht ließ sein Gesicht müde und abgekämpft wirken. Um Mund und Nase zeichneten sich tiefe Linien ab.

»Schade wegen des versprochenen Kaffees.«

Elisabeth betrachtete Gramberg nachdenklich. Seine strahlende Aura war getrübt, er wirkte verletzlich und ehrlich enttäuscht. Elisabeth spürte, wie etwas in ihr weich wurde. Mitfühlend lächelte sie ihm zu. »Ein Kaffee auf der Veranda würde nach der Aufregung sicher guttun. Gönnen Sie sich aber erst einmal einen Schluck Branntwein. Das lindert die Schmerzen. Aus meiner Sicht spricht nichts dagegen, dass Sie aufstehen, sobald Sie sich in der Lage dazu fühlen.«

»Danke für die Erlaubnis. Was gibt es sonst zu beachten?« Seine Augen ruhten fragend auf ihr. Elisabeth spürte, wie sie unter seinem Blick nervös wurde.

»Sorgen Sie dafür, dass der Verband regelmäßig gewechselt wird.« Um sich von seinem Blick zu lösen, nahm sie das Handtuch und musterte es ausgiebig, bevor sie es ordentlich über Eck faltete. »Das ist alles. Der Körper verfügt über erstaunliche Selbstheilungskräfte.«

Einen Moment herrschte Stille.

In sich selbst versunken, legte Gramberg den Kopf in den Nacken und starrte gegen die Decke. »Ich möchte mich bei Ihnen entschuldigen.«

»Entschuldigen?« Elisabeth verschränkte die Arme vor der Brust. »Wofür?«

Er senkte das Kinn und maß sie mit einem langen Blick. »Dafür, dass ich Ihnen diesen unangemessenen Moment der Intimität zugemutet habe.«

»Wie darf ich das verstehen?« Gleichermaßen verdutzt wie verständnislos schüttelte Elisabeth den Kopf.

Gramberg strich sich eine weizenblonde Haarsträhne aus der verschwitzten Stirn. »Wir befinden uns in meinem Schlafzimmer.«

»Nun, das ist richtig.« Elisabeth verlagerte das Gewicht von einem Fuß auf den anderen. »Allerdings bin ich erfahren genug in der Krankenbehandlung, um solche Dinge auszublenden.«

Ein Lächeln breitete sich über seine Mundwinkel aus. »Sie beschämen mich. Wenn ich mir die Bemerkung erlauben darf, Sie sind eine sehr bemerkenswerte Frau.« Er schwieg kurz. Dann streckte er ihr die Hand entgegen. »Freunde?«

Elisabeth zögerte. Erneut war sie sich unsicher. Handelte es sich um eine rein kameradschaftliche Geste, oder war sie, wie zuvor bei Wessels, blind dafür, dass sich Gramberg insgeheim Hoffnungen auf mehr machte?

»Fräulein von Baahren? Ist Ihnen nicht gut?«

»Entschuldigung.« Rasch ergriff sie seine Hand und drückte sie fest. »Es ist der Kreislauf. Die Hitze macht mir zu schaffen.«

Sie zwang sich zu einem Lächeln. Mit der freien Hand wischte sie sich den Schweiß von der Stirn.

Gramberg hob eine Augenbraue. »Offensichtlich habe ich Ihnen durch meine Dummheit Unannehmlichkeiten bereitet. Wie kann ich es wiedergutmachen?«

»Es geht schon wieder. Ruhen Sie sich aus, das ist das Wichtigste.« Sie biss sich auf die Lippe. »Dr. Wessels wird froh sein zu hören, dass wir ihm den Weg nach Kiuui erspart haben«, schob sie hinterher, um von sich abzulenken.

Er maß sie mit besorgtem Blick. »Sie wirken, als könnten Sie etwas Kräftigeres als Kaffee gebrauchen. Ich werde uns einen Imbiss auf die Veranda bringen lassen.«

»Sehr freundlich.« Geistesabwesend runzelte Elisabeth die Stirn. Ihr Besuch auf Kiuui war anders verlaufen als erwartet. Seltsam … Fast kam es ihr so vor, als wäre ihr das Schicksal unvermutet zu Hilfe gekommen. Die Chancen, dass Gramberg ihr die Nelken verkaufte, standen nach diesem Nachmittag zweifelsohne besser. Gramberg fühlte sich nach seinem Unfall verpflichtet, ihr einen Gegengefallen zu erweisen, das war deutlich zu spüren. Wenn sie es geschickt anstellte, konnte sie ihn womöglich heute noch zu einer Zusage bewegen. Und was ihre insgeheimen Bedenken betraf: Sollte er tatsächlich versuchen, ihr Avancen zu machen, so war sie durchaus in der Lage, Grenzen zu setzen. Mit einem Gefühl von Zuversicht ließ sie die hochgezogenen Schultern sinken. Lächelnd wandte sie sich an Gramberg. »Eine Stärkung könnte ich gut vertragen.«

Umständlich setzte sich Gramberg im Bett auf. Als er das Bein anhob, verzog er vor Schmerz das Gesicht, beherrschte sich aber gleich wieder. Mit zusammengebissenen Zähnen blickte er zu ihr hinüber. Ein unbestimmter Ausdruck lag in seinen Augen.

»Schön. Gehen Sie ruhig schon nach draußen, während ich mich frisch mache. Wenn Sie mich kurz entschuldigen …«

Kapitel 22

Das Knarren der Verandatür holte Elisabeth wenig später aus ihren Gedanken.

»Sie wirken bedrückt, Fräulein von Baahren«, hörte sie Gramberg sagen. Benommen löste sie den Blick, der auf einem unbestimmten Punkt in der Ferne geruht hatte, und wandte den Kopf. Gramberg hatte zu seiner gewohnt selbstsicheren Haltung zurückgefunden. Wie üblich trug er ein blendend weißes Hemd zu seiner Arbeitshose. Sein frisch gewaschenes Haar schimmerte vor Feuchtigkeit. Er hatte es streng aus der Stirn gekämmt, wodurch er noch eine Spur ernster wirkte als sonst. Mit deutlichem Hinken schritt er an ihr vorbei und ließ sich auf den Korbstuhl ihr gegenüber sinken. »Gab es Ärger?«

»Ärger nicht.« Betrübt schüttelte sie den Kopf. Ihre Finger strichen über den zerbrochenen Gegenstand in ihrer Hand. »Mein Kompass ist zu Bruch gegangen. Einer der Stalljungen hat ihn mir gebracht. Es scheint, dass meine Stute darauf getreten ist, nachdem er aus der Satteltasche gefallen war.«

»Nichts hält ewig.« Gramberg blickte ihr in die Augen. »Man soll sein Herz nicht an Dinge hängen.«

Elisabeth verzichtete auf eine Antwort. Gramberg hätte ohnehin nicht verstanden, was in ihr vorging. Der Kompass war ein Geschenk von Wessels gewesen. Sie hatte ihn bekommen, als sie angefangen hatte, für ihn zu arbeiten. »So verirren Sie sich nicht«, hatte Wessels damals mit einem Lächeln gemeint. Bislang war der Kompass nicht mehr als ein praktisches Werkzeug für sie gewesen, doch jetzt, wo er zerbrochen war, spürte sie, dass er eine Bedeutung gehabt hatte. Vorsichtig strich sie mit den Fingern über das verbeulte Gehäuse. Das Licht der Nachmittagssonne brach sich in dem zersplitterten Glas und fiel in schillernden Farben auf ihren Handrücken. Die verbogene Nadel brachte sie zum Sinnieren. Wenn ihr die Erfahrungen mit Weyhoff und Carl erspart geblieben wären und sie mehr wie Anna gewesen wäre, in welche Richtung hätte sich ihr Herz geneigt? Wohin hätte der Kompass gezeigt? In Wessels', Grambergs oder Jacobs Richtung? Grambergs rauchige Stimme holte sie zurück in die Gegenwart.

»Wie läuft es im Handelskontor?«, erkundigte er sich.

»Ich habe gut zu tun, um meinen Pflichten nachzukommen«, erklärte sie mit deutlicher Zurückhaltung. Bemüht, das Thema zu wechseln, ließ sie den Blick schweifen. Gramberg sollte nicht merken, mit welchen Schwierigkeiten sie gerade zu kämpfen hatte. Ein Baum mit ungewöhnlich ausladender Krone erregte ihre Aufmerksamkeit. Er hatte kleine, in Büscheln stehende schneeweiße Blüten und ledrige Blätter. Seine Zweige reckten sich wie Finger einer Hand gen Himmel. »Was ist das für ein Baum? Er duftet herrlich.«

»Ein Frangipani. Ich habe ihn von einer meiner Reisen mitgebracht.« Gramberg pfiff auf zwei Fingern. Ein Hausdiener erschien, in ein knöchellanges hellblaues Hemd gekleidet, und Gramberg erteilte ihm auf Swahili eine knappe Anweisung, die Elisabeth nicht verstand. Daraufhin eilte der Mann zu dem Baum, schwang sich mühelos in die Krone und pflückte einen der Blütenzweige. Gramberg nahm ihn entgegen und reichte ihn mit einer zuvorkommenden Verneigung an Elisabeth weiter. »Es würde mir Freude bereiten, Ihnen diesen zu schenken.«

»Danke.« Elisabeth senkte ihr Gesicht über die Blüten, besorgt, dass ihr Gesichtsausdruck ihre zwiespältigen Gefühle verraten könnte. Zwar fühlte sie sich geschmeichelt von seiner Aufmerksamkeit, dennoch blieb ein ungutes Gefühl, das sie sich nicht recht erklären konnte.

Gramberg lehnte sich zurück, sein Blick ruhte auf ihr. Erneut schien es Elisabeth so, als sähe er nicht sie, sondern etwas, das in seiner Fantasie verborgen lag. »Sie gehören zu der Sorte Frau, der man regelmäßig Blumen schenken sollte, rein-weiße allerdings. Die Farbe spiegelt sich geradezu faszinierend im Leuchten Ihrer Augen wider.« Ruckartig lehnte er sich vorwärts. »Essen Sie! Die gebratenen Fleischspieße sind köstlich.«

Elisabeth brach etwas Naanbrot ab und tunkte es in die Avocadocreme. Nachdenklich kaute sie, dann holte sie Luft und fasste Mut, die kleine Tändelei zwischen ihnen zu nutzen. Sie räusperte sich. »Wenn es Ihnen recht ist, würde ich gern die Gelegenheit beim Schopf packen und nochmals auf die Ernte zu sprechen kommen.«

»Ach so«, bemerkte Gramberg. Höflich lächelnd nahm er eine der grünen Kokosnüsse vom Tisch, in der ein Trinkhalm aus Stroh steckte, und reichte sie ihr. »Sie sind immer noch interessiert?«

»Das bin ich.« Elisabeth nippte an der Kokosmilch. »Haben Sie sich über mein Angebot Gedanken gemacht?«

»Zehn Prozent mehr als das Höchstgebot?«

»Korrekt.« Elisabeth unterdrückte den Drang, heftig zu nicken.

»Hm.«

»Das ist mein Angebot. Was sagen Sie dazu?« Mit betont unbeteiligter Miene stellte Elisabeth die Kokosnuss zurück auf den Tisch.

Gramberg saß da, die Ellbogen auf die Lehne gestützt, die Hände locker ineinander verschränkt, und maß sie mit seinem unergründlichen Blick. »Ich denke darüber nach«, erwiderte er schließlich, eine Antwort, die Elisabeth als unbefriedigend empfand. Zum Nachdenken war reichlich Zeit gewesen. Sie reckte das Kinn. »Bis wann kann ich mit einer Entscheidung rechnen?«

»Es will gut überlegt sein …« Eindringlich musterte er sie.

»Würde es die Entscheidung erleichtern, wenn ich Ihnen zusichere, auch die gesamte nächste Ernte zu kaufen?«

»Ich soll mich nicht nur für diese, sondern auch noch für die nächste Ernte an Sie binden?« Gramberg löste den Blick von ihr und fuhr sich mit den Fingern durch das zurückgekämmte Haar. »Das wird aber schnell ernst zwischen uns beiden.«

Elisabeth ließ die Schultern sacken. Unversehens hatte er ihr den Wind aus den Segeln genommen. Verunsichert nahm sie den Stängel mit den süß duftenden Frangipaniblüten vom Tisch und drehte ihn zwischen den Händen. Langsam strichen ihre Finger den Zweig hinauf und hinunter. Ein aufgeregter Schrei ersparte ihr eine Antwort.

Grambergs Kopf ruckte herum. Seine Augen weiteten sich unmerklich, dann verengten sie sich wieder. Kommentarlos erhob er sich und humpelte, so schnell es seine Verletzung zuließ, die Stufen hinunter. Elisabeth entschloss sich, ihm unaufgefordert zu folgen.

Hinter der Scheune befanden sich Käfige mit Hühnern. Nervös mit den Flügeln schlagend, hockten sie auf Gittern und veranstalteten einen Heidenlärm. Flaumfedern, flauschig wie Watte, wehten Elisabeth vor die Füße. Etwas abseits davon stand ein einzelner, etwa hüfthoher Käfig. Nichts Lebendiges rührte sich darin. Elisabeth beobachtete, wie Gramberg mit ausdrucksloser Miene vor dem Käfig in die Knie ging und eine blutige Masse aus Fell und Knochen hervorzog. Zutiefst schockiert schlug sie sich die Hand vor den Mund.

Gramberg erhob sich. Zärtlich, als hielte er ein Baby, wiegte er das tote Äffchen in seiner Armbeuge. Seine Lider flatterten. Elisabeth glaubte, Tränen in seinen Augen glitzern zu sehen. Sie biss sich auf die Lippe. Zögerlich machte sie einen Schritt auf ihn zu. »Ich dachte, das Äffchen wäre ein Haustier?«

»Ich lasse es im Käfig, wenn ich zu beschäftigt mit anderen Dingen bin.«

»Ich verstehe … Aber wie konnte das passieren?«, fragte sie leise.

Gramberg wandte den Kopf zur Stalltür. Elisabeths Blick folgte seinem. Als sie bemerkte, dass der schwarze Schäferhund, der ihr solch gewaltigen Respekt eingeflößt hatte, an einem Strick hechelnd im Schatten neben der Tür lag, wusste sie Bescheid.

»Verdammt! Der Riegel wurde nicht geschlossen«, fluchte Gramberg. Sein Gesicht wirkte bleich, bleicher als in dem Moment, als sie die Wunde an seinem Bein mit Alkohol ausgewaschen hatte. Im scharfen Kontrast dazu hoben sich die unzähligen Sprenkel auf seiner Haut ab.

»Es tut mir leid.« Mitfühlend hob Elisabeth die Hand, doch gleich darauf ließ sie sie wieder sinken, aus Furcht, eine Grenze zwischen ihnen zu überschreiten.

»Ich muss Sie bitten, unser Gespräch über die Nelken ein andermal fortzusetzen. Ich muss jetzt eine unangenehme Pflicht erledigen. Kenyatta?«

Wie aus dem Nichts trat Kenyatta hinter einem der Mangobäume hervor. »Buana?«

»Bringen Sie mir mein Gewehr.«

»Ja, Buana.« Kenyatta eilte davon.

»Ein Gewehr?« Verwundert schüttelte Elisabeth den Kopf.

Grambergs Brustkorb hob sich schwer. »Ich muss den Hund erschießen. Das würde ich nur ungern vor Ihren Augen tun.«

»Großer Gott! Das arme Tier. Weshalb?« Elisabeths Stimme überschlug sich vor Bestürzung. Ihr Besuch hatte eine Kette unschöner Ereignisse ausgelöst.

»Er hat die Lust am Töten entdeckt. Von jetzt an wäre er eine Bedrohung für alle.«

»Aber sicher kann man ihn doch wieder zu Gehorsam bringen«, warf Elisabeth erhitzt ein und gestikulierte vor Aufregung mit den Händen.

»Nein.« Grambergs Blick verschloss sich. »Wenn das Böse im Menschen oder Tier erwacht, lässt es sich nicht mehr aufhalten.«

»Aber …«, hob Elisabeth an. Die bittere Wahrheit, die Grambergs Worten innewohnte, ließ sie verstummen. Sie wusste, er hatte recht. Ihre Gedanken glitten zurück in die Vergangenheit.

Als Weyhoff sie zum ersten Mal geschlagen hatte, war er so über sich bestürzt gewesen, dass er Elisabeth tagelang mit ungeahnter Liebe und Aufmerksamkeit überschüttet hatte.

Beim zweiten Mal hatte er nur kurz über sich selbst gestutzt. Die nächsten Male war die Hemmschwelle verschwommen, die Schläge waren derber geworden.

Im Nachhinein war es für Elisabeth kaum nachvollziehbar, warum sie es ihm abgenommen hatte, sich ändern zu wollen. Noch bestürzender war, dass sie sein Verhalten viel zu lange so empfunden hatte, als trüge sie daran eine Mitschuld.

Erst Carls Gewalttätigkeit hatte sie aus ihrem Albtraum aufwachen lassen.

»Buana?« Kenyatta war zurückgekehrt, in der Hand das Gewehr. Mit verheultem Gesicht stand Anna neben ihm.

»Komm.« Elisabeth ging zu Anna hinüber und legte ihr den Arm um die Schultern. »Lass uns gehen.«

»Es tut mir aufrichtig leid, dass Ihr Besuch so enden muss«, erklärte Gramberg mit rauer Stimme, das leblose Fellbündel im Arm.

»Es ist nicht Ihre Schuld«, sagte Elisabeth tonlos. Mit einem Nicken verabschiedete sie sich von Gramberg. Gefolgt von Anna, ging sie zur Veranda und nahm den Kompass an sich. Die Frangipaniblüten ließ sie auf dem Tisch zurück.

Kaum hatten sie sich auf ihre Pferde geschwungen, fiel der Schuss, gefolgt von einer unnatürlichen Stille. Ein Schwarm Kolibris flog aus dem Gebüsch auf. Wie schwebendes Unheil bemächtigte sich die Stille ihrer, bis sie die Grenzen von Grambergs Landbesitz in einiger Entfernung hinter sich zurückließen.

Kapitel 23

Die Sonne war längst untergegangen. Vor Jacobs Zelt warfen die Laternen einen flackernden Schein in die Nacht. Fledermäuse huschten zwischen den Zweigen der Mangobäume umher, lautlose graue Wesen, deren Schatten sich vage gegen den mondhellen Himmel abhoben. Im Unterholz raschelte es. Auf der Suche nach Beute schlängelte sich eine Puffotter, die sich während der Hitze des Tages im Laub verkrochen hatte, aus ihrem Versteck. Jacob machte sich keine Gedanken wegen der Schlange. Aus gutem Grund hatte er das Zelt auf einer Plattform errichtet.

Ausgelassenes Gelächter hallte durch die Dunkelheit, gefolgt von den Klängen eines schottischen Reels. Jacobs Fuß wippte im Takt der Musik. Drüben in der Siedlung feierten seine Leute die Hochzeit von Afeni, der Tochter von Thabani, einem der Vorarbeiter, und Colin, einem jungen Schotten. Die Geräusche klangen so ungezwungen und selbstverständlich, dass es in Jacobs Brust eng wurde. Er machte sich schon lange keine Illusionen mehr darüber, wie zerbrechlich Glück war. Nichts hielt auf ewig, schon gar nicht die Liebe. Mit einer Mischung aus Ernüchterung und Verachtung setzte er seinen Fuß ab und die Flasche an die Lippen. Kühl und zugleich rau rann der Whisky durch seine Kehle.

Schritte näherten sich. Ashoks und Thabanis Silhouetten lösten sich aus dem Dunkel.

»Die Männer fragen nach Ihnen, Mr Preston.« Mit erwartungsvollem Blick blieb Thabani vor ihm stehen. Im flackernden Licht wirkten die Altersflecken auf seiner Haut schwarz wie Kohle, das krause Haar und der Bart schimmerten silbrig. »Möchten Sie nicht rüberkommen und mit uns feiern?«

»Es war ein langer Tag«, erklärte Jacob halbherzig. Allein die Vorstellung, auf der Hochzeitsfeier erscheinen zu müssen, war ihm zu viel. Demonstrativ rekelte er sich. »Es tut gut, einfach hier zu sitzen und nichts zu tun.«

»Schade.« In Thabanis Augen spiegelte sich Enttäuschung. »Danke für den Whisky, den Sie uns spendiert haben.«

»Sagen Sie den Männern, sie sollen einen Schluck auf mein Wohl trinken.« Beinahe träge griff Jacob zu seiner Flasche.

»Das werde ich.« Thabani atmete hörbar aus. »Da wäre noch etwas ...«

Ashok, der neben Thabani stand, blickte mit gerunzelter Stirn zu Jacob hinüber.

»Ich weiß.« Jacobs Stimme klang ruhig, trotz des Drucks in seiner Brust. Es fühlte sich an, als würde der Beutel mit den Rupien ein Loch in die Tasche seiner Hose brennen. Zähneknirschend gestand er sich ein, dass er bereits tiefer in der Sache steckte, als ihm lieb war. Doch wie hätte er untätig bleiben können, nachdem er erfahren hatte, dass an die Hundert aus Tansania geraubte Sklaven in einer der Korallenhöhlen an der Küste versteckt gehalten wurden, um in Kürze an asiatische Händler weiterverkauft zu werden? Die Vorstellung brachte das Blut in seinen Adern in Wallung. Entschlossen zog er den Beutel mit den Rupien hervor und überreichte ihn Thabani. »Hier. Das sollte für die Überfahrt reichen. Sorg dafür, dass die Leute sicher zu ihren Familien zurückgelangen.«

»Das werde ich.« Thabani zog eine ernste Miene. »Diesmal erledigen wir die Mistkerle. Wir haben aus den Fehlern vom letzten Mal gelernt. Der Hinterhalt ist sorgfältig geplant und …«

»Genug!« Jacob sprang auf. In seinen Beinen zuckte es. Mit aufgebrachten Schritten marschierte er auf und ab. »Ich will nichts wissen. Mehr als das, was ich getan habe, kann ich nicht für euch tun.« Der Ärger in seiner Stimme vibrierte durch den nächtlichen Dschungel.

Thabani fuhr zusammen, als hätte Jacob ihm eine Ohrfeige verpasst. »Ja, Mr Preston.«

Als er Ashoks vorwurfsvollen Blick auffing, verlangsamte Jacob seine Schritte. In düstere Gedanken versunken, blieb er vor Thabani stehen.

»Geht kein unnötiges Risiko ein. Und pass auf Colin auf. Er ist jung, heißblütig und frisch verheiratet.«

»Ja, Mr Preston.«

Missmutig schüttelte Jacob den Kopf. Er konnte es drehen und wenden, wie er wollte, bei dem Gedanken an den Coup war ihm alles andere als wohl.

»Egal, was passiert, wir werden uns nicht aufhalten lassen.« In Thabanis Augen lag ein Flackern. »Es war großartig, dass Sie uns in Bet il Sahel eingeschmuggelt haben.«

»Schon gut.« Unangenehm berührt fuhr sich Jacob mit der Hand in den Nacken. Am liebsten hätte er die Erinnerung an die Nacht im Palast komplett aus seinem Gedächtnis gestrichen.

Thabani jedoch schien nichts von dem Konflikt zu ahnen, in dem Jacob steckte. Er grinste breit. »Verdammt clevere Idee mit den Frauenkleidern. Auch wenn ich Blut und Wasser geschwitzt habe, weil ich dachte, dass wir jeden Moment auffliegen.«

»Reden wir nicht mehr davon.« Jacob vergrub die Hände tief in den Taschen seiner Hose.

»Wie Sie meinen. Gute Nacht, Mr Preston.«

»Gute Nacht, Thabani.«

»Musstest du so schroff sein?«, meinte Ashok, nachdem Thabanis massige Gestalt in der Dunkelheit verschwunden war.

»Was heißt hier schroff ...« Jacob zuckte die Schultern und bückte sich nach der Flasche. Der Whisky ließ einen angenehmen Nebel in seinem Hirn aufziehen. »Die Sache geht mich nichts an. Das weiß Thabani.«

»Hm ...« Ashok schüttelte den Kopf. »Warum hast du dann deine Beziehungen spielen lassen, um herauszufinden, wann und wo der Sklavenschmuggel stattfinden soll?«

Grimmig starrte Jacob die Whiskyflasche auf dem Boden an. Die Musik drüben in der Siedlung war verstummt. Als eine Fledermaus dicht über seinen Kopf hinwegstrich, meinte er, den unhörbaren Schall wahrzunehmen, den das Tier ausstieß. Mit zusammengepressten Kiefern richtete er den Blick zu den Sternen und atmete gegen die Enge in seiner Brust an. Dennoch kam es ihm vor, als gäbe es im ganzen Dschungel nicht genügend Luft für ihn. »Man kann sich auch schuldig machen, indem man nichts tut«, erwiderte er schließlich missmutig.

»Diese Sache mit der Schuld ...« Das Zögern saß wie ein scharfkantiger Splitter in Ashoks Stimme. »Findest du nicht, es ist Zeit, loszulassen?«

»Wie könnte ich?« Mit zusammengekniffenen Augen fixierte Jacob ihn, als könnte er in Ashoks Gedanken vordringen. »Du weißt, was passiert ist. Du warst dabei.«

In Ashoks Miene spiegelte sich keine Regung. Jacobs Frage ignorierend, bückte er sich, um eine Klette vom Saum seines knöchellangen Hemdes zu pflücken. Schließlich richtete er sich auf und setzte sich auf die oberste Stufe der Plattform, den Oberkörper zu Jacob gewandt. »Du bist besessen vom Kampf. Zuerst hast du um Jessicas Zuneigung gekämpft, dann um dein Ansehen in Glasgow. Und schließlich, als Jessica dich fallen ließ und deinen Bruder geheiratet hat, hast du begonnen, gegen deinen Bruder zu kämpfen. Aber weißt du, was die Wahrheit ist? Im Grunde kämpfst du immer nur gegen dich selbst.«

»Blödsinn«, zischte Jacob. Ein schrilles Fiepen drang an sein Ohr. Das Rascheln im Unterholz verstummte. Vor seinem geistigen Auge sah Jacob, wie die Puffotter die Kiefer auseinander-klappte, um ihre Beute zu verschlingen.

Ashoks Kommentar war wie ein Funke, der in einen Strohhaufen fiel und einen Schwelbrand in seinem Inneren auslöste. Doch anstatt wie so oft den Schmerz mit Whisky zu betäuben, entschloss er sich diesmal, sich ihm zu stellen.

»Vielleicht hätte Jessica mehr für dich übriggehabt, wenn du dich selbst mögen würdest«, erklärte Ashok mit einer Sanftheit in der Stimme, die Jacob nur schwer ertrug.

»Du hasst dich dafür, dass du weiß bist, aber nicht weiß genug, um dich auf Augenhöhe mit deinem Bruder zu fühlen. Und dann hasst du dich dafür, dass du schwarz bist, aber nicht schwarz genug, um morgen Nacht mit deinen Männern zu gehen. Stattdessen kaufst du dein Gewissen mit Rupien frei.«

»Ach ja?«, giftete Jacob. »Schön, dass du so gut über mich Bescheid weißt.«

Ashok erhob sich und klopfte sich den Staub von der Hose. »Lass den Kampf los. Du steckst voller Verachtung für dich selbst. Solange du das nicht änderst, wirst du nicht glücklich werden«. Ohne auf eine Antwort zu warten, ließ Ashok ihn sitzen und verschwand in der Dunkelheit.

»Du regst mich auf!«, rief ihm Jacob zornig hinterher. »Du hältst dich für besonders schlau, was? Deine blöden Sprüche können mir gestohlen bleiben. Wer zum Henker sagt, dass ich überhaupt glücklich werden will?«

KAPITEL 24

Einen Tag nach dem Besuch auf Kiuui saß Elisabeth mit gerunzelter Stirn an ihrem Schreibtisch im Handelskontor, neben sich eine Tasse Tee, vor sich eines der ledergebundenen Geschäftsbücher. Aus den aufgeschlagenen Seiten sprang ihr die verschlungene Handschrift ihres Onkels entgegen. Sie seufzte tief. Es war frustrierend, sich Tag für Tag der Arbeit im Kontor zu widmen und dennoch von den Handelspartnern ihres Onkels schlichtweg ignoriert zu werden. Der Besuch bei Gramberg hatte zudem einen seltsamen Beigeschmack in ihr hinterlassen. Nachdenklich wickelte sie sich eine Haarsträhne um die Finger, während sie ihren Empfindungen nachhing. Das niederschmetternde Gefühl, in den letzten Wochen mehr verloren als gewonnen zu haben, bemächtigte sich ihrer. Seufzend strich sie das Haar zurück, griff zu ihrer Tasse und hielt sie gegen ihre Wange gedrückt. Die Wärme des Porzellans auf der Haut war tröstlich. Einen Moment verharrte sie so, bevor sie an dem süßen, nach Jasmin duftenden Tee nippte.

Auf dem Gang näherten sich Schritte. Mittlerweile konnte sie am gleichmäßigen Klappern der Schuhe erkennen, dass es Imani war. Elisabeth ertappte sich dabei, wie sich ihre Stimmung erhellte. Gleich darauf klopfte es an der Tür. Imani betrat den Raum, in eines ihrer farbenprächtigen Gewänder gehüllt. Mit einer Mischung aus Faszination und Bewunderung beobachtete Elisabeth, wie selbstbewusst sich Imani auf sie zubewegte und mit wie viel sichtlichem Stolz sie ihre Kleidung trug. Im Vergleich dazu kam sich Elisabeth blass und reizlos vor. Reflexhaft strich sie mit der Hand über den rauen Stoff ihrer Hose. Zweifelsohne war es praktisch und bequem, hemdsärmelig oder in einem der leicht fallenden Kleider herumzulaufen, die Imani für sie genäht hatte, doch irgendwie kam es ihr vor, als würde sie die Kleidung nicht ausfüllen, obwohl sie ihr auf den Leib geschneidert war.

»Ich komme vom Bazar, Miss von Baahren«, sagte Imani und blieb vor dem Schreibtisch stehen. »Hier. Das habe ich für Sie mitgebracht. Ich dachte, es könnte hilfreich sein.« Sie legte einen kleinen Lederbeutel auf den Tisch, der mit einer Kordel aus Goldfäden zugebunden war.

Elisabeth beugte sich vor. Neugierig hob sie eine Augenbraue. »Was ist es?«

»Öffnen Sie.« Entgegen ihrer üblichen Zurückhaltung wippte Imani nervös auf den Zehenspitzen. Dabei strahlte sie über beide Backen.

»Ein neuer Kompass!« Freudig betrachtete Elisabeth das glänzende Messing. Er fühlte sich kühl und auf eine bestimmte Weise zuverlässig an. »Wie aufmerksam von dir!«

»Sehr gern. Ich habe doch bemerkt, wie niedergeschlagen Sie gestern waren.« Imani zuckte die Schultern. »Manche Dinge sind es nicht wert, dass man sich den Kopf darüber zerbricht.«

»Ach …«, machte Elisabeth gedehnt und lehnte sich in ihrem Stuhl zurück. »Ich wünschte, alle Probleme ließen sich so einfach lösen.«

»Immer noch keine Antworten auf Ihre Einladungsschreiben?« Imani blickte mit gerunzelter Stirn zu ihr herüber.

»Nein. Und langsam verliere ich die Hoffnung, dass die Herren sich dazu durchringen werden, mir im Kontor ihre Aufwartung zu machen.«

»Sie müssen geduldig sein.« Imanis Blick wurde weich. »Wenn man bedenkt, was Sie bereits erreicht haben.«

»Habe ich das? Manchmal fällt es mir schwer, nicht enttäuscht von mir selbst zu sein.« Elisabeths Blick wanderte zu der gerahmten Fotografie ihres Onkels vor sich auf dem Schreibtisch. Mit seiner arroganten Haltung, den Fuß auf einen Schemel gestellt, die Schultern zurückgenommen und die Hand siegessicher in die Hüfte gestemmt, verkörperte er geradezu klischeehaft das Bild eines von seiner Männlichkeit eingenommenen Kolonialherrn. Mit undurchdringlicher Miene starrte er ihr durch das Glas entgegen. Fröstelnd wandte sie sich ab. Vermutlich hatte er ihr Scheitern klar vor Augen gehabt, genau wie den vernichtenden Schlag, den er seinem Bruder, ihrem Vater, versetzte, indem das dringend benötigte Kapital am heimischen Gut in Deutschland vorbeifloss.

Imani streckte die Hand aus und rückte das silberne Tablett mit den Schreibgeräten sorgsam gerade. »Sie dürfen nicht an sich zweifeln. In meinen Augen sind Sie eine Frau, die die Ausdauer eines Jaguars besitzt und die Stärke eines Elefanten noch dazu.«

»So siehst du mich?« Kopfschüttelnd blickte Elisabeth zu Imani auf. In ihren Augen lag ein Ausdruck, der Elisabeth dazu bewegte, sich ihr ein wenig weiter zu öffnen. Sie seufzte. »Ich stecke fest. Zudem lief das gestrige Gespräch mit Herrn Gramberg nicht sonderlich gut. Anscheinend kann ich ihm geschäftlich nicht bieten, was er sich erhofft.«

»Und das wäre?«

»Wenn ich das wüsste. Geld allein scheint es nicht zu sein.«

»Nach allem, was ich über ihn weiß, hätte ich das auch nicht vermutet«, erwiderte Imani mit einer Selbstverständlichkeit, die

Elisabeth zunächst verblüffte. Sie warf Imani einen durchdringenden Blick zu, während ein Gedanke in ihrem Kopf immer deutlicher Form annahm. Gramberg ging im Palast ein und aus. Und die Wände dort hatten Ohren. Wie hatte sie die ganze Zeit über so blind sein können, nicht zu sehen, dass Imani eine ganze Menge mehr über Gramberg wissen konnte als sie selbst? Plötzlich entschlossen, sprang sie auf, schleppte einen Stuhl herbei und stellte ihn vor Imani. »Nimm dir eine Teetasse«, forderte sie lächelnd. »Und dann setz dich und lass uns plaudern.«

Imanis Augen wurden rund. »*Allahu Akbar!* Ich soll mich setzen und mit Ihnen zusammen Tee trinken?«

»Ja, warum denn nicht?«, lächelte Elisabeth ihr zu.

Imani nahm zögernd Platz. Elisabeth wartete, bis Imani sich Tee eingeschenkt hatte und bequem saß, dann fragte sie: »Wie ist deine Einschätzung von Herrn Gramberg? Ich kann ihn nicht recht greifen. Obwohl er hohes Ansehen beim Sultan besitzt und sich mir gegenüber stets als Gentleman zeigt, erschließt sich mir sein Charakter nicht. Im Gegenteil. Je mehr ich über ihn nachdenke, umso rätselhafter erscheint er mir.«

Imani nahm einen Schluck Tee, dann sprudelte es aus ihr heraus. »Das kann ich bestätigen. Die Eigenschaft, die mir am meisten an ihm auffällt, ist, dass er seine Gefühle stets unter Kontrolle hat. Ein Aufflammen von Wut oder Leidenschaft habe ich noch nie an ihm erlebt.«

Nachdenklich ließ Elisabeth die Finger durch ihr Haar gleiten. Imani bestätigte ihre Sichtweise. Doch im Gegensatz zu ihr hatte sie gestern ein Aufblitzen von Emotionen in ihm erlebt. Die Trauer um das Äffchen war echt gewesen.

»Doch stärker als die Art, wie er sich gibt, ist das Gefühl, das er in mir auslöst …« Imani ließ das Ende des Satzes in der Luft schweben. Unter halb gesenkten Lidern hervor suchte sie Elisabeths Blick, augenscheinlich unsicher, ob sie aussprechen sollte, was ihr durch den Kopf ging.

Von der Straße her drang das übliche Stimmengewirr an Elisabeths Ohr, das stets so klang, als versuchten die unterschiedlichen Sprachen, einander an Lautstärke zu überbieten. Sie nickte Imani auffordernd zu.

»Es mag sich seltsam anhören«, setzte Imani an. Ihr üppiger Busen hob und senkte sich schwer. »Wenn Mr Gramberg einen hell erleuchteten Raum betritt, fühlt es sich für mich an, als würde in seiner Nähe alles Licht erlöschen, wie bei einem bösen Geist.«

»Es gibt keine Geister«, erwiderte Elisabeth mechanisch. Wie aus dem Nichts stieg in ihr das Bild Weyhoffs auf, des Geistes, der ihre Vergangenheit beherrscht hatte. Entschlossen drängte sie die Erinnerung zurück. Imanis Einschätzung war übertrieben. Gramberg mochte ein kühles, distanziertes Wesen haben, aber das machte ihn nicht automatisch zu einem schlechten Menschen, erst recht nicht zu einem bösen Geist.

»Wenn Sie sich ein besseres Bild von Mr Gramberg machen wollen, dürfen Sie sich nicht nur darauf verlassen, was man im Palast über ihn denkt«, sagte Imani in ihre Gedanken hinein, die Stirn in Falten gezogen. »Sie sollten mit Mr Preston reden.«

»Grundgütiger!«, entfuhr es Elisabeth. »Lieber tanze ich mit dem Teufel, als dass ich Mr Preston um Rat bitte.«

Bei der gleichzeitigen Verwendung von Jacobs Namen und dem des Teufels wurde Imanis Blick eine Spur tadelnd, jedoch verkniff sie sich eine diesbezügliche Bemerkung. Stattdessen atmete sie tief durch. »Ich weiß. Trotzdem sollten Sie es tun. Mr Preston kann Mr Gramberg nicht leiden. Dafür muss es einen Grund geben. Ich wüsste ihn gern.«

Imanis Worte brachten Elisabeth ins Grübeln. Sie nahm den Kompass und drehte ihn zwischen den Händen. »Selbst wenn … Mr Preston hat mir mehr als einmal zu verstehen gegeben, dass er Besseres zu tun hat, als sich um meine Probleme zu kümmern. Unter anderem habe ich ihn auch deswegen nicht auf die Liste meiner Einladungsschreiben gesetzt.«

»Und wenn Sie es noch einmal überdenken und über Ihren Schatten springen? Es könnte ein kluger Schachzug sein, Mr Preston ins Kontor einzuladen.« Ein spitzbübisches Lächeln spielte um Imanis Mundwinkel. »Haben Sie schon einmal die Affen in den Gärten von Bet il Mtoni beobachtet? Sobald einer den Anfang macht und sich mit Nüssen füttern lässt, kommt die ganze Schar hinterher. Vielleicht verhält es sich mit den Pflanzern ähnlich.«

Elisabeths Blick verdüsterte sich. Auch wenn sie wusste, dass durch eine vertiefte Bekanntschaft mit Jacob ihre Chancen möglicherweise gestiegen wären, hätte sie es nicht ertragen können, wenn gerade er ihre Einladung unbeantwortet gelassen hätte. Und als wären ihre Empfindungen nicht schon kompliziert genug gewesen, verspürte sie zugleich keinerlei Lust, Jacob jemals wiederzusehen. Die letzte Begegnung im Palast, als er auf dem Weg zu Farida gewesen war und in dieser lächerlichen Verkleidung gesteckt hatte, stand ihr noch allzu deutlich vor Augen. Sie räusperte sich.

»Mr Preston in allen Ehren, aber es muss doch einen anderen Weg geben.«

Imani saß einen Moment schweigend da und dachte nach. Zu Elisabeths Erstaunen verzogen sich gleich darauf ihre Mundwinkel zu einem Grinsen. »Eine Möglichkeit gäbe es schon … Wenn die Herren nicht mit Ihnen kooperieren, weshalb versuchen Sie es nicht mit den Damen?«

»Was sollte das nützen?«, gab Elisabeth frustriert zurück, als sie daran dachte, dass statt der Pflanzer deren Ehefrauen hier im Kontor erschienen waren. »Die langweiligen Kaffeekränzchen kenne ich aus Lübeck zur Genüge. Sie stehen mir bis zum Hals.«

»Man sollte die Macht einer Gruppe von Frauen nicht unterschätzen. Das habe ich im Harem gelernt.« Mit einem verschwörerischen Grinsen beugte sich Imani vor. »Was wäre, wenn die Treffen einen wohltätigen Zweck erfüllten, beispielsweise der Gründung eines Hospitals? Obwohl dringend benötigt, hat sich noch niemand der Sache angenommen. Ein erster Schritt wäre, Spendengelder einzutreiben.«

»Du meinst, wir sollten einen Basar veranstalten?«

»Warum nicht? Ich könnte mir vorstellen, dass einige der Damen gern bereit wären, ihre Zeit sinnbringend zu verwenden, anstatt immer nur Karten zu spielen oder zu sticken.«

»Mag sein.« Elisabeth zuckte die Achseln. »Dennoch verstehe ich nicht, was das mit dem Erfolg des Handelskontors zu tun haben soll.«

»Wenn ich mich nicht irre, geht es bei den Kaffeetreffen immer um den schönen Schein, um Tratsch und Klatsch und darum, zu sehen und gesehen zu werden. Doch wenn man gemeinsam etwas zum Allgemeinwohl bewegen würde, könnte das alles ändern. Sobald das Interesse an Ihrer Person erst einmal geweckt ist und man Ihren Namen mit etwas Wichtigem verbindet, wäre es ein Leichtes für die Damen, ihre Ehegatten dazu zu bewegen, die Vorbehalte gegen Sie fallenzulassen, meinen Sie nicht?«

»Doch ...«, gab Elisabeth nach kurzem Zögern zu. Sie spürte, wie ihre Wangen vor Aufregung prickelten. Die Idee begeisterte sie zunehmend. »Das ist ein ausgezeichneter Plan! Wie überaus klug von dir, Imani. Ich werde ein Treffen extra für die Damen anberaumen, um ...«

Im nächsten Augenblick zuckte sie zusammen. Annas aufgebrachte Stimme erklang durch die offenen Fenster. Erschrocken sprang Elisabeth von ihrem Stuhl auf und eilte ihr entgegen.

»Etwas Entsetzliches ist passiert.« Heulend stürzte sich Anna in ihre Arme. Sie zitterte so sehr, dass Elisabeth trotz der Hitze des Tages fröstelte. Ein Gefühl drohenden Unheils bemächtigte sich ihrer. Mit ruhigen Bewegungen strich sie Anna über das Haar, doch das Mädchen konnte nicht aufhören zu weinen. Elisabeths Besorgnis wuchs, als sich Annas Brustkorb hastig hob und senkte. Wenn Anna weiter zu viel Luft in ihre Lungen pumpte, drohte ihr eine Ohnmacht. Elisabeths Blick flog zu Imani hinüber, die ihr gefolgt war. »Schnell. Hol mir das braune Glasfläschchen mit dem Lavendelöl. Es steckt in meiner Tasche.«

Imani nickte und kramte nach dem Fläschchen. Als sie es in der Hand hielt, wies Elisabeth sie an, etwas Branntwein mit ein paar Tropfen des Öls zu versetzen. Unter gutem Zureden schaffte sie es, Anna etwas davon einzuflößen. Einige bange Momente später verebbte Annas hemmungsloses Weinen zu einem Schluchzen.

»Ist ja gut«, sagte Elisabeth und spürte das überwältigende Bedürfnis in sich aufsteigen, Anna vor allem Elend der Welt zu beschützen. »Ganz langsam. Was ist los?«

Anna blickte mit rot unterlaufenen Augen zu Elisabeth auf. Ihre Wangen waren nass vor Tränen. Zitternd stieß sie die Luft aus.

»Es gab einen Boxkampf auf Kiuui.« Erneut schluchzte sie auf. Elisabeth stockte der Atem, doch sie wollte Anna nicht drängen. Schweigend zog sie ein Taschentuch aus ihrer Hemdtasche und wischte sanft die Tränen vom Gesicht des Mädchens. Anna zog die Nase hoch und schniefte. »Kenyatta wurde verletzt. Er ist geflüchtet.«

»Was sagst du da?« Verständnislos schüttelte Elisabeth den Kopf. Sie konnte sich beim besten Willen keinen Reim auf Annas Worte machen. »Hier. Trink noch einen Schluck. Das hilft dir, dich zu beruhigen.«

Benommen starrte Anna in das Glas. Dann führte sie es an die Lippen und stürzte den Inhalt auf einen Zug hinunter. Als sie sprach, lag ein Beben in ihrer Stimme, aber zumindest brachte sie es fertig, in zusammenhängenden Sätzen zu reden.

»Ich war auf Kiuui, um das Baby zu besuchen. Kenyatta war nirgendwo. Delilah sagte mir dann, dass er geflüchtet sei. Sie glaubt, er wollte nach Eilean Donan.«

Elisabeth runzelte die Stirn. »Ich kann dir nicht folgen. Wer ist Delilah, und was um alles in der Welt hat sie mit Kenyatta zu tun?«

»Delilah ist die Pflegemutter des Babys, und Kenyatta ist ihr Bruder«, presste Anna hervor.

Warum weiß ich das alles nicht, lag es Elisabeth auf den Lippen zu fragen, aber dann meldete sich ihr schlechtes Gewissen. Hätte sie in den letzten Wochen doch mehr Interesse an Annas Leben zeigen sollen, statt ihr so viel Raum zu gewähren?

»Gut«, erklärte Elisabeth schließlich, während sie noch damit beschäftigt war, die Neuigkeiten zu verarbeiten. »Wer außer dir und Delilah weiß, dass Kenyatta auf dem Weg nach Eilean Donan ist?«

»Hoffentlich niemand!« Panik flammte in Annas Augen auf. »Es geht um Leben und Tod.«

»Wie kommst du denn auf so etwas?«, fragte Elisabeth mit seltsam dünner Stimme.

»Man erzählt, dass Gramberg keine Gnade kennt. Nicht, wenn ihm ein Sklave entflieht …« Zu erschüttert, um weiterzusprechen, schüttelte Anna den Kopf.

Elisabeth schloss für einen Moment die Augen. Unter dem Eindruck von Annas Bericht erschienen ihr die eigenen Probleme verhältnismäßig klein. Schwer atmend sog sie die Luft in ihre Lungen. Dabei spürte sie, wie jener besonnene Teil von ihr übernahm, der auch ihr Verhalten steuerte, wenn sie sich als Hebamme betätigte. Sie schlug die Augen wieder auf.

»Imani, bitte besorg Pferde«, bat sie in ruhigem Ton. »Anna und ich reiten nach Eilean Donan.«

KAPITEL 25

»Verdammt«, fluchte Jacob. In der leer stehenden Hütte am Rande der Arbeitersiedlung war es so stickig, dass sogar die Fliegen matt an den Wänden hingen, statt den Verletzten zu umschwirren, angelockt vom Geruch offenen Fleisches. Durch die geschlossenen Fensterläden drangen schmale Streifen von Licht, die sich in Kenyattas kurz geschorenem Haar verfingen. Mit finsterer Miene beugte sich Jacob über die Pritsche. Kenyatta hatte es übel erwischt. Sein Gesicht schien nur noch aus einer blutigen Masse zu bestehen. Der Anblick ließ Jacobs Zorn überkochen. »Ich möchte wissen, wer ihn so zugerichtet hat«, zischte er.

»Ich versuche, es aus ihm herauszubekommen, sobald er wach ist«, erwiderte Ashok und tauchte einen Lappen in die Mischung aus Desinfektionsmittel und abgekochtem Wasser, die er zum Auswaschen der Wunden verwendete. »Auf jeden Fall war es eine verdammt schlechte Idee, zu fliehen.«

»Ich wette, Grambergs Aufseher suchen bereits nach ihm.«

»Wenn sie ihn erwischen, ist er erledigt«, gab Ashok zurück und presste die Lippen zu dünnen Strichen zusammen. Einen Moment lang schwiegen beide. Vor der Hütte meckerte eine Ziege.

»Kriegst du ihn wieder hin?«

»Ich denke schon.« Ashok zuckte die Schultern. Umsichtig tupfte er das Blut von Kenyattas Gesicht. »Ich habe ihm Laudanum

275

verabreicht. Er schläft, das ist das Beste. Die Platzwunden sehen schlimmer aus, als sie sind. Für die zersplitterte Nase kann ich nicht viel tun. Soweit ich feststellen konnte, sind zwei Rippen gebrochen, aber die inneren Organe scheinen unverletzt.«

»Sollen wir Wessels holen?« Unsicher rieb Jacob sich mit der Hand über die Bartstoppeln an seinem Kinn. Im Grunde hätte er Wessels nur ungern in die Angelegenheit hineingezogen, nicht, weil er der Verschwiegenheit des Arztes misstraute, sondern weil er es nicht riskieren wollte, Aufmerksamkeit zu erregen. Nachrichten verbreiteten sich auf Sansibar schnell und meist über ungeahnte Wege. Mitten in seine Gedanken hinein hörte Jacob, wie das Lärmen der Ziege lauter wurde. Er hob den Blick. Das Tier hatte den Kopf durch die offene Tür gestreckt und stierte ihn aus ihren balkenförmigen Pupillen an. Gewohnheitsmäßig klatschte er in die Hände, um die Ziege zu verscheuchen. Laut meckernd entfernte sie sich, einen markanten Duft hinterlassend.

Ashok ließ den Lappen in einen Eimer fallen und lehnte sich zurück. Schweigend nagte er an seiner Unterlippe. Anscheinend war er sich nicht schlüssig in Bezug auf Wessels. »Besser nicht«, meinte er dann.

»Was machen wir mit ihm?« Mit gefurchter Stirn ließ Jacob den Blick zurück zu Kenyatta wandern.

»Erst einmal muss er zu Kräften kommen. Wie es dann weitergeht …« Ashok unterbrach sich und zuckte die Schultern. »Keine Ahnung.«

»Auf Unguja ist er nicht sicher«, sagte Jacob grimmig. »Wir können ihn nicht ewig vor Grambergs Aufsehern verstecken.«

Ashok nickte zustimmend. »Kenyatta muss die Insel so schnell es geht verlassen.«

»Sag Sam, er soll hierherkommen und ein Auge auf Kenyatta haben«, meinte Jacob nur. »Es könnte sein, dass wir heute Nacht noch mehr unerwarteten Besuch bekommen.«

»Hoffentlich nicht. Sonst haben wir ein Problem.« Ashok legte den Kopf in den Nacken und trank Wasser aus der Feldflasche. Nachdenklich wischte er sich mit dem Ärmel den Mund trocken. »Kenyatta hätte keinen schlechteren Zeitpunkt zur Flucht wählen können als heute Nacht.«

»Aye. Der Sklaventransport …«, murmelte Jacob geistesabwesend, dann verengte er die Augen zu Schlitzen. Finster entschlossen nickte er Ashok zu. »Ich hätte nicht übel Lust, mir die Dreckskerle eigenhändig vorzuknöpfen.«

»Das lass besser bleiben«, erklärte Ashok düster. »Wir haben beide geschworen, nicht mehr zu töten.«

Jacob spürte ein Schwanken in seinem Körper, während die Erinnerung an die Jahre auf See wie ein kalter Lufthauch über seine Schultern und von dort aus seinen Rücken hinunterkroch. Mit halb geschlossenen Lidern versuchte er, die Bilder in seinem Kopf zu verdrängen, bevor sie die Kontrolle über sein Denken übernahmen.

»Danke, du musst mich nicht daran erinnern«, knurrte er und nahm Ashok mit festem Blick ins Visier. »Ich übergebe dir die Aufsicht über die Plantage. Bis morgen früh bin ich für niemanden zu sprechen. Egal was passiert, ich will nichts hören und sehen. Zufrieden?«

»Was hast du vor?« Widerstrebend schüttelte Ashok den Kopf.

»Was glaubst du wohl?« Mit einem hämischen Lachen wandte sich Jacob zum Gehen. In der Tür blieb er stehen und warf einen Blick über die Schulter. »Trinken, was sonst?« Das Lachen brannte in seiner Kehle, als er hinaus in die afrikanische Sonne trat, die ihm an diesem Nachmittag viel zu heiß und gleißend erschien, um sie zu ertragen.

* * *

Elisabeth stellte den Fuß auf einen Stuhl und schnürte den Reitstiefel zu, der aus weichem schokoladenbraunem Leder gefertigt war. Sie hätte gut auf die Begegnung mit Jacob verzichten können, doch die Umstände ließen ihr keine Wahl. Annas zusammenhanglose Worte geisterten durch ihren Kopf. Sie runzelte die Stirn. Warum war Kenyatta in einen Kampf verwickelt worden, und weshalb war er geflüchtet? Das alles ergab keinen Sinn. Bei ihren bisherigen Treffen hatte sich Kenyatta stets vernünftig und besonnen gezeigt. Was hatte ihn zu einer solchen Verzweiflungstat getrieben? Das mulmige Gefühl in ihrem Bauch wurde stärker.

Es klopfte an der Tür.

»Die Pferde sind gesattelt«, sagte Imani in ruhigem Ton, doch ihre Augenbrauen zogen sich fragend zusammen.

»Danke, Imani«, entgegnete Elisabeth und schenkte ihr ein Lächeln, das nicht erwidert wurde. Seufzend nahm Elisabeth den Fuß vom Stuhl und runzelte die Stirn. »Na komm schon, raus damit. Was hast du auf dem Herzen?«

Imani holte tief Luft. »Nun. Es geht mich nichts an. Aber dennoch … Ich weiß nicht, ob es richtig ist, Anna mit nach Eilean Donan zu nehmen«, brach es aus ihr hervor.

»Darum geht es also …« Elisabeth unterdrückte ein Stöhnen. »Ich hatte gehofft, du und Anna hättet euren Zwist überwunden. Doch anscheinend habe ich mich getäuscht.«

»Ich wusste, dass Sie so reagieren würden«, erwiderte Imani düster.

Elisabeth starrte sie einen Augenblick an, dann fügte sie in gemäßigtem Tonfall hinzu: »Ich bin es leid, zwischen euch zu schlichten. Ihr beide seid wie Hund und Katze. Ich verstehe nicht, wieso. Obwohl Anna den ganzen Tag außer Haus ist, schafft ihr es trotzdem, aneinanderzugeraten.«

Schweigend biss sich Imani auf die Lippe.

»Nicht Anna ist das Problem«, erklärte sie schließlich und trat von einem Bein auf das andere. In ihrer Stimme lag ein Unterton, der Elisabeth aufhorchen ließ. »Ich sorge mich um Kenyatta.« Erneut verstummte sie.

»Sprich weiter«, forderte Elisabeth sie auf. Ungeduldig griff sie zu ihrem Tropenhelm. Allmählich fand sie es nervenaufreibend, Imani jedes Wort einzeln entlocken zu müssen.

»Wenn Kenyatta tatsächlich auf der Flucht ist, würde sich seine Lage durch Anna verschlimmern«, murmelte Imani halblaut. »Jeder auf Kiuui weiß, dass die beiden ein Paar sind. Wenn sich die Verfolger an Annas Fersen heften, führt sie diese auf direktem Weg zu ihm.«

»Du hast recht«, pflichtete Elisabeth ihr zögernd bei. »Wir werden die Hebammentasche mitnehmen. Jeder, der uns sieht, wird glauben, dass wir auf dem Weg zu einer Geburt sind.«

»Es gibt noch einen weiteren Grund, weshalb Anna zu Hause bleiben sollte.«

»Welchen?«

Imani holte abermals Luft. »Ich befürchte, dass Kenyatta seine Fluchtpläne aufgeben könnte, wenn Anna ihn darum bittet.«

»Was wäre verkehrt daran?« Elisabeth runzelte verständnislos die Stirn. »Wenn er sich etwas zuschulden kommen lassen hat, ist es allemal besser, sich zu stellen. Der Sultan wird eine Strafe verhängen, danach ist die Sache bereinigt.«

»Das meinen *Sie*«, erwiderte Imani finster.

»Anna hat ein Recht darauf, Kenyatta zu sehen. Ich kann es ihr nicht verbieten. Wie du richtig bemerkt hast, mögen sich die beiden. Denk doch mal nach, wie würdest du dich fühlen, wenn es deinem Geliebten schlecht ginge und man dich nicht zu ihm ließe?«

Elisabeth bemerkte, wie sich Imanis Körper versteifte. »Ich würde es ertragen.« Imanis Nasenflügel bebten. »So, wie ich es seit Jahren ertrage.«

»Imani …« Überrumpelt machte Elisabeth einen Schritt auf sie zu. »Ich wusste nicht … Es tut mir so leid für dich …«

»Das muss es nicht.« Imanis Gesicht nahm einen reservierten, würdevollen Ausdruck an. Wie üblich hielt sie private Dinge vor Elisabeth zurück.

»Wie dem auch sei, ich habe Anna zugesagt, sie mit nach Eilean Donan zu nehmen.« Elisabeth hörte auf, den Helm in den Händen zu drehen. Mit Bestimmtheit blickte sie Imani in die Augen. »Ich werde mein Wort nicht brechen.«

Einen Moment stand Imani still da, den Blick starr auf Elisabeths Hände gerichtet. Schließlich schüttelte sie den Kopf.

»Die Entscheidung liegt bei Ihnen. Aber mein Gefühl sagt mir, dass Sie einen Fehler machen.«

»Mag sein«, erwiderte Elisabeth beherrscht. »Vielleicht aber tue ich auch das einzig Richtige.«

Sie fasste ihr Haar im Nacken zusammen und setzte den Helm auf. Dann griff sie nach der Feldflasche und dem Kompass. Ihr Blick streifte Imani. Sie hatte nicht das Gefühl, dass die Frau verstand, warum sie so handelte, aber dies war sicher nicht der Zeitpunkt, um darüber zu diskutieren.

Kapitel 26

Der Regen kam plötzlich und ging mit einer solchen Heftigkeit nieder, dass Elisabeth und Anna binnen Sekunden auf die Haut durchnässt waren. Das Prasseln übertönte alle Geräusche. Elisabeth parierte ihr Pferd zum Stehen durch. Soweit sie es beurteilen konnte, mussten sie ganz in der Nähe von Eilean Donan sein. Die Lippen zu einer dünnen Linie zusammengepresst, warf sie einen Blick auf die Kompassnadel. Der direkte Weg zur Plantage führte mitten durch den Dschungel. Zweifelnd musterte sie die Regenschleier, die die Baumkronen in düsteres Grau hüllten. Sollte sie das Wagnis eingehen und durch das Gestrüpp reiten? Die Straße, auf der sie unterwegs waren, bot wenig Sicherheit. Auf den letzten Metern waren die Pferde immer wieder mit den Hufen auf dem rutschigen Lehm ausgeglitten. Mit einem unguten Gefühl im Magen schwang sie sich vom Rücken ihrer Stute und bedeutete Anna, es ihr gleichzutun. Ihr war klar, dass sie zu Fuß bedeutend langsamer vorwärtskamen, aber die einzig sichere Möglichkeit, nach Eilean Donan zu gelangen, bestand darin, abzusteigen und die Pferde auf dem von sintflutartigen Regenfällen überschwemmten Weg hinter sich her zu führen.

Mit zitternden Knien setzte sie einen Fuß vor den anderen. Je mehr sie sich der Plantage näherten, desto mulmiger wurde ihr. Sie hatte keine Ahnung, worauf sie sich gefasst machen musste, nicht nur was Kenyatta, sondern auch was Prestons Reaktion auf ihr Erscheinen betraf. Vor Nervosität spürte sie immer stärkere Schauer über ihren Körper laufen. Sicher war, dass Preston über ihren Besuch alles andere als erfreut sein würde. Vermutlich würde er ihr zu verstehen geben, dass sie sich nicht einzumischen brauche, und das war Grund genug, beunruhigt zu sein. Gereizt wischte sie sich den Regen aus den Augen. Zum wiederholten Mal wünschte sie, sie wäre nicht gezwungen, Preston unter diesen Umständen aufzusuchen. Gleichzeitig war ihr mit schmerzlicher Klarheit bewusst, dass kein Weg an ihm vorbeiführte, wenn sie herausfinden wollte, was auf Kiuui geschehen war.

Quälend langsam kämpften sie sich vorwärts. So abrupt, wie er begonnen hatte, hörte der Regen auf, und sie erreichten die Plantage. Schemenhaft tauchten die Umrisse des Hauses vor ihnen auf.

Das Wiehern der Pferde schien ihr Kommen angekündigt zu haben, denn Ashok trat ihnen aus dem Lehmbau, in dem die Küche untergebracht war, entgegen. Offensichtlich entsetzte ihn der Anblick, der sich ihm bot, so sehr, dass alles Englisch aus seinem Kopf verschwand und er einen aufgeregten Schwall indischer Laute auf sie niedergehen ließ. Nur allmählich beruhigte sich seine Stimme, und er fand seine Beherrschtheit und seine englischen Worte wieder.

»Miss von Baahren, ich bin überrascht, Sie zu sehen! Noch dazu bei diesem Wetter und direkt aus dem Dschungel.« Kopfschüttelnd kam er auf sie zu. In seinen dunklen Augen lag ein Flackern, für das Elisabeth keine rechte Erklärung fand. Zunehmend beunruhigt beobachtete sie, wie Ashok, von dem ansonsten eine stoische Ruhe ausging, nervös die Hände knetete. »Gut, dass Sie es noch vor Einbruch der Dunkelheit hierher geschafft haben.«

Elisabeth nahm einen tiefen Atemzug. »Ist Preston hier? Ich muss dringend mit ihm sprechen. Wir haben gehört, dass auf Kiuui etwas vorgefallen ist. Anna ist in großer Sorge um Kenyatta. Wir wissen, dass er hierherkommen wollte. Sagen Sie bitte, dass er hier ist. Kann Anna ihn sehen?«

Ashok maß Anna mit einem langen Blick. »Kenyatta ist bei uns in Sicherheit. Es geht ihm besser.«

»Gott sei Dank«, entfuhr es Anna, die das Reden bislang Elisabeth überlassen hatte.

Ashok ließ die Augen zurück zu Elisabeth schweifen, seine Kiefer verspannten sich. »Was Mr Preston betrifft … Es tut mir leid. Heute ist ein schlechter Zeitpunkt für einen Besuch …«

»Also ist er hier«, schlussfolgerte Elisabeth und musterte Ashok mit zusammengekniffenen Augen. Am Rande ihres Sehfelds bemerkte sie, wie Anna nervös an ihren Fingernägeln knabberte.

»Er möchte nicht gestört werden.«

»Himmel noch mal!« Ungeduldig stampfte Elisabeth mit dem Fuß auf. »Melden Sie ihm meinen Besuch, oder muss ich das selbst tun?«

»Wenn Sie darauf bestehen.« Ashoks Augenbrauen bewegten sich wie Sperrbalken auf und ab. Einen langen Moment schien es, als wöge er Argumente gegeneinander ab, die nur er kannte. Schließlich zuckte er die Schultern. »Ich warne Sie, er ist in keiner guten Stimmung.«

»Ach ja? Ich wüsste nicht, was daran ungewöhnlich wäre«, erwiderte Elisabeth, ohne mit der Wimper zu zucken. Die Arme um den regennassen Oberkörper geschlungen, beobachtete sie, wie Ashok im Haus verschwand. Kurz darauf hörte sie ihn und Jacob diskutieren.

»Wie bitte? Sag, dass das nicht wahr ist!« Im Gegensatz zu Ashok klang Prestons Stimme alles andere als gedämpft.

Unverständliches Murmeln von Ashok folgte.

»Weshalb wundere ich mich überhaupt?« Seine Stimme troff vor Zynismus. »Es ist wie verhext. Diese Frau lässt keine Gelegenheit aus, mein Leben noch komplizierter zu machen. Sie hat einen todsicheren Riecher dafür, zum falschen Zeitpunkt am falschen Ort zu sein. Noch dazu ist sie widerspenstiger als ein Drache.«

Elisabeth sog empört die Luft ein. Unwillkürlich fragte sie sich, ob er ihr gegenüber ähnlich beleidigend geworden wäre oder ob er nur in Ashoks Gegenwart solch einen Ton riskierte. Zähneknirschend versuchte sie, ihren Zorn zu bändigen. Im Grunde konnte es ihr egal sein, was er von ihr hielt, versuchte sie sich einzureden, doch es gelang ihr nicht. Das Blut rauschte in ihren Adern. Etwas in ihr zwang sie, ein paar Schritte auf die Veranda zu zu machen. Da sie seine Bemerkung nicht unkommentiert stehen lassen konnte, beschloss sie, das Gespräch an dieser Stelle zu unterbrechen.

»Täusche ich mich, oder betrinkst du dich, damit man dir später nicht vorwerfen kann, du hättest gewusst, was Thabani und die anderen für heute Nacht planen?«, hörte sie Ashok sagen.

Verwundert hielt Elisabeth inne. Was meinte er damit? Sie hatte keine Ahnung, worüber der Inder sprach, aber etwas war im Gange, das offensichtlich nicht für fremde Ohren bestimmt war. Sicher wäre es diskret gewesen, sich von der Veranda zurück-zuziehen, doch die Neugierde und die Sorge um Kenyatta trieben sie vorwärts. So leise wie möglich schlich sie näher.

»Das war ja wohl kein großes Rätsel.« Preston schnaubte verächtlich. »Worauf willst du hinaus? Was hat das mit ihr zu tun?«

»Nur so ein Gedanke. Man weiß nie, was passiert, aber wenn du sichergehen willst, dass dein Name nicht mit der Sache in Verbindung gebracht wird, wäre es nicht verkehrt, wenn jemand bezeugen könnte, dass du heute Nacht Eilean Donan nicht verlassen hast.«

»Augenblick mal, wieso sollte ich deshalb …«, protestierte er lautstark, brach dann aber mitten im Satz ab. Für einen Moment herrschte Schweigen. Dann erklang erneut seine Stimme, diesmal gefasster. »Zugegeben, du hast recht. Sag ihr, ich rede mit ihr.«

Nachdenklich runzelte Elisabeth die Stirn. Anscheinend war ihr Besuch zu etwas dienlich, und das Wissen darum konnte ihr womöglich zum Vorteil geraten. Eilig bewegte sie sich zurück auf ihren ursprünglichen Platz und bedeutete Anna zu schweigen. Dann strich sie sich das Haar aus der Stirn und atmete durch.

Ashok kehrte zurück, ein höfliches Lächeln spielte um seine Mundwinkel. »Mr Preston ist bereit, Sie zu empfangen.«

»Na, wie herrlich!«, bemerkte Elisabeth und stemmte gewohnt angriffslustig die Hände in die Hüften.

»Allerdings …« Ashok zögerte und räusperte sich. »Dürfte ich Ihnen zuvor empfehlen, trockene Kleidung anzulegen? In dem Spind hinter der Küchentür finden Sie Arbeitshemden und Hosen. Vielleicht entspricht es nicht dem modischen Geschmack, aber es wäre sicher angemessener, als …« Er ließ das Ende des Satzes in der Luft hängen und biss sich auf die Lippe.

Es dauerte einen Augenblick, dann begriff Elisabeth, was das Problem war. Unwillkürlich verschränkte sie die Ellbogen und legte die Hände auf die jeweils gegenüberliegende Schulter, um ihre durch den nassen, nun durchsichtigen Stoff deutlich hervortretenden Brustwarzen zu verdecken. Ihr schoss das Blut in die Wangen. »Das wäre sicher eine gute Idee.« Sie räusperte sich. »Was ist mit Annas Bitte, Kenyatta zu sehen?«

Augenblicklich verdüsterte sich Ashoks Miene. »Er muss sich ausruhen. Zudem ist er kein schöner Anblick für eine Frau.«

»Ach ja?« Anna, die das Reden bislang Elisabeth überlassen hatte, schien aus einer Trance aufzuwachen und machte einen beherzten Schritt nach vorn. Ihre Augen sprühten vor Empörung. »Was soll das heißen, für eine Frau? In den letzten Wochen habe ich schlimmere Dinge erlebt, als ich mir hätte vorstellen können. Um mich herum sind Menschen verendet wie die Fliegen, während ich tatenlos zusehen musste!«

»Das mag sein«, räumte Ashok ein. »Aber Kenyattas Kopf hat üble Schläge einstecken müssen. Wollen Sie sich das wirklich antun?«

»Nichts und niemand könnte mich aufhalten«, erwiderte Anna.

»Wenn er Kopfwunden hat, sollten wir erst recht zu ihm gehen«, sprang Elisabeth ihr zur Seite. »Ich habe das Nötigste dabei. Lassen Sie mich sehen, was ich für ihn tun kann.«

»Ich ziehe mich um.« Entschlossen raffte Anna ihren klatschnassen Rock und drängte sich an Ashok vorbei in die Küche.

Elisabeth folgte ihr schulterzuckend. »Ich würde mich ihr nicht in den Weg stellen, wenn sie wütend ist«, bemerkte sie und schenkte Ashok ein provokantes Lächeln. »Mr Preston mag mich für einen Drachen halten, aber im Vergleich zu Anna bin ich die Sanftmut in Person.«

KAPITEL 27

Nachdem sie die Untersuchung abgeschlossen hatte, klappte Elisabeth erleichtert die Hebammentasche zu. Es gab nichts für sie zu tun. Ashok hatte die Verletzungen in Kenyattas Gesicht gereinigt, verbunden und ihm Laudanum verabreicht. Alles Weitere musste der Körper selbst erledigen, und Schlaf war, wie Elisabeth wusste, die beste Medizin. Zudem war Anna bei Kenyatta geblieben und hielt Wache. Entschlossen, sich von Jacob nicht abwimmeln zu lassen, eilte Elisabeth zum Küchentrakt, getrieben von der Hoffnung, herauszufinden, was auf Grambergs Plantage passiert war.

Den Vorbau, der sich an das Küchengebäude anschloss und den Ashok als Veranda bezeichnete, kannte Elisabeth bereits von ihrem letzten Besuch her. In der Dunkelheit wirkte der nach drei Seiten offene Raum mit dem mit Palmblättern gedeckten Spitzdach stark verändert. Die Hand gegen ihre Brust gedrückt, hielt sie trotz der inneren Unruhe für einen Moment inne. Ihr Herz klopfte bis zum Hals, während sie kaum Augen für den zauberhaften Anblick hatte, den die nächtliche Veranda bot. Rund um die Stützbalken standen Laternen am Boden verteilt, ihr Lichtschein spiegelte sich auf den dunklen Dielen wider. Es wirkte, als bestünde der Holzboden aus einem Meer aus Flammen. Weitere Öllampen standen auf dem Esstisch und verbreiteten einen flackernden Schein. Die Regenwolken hatten sich verzogen, ein zunehmender Mond stand tief am Himmel und spendete gerade so viel Licht, dass man die umliegende Wildnis schemenhaft erahnen konnte. Bedingt durch das Unwetter, war die Atmosphäre trotz der späten Stunde drückend, die Luft roch nach Regen, Fäulnis und feuchter Erde. Das leise Zirpen der Grillen drang an ihr Ohr. Abgesehen davon war alles still, und mit forschen Schritten trat sie auf die Veranda.

Er saß mit dem Rücken zu ihr auf einem Korbstuhl und starrte in die Dunkelheit, verloren in einer Welt, zu der nur er allein Zugang hatte. Als er ihre Anwesenheit bemerkte, stöhnte er gequält auf.

»Hat man vor Ihnen nie Ruhe?«, fragte er, ohne sich umzudrehen.

»Soll das ein Scherz sein?« Elisabeth verschränkte die Arme vor der Brust. »Glauben Sie ernsthaft, ich bin freiwillig hier? Wenn es sich nicht um einen Notfall handelte, würde ich den Abend friedlich mit einem Buch auf meiner Chaiselongue verbringen. Stattdessen reite ich mitten im Unwetter durch den Dschungel, um herauszufinden, warum sich ein geflüchteter Sklave auf Ihrer Plantage versteckt.«

Jacob schnaubte durch die Nase. »Was gehen Sie meine Angelegenheiten an?«

»Bilden Sie sich bloß nicht ein, dass das etwas mit Ihnen zu tun hätte. Ich bin Anna zuliebe hier. Was Sie betrifft, wünschte ich, ich ...« Sie stemmte die Hände in die Hüften und brach mitten im Satz ab. Ihre Augen sprühten vor Zorn. »Ach, vergessen Sie es!«

Mit finsterem Blick wandte er sich zu ihr um. »Was soll ich vergessen?«

»Nichts.«

»Sie halten mich für einen dummen, sturen Schotten.« Die Falte auf seiner Stirn wurde steiler.

»Das habe ich nicht gesagt.«

»O doch!«

»Wie? Keinesfalls!«

»Warum provozieren Sie mich dann?«

»Sie provozieren?« Fassungslos starrte sie ihn an. Was bildete er sich ein? Wenn es nicht den Anschein gehabt hätte, dass es um Leben und Tod ging, wäre sie überhaupt nicht hier gewesen. Wütend kniff sie die Augen zusammen. »Ich hätte nicht darauf bestehen sollen, mit Ihnen zu reden. Ashok hat mich gewarnt.«

»Ach ja?«

»Ja«, zischte sie. »Und wenn ich es mir recht überlege, sollte ich besser auf der Stelle gehen.«

»So war das nicht gemeint.« Ein Zögern lag in seinem Blick.

»Ach ja?«, erwiderte sie kühl und beschloss, ihren Trumpf auszuspielen. Immerhin schien sie ihm heute Abend aus irgendeinem Grund als Alibi zu dienen. »Ihre schlechte Laune zu ertragen fällt mir zunehmend schwer.«

Er stutzte. Einen Moment war es so still, dass Elisabeth meinte, die berühmte Stecknadel fallen zu hören.

Das Holz des Rattans knarrte, als er sich erhob. Er musterte sie. »Sie wirken erschöpft. Haben Sie etwas gegessen?«

»Ich bin nicht hungrig.«

»Natürlich.« Schulterzuckend ging er an ihr vorbei in das Küchengebäude und kehrte mit einem Teller Biryani zurück. »Essen Sie.« Er stellte den Teller vor sie auf den Tisch. Elisabeths Magen grummelte verräterisch.

»Ich sagte doch …«

Er ließ sie nicht weiterreden, um seine Mundwinkel zeigte sich ein ungeduldiger Zug. »Seien Sie nicht albern.«

»Na schön.« Zögernd ließ Elisabeth sich an dem Tisch nieder. Der Duft der Gewürze ließ ihr das Wasser im Mund zusammenlaufen. Schweigend beugte sie sich über den gebratenen Reis und schob sich einen Bissen in den Mund.

Jacob, der sie die ganze Zeit über beobachtete, schüttelte den Kopf. »Weshalb müssen Sie immer so stur sein?«

»Das Gleiche könnte ich Sie fragen«, kommentierte sie ungerührt. Dann holte sie Luft. »Erzählen Sie mir, weshalb Kenyatta geflüchtet ist. Was ist passiert?«

»Wenn ich das wüsste. Ich wollte Kenyatta in seinem Zustand nicht mit Fragen quälen.« Jacob erhob sich und lehnte sich über die Holzkonstruktion, die ein Geländer darstellen sollte. Sein Blick war erneut in die Nacht gerichtet. »Hören Sie, ich verstehe, dass Sie sich Sorgen machen. Trotzdem hätten Sie nicht herkommen sollen.«

»Anna hatte große Angst um Kenyatta. Hätte ich sie nicht begleitet, wäre sie allein geritten. Das konnte ich nicht zulassen.«

»Weil Sie die Sanftmut in Person sind?«, zitierte Jacob ihre Worte Ashok gegenüber. Er starrte sie mit gefurchter Stirn an.

»Vielleicht aufgrund meines Talents, zur falschen Zeit am falschen Ort zu sein«, zischte sie zurück und hielt seinem Blick stand.

»Gut beobachtet. Wenn Sie mich jetzt entschuldigen … Wie Ashok Ihnen bereits erklärte, ist heute ein schlechter Zeitpunkt.« Er löste sich aus dem Blickkontakt.

»Weil Sie so beschäftigt sind?«, bemerkte sie zynisch und ließ den Blick von der Whiskyflasche, die er auf dem Tisch stehen lassen hatte, und ihm hin und her schweifen.

»Allerdings.«

Schweigend biss sie sich auf die Lippe. Irgendetwas schien ihn so zu belasten, dass er sich verstärkt dem Alkohol zuwandte. Seufzend musterte sie ihn von der Seite her. Sein Hemd war verknittert und voller Schweißflecken, seine Augen waren blutunterlaufen, darunter lagen tiefe Schatten. Etwas in Elisabeths Brust schnürte sich zusammen. Hinter der ruppigen Fassade kam er ihr seltsam verletzlich vor. Sie zögerte einen Augenblick, dann stand sie auf, trat neben ihn und stützte die Arme auf die Brüstung. »Für mich sieht es eher nach einem Bad in Selbstmitleid aus als nach einer Beschäftigung, die es verdient, als solche bezeichnet zu werden.«

»Sie täuschen sich.« Er hob die Hand und deutete auf ein ungleichmäßig gewebtes Netz direkt über ihren Köpfen, in dessen Ecke eine handtellergroße Spinne mit haarigem weißgelbem Körper und dürren schwarz-roten Beinen hockte. Es hatte den Anschein, als starrte sie zu ihnen herunter. »Ich beobachte die Seidenspinne«, erklärte Jacob ungerührt. »Sehen Sie die Schmeißfliege dort? Sie hat es zweimal fast geschafft, aus dem Netz zu entkommen, ist aber jedes Mal aufs Neue an den Fäden hängen geblieben. Die Seidenspinne ist ein Muster an Geduld. Sie weiß genau, dass es nur eine Frage der Zeit ist, bis die Fliege ihr gehört.«

»Interessante Beobachtung.« Elisabeth schnalzte mit der Zunge. Sie hatte keine Ahnung, was Jacob so daran faszinierte, eine Spinne auf ihrem Beutezug zu beobachten, aber sie mutmaßte, dass es mit seiner derzeitigen Verfassung zu tun haben musste. Sie beschloss, keine Rücksicht auf seine beklagenswerte Stimmung zu nehmen und erneut auf die Situation zu sprechen zu kommen, die sie hierhergeführt hatte. Es trieb sie in den Wahnsinn, um den heißen Brei herumzureden. »Mir sind seltsame Dinge zu Ohren gekommen«, setzte sie an. Unsicher hob sie beide Hände und strich sich das Haar aus der Stirn. »Es soll ein Kampf auf Kiuui stattgefunden haben. Danach soll Kenyatta geflüchtet sein, und jetzt muss er damit rechnen, getötet zu werden, wenn man ihn findet. Es klingt wie eine absurde Aneinanderreihung von Gerüchten.« Ihr Blick wurde fragend. »Können Sie mir sagen, was davon wahr ist?«

Jacob antwortete nicht sofort. Regungslos starrte er ihr in die Augen, dann zuckte er die Schultern. »Ich weiß nicht, was ich mit Ihnen tun soll. Es ist, als besäßen Sie einen sechsten Sinn dafür, überall dort aufzutauchen, wo es Ärger gibt.« Er machte einen Schritt auf sie zu, sein Tonfall wurde drängender. »Ist Ihnen eigentlich klar, wie gefährlich es ist, sich überall einzumischen? Wirklich, ich habe es satt, ständig auf Sie aufzupassen.«

Zorn stieg in ihr auf. Es kostete sie alle Kraft, sich zu beherrschen. »Ich brauche kein Kindermädchen.«

»Das merke ich«, schnaubte er. Seine blauen Augen blitzten. »Sie sind wie die Fliege in dem Netz der Seidenspinne über Ihrem Kopf. Mit jeder Bewegung verstricken Sie sich mehr.« Ohne den Blick von ihr zu nehmen, griff er nach der Flasche Whisky. »Allerdings sind Sie zu dickköpfig, um einzusehen, wie riskant Ihr Verhalten ist. Stattdessen hoffen Sie darauf, dass ich Ihnen im entscheidenden Moment Ihren hübschen Hals rette.« Selbstzufrieden setzte er die Flasche an seine Lippen und ließ einen Schluck Whisky die Kehle hinunterrinnen.

»Das tue ich nicht!«, entgegnete sie wütend.

»Schön. Wenn das so ist, beweisen Sie es!«, fuhr er sie an. Mit einem Knall stellte er die Flasche ab. »Gehen Sie zu den Zelten und versuchen Sie zu schlafen. Morgen bei Sonnenaufgang reiten Sie zurück.«

»Nicht, bevor ich weiß, was hier los ist«, fauchte sie ihn an.

Einen unerquicklichen Moment lang betrachtete er sie mit zu Schlitzen verengten Augen. Dann hob er die Arme und verschränkte in einer für ihn ungewohnt hilflos anmutenden Geste beide Hände im Nacken, während er sein hektisches Herummarschieren wiederaufnahm.

»Hören Sie«, knurrte er schließlich, ließ die Arme sinken und blieb vor ihr stehen. »Die Sache ist gefährlich. Haben Sie schon vergessen, was mit Ihrem Onkel passiert ist? Ob Sie es glauben oder nicht, ich habe keine Lust, Sie mit aufgeschlitzter

Kehle aus dem Hafenbecken zu fischen. Also tun Sie mir den Gefallen, und seien Sie zumindest dieses eine Mal vernünftig.«

»Sie übertreiben.« Mit blitzenden Augen funkelte sie ihn an. »Mir ist sehr wohl bewusst, dass mein Onkel ermordet wurde. Aber ich lasse mir von Ihnen keine Angst einjagen, nur weil es Ihnen nicht in den Kram passt, dass ich noch immer auf Unguja bin.«

»Sie verstehen überhaupt nichts.« Eindringlich ruhte sein Blick auf ihr. »Ich meine es nur gut. Es wäre wirklich besser, wenn Sie es aufgeben würden, auf Sansibar Geschäfte machen zu wollen. Vor allem sollten Sie sich von Gramberg fernhalten.«

»Ach, höre ich da die Eifersucht aus Ihnen sprechen?« Der Satz war heraus, bevor sie nachgedacht hatte. Wie vom Blitz getroffen zuckte er zusammen, stellte sie fast genüsslich fest. Das Teufelchen auf ihrer Schulter ritt sie, eine Spitze hinterher zu setzen. Spöttisch hob sie eine Augenbraue. »Seltsam.« Bewusst unterbrach sie sich und schnalzte mit der Zunge. »Ich dachte, Sie wären in die Prinzessin verliebt.«

»Wie kommen Sie auf die absurde Idee …«, brauste Jacob auf, die Muskeln an seinem Kinn verspannten sich. Mitten im Satz hielt er inne, als wäre ihm aufgegangen, wie sinnlos es war, mit ihr über dieses Thema zu diskutieren. Mit brütender Miene starrte er ins Leere. Dann schüttelte er sich wie ein Hund, dem man einen Eimer Wasser über das Fell gekippt hatte. Mit einem tiefen Atemzug richtete er den Rücken gerade. »Egal.«

Elisabeths Wangen liefen heiß an, sie schluckte trocken. Dass ihre unbedacht geäußerten Worte eine so heftige Reaktion auslösen würden, hätte sie nicht erwartet. Fast verlegen senkte sie den Kopf. Wie schaffte er es nur immer, sie derart in Rage zu bringen und zu verwirren? »Wenn Sie mit Gramberg nicht zurechtkommen, ist das Ihr Problem. Ich für meinen Teil verstehe mich ausgezeichnet mit ihm.« Wieder selbstsicher, reckte sie den Hals. »Ich wüsste nicht, weshalb ich ihn meiden sollte, vor allem, da er der Einzige ist, der mir Nelken verkaufen will.«

»Verflixt noch mal!«, zischte Jacob. Sein Gesicht befand sich nur wenige Zentimeter von ihrem entfernt, sodass sie seinen Atem an ihrer Wange spürte. »Tun Sie, was ich Ihnen sage, nur dieses eine Mal.«

Sie wich keinen Zentimeter zurück. »Dafür müssen Sie mir schon einen guten Grund nennen.«

»Das habe ich bereits. Sie hören mir wie immer nicht zu.« Als wäre ihm plötzlich bewusst, wie körperlich nahe sie sich waren, trat Jacob einen Schritt zurück. Er wischte sich mit der Hand den Schweiß von der Oberlippe. »Gramberg ist gefährlich. Er kennt keine Gefühle.«

»Das habe ich anders erlebt«, erklärte sie und trat ihrerseits einen Schritt beiseite. »Bei meinem letzten Besuch auf Kiuui wurde sein Äffchen von einem Schäferhund zerfleischt. Gramberg war am Boden zerstört. Es ging ihm wirklich nahe.«

»Er ist ein ausgezeichneter Schauspieler.«

»Ich habe genug von diesem Unsinn.« Aufgebracht hämmerte sie mit dem Absatz ihres Schuhs gegen das Holz des Bodens. »Wie können Sie behaupten, dass er kein Herz hat? Dabei hat er das Tier verwaist im Dschungel gefunden und von Hand aufgezogen. Es wäre qualvoll verhungert, wenn er nicht gekommen wäre.«

»Verwaist im Dschungel gefunden, sagen Sie?« Jacob stieß ein höhnisches Schnauben aus. »Dass ich nicht lache. Er hat das Muttertier eigenhändig erschossen, bevor er das Affenbaby geraubt hat.«

»Woher wollen Sie das wissen?«

»Thabani hat es mir erzählt. Er weiß es von Kenyatta. Der war dabei.« Jacob schüttelte den Kopf und lachte zynisch. »Ich wette, es dauert nicht lange, bis er sich ein neues Äffchen holt.«

Elisabeths Herzschlag setzte einen Moment aus. Ein Gespräch mit Imani über Jacob und Gramberg kam ihr in den Sinn. Imani hatte geäußert, dass es mit Sicherheit berechtigte Gründe für die Feindschaft zwischen den beiden Männern gebe. Doch so einfach konnte und wollte sie ihren Standpunkt nicht aufgeben. Die Gesetze des Dschungels waren hart, das hatte sie inzwischen gelernt. Davon abgesehen war Gramberg ihre einzige Hoffnung. Wenn sie das Geschäft mit ihm nicht unter Dach und Fach brachte, würde es in dieser Saison zu keinem Einkauf kommen. Und dann …? Ihr Magen krampfte sich schmerzhaft zusammen. Wie würde ihr Bruder daheim in Lübeck reagieren, wenn sich die Nelkenlieferung noch weiter verzögerte? Würde er sie fallenlassen? Benommen strich sie sich das offene Haar aus der Stirn.

»Ich glaube Ihnen kein Wort«, murmelte sie tonlos und ließ sich auf einen der Stühle fallen. Wie betäubt starrte sie in die flackernden Lichter, deren Schein dem Abend einen unwirklichen Anschein verlieh.

Jacob füllte ein Glas mit Whisky und reichte es ihr. »Kehren Sie zurück nach Deutschland.«

»Weil ich eine Frau bin?« Unfähig, ihm in die Augen zu sehen, starrte sie auf das Glas in ihrer Hand.

»Blödsinn! Was hat das damit zu tun?« Er explodierte förmlich. »Verdammt noch mal, mir ist noch nie jemand über den Weg gelaufen, der so anstrengend war wie Sie! Begreifen Sie denn nicht, dass ich mir Sorgen um Sie mache?«

Wortlos starrte sie ihn an. Dass er ihr Verhalten nicht anprangerte, weil sie eine Frau war, sondern besorgt um sie war, traf sie wie ein Schlag. Elisabeth wurde schwindelig. Der Mord an ihrem Onkel, eine Warnung vor Gramberg? Und was sollte heute Nacht geschehen? Mit der angeblichen Sorge um sie machte Jacob es nicht besser. Im Gegenteil, dies untermalte ihre schlimmsten Befürchtungen. Für Geld war auf Sansibar alles zu haben: Informationen, Intrigen, Schmuggel, Mord … Und er steckte offenbar mittendrin. Sie spürte, wie die Farbe aus ihrem Gesicht wich, und schüttelte den Kopf. »Ausgeschlossen. Ich kann nicht zurück.«

»Warum?« Er presste die Lippen zusammen. Die Furche zwischen seinen Augenbrauen vertiefte sich. »Weil Ihr Dickschädel das nicht zulässt?«

»Nein.« Sie schüttelte den Kopf. Inzwischen gelang es ihr, in einem gemäßigteren Tonfall zu sprechen. Sie maß ihn mit einem langen Blick. Noch immer spürte sie Schwindel, gleichzeitig hatte sie keine Kraft mehr, das Versteckspiel aufrechtzuhalten. Ihre Schultern sackten herab.

Überwältigt von der Ausweglosigkeit ihrer Lage, beschloss sie, alles auf eine Karte zu setzen und ihm zu vertrauen. Was hatte sie jetzt noch zu verlieren? Mit einem Brennen in der Kehle führte sie das Glas an die Lippen. Das torfige Aroma stieg in ihre Nase. Langsam ließ sie den Whisky im Glas kreisen.

»Ich kann nicht zurück, weil ich vor meinem gewalttätigen Ehemann geflüchtet bin«, erklärte sie. Aufatmend lehnte sie sich zurück, verwundert darüber, dass ihr die Sätze so ruhig über die Lippen gekommen waren.

Sein Blick lastete auf ihr. Er sagte kein Wort. Einen sehr langen Moment herrschte Stille.

Kapitel 28

»Wo soll ich anfangen?«, fragte Elisabeth. Um sich Mut zu machen, nahm sie einen tiefen Schluck Whisky. Ihr Blick wanderte hinaus in die Nacht. Aus Befangenheit wusste sie auf einmal nicht, wohin mit sich. Sie stellte das Glas auf dem Tisch ab und zog den Stoff ihrer Ärmel bis weit über die Handgelenke.

Er leerte sein eigenes Glas auf einen Zug. Dann füllte er die Gläser erneut. »Hier.« Mit einem aufmunternden Nicken reichte er ihr das Glas. »Am besten erzählen Sie von vorne.«

Ein wenig nervös begann sie. »Groß geworden bin ich an der Ostsee, auf einem Gut in der Nähe von Brodten, einem Dorf in Schleswig-Holstein, direkt an der Steilküste gelegen. Als ich einundzwanzig war, starb meine Mutter bei einem Scheunenbrand. Mein Vater hat sich von diesem Schicksalsschlag nie wieder erholt. Statt sich der Führung des Gutes anzunehmen, verfiel er in Schwermut und zog sich völlig in sich selbst zurück, mit verheerenden wirtschaftlichen Konsequenzen für das Gut. Als mehrere Missernten dazukamen, stand er, stand das ganze Gut vor dem Bankrott. Die einzige Möglichkeit, der finanziellen Misere zu entfliehen und das Gut zu halten, bestand darin, mich an jemand Gutsituierten zu verheiraten.«

»Grundgütiger!« Jacob beugte sich abrupt vor und starrte sie verblüfft an. »Und ausgerechnet Sie als selbstbewusste, intelligente Frau haben sich darauf eingelassen? Wie ist das möglich?«

Plötzlich unsicher, ließ sie den Whisky erneut im Glas kreisen. Der torfige Geruch erinnerte sie an die Feuer im heimischen Kamin auf dem Gut. Sie seufzte. Was sollte sie ihm antworten? Würde er verstehen, dass es für sie keinen anderen Weg zu handeln gegeben hatte? Mit zitternden Fingern führte sie das Glas an die Lippen. Rau floss der Branntwein durch ihre Kehle, sie hüstelte hinter vorgehaltener Hand, während ihr von der Schärfe des Alkohols Tränen in die Augen schossen. Sie senkte das Glas und suchte seinen Blick.

»Mein Vater ist ein gebrochener Mann. Ich hätte es nicht ertragen, zuzusehen, wie er auch noch das Gut verloren hätte. Es hätte ihn umgebracht.«

»Was ist mit Ihrer Verwandtschaft? Gab es niemanden, der Ihren Vater finanziell hätte unterstützen können?«

»Doch. Sein Bruder, mein Onkel, der sich aber mit ihm überworfen hatte und daher wenig geneigt war, Geld in seine alte Heimat zu senden. Er war ein verschrobener Mann. Und dann noch mein älterer Bruder.« Ihre Hand glitt in ihr Haar und verfing sich in einem Knoten. »Allerdings hat er vor Jahren mit meinem Vater gebrochen. Die beiden sprechen nicht miteinander. Otto besitzt eine Süßwarenfabrik in Lübeck. Vater hat es ihm nie verziehen, dass er eigene Wege einschlug, statt das Gut zu übernehmen.« Sie räusperte sich. »Mein Bruder hat sich ganz der Industrialisierung verschrieben. Seiner Meinung nach besitzt der Landadel nicht länger eine Existenzberechtigung. Schon allein deswegen würde er Vater niemals Geld leihen.«

»Verstehe. Aber was ich nicht begreife … Welcher Mann lässt sich in Europa noch auf eine arrangierte Ehe ein?« Jacob verzog verächtlich das Gesicht.

Elisabeth starrte ausdruckslos ins Nichts. Die Erinnerungen kehrten mit aller Schärfe zurück, doch nun, wo alles ausgesprochen war und Jacob so verständnisvoll reagierte, fühlte sie sich ihnen nicht mehr hilflos ausgeliefert.

»Weyhoff hatte schon länger ein Auge auf mich und auch auf die Familie geworfen. Allerdings wusste er, dass ich mich nie in ihn verlieben würde. Abgesehen davon, dass ich nichts für ihn empfinde, ist er bedeutend älter, Witwer und Vater zweier erwachsener Kinder. Weyhoff geht es in erster Linie um sein Ansehen. Es muss ihm geschmeichelt haben, sich mit mir zu schmücken.« Verbissen zerrte sie an dem Knoten in ihrem Haar. »Als Apotheker genießt er Ansehen, doch niemand ahnt, wie labil er seelisch ist. Hinter jedem Scherz und jeder Bemerkung wittert er eine Kränkung. In allem, was ich tat, sah er einen persönlichen Affront. Als er erfuhr, dass ich zusammen mit meiner Schwägerin Luigina regelmäßig die Treffen des Frauenvereins besuchte, hat er mir verboten, daran teilzunehmen.«

Jacob legte abschätzend den Kopf schief. »Aber Sie haben sich dadurch nicht abbringen lassen?«

»Natürlich nicht. Durch einen dummen Zufall kam heraus, dass ich mich heimlich weiter mit den Frauen traf. Ab diesem Moment wurde er mir gegenüber körperlich gewalttätig.«

»Daher die Narbe?«

»Ja.« Sie ließ von ihrem Haar ab und tastete unwillkürlich nach der Stelle an ihrer Stirn. »Er hat versucht, mir mit einer Glasscherbe die Kehle aufzuschlitzen. Ich konnte ausweichen. Er hat mich knapp oberhalb der Schläfe erwischt.«

Die Stille, die folgte, wog tief. Nach einem Moment atmete Jacob geräuschvoll aus.

»Da haben Sie zu Recht beschlossen, ihn zu verlassen.« Mit einem grimmigen Nicken griff Jacob nach seinem Glas und trank einen tiefen Schluck.

Elisabeth tat es ihm gleich. »Richtig.« Erneut musste sie hüsteln. »Zusätzlich versuchte mein Stiefsohn, mir körperliche Gewalt anzutun. Es wäre sinnlos gewesen, gegen ihn oder gegen meinen Ehemann vorzugehen. Niemand hätte mir geglaubt, nicht einmal mein Vater.« Sie verstummte. Wie konnte man ihr vorwerfen, dass sie sich fühlte, als würden alle Männer ihr als Frau Steine in den Weg legen?

»Es tut mir leid für Sie«, sagte er leise. »Wie ging es weiter?«

Sie seufzte. »Ich benötigte Geld, um Deutschland zu verlassen. Sansibar schien mir geeignet, auch wegen der familiären Kontakte. Was mit meinem Onkel passiert war, ahnte ich nicht. Mein Bruder war bereit, die Reisekosten zu übernehmen. Im Gegenzug erbot ich mich, Gewürznelken für ihn einzukaufen.«

»Und deswegen riskieren Sie jetzt Ihr Leben auf Sansibar, nachdem Sie sich vor Ihrem Ehemann haben retten können?«, schlussfolgerte er in einem Anfall von Zynismus. »Deutschland ist groß. Dort wären Sie besser aufgehoben.«

Elisabeth zuckte zusammen. Die schützende Blase, die beide umschlossen hatte, schien zu reißen. Mit zwei, drei tiefen Atemzügen kämpfte sie gegen die plötzliche Enge in ihrer Brust an.

»Eine Rückkehr nach Deutschland kommt für mich nicht infrage. Außerdem habe ich nicht das Gefühl, auf Sansibar permanent in Gefahr zu schweben, so wie Sie es schildern. Und so, wie ich es von zu Hause her kenne.«

Er schnaubte frustriert. Seine Augenbrauen waren die ganze Zeit so fest zusammengezogen, dass Elisabeth sich fragte, ob er sie überhaupt je wieder bewegen würde.

Ungerührt hielt sie seinem Blick stand. »Was Gramberg betrifft … Sie können nicht erwarten, dass ich mich von ihm fernhalte, ohne dass Sie mir den wirklichen Grund nennen.« Trotzig leerte sie ihr Glas und stellte es mit einem Klirren auf dem Tisch ab. »Es mag sein, dass er die Mutter des Äffchens erschossen hat, aber das macht ihn noch nicht zu einem gefährlichen Verhandlungspartner. Seien Sie ehrlich mit mir, da steckt doch mehr dahinter.«

Jacob verzog das Gesicht. Elisabeth fragte sich, was in ihm vorgehen mochte.

»Ich dachte, wir würden anfangen, einander zu vertrauen?«, schob sie hinterher und seufzte.

Er griff zur Flasche und schenkte sich nach, ihr Glas aber ließ er leer, anscheinend blind für ihre Bedürfnisse und ausschließlich mit sich selbst beschäftigt.

Da war sie wieder, seine männliche Arroganz, die sie als so verletzend empfand. »Bekomme ich auch Whisky, oder muss ich erst darum bitten?«, fragte sie aufreizend höflich und schob ihm ihr Glas zu.

Jacob blickte sie an, als hätte sie sich in den widerspenstigen Drachen verwandelt, als den er sie Ashok gegenüber betitelt hatte. Mit düsterer Miene füllte er ihr Glas.

Stumm nippten sie an ihren Getränken. Elisabeth verzichtete auf einen weiteren Versuch herauszufinden, weshalb Jacob Gramberg für so gefährlich hielt. Trotzig beschloss sie, sein Schweigen auszuhalten. Aus den Augenwinkeln bemerkte sie, wie ein Rennvogel auf der Suche nach Schnecken direkt vor der Veranda mit langen, dürren Beinen über den sandigen Boden huschte. Dabei stieß er einen gespenstischen Laut aus, der Elisabeth an eine rostige Türangel erinnerte.

»Also schön«, platzte es unvermittelt aus Jacob heraus. Seine Mundwinkel verzogen sich. »Eher geben Sie ja doch keine Ruhe. Dass Gramberg gefährlich ist, sagt mir mein Gefühl. Menschen wie ihm bin ich zur Genüge begegnet. Noch habe ich keine Beweise gegen ihn in der Hand …« Zischend stieß er die Luft aus. »Die Prügelei, in die Kenyatta verwickelt wurde, war nicht der erste illegale Boxkampf dieser Art. Ich habe Grund zu der Annahme, dass Gramberg die Kämpfe veranstaltet, sei es zu seinem sadistischen Vergnügen oder wegen der Wettgelder. Es sind keine gewöhnlichen Kämpfe, wie sie überall auf der Welt veranstaltet werden. Sie haben etwas von Gladiatorenspielen, ganz Grambergs Stil. Der Sieger kann sich oder ein Mitglied seiner Familie freikaufen. Was mit dem Verlierer passiert, weiß ich nicht, aber vermutlich nichts Gutes, sonst wäre Kenyatta kaum geflüchtet.«

Elisabeths Herz geriet ins Stolpern, vor Schreck stand ihr der Mund offen.

»Warum ist Kenyatta ausgerechnet nach Eilean Donan geflüchtet?«, fragte sie schließlich, als sie wieder fähig war zu sprechen.

»Thabani, einer meiner Vorarbeiter, ist Kenyattas Onkel. Thabani vermutet, dass Kenyatta seine Schwester freikaufen wollte. Sie hat als Einzige aus Kenyattas Familie den Typhus auf Kiuui überlebt. Außerdem ...« Jacob verzog das Gesicht. »Jeder auf Sansibar weiß, dass Gramberg und ich uns nicht sonderlich sympathisch sind. Kenyatta hatte also doppelten Grund, darauf zu vertrauen, dass ich ihm Schutz biete.«

Elisabeth spürte Schwindel in sich aufsteigen. Das Blut rauschte in ihren Ohren. »Typhus? Wann war das?«

Jacob zögerte einen Moment, bevor er antwortete. »Erst kürzlich.«

»Aber ... ich verstehe nicht.« Sie schüttelte den Kopf und wusste nicht, was sie denken sollte. »Genau aus diesem Grund habe ich mit Dr. Wessels vor ein paar Wochen die Plantage besucht. Uns ist nichts aufgefallen.«

»Das will nichts heißen«, knurrte Jacob düster. Er deutete mit dem Finger auf ihren Whisky. »Trinken Sie. Sie sehen aus, als könnten Sie noch einen Schluck vertragen.«

Zitternd griff Elisabeth nach dem Glas. Am Rande ihrer Aufmerksamkeit bemerkte sie, dass sich zu dem Rennvogel vor der Veranda ein zweiter hinzugesellt hatte. Zusammen veranstalteten sie ein schauriges Kreischen.

Jacob beugte sich näher, sodass ihre Gesichter nur knapp voneinander entfernt waren und sie sich in die Augen sahen.

Sein Blick besaß eine Eindringlichkeit, die das ungute Gefühl in Elisabeths Magengrube verstärkte.

»Ich weiß um Grambergs guten Ruf in der Gesellschaft. Aber wie ich Ihnen bereits bei einer unserer ersten Begegnungen gesagt habe, müssen Sie den Blick auch auf den Bildrand und auf die dunklen Ecken richten, um die ganze Wahrheit zu erkennen.« Er maß sie schweigend. »Dass Sie nichts bemerkt haben, bedeutet nicht, dass es keine Fälle von Typhus gegeben hat.«

Elisabeth spürte Übelkeit in sich aufsteigen. Schuldgefühle bemächtigten sich ihrer. Konnte es wahr sein, was Jacob behauptete? Hatten sowohl Wessels als auch sie etwas Entscheidendes übersehen? Vor ihrem geistigen Auge ließ sie den Tag auf Kiuui noch einmal auferstehen. Sie wusste noch genau, wie es sich angefühlt hatte, aus dem Dunkel der Hütten in das blendend helle Licht der Sonne zu treten. Genauso erinnerte sie sich an Wessels' überzeugten Gesichtsausdruck, als er auf einem Baumstamm sitzend den Bleistift mit der Zunge befeuchtet und Notizen für seine Akten angefertigt hatte. Währenddessen war ihr Blick in den Dschungel geglitten.

Es traf sie wie ein Blitzschlag.

Plötzlich meinte sie, wieder Brandgeruch in der Nase zu haben.

Sie sog Luft ein, aber der Sauerstoff schien nicht bis in ihre Lungen zu kommen. Sie japste auf. Ihr Brustkorb hob und senkte sich hastig. Erregt sprang sie von ihrem Stuhl auf und ging in schnellen Schritten auf und ab.

»Was ist?« Jacobs Stimme klang besorgt. Er setzte das Glas ab. In seinen Augen lag ein Ausdruck, den sie zuvor nicht an ihm wahrgenommen hatte. »Liz?«

Sie hatte das Gefühl, jeden Moment zu ersticken. Leicht taumelig bemerkte sie, wie er aufsprang und sich ihr näherte. Die Furche zwischen seinen Augenbrauen war tief.

»Komm her.« Er fasste sie an den Schultern und zog sie an sich. Sanft strich seine Hand über ihren Rücken. »Schhhhh … Ganz ruhig. Atme. So ist es gut …«

Sie schluckte. Die Wärme seines Körpers drang durch den dünnen Leinenstoff bis auf ihre Haut. Er roch männlich, nach Erde, Holz, frischer Seife und einem Hauch Muskat.

»Du hast also doch etwas gesehen«, stellte er finster fest.

Schweigend nickte sie. Es tat gut, sich an seinen Körper zu schmiegen. Seine Nähe war beruhigend. Dankbar für den Halt, ließ sie die Luft im Rhythmus seines Atems durch ihren Brustkorb strömen. Langsam kam sie wieder zu sich. Mit einem Seufzen lehnte sie den Kopf an seine Schulter. »Es gab ein Feuer auf Kiuui. Gramberg sprach von einer Explosion in der Destille, bei der Arbeiter umgekommen seien. Ich habe nachgefragt, weil es mir merkwürdig erschien, dass es keine Verletzten gab, aber Gramberg meinte, alle wären in dem Feuer umgekommen.« Ihre Kehle brannte so sehr, dass sie innehielt, bevor sie es über sich brachte, den quälenden Gedanken auszusprechen. »Glaubst du, das war kein Unfall, sondern ein Täuschungsmanöver?«

Jacobs Hand verharrte bewegungslos auf ihrer Schulter. »Könnte sein …«, erklärte er dumpf.

»O Gott!« Elisabeth bog den Kopf zurück und sah ihm ins Gesicht. »Gramberg hat also die Toten in die Destille geschafft und dann Feuer gelegt?«

»Was auch immer passiert ist, ich möchte nicht, dass du mit Gramberg Geschäfte machst.« Seine Hand vergrub sich in ihrem Haar und hielt ihren Nacken umschlungen, eine bestimmende, entschiedene Geste, als könnte er ihr damit seinen Willen aufzwingen. »Hör auf mich, bitte, dieses eine Mal.«

Elisabeths Herz raste, sie spürte ein Prickeln auf der Haut. Unfähig, einen klaren Gedanken zu fassen, starrte sie an Jacobs Schulter vorbei in die Nacht. Die Laternen malten flackernde Schatten auf die Holzdielen. Das Rufen der Rennvögel war verstummt. Es war gespenstisch still. Elisabeth schluckte. Für gewöhnlich hätte Jacobs Drängen sie dazu gebracht, ihm zu erklären, dass sie sehr gut auf sich selbst aufpassen könne, doch in dieser Nacht spürte sie, dass es über ihre Kräfte ging. Mit einem Mal kam alles in ihr hoch, was sie an Schlimmem erlebt hatte, und brach wie eine Welle über ihr zusammen: die Einsamkeit nach dem Tod ihrer Mutter, die Gewalt in ihrer Ehe, die Flucht … Sie hatte Familie und Freunde hinter sich gelassen und mit Lügen und Verstellung gelebt, nur um nun auf Sansibar nach dem brutalen Tod ihres Onkels erneut einer unsicheren Zukunft entgegenzusehen. Seit ihrer Ankunft hatte sie jede Menge Enttäuschungen erlebt, sei es mit den Pflanzern, den Händlern, der Prinzessin und am Ende sogar mit Wessels. Die ständigen Warnungen vor der Brutalität des Daseins und die Angst, Otto könnte sie fallen lassen, zerrten an ihren Nerven. Noch dazu fühlte sie sich zunehmend einsam. Ihre Kehle wurde eng. Sie schluckte. Der einzige Fixpunkt, der ihr in dem fragilen Gefüge Halt gab, war Jacob.

Jacob, der sie vom ersten Moment gleichermaßen fasziniert wie auch aus der Haut fahren lassen hatte. Jacob, den sie damals mit dem Fernglas auf dem Felsen hatte stehen sehen und mit dessen Auftreten zeitgleich das Gefühl in ihr aufgekommen war, dass ihre Bestimmung sie auf Sansibar erwartete. Jacob, der sich mit seiner Kraft und Stärke wiederholt schützend vor sie gestellt hatte. Jacob, der auch jetzt ruhig und zuverlässig bei ihr stand, so nah, dass sein vertrauter Geruch und die Wärme seines Körpers sie einhüllten.

Auf einmal verspürte sie nur noch das Bedürfnis, sich fallen zu lassen und zu vergessen, was sie belastete. Der Teil von ihr, der immer weiter gekämpft hatte, streckte die Waffen. Mit einem tiefen Aufstöhnen sank sie in seine Arme.

»Es war ein langer Tag«, murmelte er, sein Atem strich sanft über ihren Scheitel.

»Hmmm …« Tief seufzend schloss sie die Augen.

Eine Weile standen sie nur so da, eng umschlungen. Elisabeth spürte den Trost, den seine Nähe mit sich brachte. Aber das war nicht alles. Ein süßer Schauer der Erregung lief über sie, und sie schmiegte sich unwillkürlich enger an ihn. Er schien es auch zu spüren. Mit sanfter Bestimmtheit tasteten sich seine Hände zu ihrem Gesäß vor und umschlossen es.

»Liz …« Der Klang seiner Stimme war rauchig, fast heiser. Eine seiner Hände löste sich, während die andere sie noch fester an sich drückte, sodass sie seine Erregung deutlich spürte. Ein genussvolles, nie erlebtes Gefühl schoss in ihre Lenden.

Jacob ließ ihr kaum Zeit, Luft zu holen. Mit der freien Hand glitt er über ihre Brüste hinauf zu ihrem Hals. Dann fuhr er mit dem Zeigefinger unter ihr Kinn und hob es an.

Sie warf ihm unter den gesenkten Wimpern hinweg einen langen Blick zu. Es kam ihr vor, als blickte sie tiefer in ihn hinein und doch nicht tief genug. Wer war dieser Mann, nach dem sie sich sehnte, der sie irritierte und sie gefangen nahm, der ihr Herz schneller schlagen ließ und der sie trotz allem über seine wahren Gefühle im Unklaren ließ?

Einen atemlosen Moment lang waren ihre Blicke ineinander verhakt. Sie wusste nicht, welch glücklichem Zufall sie es zu verdanken hatte, dass er immer genau im richtigen Moment zur Stelle war, doch ohne ihn wäre sie in dieser Nacht verloren gewesen, das spürte sie mit jeder Faser ihres Herzens. Seine Arme würden sie durch die Dunkelheit tragen und in einem jungen, neuen Tag erwachen lassen.

Beinahe gewaltsam löste er sich aus dem Blick. Einen aufregend männlichen Duft verströmend, senkte er den Kopf, um sie zu küssen. Elisabeth meinte, ihren Körper explodieren zu fühlen, als sich seine Zunge drängend vor Verlangen zwischen ihre Lippen schob. Sein Kuss war lang und tief und jagte ihr Schauer der Leidenschaft über den Rücken. Als er seinen Mund wieder von ihrem löste, pulsierte ihre Unterlippe. Vorsichtig glitt sie mit der Zunge über die geschwollene Stelle.

»Liz …«

»Was zum Teufel …«, setzte sie an und ließ den Rest des Satzes in einem lustvollen Stöhnen untergehen, als seine Hände weiterglitten und die Rundungen ihres Busens umfassten.

»Du bist wunderschön …« Seine Hände massierten sanft ihre festen Brüste und verweilten dann dort, wo sich ihre harten Brustwarzen unter dem Stoff abzeichneten. Sie keuchte überrascht auf.

»Jacob …« Mit einem unterdrückten Seufzer legte sie den Kopf in den Nacken. »Was tun wir da?«

Seine Lippen fanden die empfindliche Stelle an ihrer Kehle und bedeckten sie mit Küssen. Dabei murmelte er etwas, das Elisabeth nicht verstand, aber sie meinte, ihn die Worte »nicht bereuen« und »Dafür sorge ich« flüstern zu hören. Als er den Kopf hob und ihr in die Augen sah, lag flammendes Begehren in seinem Blick. Leicht wie ein Windhauch fuhr sein Zeigefinger die Konturen ihrer Lippen nach, dann küsste er sie mit noch größerer Leidenschaft.

»Ich will dich«, raunte er, während er mit den Händen über einen Lustpunkt oberhalb ihres Gesäßes strich und ihre Hüften sacht umkreiste.

Ihr Körper gab die Antwort. Das Verlangen nach ihm verzehrte sie. Ohne Zögern drang ihre Hand zur Innenseite seiner Oberschenkel vor und massierte die harte Wölbung, die sich durch den Stoff der Hose abzeichnete, während ihre Lippen sich ihm erneut hingaben. Sein Kuss war tief und so glühend, dass ihr Unterleib vor Leidenschaft in Flammen stand.

»Komm«, flüsterte er. Ein überraschter Aufschrei entfuhr Elisabeth, als er mit einer entschlossenen Bewegung den Arm unter sie schob und sie mühelos vom Boden hob. Vertrauensvoll überließ sie das Gewicht ihres Körpers seinen kräftigen Armen.

Der Nachtwind strich sanft durch die Zweige der Kokospalmen und der Orangenbäume. Als Elisabeth den Kopf wandte und über Jacobs Schultern spähte, blinkte ihr im Mondschein ein Paar leuchtend gelber Augen entgegen. Mit wild klopfendem Herz vergrub sie den Kopf an Jacobs Schulter. Im Dunkel der Nacht schien der Dschungel Augen und Ohren zu besitzen, die mit trägem Interesse verfolgten, wie Jacob sie zwischen den Mangobäumen hindurch und die Stufen hinauf zu seinem Zelt trug.

Mit einem leisen Flattern fiel die Zeltplane hinter ihnen zu. Das gedämpfte Licht der Petroleumlampen in ihren Glaszylindern erhellte das Zelt gerade so weit, dass sie Tisch, Stühle und Bett erahnen konnte.

Vorsichtig, als hielte er eine zerbrechliche Kostbarkeit in den Armen, bettete er ihren Körper auf das Laken. Am Rande ihres Bewusstseins bekam sie mit, wie er sich das Hemd über den Kopf streifte und den Gürtel löste. Seine Hose glitt zu Boden. Nackt und in seiner ganzen Männlichkeit stand er über ihr. Ungeduldig lösten seine Hände den Stoff ihrer Bluse, sodass sie mit bloßem Oberkörper vor ihm lag. Überrascht keuchte sie auf, als seine Lippen ihre steil aufgerichteten Brustwarzen umschlossen und daran saugten. Eine brennende Begierde überkam sie.

»Hör nicht auf damit«, flüsterte sie heiser, als sie glaubte, den Gipfel der Lust beinahe erreicht zu haben.

Mit einem kehligen Auflachen unterbrach er seine Beschäftigung und hob den Kopf. »Nicht um alles auf der Welt«, knurrte er. Blinzelnd öffnete sie die Augen. Die Haut seiner Schultern und Brust schimmerte golden im Schein der Lampen. Einen Moment lang ließ er den Blick genussvoll über die Nacktheit ihrer Brüste wandern, dann glitten seine Lippen weiter. Keuchend vor Erregung drehte sie den Kopf beiseite. Er ließ seine Zunge um ihren Nabel kreisen. Drängend schoben seine Hände Hose und Unterwäsche über ihre Hüften, bis sie nackt vor ihm lag.

Erneut nahm er sich Zeit, ihren Körper zu bewundern, bevor er auf dem Laken niederkniete und den Kopf zwischen ihren Oberschenkeln versenkte. Mit einem scharfen Geräusch sog sie die Luft ein, als sein Mund ihre feuchte Wärme kostete. Keuchend vor Erregung gab sie sich dem geschickten Spiel seiner Zunge hin.

Schließlich konnte er seine Erregung nicht mehr dämmen. Stöhnend bäumte sie sich auf. Den Bruchteil einer Sekunde begegneten sich ihre Blicke und besiegelten in stummem Einverständnis das Versprechen ihrer Körper, bevor sich sein Gewicht schwer über sie senkte. Mit einem festen Stoß drang er in sie ein. Lustvoll krallte sie die Finger in das kühle Laken, während er sich rhythmisch in ihr bewegte. Voller Begehren gab sie sich ihm hin, während sie verschwommen wahrnahm, wie ihre Lust immer höhere Höhen erreichte. In einem Rausch ungezügelter Leidenschaft liebten sie sich, bis die Welle endlich, endlich gleichzeitig über ihnen zusammenbrach.

Sie hätte nie geglaubt, dass Liebe sich so anfühlen könnte.

Schweißgebadet schmiegte sie sich an ihn, um zum leisen Geräusch seines Atems an seiner Brust wegzudämmern.

KAPITEL 29

Jacob erwachte kurz vor der Dämmerung vom Kreischen der Affen. Er lag auf der Seite, die Beine leicht angewinkelt, vor ihm Liz, die ihren Rücken an ihn geschmiegt hatte. Ihr Kopf ruhte auf seinem Arm. Anders als in den Nächten, die er zufällig mit der einen oder anderen Frau verbracht hatte, erdrückten ihn ihre Nähe und Wärme nicht. Die Rundungen ihrer Körper passten zueinander, als wären sie füreinander geschaffen. Verwundert über sich selbst, schüttelte er den Kopf. Ein derartiger Gedanke hatte ihn nie zuvor gestreift, doch er fühlte sich seltsam gut an. Behutsam befreite er seinen Arm und erhob sich. Seine Kehle war wie ausgedörrt, er kam schier um vor Durst. Mit einer mühelosen Bewegung schlüpfte er in seine Hose, den Blick auf Liz hinter dem Fliegenschutz des Bettes gerichtet. Für einen Moment erschien sie ihm wie hinter einer Wolke, verschwommen, wie ein unwirkliches Traumbild. Ihr kupferrotes Haar schien wie ein Wasserfall über das Kissen zu rieseln, auf ihren Lippen lag ein Lächeln. Einen Wimpernschlag lang gab er sich der Illusion hin, dass die gemeinsam verbrachte Nacht sie so glücklich wirken ließ, doch weitaus wahrscheinlicher war, dass sie träumte.

Als er wenig später die Veranda betrat, schlug ihm ein kräftiger Geruch von Ingwer und Kardamom entgegen. Ashok stand in der Küchentür. Als er Jacob bemerkte, faltete der Inder die Hände vor der Brust. »*Namaste.* Du bist schon wach?«

»*Namaste*«, erwiderte Jacob kurz angebunden und verneigte sich ebenfalls. So früh am Morgen sprechen zu müssen, fiel ihm schwer.

»*Chai?*«, schlug Ashok vor.

»Meinetwegen.«

Kurz darauf saßen sie nebeneinander auf den Stufen der Veranda, den Blick auf das dichte Grün des Dschungels gerichtet. Schweigend blies Jacob in den dampfenden Tee. Als er für einen Moment die Augen schloss, meinte er Liz' warmen Körper neben sich zu spüren. Ohne den Schleier des Alkohols war er erstaunt, aber dann auch wieder alles andere als überrascht, wie sich der Abend entwickelt hatte. Sosehr er versucht hatte, Gefühle zu vermeiden und ihr aus dem Weg zu gehen, so unausweichlich war gewesen, was zwischen ihnen geschehen war. Zerrissen von seinen widersprüchlichen Emotionen, stöhnte er auf.

Wenig später schob sich die Sonne durch das Dickicht der Bäume, der Himmel färbte sich lila und orange, untermalt vom Zwitschern der Vögel. Gebannt verfolgte Jacob das Schauspiel. Obwohl er schon lange in diesen Breiten lebte, faszinierte es ihn immer wieder, mit welcher Kraft und Schnelligkeit die Sonne über Afrika aufging. Schließlich, als das Leuchten die Dunkelheit endgültig besiegt hatte, stellte er den Becher beiseite und erhob sich. Die Grübelei brachte ihn momentan nicht weiter. »Ich gehe rüber zu den Männern. Mal hören, wie sie sich geschlagen haben.«

»Ich würde warten. Sie schlafen noch.« Ashok biss sich auf die Lippe. Etwas an seinem Tonfall war merkwürdig.

»Was ist los?« Jacob warf Ashok einen fragenden Blick zu. Er hatte gehofft, dass der Plan der Männer – wie auch immer er ausgesehen haben mochte – aufgegangen war und die

Schmuggler inzwischen erledigt waren. Ashoks Miene gab ihm Anlass zu Zweifeln.

»Gib ihnen Zeit, sich von gestern zu erholen«, sagte Ashok ausweichend »Du warst nicht der Einzige, der zu viel Whisky getrunken hat.«

»Verdammt!« Jacob holte mit dem Fuß aus und trat nach einem Stein. »Der Plan war gut. Was ist schiefgelaufen?«

Ashok seufzte. »Die Angaben der Prinzessin haben nicht gestimmt. Unsere Männer haben in der falschen Bucht gewartet. Als ihnen das Warten merkwürdig vorkam, haben sie sich aufgeteilt, um die Küste abzusuchen. Ein Teil ritt nach Norden, der andere nach Süden. Das Boot der Asiaten lag weiter nördlich vor Anker. Als unsere Männer endlich am richtigen Strand standen, sahen sie nur noch, wie die Schiffe aufs Meer hinaussegelten. Wir wissen also immer noch nicht, wer die Schmuggler sind.«

»Zum Teufel!«, fluchte Jacob. Grimmig starrte er vor sich hin. Es kostete ihn alle Selbstbeherrschung, vor Wut nicht das Geländer zu packen und daran zu rütteln, bis es aus der Verankerung riss. »Ich hätte selbst mitreiten sollen.«

Ashok betrachtete ihn mit schief geneigtem Kopf und zuckte mit den Schultern. »Ich sage dir schon lange, dass du falschliegst, indem du versuchst, dich aus allem rauszuhalten. Du kannst das Schicksal nicht umgehen.«

»Spar dir die Klugscheißerei«, zischte Jacob. Ashoks Ruhe befeuerte seine Wut. »Das bringt uns nicht weiter. Wurde einer der Männer verletzt?«

»Nein.«

»Gut.« Jacob nickte grimmig. »Was ist mit Kenyatta?«

Ashok antwortete nicht sofort. »Anna ist die Nacht über bei ihm geblieben. Er erholt sich. Am besten verstecken wir ihn noch eine Weile bei uns und hoffen, dass niemand von Grambergs Leuten bei uns auftaucht.«

»Ich würde es ihm nicht raten, jemanden zu schicken«, knurrte Jacob finster. »Ist dir klar, dass Liz immer noch vorhat, mit ihm Geschäfte zu machen?«

»Was willst du tun, um sie zu schützen?«, fragte Ashok und zog eine Augenbraue hoch.

»Wie kommst du auf die Idee, dass ich das möchte?«, brummte Jacob.

»Warum?« Ashok sah ihn verständnislos an, die Stirn in Falten gelegt. »Weil du sie liebst.«

»Ach, tue ich das?«

»Ja.« Ashoks Gesicht entspannte sich. »Sonst hättest du wohl kaum die ganze Nacht neben ihr liegend verbracht, sondern dich so schnell wie möglich aus dem Staub gemacht.« Er nippte an seinem Chai.

»Woher weißt du …?« Verblüfft starrte Jacob ihn an.

»Ich darf dich daran erinnern, dass dein Zelt genau neben meinem steht«, kommentierte Ashok ungerührt. »Ich habe Ohren wie ein Luchs, auch wenn ich aus Höflichkeit weggehört habe.«

»Besser ist es.« Jacob knirschte mit den Zähnen.

»Also, was ist zwischen dir und Liz?«

»Das weiß ich nicht.«

»Doch, du weißt es.«

Zu aufgewühlt, um zu antworten, machte Jacob einen Schritt auf den Dschungel zu, hielt dann aber wieder inne und fuhr sich mit beiden Händen durch das Haar. Ashok hatte recht, er empfand etwas für Liz, viel sogar. Vom ersten Moment an, als er sie aus der Ferne durch das Glas des Fernrohrs auf dem Deck des Schiffes hatte stehen sehen, war ein Zauber von ihr ausgegangen. Und später dann … Im Grunde war es schon um ihn geschehen gewesen, als er sie vor der Bande Jugendlicher gerettet hatte, die sich ihrer Habseligkeiten hatten bemächtigen wollen. Als er Liz am Boden liegen sah, hatte es kein

Zögern für ihn gegeben. Obwohl er sich nie wieder in fremde Angelegenheiten hatte einmischen wollen, verspürte er seitdem den aufrechten Wunsch, sie mit allem, was ihm zur Verfügung stand, zu beschützen. Zwar gab sie sich nach außen stark und unbeugsam, aber im Unterschied zu Jessica trug sie gleichzeitig eine Verletzlichkeit in sich, die ihn zutiefst berührte. Und gestern Nacht … Noch nie hatte er erlebt, dass eine Frau sich ihm mit solcher Leidenschaft, Unschuld und Rückhaltlosigkeit hingegeben hatte. Sein Selbsterhaltungstrieb, der ihn seit dem Drama um Jessica zuverlässig daran gehindert hatte, wieder zu lieben, war verstummt. Dafür spürte er eine überwältigende Sehnsucht, Liz in den Armen zu halten und sie nie wieder loszulassen. Dennoch gab es eine leise Stimme in ihm, die ihm davon abriet, dem Verlangen nachzugeben.

Immer noch zu verwirrt, um einen klaren Gedanken zu fassen, drehte er sich zu Ashok um. »Das Kapitel des Palmblatts, bei dem es um Liebe geht, stimmt offenbar. Ich bin dabei, nicht nur mein Herz, sondern auch meine Seele an Liz zu verlieren. Bist du jetzt zufrieden?«

»Ich freue mich sehr für dich. Und für Liz.« Mit geübten Bewegungen löste Ashok den Turban und schlug das mehrere Meter lange graue Seidentuch aus. Das eine Ende ließ er über das Geländer hängen. Das andere hielt er mit den Lippen auf Spannung, während er geschickt die erste Stofflage knapp oberhalb des Auges schräg über die Stirn führte und dann über den Hinterkopf wieder nach vorne. Jacob beobachtete ihn misstrauisch. Er hätte seine rechte Hand darauf verwettet, dass Ashok weitaus weniger gelassen war, als er vorgab zu sein.

»Wenn ich daran denke, dass Gramberg die Nelkenernte dazu benutzen könnte, Liz unter seinen Einfluss zu bekommen …« Jacob atmete tief ein und wieder aus. »Ich werde nicht zulassen, dass das passiert.«

»Mhhh.« Ashok nickte vorsichtig, das Ende der Stoffbahn zwischen den Zähnen.

Gedankenverloren kratzte Jacob sich den Nacken. Ein leichter Wind strich durch die Zweige der Bäume und streifte ihn. Stumm starrte er in die raschelnden Baumkronen. Plötzlich durchzuckte es ihn wie ein Blitz. Die Unruhe ließ ihn mit großen Schritten vor Ashok auf und ab gehen.

»Upepo steht zum Verkauf. Hastings möchte in Cornwall bleiben.« Seine Gedanken überschlugen sich. »Im Klub wurde darüber gesprochen. Wessels erzählte, dass Liz zu einer Geburt auf Upepo gewesen ist. Er meint, sie sei sehr angetan von dem angenehmen Küstenklima dort gewesen, und das Haupthaus hätte ihr überaus gut gefallen. Es ist nur eine Idee, aber wenn Liz die Plantage kaufen würde, wäre sie auf niemanden angewiesen. Dieckman hat ihr ein ansehnliches Vermögen hinterlassen.«

»Mhhh.«

»Bis sie sich auskennt, könnte ich ihr bei der Leitung der Farm helfen.«

»Mhhh.«

»Klingt das verrückt?«

Ashok wickelte die letzte Lage Stoff um seine Stirn. Dann nahm er den Zipfel aus dem Mund und steckte ihn im Nacken unter die Stofflagen. Mit einem breiten Grinsen schielte er zu Jacob hinüber.

»Es ist das Vernünftigste, was du seit Langem gesagt hast. Ich wusste gleich, dass …«

»Fang nicht wieder damit an«, unterbrach Jacob ihn und warf ihm einen vernichtenden Blick zu. »Wie wäre es mit Frühstück? Liz wacht sicher gleich auf. Sie wird hungrig sein.«

»Ich bin schon auf dem Weg und bereite Idli und ein Curry mit Kurkuma, Ingwer und Koriander zu. Das hilft auch gegen den Kater.«

Jacob musterte ihn mit zusammengekniffenen Brauen. »Woher willst du wissen, dass Liz einen Kater hat?«, fragte er kopfschüttelnd. Im nächsten Moment hob er abwehrend die Hände »Sag nichts. Du hast Ohren wie ein Cerval.«

»Genau so ist es«, bemerkte Ashok ausgesucht höflich und machte sich auf den Weg in die Küche.

* * *

Benommen blinzelte Elisabeth in den Morgen. Gefangen zwischen Traum und Wirklichkeit, dauerte es ein paar Lidschläge, bis sie sich erinnerte, dass sie sich in Jacobs Bett befand. Ihre Hand tastete über das Laken. Dort, wo sein Körper gelegen hatte, war das dünne Leinen kalt und knittrig. Sie presste ihre Nase gegen das Kissen, an dem ein Hauch seines warmen, männlichen Geruchs hing. Er war gegangen, noch während sie schlief. Hatte er ein schlechtes Gewissen bekommen? War es falsch, was sie getan hatten? Immerhin war sie verheiratet. Peinlich berührt biss sie sich auf die Lippe, dann schüttelte sie entschlossen den Kopf. Zumindest sie fühlte sich nicht länger durch ihr Versprechen gebunden, obgleich Weyhoff per Gesetz noch immer ihr Ehegatte war.

Und was Jacob betraf … Es war verwirrend. Der bloße Gedanke an ihn löste Herzklopfen und Sehnsucht in ihr aus. Sie verzehrte sich nach ihm, gleichzeitig ängstigte es sie, dass er ihre Gefühle so sehr beherrschte. Dass er den Wunsch verspürte, sie zu beschützen, gab ihr einen Hauch von Sicherheit. Andererseits irritierte es sie, denn es bedeutete für sie, verletzlich zu sein. Seufzend setzte sie sich auf. Das entspannte, friedliche Gefühl, das sie im Halbschlaf verspürt hatte, verließ sie. Enttäuschung machte sich in ihr breit. War ihr Zusammensein gestern Nacht doch nur dem Moment und dem Alkohol entsprungen? Traurig gestand sie sich ein, was sie in der Tiefe ihrer

Seele längst ahnte. Die letzte Nacht hatte am nächsten Morgen für Jacob nur wenig Bedeutung. Ohne dass sie es begründen konnte, spürte sie, dass in ihm eine Rastlosigkeit wohnte, die ihn weitertrieb. So wie es andere Frauen vor ihr gegeben hatte, denen er sein Lächeln, seine Küsse und seine Zärtlichkeiten geschenkt hatte, würde es nach ihr weitere geben, die die Nacht in seinen Armen verbrächten. Jacob hing an ihrer gemeinsamen Liebesnacht nicht anders als an einem Abenteuer.

Voll nagender Zweifel setzte sie sich auf, zog die Knie an die Brust und legte die Stirn darauf. Ein schimmerndes, fast perlweißes Licht fiel durch die Zeltbahnen. Sie war noch zu durcheinander, um so viel Licht zu ertragen, zudem schmerzte ihr Kopf vom Alkohol. Geblendet von der Helligkeit, schloss sie die Lider und gab sich für einen kostbaren Augenblick der Illusion hin, dass zwischen ihr und Jacob doch mehr sein könnte, als sie zu hoffen wagte.

Eine seltsame Berührung ließ sie kurz darauf aufschrecken. Kleine, feste Pfoten traten seitlich gegen ihren Bauch. Überrascht hob sie den Kopf. Ein bemerkenswert großer schwarzer Kater mit smaragdgrünen Augen und schwarzen Balken darin betrachtete sie mit schiefgelegtem Kopf. Als sie vorsichtig die Hand nach ihm ausstreckte, sprang er mit einem leisen Miauen von ihr weg und auf den Boden. Der Tüll um das Bett bauschte sich, als das Tier hindurchstrich. Mit elegant geringeltem Schwanz spazierte der Kater zu dem Stuhl, auf dem ihre Kleidung vom Vortag lag, und rieb das Kinn an dem Rattan. Elisabeth schüttelte amüsiert den Kopf. Wehmütig musste sie an ihren eigenen Kater zu Hause auf dem Gut denken, der die Winternächte am Kamin mit Vorliebe zusammengerollt auf ihrem Schoß verbracht hatte. Mit einem Mal hatte sie es eilig, aus dem fremden Bett zu kommen, also erhob sie sich und kleidete sich an. Überrascht legte sie die Hand auf ihren knurrenden Magen.

Unsicher, wie sie Jacob gegenübertreten sollte, und gleichzeitig voller Sehnsucht nach seinen Armen machte sie sich auf den Weg zum Küchentrakt. Der Kater folgte ihr auf den Fersen.

Als Jacob sie erblickte, erhob er sich von dem Tisch, an dem er sein Frühstück einnahm, und kam ihr entgegen. Staunend sog sie die Luft ein, ihre Knie fühlten sich zittrig an. Eben noch hatte sie geglaubt, die letzte Nacht gehörte für ihn bereits der Vergangenheit an, nun empfing er sie doch tatsächlich mit Frühstück!

»Ich wollte dich nicht wecken«, meinte er betont höflich. »Hast du gut geschlafen?«

»Danke. Und du?« Verlegen folgte ihr Blick dem Kater, der mit angespanntem Körper vor der Veranda stehen geblieben war und einen Grünfinken ins Visier nahm, der dicht vor seiner Schnauze über den Boden hüpfte.

Voller Nervosität tastete sie nach dem Ende einer Haarsträhne und zog daran. Die Vertrautheit, die im Dunkel der Nacht zwischen ihnen geherrscht hatte, verflüchtigte sich im gleißenden Licht des Vormittags. Jacob schien ähnlich zu empfinden, denn im selben Moment fuhr er sich mit der Hand in den Nacken.

»Gut so weit. Setz dich doch. Du musst hungrig sein.«

»Sehr sogar.«

»Dann komm.« Zuvorkommend zog er einen Stuhl unter dem Tisch hervor und ließ sie Platz nehmen. Mit ebenso großer Höflichkeit bot er ihr Tee und Reisküchlein an, dazu Curry, das scharf nach Ingwer roch. Im ersten Moment zog sich Elisabeths Magen beim Anblick der deftigen Speisen zusammen, doch als sie zu essen begann, breitete sich ein behagliches Gefühl in ihren Eingeweiden aus. Die Stimmung zwischen ihnen jedoch wollte sich nicht entspannen. Um Worte verlegen, saßen sie sich gegenüber. Elisabeth lauschte dem Zwitschern der Vögel, während sie fieberhaft nach einer Möglichkeit suchte, die

Befangenheit zwischen ihnen zu überwinden. Gerade als sie meinte, es nicht mehr auszuhalten, warf Jacob ihr quer über den Tisch einen Blick zu.

»Darf ich dich etwas fragen?«

Sie legte den Kopf schräg. »Sicher.«

Er zögerte. Elisabeth bemerkte, wie er sich mit dem Daumen über die Oberlippe rieb, als wäre er sich seiner selbst nicht sicher. Er räusperte sich.

»Es war schön mit uns letzte Nacht, oder?«

Für den Bruchteil einer Sekunde weiteten sich ihre Augen vor Ungläubigkeit. Ihr Puls beschleunigte sich vor Aufregung. Mit welchen Überraschungen hatte Jacob heute Morgen noch aufzuwarten? Als sie das unruhige Flackern in seinem Blick bemerkte, nickte sie.

»Ja, das war es.«

Grimmig starrte er vor sich hin. Schließlich holte er Luft, setzte an, unterbrach sich nach dem ersten Wort.

»Jacob …« Einem Reflex folgend, hob sie die Hand. Sie war kurz davor, seinen Arm zu berühren, doch die Furcht, er könnte sich durch ihre liebevoll gemeinte Geste unter Druck gesetzt fühlen, ließ sie zurückscheuen. Mit brennenden Wangen griff sie nach dem Wasserglas und führte es an die Lippen, um daran zu nippen. Als sie das Glas wieder abstellte, starrte Jacob immer noch regungslos ins Nichts.

»Es ist schon gut. Wir müssen nicht darüber reden«, erklärte sie tonlos.

»Doch.« Er löste sich aus seiner Erstarrung und suchte ihren Blick. »Ich möchte dir etwas sagen.« Wieder räusperte er sich. »Du sollst wissen, dass es für mich nicht nur eine Nacht von vielen war. Es … hat sich anders angefühlt als mit anderen Frauen zuvor.«

Ihr Herz hämmerte, als würde es im nächsten Moment zerspringen.

»Vielleicht weil wir beide zu viel getrunken hatten«, erwiderte sie unsicher und senkte den Blick. Dabei versuchte sie, nicht darüber nachzudenken, wie groß die Anzahl der Frauen war, von der er sprach.

»Kaum«, versicherte er. Sie spürte seinen Blick auf sich ruhen und hob das Kinn. »Denn es fühlt sich immer noch so an, obwohl ich längst nüchtern bin.«

»Jacob ...«, hob Elisabeth an und biss sich nervös auf die Lippen. »Ich hatte nie den Eindruck, dass dir sonderlich viel an mir liegt. Im Gegenteil ... Du hast mir mehr als einmal zu verstehen gegeben, dass ich es tunlichst vermeiden sollte, dir über den Weg zu laufen.«

Er schluckte trocken. Elisabeth konnte sehen, wie sein Adamsapfel nach oben glitt und sich wieder senkte.

»Das ist richtig«, meinte er. »Ich dachte, ich würde nie wieder etwas für eine Frau empfinden.« Sichtlich mit sich ringend, schüttelte er den Kopf. »Nicht nur das, ich habe mir sogar geschworen, keine Verbindung einzugehen, die länger als eine Nacht reicht.«

»Wieso?«, fragte sie mit einem seltsam hohlen Gefühl im Bauch.

»Das ist kompliziert«, murmelte Jacob in breitem Schottisch.

»Ich höre dir zu.«

»Also schön.« Er erhob sich. Das Rattan knarzte auf den Holzdielen, als er den Stuhl zurückschob. Mit einem etwas gequälten Stöhnen trat er an das Geländer und stützte sich mit den Händen auf. »Vielleicht hast du von den Palmblattmanuskripten in Indien gehört?«

Sie überlegte, schüttelte dann den Kopf.

»Es handelt sich um Prophezeiungen, die vor rund dreitausend Jahren von indischen Weisen über die Lebensläufe vieler verschiedener Menschen gemacht wurden. Mit Anfang zwanzig verbrachte ich einige Monate in Südindien. Zu der Zeit lernte ich Ashok kennen.« Jacob seufzte gequält, er hielt inne. Ihr Herz zog sich zusammen, als sie bemerkte, wie schwer es ihm fiel, weiterzureden. Sie spürte seinen Schmerz beinahe in ihrem Körper, so als vermischte er sich mit ihrem eigenen Schmerz.

Ein paar Sekunden verstrichen, dann weitere. Schließlich schüttelte er den Kopf.

»Durch meine Schuld kam Ashoks Familie ums Leben. Dennoch weicht Ashok seitdem nicht mehr von meiner Seite. Er meinte, wir wären durch das Schicksal miteinander verbunden. Es war Ashok, der mir von den Palmblatt-Bibliotheken erzählte. In der Hoffnung, mein Leben so ausrichten zu können, dass ich nie wieder Leid über andere bringe, ließ ich zu, dass er nach einem Blatt suchte, das eine Weissagung über mich enthielt.«

»Und?« Elisabeth stand auf und trat neben ihn. »Existierte ein Palmblatt für dich?«

Jacob nickte grimmig. »Es wurde tatsächlich eines gefunden, in einer Stadt namens Madras. Mein gesamtes Leben, von der Geburt bis zum Zeitpunkt meines Todes, wird darin detailliert beschrieben. Leider steht nicht viel Gutes darin, dennoch bestand Ashok darauf, eine Abschrift anfertigen zu lassen.« Jacob starrte düster vor sich hin. »Angeblich lastet Karma auf mir.«

»Karma?« Elisabeth blinzelte. Zwar hatte sie das Wort schon gehört, allerdings ohne zu begreifen, was damit gemeint war.

»Schlechte Energie.« Jacob zuckte die Schultern. »Frag mich nicht. Ich weiß nur, dass das Palmblatt Orientierung und Unterstützung geben soll, damit das Leben einen glücklicheren Verlauf nimmt.«

»Es klingt nicht so, als hätte es in deinem Fall funktioniert«, sagte sie, mehr Feststellung denn Frage.

»Vielleicht, wenn ich den Hinweisen Beachtung geschenkt hätte.« Ein bitterer Unterton schwang in Jacobs Stimme mit.

»Aber das habe ich nicht. Ich weiß noch immer nicht, ob ich daran glaube, und deshalb vergaß ich die Prophezeiung schnell wieder. Als ich nach Schottland zurückkehrte, ereilte mich weiteres Unglück.«

Schweigen.

Er sah ihr in die Augen und doch durch sie hindurch, in einem inneren Kampf gefangen. Wie aus weiter Ferne kehrte er kopfschüttelnd in die Gegenwart zurück.

»Die Frau, die ich liebte, hatte in meiner Abwesenheit meinen Bruder geheiratet. Diesmal konnte ich mich nicht einmal damit herausreden, dass ich nicht gewusst hätte, was auf mich zukam, denn Ashok, der das Palmblatt Kapitel für Kapitel deuten kann, hatte mich gewarnt.«

»Also hast du dich im Anschluss geweigert, noch mehr über dein zukünftiges Leben zu erfahren«, mutmaßte Elisabeth. Sie seufzte aus tiefster Brust. »Zumindest hätte ich das getan.«

»Damit hast du verdammt recht.« Mit einer Mischung aus Erstaunen und Ungläubigkeit sah er sie an. »Stattdessen schwor ich mir, mich nie wieder in fremde Angelegenheiten zu mischen und mich darüber hinaus nie wieder zu verlieben.«

»Ich verstehe.« Elisabeth schluckte hörbar. Ihre Vermutung fand sich bestätigt. Jacob war nicht bereit, eine Beziehung einzugehen.

»Ich dachte, mein freier Wille wäre über das Schicksal erhaben und ich hätte richtig entschieden. Ich dachte, ich hätte keine Wahl.« Er drehte sich zu ihr um, um sie sanft an sich zu ziehen. Seine Hand schmiegte sich so perfekt in die Rundung ihres Rückens, als hätte sie schon immer dorthin gehört. »Aber seit gestern Nacht bin ich mir nicht mehr sicher.« Er löste sich wieder aus der Umarmung. »Mir kam heute Morgen ein Gedanke. Vielleicht gibt es einen Weg, wie du Gramberg aus dem Weg gehen und dennoch zu deinen Nelken kommen kannst.«

»Was meinst du damit?« Irritiert über den plötzlichen Stimmungsumschwung, schüttelte sie den Kopf. Etwas Flauschiges strich um ihre Beine. Sie zuckte zusammen und senkte den Blick. Der Kater war von seiner Jagd zurückgekehrt und blickte mit seinen smaragdgrünen Augen zu ihr empor.

»Wie gefällt dir die Vorstellung, Eigentümerin einer Plantage zu sein und selbst Nelken anzubauen?«, fragte Jacob unvermittelt.

Überrascht keuchte sie auf. Sie suchte seinen Blick.

»Upepo steht zum Verkauf. Wessels erzählte mir, dass du dich bei einem Besuch dort in dem Meeresklima sehr wohlgefühlt hättest.«

Benommen ließ sie die Hand auf ihre Brust sinken, auf Höhe ihres wild klopfenden Herzens. Die Vorstellung war genauso reizvoll wie angsteinflößend.

Sie räusperte sich. »Ich weiß nicht …« Sie biss sich auf die Lippe, eingeschüchtert von der Vorstellung, welche Verantwortung auf ihr lasten würde. Zögernd sah sie ihm in die Augen. »Wenn ich scheitere, wird es Schwierigkeiten mit meinem Bruder geben. Wenn er die versprochenen Gewürznelken nicht bekommt, müsste es im Kontor sehr gut laufen, damit ich ihm das Geld zurückzahlen kann.«

»Ich verstehe.« Er nickte stumm. »Du wärst nicht allein«, schob er hinterher.

Unfähig zu begreifen, runzelte sie die Stirn. »Was meinst du damit? Willst du mir bei der Leitung der Plantage unter die Arme greifen?«

Mit einem zärtlichen Ausdruck, den sie zuvor noch nie an ihm wahrgenommen hatte, ruhten seine blauen Augen auf ihr. »Ich bin an deiner Seite. Wie und wann immer du mich brauchst.«

Bevor sie begreifen konnte, was er ihr damit sagen wollte, zog er sie in seine Arme und versiegelte ihre Lippen mit einem

Kuss. Ihr Herz hämmerte wie wild, ihre Knie wurden weich. Gleichzeitig spürte sie ein erleichterndes, kribbelndes Gefühl wie das Perlen von Champagnerbläschen in ihrer Bauchgegend aufsteigen.

»Jacob ...« Keuchend holte sie Luft, als er sich von ihr löste.

Mit einem Grinsen fiel er ihr ins Wort. »Uns verbindet mehr als das.«

»Ich verstehe nicht ...« Angesteckt von seinem Lächeln, stemmte sie die Hände in die Taille und schüttelte den Kopf. »Ist das deine sture schottische Art, mir zu sagen, dass ich dir etwas bedeute?«

»Nicht nur etwas, sondern viel.« Sanft strich er ihr das Haar aus der Stirn. »Du hast mich vom ersten Moment an bezaubert.«

Das Prickeln in ihrem Bauch verstärkte sich, ihr Herz begann zu tanzen. »Der Anblick, wie ich vor dir im Staub lag, umringt von einer Horde Halbwüchsiger, die versuchten, meine Habseligkeiten zu stehlen, hat dich also gefesselt? Ist es das, was du mir sagen willst?«, fragte sie kokett und hob eine Augenbraue.

»Nein, dich am Boden liegen zu sehen war nicht betörend, sondern beunruhigend«, erklärte er durch und durch ernst. »Zudem meinte ich nicht unser Aufeinandertreffen im Hafen. Als ich dich zum ersten Mal sah, standest du an Deck der *Glasgow*. Ich hatte das Fernglas auf den Dampfer gerichtet. Verrückt, aber damals hatte ich das Gefühl, du würdest mir über die Entfernung hinweg direkt in die Augen sehen.«

Verwundert blickte sie ihm in die Augen. Ihre Gedanken überschlugen sich. Also war es tatsächlich Jacob gewesen, den sie bei ihrer Ankunft in den Klippen erspäht hatte. Zu benommen, um ihm zu gestehen, dass sie den gleichen Eindruck gehabt hatte, sagte sie: »Das klingt tatsächlich verrückt.«

Vorsichtig tastete er nach ihrer Hand. Elisabeth atmete tief aus. Dann schloss sie die Augen und sah sich wieder an der Reling stehen, den Blick auf die Küste Sansibars gerichtet, bezaubert von den Mangrovenwäldern, den Lagunen, den exotischen Düften und dem Lärmen der Nymphenvögel. Damals hatte sie zum ersten Mal jene leise Stimme in sich gehört, die ihr Hoffnung gab und ihr zuflüsterte, dass alles gut werden würde. Mit einem tiefen Seufzen kehrte sie in die Gegenwart zurück. Ihre Hand lag nach wie vor sicher in seiner. Noch lag ein weiter Weg vor ihr, um ihre Wünsche, Träume und Ziele Wirklichkeit werden zu lassen. Aber was auch immer die Zukunft bereithielt, irgendwie wäre Jacob an ihrer Seite. Mit dem sicheren Gefühl, endlich bei sich selbst und in ihrem neuen Zuhause auf Sansibar angekommen zu sein, lächelte sie in den noch jungen Tag hinein.

KAPITEL 30

Der Duft der Vanille umfing Jacob, als er im Schein des Mondes den verborgenen Teil der Plantage jenseits der Zuckerrohrfelder betrat. Über ihm funkelten die Sterne, der Tag war verhallt. Langsam ließ er sich auf den umgefallenen Baumstamm sinken.

Eine schwarze Silhouette löste sich aus dem Dunkel der Bäume und trat auf ihn zu.

»Also hast du endlich eingesehen, wie unsinnig der Schwur war, den du dir gegeben hast.« In aller Selbstverständlichkeit machte es sich Ashok neben Jacob auf dem umgestürzten Baum bequem. »Das freut mich sehr für dich.«

Jacob nickte bedächtig. »Ich gebe es ungern zu, aber das Palmblatt hatte recht.«

»Ich wusste, dass sie die Richtige ist«, sagte Ashok.

Gegen seinen Willen musste Jacob grinsen. »Es scheint so.«

»Du läufst also nicht mehr vor der Liebe davon?«

»Im Gegenteil. Diesmal werde ich alles daransetzen, sie zu beschützen.«

Ashok wog bedächtig den Kopf. »Ich befürchte, dass das nur allzu schnell nötig sein könnte.«

Jacob spürte, wie sich etwas in ihm verspannte. »Der Einfluss der Schattenplaneten ist also nicht gebannt?«

Ashok seufzte. »Ich werde eine Feuerzeremonie für dich abhalten, um den Einfluss der Glücksgöttin auf dich zu stärken. Dennoch stehen uns schwere Zeiten bevor. Mit Ragu und Ketu ist nicht zu spaßen.«

»Ich weiß. Dennoch …« Jacob wandte den Kopf und maß Ashok mit einem langen Blick. Die Augen des Inders schimmerten dunkel im Licht des Mondes. »Lass es gut sein heute Abend.«

»Wirst du Liz davon erzählen?«

Jacob schüttelte den Kopf. »Auf keinen Fall. Sie hat genug mitgemacht. Sie soll sich nicht auch noch um mich Sorgen machen müssen.«

Ashok schwieg. »Irgendwann wird sich das nicht mehr vermeiden lassen«, sagte er dann.

»Mag sein.« Jacob zuckte die Schultern. »Vielleicht aber auch nicht. Wer weiß das schon mit Sicherheit.« Er erhob sich. »Jedenfalls … danke, dass du mir zur Seite stehst, mein Freund.«

Ashok faltete die Hände vor der Brust und verneigte sich. »Danke nicht mir, sondern dem Schicksal.«

Jacob nickte ihm zu. »Ich gehe zurück. Liz wartet auf mich. Ich bin froh, dass sie sich entschlossen hat, erst morgen in die Stadt zurückzureiten. Wie ist es mit dir? Kommst du mit?«

»Ich bleibe noch ein wenig hier. Geh du ruhig. *Namaste.*«

»*Namaste*«, erwiderte Jacob und verneigte sich mit gefalteten Händen.

Mit einem Lächeln auf den Lippen schritt er durch die Zuckerrohrfelder auf den Zeltplatz zwischen den Mangobäumen zu. Er konnte es kaum erwarten, Liz in die Arme zu nehmen und die Wärme ihres Körpers neben sich zu spüren. Das Flackern der Laternen leuchtete ihm entgegen. Im Näherkommen erkannt er Liz' hochgewachsenen, schlanken Körper, der sich wie ein Scherenschnitt durch die Plane des hell erleuchteten Zeltes abzeichnete. Sie hatte den Kopf zur

Seite gelegt und bürstete mit langen Strichen durch ihr Haar. Gebannt von ihrem Anblick, blieb er stehen. Ein Gefühl der Dankbarkeit ergriff ihn, er richtete den Blick in den Himmel.

Als eine Sternschnuppe über ihn hinwegzog, war er fast geneigt, daran zu glauben, dass die Zukunft in den Sternen geschrieben stand.

DANKSAGUNG

Zuerst gilt mein innigster Dank dir, liebe Leserin, lieber Leser, die ihr mich in das Sansibar von 1880 begleitet habt. Dieser Roman war für mich von Anfang an besonders. Noch nie hatte ich beim Schreiben so sehr das Gefühl, dass eine Story einfach geschrieben werden musste, wie bei der von Elisabeth und Jacob. Im Grunde musste die Geschichte gar nicht erst ersonnen werden, sie war schon die ganze Zeit da. Ich hatte das große Glück, sie finden zu dürfen, und sie ist noch lange nicht zu Ende erzählt. Ich danke dir von Herzen für die Zeit und die Aufmerksamkeit, die du dem Roman geschenkt hast, und hoffe, ich konnte dir im Gegenzug einige schöne Lesestunden bereiten.

Es braucht viele kluge Köpfe, um aus einem Manuskript ein fertiges Buch zu machen. Mein ganz besonderer Dank gilt bei Tinte & Feder: meinem großartigen Lektor Fabian Knecht, der mir mit unermüdlichem Einsatz zur Seite steht und mir eine unglaubliche Stütze ist, und seinem Team, meiner wunderbaren Lektorin Angela Kuepper, die nicht nur fachlich brillant und unglaublich engagiert ist, sondern mir auch als Mensch sehr ans Herz gewachsen ist, meinen phänomenalen Agentinnen und dem Team der Literaturagentur Kolf.

Sicher hätte ich viele Klippen weniger gelassen genommen, und meine ohnehin schlaflosen Nächte wären noch viel nervenaufreibender geworden ohne mein persönliches Mastermind Monika Verena Böck, die von der ersten Skizze an unermüdlich und unverrückbar fest an meiner Seite stand. Danke dir, dass du mich so großzügig an deinem Talent und Können hast teilhaben lassen. Du sorgst dafür, dass meine Füße fest auf dem Boden stehen, wenn der Wind mich mitzureißen droht. Ohne dich wäre dieses Buch nicht, was es ist.

Eine besondere Freude ist es mir, mich bei Dr. Q. Moayad vom Indian Palm Leaf Reading Institute und seinem Team bedanken zu dürfen. Als ich vor einiger Zeit von den Palmblattmanuskripten hörte, war ich vom Fleck weg gefesselt. Glück, Zufall, Schicksal oder eine Mischung aus allen dreien haben dafür gesorgt, dass ich mich auf die Suche nach meinem Palmblatt machen durfte. Dank des großartigen, überaus kompetenten und engagierten Teams von Dr. Q. wurde ich fündig, allerdings nicht über eine mühevolle und aufwendige Suche vor Ort in Indien, sondern ganz bequem von zu Hause aus. Danke, Dr. Q., dass du mir im Zusammenhang mit dem Roman deine wertvolle Zeit geschenkt und mich mit dem nötigen fundierten Wissen versorgt hast. Jedem, der eine eigene Palmblattlesung in Erwägung zieht, kann ich das Indian Palm Leaf Reading Institute nur wärmstens ans Herz legen. Die Erfahrungen, die ich dort machen durfte, haben mich zutiefst berührt und mein Leben um so vieles bereichert. *Namaste, love and light, my friends.*

Was meinen engsten inneren Kreis und meine Familie betrifft, so sind an dieser Stelle keine Worte nötig, ihr kennt sie ja ohnehin alle, und irgendwann wird es langweilig zu lesen, wie sehr ich euch liebe.

Als Letztes sei noch erwähnt, dass ich mich wie immer sehr um historische Genauigkeit bemüht habe. Dazu habe ich auf die im Anhang verzeichneten Quellen zurückgegriffen. Allerdings habe ich mir an manchen Stellen erlaubt, von der Historie abzuweichen und von meiner künstlerischen Freiheit Gebrauch zu machen, besonders dann, wenn ich in den Quellen auf sich widersprechende Angaben gestoßen bin.

Danke für so viele großartige Menschen in meinem Leben und danke ganz besonders dir, liebe Leserin, lieber Leser.

Herzlich
deine Cornelia

Quellen

Bake, Rita (Hrsg.), *Hamburg–Sansibar, Sansibar–Hamburg,* Landeszentrale für politische Bildung, Hamburg, 2009

Dohm, Hedwig, *Der Frauen Natur und Recht. Zur Frauenfrage. Zwei Abhandlungen über Eigenschaften und Stimmrecht der Frauen,* 1876 (Digitalisat und Volltext im Deutschen Textarchiv) – Neuausgabe (Nachdruck): Ala, Zürich 1986

Meffert, Erich (Hrsg.) *Sansibar. Ein deutsches Lesebuch 1844–1914,* Verlag Edition Aragon, Moers 2014

Ruete, Emily, geb. Prinzessin Salme von Oman und Sansibar, *Leben im Sultanspalast,* Sonderausgabe PHILO Verlagsgesellschaft mbH, 1998

http://zanzibarhistory.org/zanzibar_photographers.htm

Zeitfracht Medien GmbH
Ferdinand-Jühlke-Straße 7
99095 Erfurt, Deutschland
produktsicherheit@kolibri360.de

Druck:
CPI Druckdienstleistungen GmbH
im Auftrag der
Zeitfracht Medien GmbH
Ein Unternehmen der Zeitfracht - Gruppe
Ferdinand-Jühlke-Str. 7
99095 Erfurt